내 생애 이야기 7

나남
nanam

한국연구재단 학술명저번역총서
서양편 449

내 생애 이야기 7

2023년 11월 10일 발행
2023년 11월 10일 1쇄

지은이   조르주 상드
옮긴이   박혜숙
발행자   趙相浩
발행처   (주) 나남
주소   10881 경기도 파주시 회동길 193
전화   (031) 955-4601 (代)
FAX   (031) 955-4555
등록   제 1-71호 (1979. 5. 12)
홈페이지   http://www.nanam.net
전자우편   post@nanam.net

ISBN 978-89-300-4152-2
ISBN 978-89-300-8215-0 (세트)

책값은 뒤표지에 있습니다.

이 책은 2019년 대한민국 교육부와 한국연구재단이 우리 시대 기초학문의 부흥을 위해
펼치는 학술명저번역사업의 지원을 받은 책입니다(2019S1A5A7068983).

한국연구재단
학술명저번역총서
449

내 생애 이야기 7

조르주 상드 지음

박혜숙 옮김

Histoire de Ma Vie

by

George Sand

내 생애 이야기 ⑦

차례

4. 도르발 부인

1년 전부터 나는 도르발 부인과 만나고 있었다. 이 일로 그녀에게 안 좋은 선입견을 가지고 있는 몇몇 친구들과는 싸우기도 했다. 나는 진지한 친구들의 의견을 존중했고 때로 잘 납득이 되지 않을 때도 내 의견을 내려놓을 때가 많았다. 하지만 감정적으로나 지성적으로 품격이 있었던 이 여자와는 늘 좋은 관계를 유지했고 잘 대해주었다.

지방의 장터에서 태어나 힘든 노동과 비참한 가난 속에 자라난 마리 도르발은 허약하면서도 강하고, 예쁘면서도 마르고 생기 없는 아이로 커 갔다. 아이처럼 유쾌하면서도 힘든 사람의 삶을 살도록 저주받은 천사처럼 슬프고 착했다. 그녀의 엄마는 몹시 다혈질이어서 어릴 때부터 아이들의 감정을 흔들어 댔다. 마리가 조금만 잘못해도 엄마는 "나를 죽여라. 너 때문에 나는 아주 속이 썩어 죽을 거야!" 하고 소리쳤다. 그러면 이 가엾은 아이는 이 말을 정말로 믿고 온 밤을 눈물과 기도 속에 꼬박 새워 회개하면서 하나님께 자기 때문에 죽게 된 엄마를 다시 돌려 달라고 기도했다. 이 모든 일은 옷을 조금 찢거나 손수건을 잃어버렸을 때 일어난 일이었다.

어렸을 때부터 이렇게 불안한 삶을 살면서 그녀는 너무나 예민하고 강하고 또 지독한 아이로 자라날 수밖에 없었다. 폭풍과 번개 속에서도 바위를 뚫고 끈질기게 계속 꽃을 피우고 죽었다가 다시 살아나는 약하고 사랑스러운 들꽃처럼, 이 섬세한 영혼은 격렬한 고통의 무게 아래 짓눌리면서도 조금의 태양 빛이라도 있으면 활짝 피어나면서 악착같이 주변에 있는 생명의 숨결을 찾았는데 그것이 얼마나 순간적이며 자신에게 얼마나 독이 되든 상관하지 않았다. 인생에 대한 조심스러움 같은 것은 경멸하면서 자신의 상상 속에서 또 영혼의 열정으로 단 하루의 기쁨과 1시간의 환상을 찾았고, 그다음에는 철없이 쓰디쓴 후회를 했다. 너그러운 그는 모든 것을 잊거나 모두를 용서했다. 그리고 끝없이 계속되는 슬픔과 부딪히면서 늘 새로운 실망과 마주하며 살았고 사랑했고 괴로워했다.

그녀는 엄마로서 배우로서 친구로서 늘 열정이 넘쳤고 헌신적이었고 늘 광분했으며 종교적 갈망도 뜨거웠다. 그녀는 대충이라는 것을 모르고 또 그렇게 대충 타협하며 뒷걸음질 치면서 살고 싶지도 않았기 때문에 그녀의 삶은 늘 아슬아슬한 기쁨과 인간의 한계를 뛰어넘는 문제들로 가득했다.

내가 어떻게 나를 그렇게 흔들어 대던 특이한 성격의 사람과 오래 친할 수 있었는지는 참 의문이다. (마리 도르발은 아름다움과 위대함을 너무나 좋아하는 사람이라 절망적인 순간에도 좋아할 수밖에 없는 사람이다.) 하지만 이 말은 내게 성질을 부렸다는 것이 아니라 그녀의 동요하는 삶 때문에 그랬다는 말이다. 하지만 그녀의 갑작스럽고 정말 기이한 변덕은 이해할 수 없었다. 나는 항상 평온한 사람들을 찾았다. 그들의 인내를 배우고 싶고 그들의 지혜를 알고 싶었기 때문이다.

마리 도르발과는 그 역할이 완전 반대였다. 그녀를 진정시키고 그녀를 설득하는 것은 나였다. 그것은 내게 힘든 역할이었다. 특히나 절망적으로 삶에 지치고 두려웠던 그 당시에는 말이다. 그녀처럼 넓지는 않았지만, 그녀만큼이나 깊었던 나의 절망 속에서 그녀를 위로

해줄 어떤 말도 찾을 수가 없었다.

하지만 하나님과 인간을 향한 그녀의 끝없는 불평들을 지치지 않고 들어주었던 것은 단지 의무감에서가 아니었다. 그녀가 이런저런 일들로 고문당하듯 괴로워할 때 내가 기꺼이 관련된 것은 단지 우정의 헌신 때문만은 아니었다. 나는 거기에서 어떤 이상한 매력을 느꼈고 나의 연민 아래에는 그런 보석 같은 고통, 소진했는가 싶으면 다시 태어나는 그런 고통에 대한 깊은 경외심이 있었다.

아주 예외적인 경우를 제외하고 나는 여자들만의 모임을 오랜 시간 견디지 못한다. 그들이 나보다 못하다고 생각해서가 아니다. 나는 그런 일상적인 소통을 거의 안 하는데 내 주변의 모든 여자는 그런 모임을 많이 가지고 있다. 여자는 보통 신경이 예민하고 불안한 존재여서 내 의사와 상관없이 그들의 끝없는 불안을 모두 내게 전해준다. 처음에는 안타까운 마음으로 듣다가 거기에 자연스레 빠져드는데 결국 그 어린아이 같은 불안한 이야기들 중 들을 만한 것은 하나도 없다는 것을 깨닫게 된다.

그들은 심각해지면 다른 것들은 다 시시하게 생각한다. 직업적으로 예술가가 아닌 여자들은 그런 수다와 험담과 자질구레한 이야기들을 끝내자마자 바로 과도하게 오만한 태도를 취한다. 이것은 불완전한 교육의 결과이다. 하지만 교육보다도 여자의 기질 속에는 항상 어떤 병적 흥분 상태가 있는 것 같다. 그것은 괴로운 일이지만 드문 경우 매력이 되기도 한다.

그래서 나는 여자보다는 남자를 더 좋아한다. 나는 악의 없이 정말 진지하게 이 말을 하고 있다. 나는 자연은 논리적이고 완전하다고 생각한다. 열정이란 단지 한쪽 성이 다른 쪽 성에 대해 갖는 일시적인 매력일 뿐이며, 남녀의 영혼은 모든 육체적 관계를 넘어 항상 지적이고 정신적인 관계를 찾고 그 안에서 서로에게 보충이 되는 것을 주고받는 거라고 생각한다. 만약 그렇지 않다면 열정이 지나가고 나이가 들면 남자들은 여자들을 피할 것이고 여자도 마찬가지일 것이다. 하지만 반대의 경우 인간 문명이 만들어낸 관계들은 조용하고 미묘한 관계를 이어가게 될 것이다.

내가 결코 부정하고 싶지 않은, 또 만약 부정한다면 그것은 하나의 위선이며 완전한 왜곡이 될 이런 나의 성향에도 불구하고, 또 거의 진실도 아니고 의미도 없는 여자들의 불만을 들어주는 일 따위는 피하는데도 불구하고, 또 남자들이 주는 보다 솔직하고 직선적인 반응을 더 좋아함에도 불구하고 예전에 그리고 지금 알고 지내는 여자들이 몇몇 있다. 그녀들은 감정이나 우아함에서도 여자 그 자체인 사람들이지만 그들의 진실한 순진무구함 그리고 남성적이지 않은, 다시 말해 천사 같은 온화함으로 내 마음과 정신을 완전히 편안하게 해주는 여자들이다.

도르발 부인은 그런 여자가 아니었다. 여성적 불안의 화신 그 자체였던 그녀는 그것을 너무나 흥미롭고 진실하게 표현했다. 그녀 자신을 숨기지도 않았고 머리를 굴리거나 잔머리를 쓰지 않았다. 그녀에게는 보기 드문 영웅적 포기가 있었다. 그런 감동은 때론 충격적이기도 했지만 결코 상스럽지는 않았다. 항상 날 것 그대로이며 어디서나 붙잡을 수 없는 이상과 순수한 행복의 꿈, 그러니까 하늘을 이 땅에서 찾았다. 심리학의 대가이며 섬세하고 깊은 통찰력과 고차원의 지성도 아연실색啞然失色하게 하는 유연함으로 심각한 것들을 농담거리로 만들어 버렸다. 그녀가 자신의 삶을 이야기할 때 어젯밤의 환멸과 내일에 대한 희망, 뜨거운 눈물과 활기찬 웃음은 그 얼굴과 몸짓과 그녀 전체를 극적으로 대단히 불행하게 혹은 너무나 빛나게 했다. 모두는 이 혈기 넘치는 여자에 대해 반만 알고 있었다. 왜냐하면, 그녀가 연기하는 것을 본 모든 사람은 그녀가 현실에서도 어느 정도 그럴 거라고 생각하기 때문이다. 하지만 그것은 그녀의 한 단면일 뿐이다.

누구도 그녀에게 그녀 자신을 모두 다 보여줄 수 있는 역할을 주지도 않았고 줄 수도 없었다. 그녀의 원한에 찬 혈기, 지나친 다정다감함, 어린아이 같은 분노, 눈부신 오만함, 가식 없는 시적 매력, 그녀의 포효, 울부짖음, 천진난만한 웃음, 마치 조금이라도 지친 관중들을 위로하려는 듯한 미소⋯. 이 모든 것들을 말이다.

때로 그것은 절망적인 웃음일 때도 있다. 하지만 곧 그녀 안에 가득 차오르는 진정한 웃음은 그녀에게 새로운 힘을 준다. 그녀는 마치 고무공처럼 땅에 떨어졌다가는 계속 튀어 오른다. 그녀 이야기를 1시간만 들어보면 누구나 감탄을 금할 수 없게 된다. 그녀 이야기를 온종일 들은 사람은 아픈 가슴으로 그녀를 떠나게 될 것이다. 하지만 그런 숙명에 어떤 거부할 수 없는 매혹을 느끼게 된다. 곧 고통을 향한 고통이며 심연 속에 있는 괴로운 마음에 대한 따뜻한 마음이다.

내가 그녀를 알았을 때 그녀는 재능 있고 눈부신 배우였으며 모든 영예를 한 몸에 받고 있었다. 그녀는 앙토니와 마리옹 들로름 역을 연기하고 있었다.

배우로 자리를 잡기 전까지 그녀는 이리저리 떠돌아다니며 별별 일들을 다 겪었다. 먼저 그녀는 유랑 극단을 따라다니며 꽤 이름 있는 극장에서 막 사이에 관중들을 즐겁게 하는 역할을 했었다. 그녀는 조제프 합창단에서 사다리 위에 올라가 큰 우산을 쓰고 노래를 하기도 했다. 오래된 성당이었던 극장의 무대 한쪽이 무너져 내려 비가 들이치는 틈새를 천으로 막은 곳에서 노래해야 했기 때문이다. 그러면 합창은 종종 대원 중 한 명이 자기 위쪽에 있는 사람에게 "야, 이놈아! 우산이 내 눈을 찌르겠어. 우산을 내리라고!" 하는 소리로 멈추곤 했다.

14살 때 그녀는 〈피가로의 결혼〉에서 팡셰트 역을, 또 다른 작품에서는 다른 역을 맡고 있었다고 한다. 그런데 그녀에게 의상이라곤 오직 하얗고 작은 원피스 하나뿐이었다. 그래서 두 공연이 같은 날 저녁 있게 되면, 팡셰트 역을 할 때는 스페인 여자처럼 하기 위해 빨간 옥양목 천을 치마 밑에 대었다가 끝나면 다른 역을 위해 재빨리 떼어 내곤 했다. 그리고 낮 동안은 양털로 짠 작은 아이 옷을 입고 하나뿐인 소중한 흰 드레스를 빨아 다림질해 놓곤 했다.

그런데 하루는 그렇게 입고 일을 하고 있는데 한 늙은 시골 부자가 와서 사랑을 고백하며 돈을 주었다. 그녀는 돈을 얼굴에 집어던지고 가서는 당시 애인이었던 15살의 작은 소년에게 말했고 아이는 그 남자를 죽이고 싶어 했다고 한다.

그리고 한번은 낭시의 오페라 코믹에서 노래할 때 무대 뒤에서 무대 장식이 떨어져 그녀 딸의 다리가 부러진 적이 있었다. 그래서 그녀는 아이를 보다가 무대로 가고 또 무대에서 아이에게 가며 연기를 계속해야만 했다.

세 아이의 엄마이며 늙고 병든 엄마를 돌봐야 했던 그녀는 지칠 줄
모르게 일해야 했다. 그녀는 돈을 벌기 위해 파리에 왔고 그녀에게 돈
이란 가난을 피하기 위한 야망이었다. 하지만 돈을 버는 방법은 노동
뿐이어서 몇 년간 그녀는 피로와 가난 속에 살아야 했다. 그러다 당시
유행하던 드라마 〈두 명의 노역자〉라는 작품에서 방앗간 여주인 역
을 하며 배우로서 그녀의 재능이 알려지기 시작했다.

그때부터 그녀는 빠르게 성공하여 빛이 나기 시작했다. 그녀는 연
극에서 낭만주의적 여주인공이라는 새로운 드라마 여주인공을 탄생
시켰고 만약 그녀가 연극 덕분으로 큰 명예를 얻었다면 연극계 역시
그녀 덕분으로 성공할 수 있었다. 관객들은 당시 위대한 3명의 배우
들에 환호하고 있었는데 그들은 프레데릭 르메트르와 도르발 부인과
보카주였다.

도르발 부인은 또 잔 보베르니에(마담 뒤베리) 역에서 새로운 유형
을 탄생시켰다. 이 작품에서 그녀의 연기는 꼭 봐야 했는데 그녀는 뻔
한 역할 속에서 너무나 우아하고 매력적인 연기를 보여주어 연극에서
그동안 풀 수 없었던 문제들을 해결해주었다. 하지만 또 〈마리옹 들
로름〉과 〈앙젤로〉와 〈샤텔르통〉과 〈앙토니〉에서의 그녀도 꼭 봐야
만 한다. 그래야만 우리는 그녀 안에서 질투에 사로잡힌 광기와 너무
나 감미로운 정숙함과 뜨거운 모성애가 동시에 강하게 타오르는 것을
볼 수 있다.

하지만 나이가 들어감에 따라 극복해야 할 문제들이 있었다. 그녀
의 목소리는 쉬어가고 그녀의 발음도 부정확해져 갔다. 그래서 처음

시작할 때는 어떤 귀족적 광채나 우아함조차 보이지 않았다. 이런저런 규약들이 많았고 또 너무나 머리가 좋은 그녀는 자신이 연기해야 할 많은 역할들을 소화하여 연기할 때 종종 이렇게 말하곤 했다.

"나는 말도 안 되는 대사들을 어떻게 말해야 할지 모르겠어요. 연극에서는 실제로 절대 그렇게 말하지 않는 대사들이 너무 많은데, 도저히 그 대사들을 연극에 맞게 할 수가 없어요. 나는 놀랐을 때 절대로 '내가 뭘 본 거지?' 같은 표현은 하지 않지요. 또 머뭇거릴 때도 '지금 어디를 방황하고 있나?' 같은 말은 절대 하지 않지요. 또 긴 독백을 할 때도 한 단어도 말이 되는 것은 없어요. 그래서 할 수만 있다면 처음부터 끝까지 즉흥적으로 하고 싶어요."

하지만 그녀의 연기에서는 늘 처음에 어색한 부분이 있어서 아무리 대사가 좋아도 그녀의 결점들이 드러나기 마련이었다. 그녀를 아는 사람들은 이제 곧 그녀의 빛나는 연기가 관객을 사로잡을 것을 알았기 때문에 걱정하지 않았지만, 그녀의 적들은 (모든 유명한 배우는 많은, 그리고 극성스러운 적들을 가지고 있다) 처음에 손을 비비며 회심의 미소를 지었고 처음 그녀의 연기를 보는 사람들은 왜 그녀에 대해 그렇게 열광하는지를 의아해했다. 하지만 본격적인 연기가 시작되면 무아지경無我之境의 감미롭고 우아한 연기를 볼 수 있었다. 특히 갈등이 시작되면 이 배우의 감정은 무서울 정도로 극에 달하고 뜨거운 열정과 공포 혹은 절망감이 터져 나와 아무리 냉정했던 관객도 빠져들 수밖에 없었고, 아무리 싫어하던 사람들도 입을 다물 수밖에 없었다.

소설 《앵디아나》만 출판했을 무렵 도르발 부인에게 흠뻑 빠진 나는 한번 보고 싶다는 편지를 보냈다. 그때 나는 전혀 유명한 사람도 아니었고 또 그녀가 내 책에 대해 들은 적이 있는지도 몰랐다. 하지만 나의 진심 어린 편지가 그녀를 감동하게 했다. 그래서 바로 편지를 받은 그날 내가 이 편지에 대해 '쥘 상도'에게 이야기하는 중에 집 현관문이 갑자기 열리며 한 흥분한 한 여자가 내 목을 껴안고 "제가 왔어요!"라고 숨을 헐떡이며 소리쳤다.

나는 그녀를 무대 위에서밖에는 본 적이 없었다. 하지만 그녀 목소리는 너무 익숙해서 즉시 알아들을 수 있었다. 그녀는 예쁘기만 한 것이 아니라 매우 매력적이었다. 아니 예쁘다는 것이 무색할 정도로 매력적이었다. 얼굴이 그렇다는 것이 아니라 몸가짐을 통해 보이는 그녀의 영혼이 그랬다. 그녀는 여전히 말랐고 그녀만이 느낄 수 있는 알 수 없는 바람에 흔들리는 갈대 같았다. 그날 '쥘 상도'는 그녀를 그녀의 모자를 장식하고 있는 부러진 깃털에 비유했다.

"세상 사람들은 그녀가 찾은 이 가볍고 부드러운 깃털 하나를 찾아 온 세상을 헤맬 테지요. 그런데 세상에서 하나밖에 없는 이 놀라운 깃털은 그녀에게 이끌려 날아왔든가 아니면 날아가던 천사의 날개에서 그녀에게 떨어진 거지요."

나는 도르발 부인에게 어떻게 내 편지를 받고 이렇게 빨리 달려왔느냐고 물었지요. 그녀는 나의 너무나 우정 어리고 진실한 편지를 보고 예전에 자기가 마르스 양을 처음 본 후에 그녀에게 썼던 편지가 생각났다고 했다. 그녀는 계속 이렇게 말했다.

"그때 나는 너무 순진하고 아무것도 몰랐지요! 그때 나는 재능 있는 사람을 보면 마음이 뜨거워졌는데 그것이 내가 어떤 사람인가를 말해주는 거라고 생각했지요. 당신의 편지를 보면서 그때 그 편지를 쓰면서 나는 처음으로 내가 진정한 예술가라는 생각을 했다는 것을, 또 그런 나의 열망이 내게는 어떤 계시와 같았다는 생각이 들었지요. 그래서 나는 당신도 예술가이거나 아니면 예술가가 될 거라고 생각했지요. 또 그때 마르스 양이 나를 이해하고 나를 찾기는커녕 내게 너무나 냉정하고 오만했기 때문에 그녀처럼 하고 싶지 않았어요."

그녀는 다음 주 일요일 함께 저녁을 먹자고 했다. 왜냐하면, 매일 저녁 공연을 해야 했고 낮에는 가족과 함께 쉬어야 했기 때문이다. 그녀는 뛰어난 작가인 메를 씨와 결혼했다. 그는 여러 작품을 썼지만 그 중 제일 좋은 작품은 《저 앞에 젊은 청년》이란 작품이었다. 또 그는 죽을 때까지 〈코티디엔〉이라는 연극 잡지를 만들었는데 그것은 아주 통찰력 있고 나름 독창적이고 또 공평한 잡지였다. 메를 씨는 아들이 하나 있었다. 도르발 부인의 세 딸들과 몇몇의 오래된 친구들은 아주 친한 사이였는데 늘 아이들의 놀이 소리와 웃음이 끊이지 않았다.

진정한 가정을 갖고 또 그 가정을 소중하게 생각하는 연극배우들의 삶의 모습이 얼마나 감동적인지 사람들은 잘 모른다. 오늘날에는 많은 배우가 그런 가정에 대한 의무와 행복을 느끼고 있는 것 같다. 그러니 이제 과거의 편견을 버릴 때가 된 것 같다. 여기에서 남자는 여자보다 더 도덕적이라고 할 수 있다. 왜냐하면, 젊음과 아름다움에는 유혹이 따르기 마련이니까. 그런 유혹의 결과는 남자에게는 좋지만 여자에게는 치명적인 것이다. 하지만 여배우는 법에 따라 변변한 사회적 위치를 갖지 못한다 해도 또 설사 잘못된 열정에 어쩔 수 없이 빠졌었다고 해도 그들 모두는 말할 수 없는 애정과 영웅적 용기를 가지고 어머니가 된다. 그들의 아이들은 세상 어떤 여자의 아이들보다 행복하다. 이런 경우 세상 여자들은 사랑의 열매를 감추고 멀리하며 자신의 실수를 고백할 수도 없고 또 고백하길 원하지도 않는다. 다행히 결혼을 통해 그 아이들을 가정에 들어가게 한다 해도 조금이라도 의심받게 되면 그 불행한 아이들은 혐오와 가혹함의 대상이 된다.

여배우들은 실수를 고백하기만 하면 모든 것이 만회된다. 이 세계에서는 자신의 자식을 버리거나 모른 척하는 여자들만을 욕할 뿐이다. 아무리 좋아 보여도 기존의 상류 사회에서는 얼마나 많은 불쌍한 아이들을 내쳐 버리는지 … . 조금만 너그러운 마음으로 받아주기만 한다면 불평조차 하지 않을 가없은 아이들을 말이다. 그곳에서는 젊고 늙은 부모들 그리고 나중에 결혼한 합법적인 신랑조차도 이 아이들을 아무 싸움 없이 받아들이고 그들을 지극정성으로 돌본다. 사생아건 아니건 그들은 모두 한 가족이다. 만약 그들의 엄마가 재능이 있다면 그 아이들도 귀족처럼 그들 사회에서는 작은 왕자가 된다.

배우들 사회에서는 혈연관계 같은 것은 크게 중요하게 여기지 않는다. 하루에 5시간씩 리허설을 하고 또 저녁에 5시간씩 공연해야 하고, 먹을 시간도 옷을 갈아입을 시간도 거의 없는 엄마라면 아이들을 쓰다듬고 사랑해줄 수 있는 짧은 순간에는 미친 듯한 광란의 애정을 쏟아붓게 되고 또 휴일은 그야말로 진정한 축제의 날이다. 그녀는 아이들을 데리고 시골로 간다! 아이들과 함께 자신도 아이가 되어 다른 곳에서는 무질서한 삶을 산다고 해도 순수한 영혼과 만난 그녀는 이성스러운 순간과 성스러운 생각 속에서 순수해진다!

또 정숙하게 사는 여배우들은 (생각하는 것보다 더 많은데) 특별한 존경을 받아야 한다. 왜냐하면, 보통 그녀들은 재능도 없고 그럴 용기도 없지만 무거운 책임을, 그러니까 아버지나, 엄마나, 늙은 친척이나 너무 어린 자매나 아니면 딸 같은 엄마를 돌봐야 하는 짐을 지고 있기 때문이다. 이런 가족들은 보통 그녀 자신이 일일이 따라다니며 키울 수 없는 아이들을 돌봐주는 데 아주 필요한 것이기도 하다. 여배우에게 아이들이란 영원한 걱정거리니까. 하지만 종종 이런 가족들은 서로를 이용하며 다투기도 해서, 연기에 취해 있다가 어지러운 현실로 돌아와서 가족들을 화해시키는 역할도 해야 한다.

하지만 배우들은 가족을 멀리하기보다는 가족들을 찾아 더 가까이 둔다. 그들은 참고, 용서하고 도와주고 먹이고 또 키운다. 그들은 아무리 똑똑해도 지독하게 일을 해야만 먹고살 수 있다. 왜냐하면, 장사꾼이나 가난한 부르주아처럼 아끼며 살 수가 없기 때문이다. 그들은 우아해야 하고 사람들이 뒷걸음치지 않을 만큼 청결해야 한다. 그들은 미에 대한 감각을 가지고 있어서 진정한 삶을 향한 목마름을 가지고 있다. 그들은 이 복잡한 도시에서 점점 더 희귀해져 가는 한 줄기의 태양, 맑은 공기가 필요하다.

또 배우는 똑똑해야 한다. 그는 그것으로 살고 그것으로 큰다. 그의 목적은 아이들에게 물려주기 위한 작은 연금을 모으는 것이 아니다. 아이들도 자신들을 이어받아 예술가로 자라 자신들이 쟁취한 모든 것을 자식들에게 물려주길 원한다. 올라간 자리를 빼앗기고 기적적으로 머리를 굴려 대단한 의지로 연기 생활을 이어가는 배우일수록 더 그럴 수도 있다. 사람들은 무엇이 힘들고 어떻게 하면 실패하는지를 알고 있다. 그래서 아이들은 부잣집 아이들처럼 자라난다. 하지만 배우는 가난하다. 파리에서 조금 이름난 배우들의 평균 수입이 1년에 5천 프랑이다. 8천이나 1만 프랑을 벌려면 대단한 재능이 있거나 아주 드물고 특출한 재능으로 (왜냐하면, 이름도 모르는 무명 배우들이 수백 명이나 되기 때문이다) 대단히 크게 성공해야만 한다.

배우들은 그래서 이 힘든 문제를 끝없는 고통을 통해서만 해결할 수 있다. 지나치게 자존심이 강하다거나 유치하게 질투가 심하다고 배우를 욕하지만, 실상 그것은 그들의 공포와 고통, 그러니까 그들에게 있어서는 삶과 죽음과 같은 깊은 심연을 감추고 있는 것이다.

이 마지막 문제가 실제 도르발의 고민이었다. 그녀는 쉬지 않고 벌 때는 최대 1만 5천 프랑을 벌었다. 그리고 아주 검소하게 살았지만 타고난 미적 취향과 능숙함으로 그리 호화롭지 않은 곳에서 우아함을 잃지 않고 사는 방법을 알았다. 이 대단히 관대한 성품의 여자는 기생충 같은 인간들을 떨쳐 버리지 못해 때로는 남의 빚까지 갚아주면서 늘 허덕였고 딸들을 입히고 뻔뻔한 친구들을 구하기 위해 추억으로 간직하고 아끼던 작은 보석들을, 또 마치 성스런 물건처럼 늘 입을 맞추던 보석들을 내다 파는 것을 나는 여러 번 보았다.

돌아오는 것은 배은망덕한 욕뿐이었지만 그녀는 여전히 딸들의 행복을 바라며 위로 삼고 있었는데, 딸 중 한 명은 그녀 마음을 갈기갈기 찢어 놓았다.

가브리엘은 16살이었는데 너무나 예쁜 아이였다. 그런데 그녀는 거의 볼 때마다 엄마를 질투하며 오로지 엄마의 품위를 떨어뜨리려고

만 했다. 도르발 부인은 극장에서 딸들에 대해 말하는 것을 듣고 싶어
하지 않았다. 그녀는 "나도 너무나 잘 알아요!"라고 소리치곤 했다.
그리고 이 외침 속에는 엄마로서의 고통과 애정이 있었다.

가브리엘은 망설이지 않고 무대 위에서 엄마가 젊고 예쁜 자신과
함께 서는 것을 두려워한다고 말했다. 내가 아니라고 하면 그녀는 너
무나 천연덕스럽게 엄마에 대한 자기 생각에 반대하는 모든 사람에게
보이는 분노와 혐오감을 나타냈다. 나는 그렇게 천사 같은 얼굴이 감
추고 있는 분노에 놀라 그녀에 대한 선입견을 갖게 되었다. 그런데 그
녀는 나에게 모든 걸 고백하며 자신 있게 나도 자기처럼 생각한다고
굳게 믿었다.

얼마 후 가브리엘은 퐁타니라는 작가를 좋아하게 되었는데, 그는
〈양세계 평론〉 잡지에 '필링 경'이란 이름으로 글을 쓰는 사람이었
다. 그런데 그의 재능은 상업적으로 말해 별 볼 일 없었다. 퐁타니는
아무것도 없는 사람이었고 게다가 결핵 환자였다.

도르발 부인은 그를 멀리하고 싶었는데 화가 난 가브리엘은 자신에
게서 그를 없애려 한다고 비난했다. 상처받고 놀란 가엾은 엄마는 소
리쳤다.

"아! 질투심에 찬 딸들이 하는 끔찍한 노래여! 실패로 달려가는 걸
막으려 하는데, 딸들 마음을 부서뜨리며 자신들의 가슴도 부서지는
데, 그 딸들은 위로는커녕 엄마를 파렴치하다고 비난하다니, 더는 안
되지!"

도르발 부인은 가브리엘을 수녀원에 넣어야겠다고 생각했지만 어
느 날 아침 가브리엘은 퐁타니와 함께 사라져 버렸다.

퐁타니는 정직한 사람이었지만 치명적으로 약한 몸처럼 영혼도 무기력하고 돈도 지적 능력도 없는 사람이었다. 딸을 데려가는 이런 사건 후에 도르발 부인은 가브리엘의 손을 거절할 수 없었을 테니 이제 퐁타니는 단지 와서 사과를 받으면 될 일이었다. 용감한 엄마는 아마 죽어 가면서도 남편이 되려는 이 환자와 사람들이 자신을 희생자로 여겨주지 않으니 스스로 희생자인 척하는 이 철없는 딸에게 안식처를 주었을 것이다.

그런데 퐁타니는 이성이 시키는 것과는 반대로 했다. 그는 가브리엘을 데리고 스페인으로 갔다. 그녀의 엄마가 경찰이라도 보낼까 하는 걱정 때문에. 그리고 도르발 부인의 허락 없이 결혼하려고 했다. 하지만 그들은 성공하지 못했고 결국, 엄마에게 상처 주는 말과 함께 결혼을 요구할 수밖에 없었다. 결혼을 허락받고 식을 올리자 그들은 돈을 요구했다. 도르발 부인은 줄 수 있는 모든 것을 주었지만 당연히 그녀에게는 큰돈이 없었다. 그 사실을 알게 되자 그들은 그녀에게 돌이킬 수 없는 죄를 짓고 말았다. 젊은 부부는 파리에서 일을 찾는 대신 영국으로 건너가 여행과 이사를 반복하며 가지고 있던 적은 돈을 다 날려 버렸다. 런던에서 일할 희망이라도 있었던 것일까? 비록 가브리엘은 예술의 대가들과 진짜 예술가들의 충고를 들으며 마치 무슨 유산 상속녀처럼 자랐지만, 용기와 머리도 없이 단지 예쁜 것만으로는 충분치 않았다.

퐁타니는 그리 재능이 많지 않았다. 그저 괜찮은 젊은이로 외모가 준수하고 온순하고 따뜻한 젊은이였다. 조금이라도 신중하게 생각했더라면, 아무런 대책도 방편도 없이 가난한 어린 소녀를 데려가면서 자존심을 세우는 것이 얼마나 큰 실수인지를 이해했을 테지만, 그는 그런 생각도 못 할 만큼 생각이 짧았다. 결국 그는 절망에 빠졌고 폐결핵도 악화하였다. 또 남편과 아내 사이에서 전염될 수 있는 병이니 가브리엘도 이 병에 걸려 몇 주 후에 죽고 말았다. 가난과 절망 속에서 말이다.

불행에 빠진 퐁타니는 파리로 돌아와 죽었다. 그는 며칠간 생그라티엥에 있는 퀴스틴 공작 구호센터에 있었는데 그곳에서 그는 도르발 부인에 대한 잔인한 비난을 늘어놓았고 모든 폐결핵 환자가 그렇듯 자기 스스로의 망상에 빠져 런던에 있기 전에는 건강했으며 그곳에서 아내가 죽고 미래에 대한 불안이 그를 죽인 거라고 주장했다. 그는 완전히 자기 자신에게 속고 있었다. 도르발 부인은 처음부터 내게 "재능도 없고, 용기도 없고, 건강도 없는 젊은이"라고 말했으니까. 사실 그의 너무나 메마르고 완전히 깡마른 몸 그리고 너무나 쇠약한 몸만 봐도 그것을 다 짐작할 수 있었다. 가엾은 가브리엘은 그런 모습을 고통스러운 열정 때문이라고 했지만 순진한 그녀는 그런 정열이 두 사람 모두를 죽일 거라고는 생각지 못했다.

도르발 부인이 그들을 도와줬어야 한다는 말들을 하지만 그녀 자신조차 늘 빚쟁이들에게 급료와 가구까지 다 뺏길 위험 속에, 너무나 힘들고 끔찍한 어려움 속에 살면서 (내가 직접 보았었다) 도움을 준다고 해도 임시방편밖에는 되지 못했을 것이다. 게다가 퐁타니는 스스로 고백하길 자기가 어느 정도까지 끔찍하게 비참한지를 말하는 것이 부끄러웠다고 고백했었다. 그리고 이것으로 그가 생활에 필요한 기본적인 것들도 마련하지 못하면서 믿고 의지할 만큼 강한 남자 또한 아니었다는 것을 짐작할 수 있다. 퐁타니는 특히 마담 도르발이 이런 점에서 자신을 신뢰하지 못한다는 것을 너무나 싫어했다.

이런 후회스러움에도 불구하고 아내의 죽음으로 무너지고 자신의 고통에 짓눌려 괴로운 임종의 순간을 맞이한 퐁타니는 끔찍한 비난들을 토로하며 죽어 갔다. 하나님께서 그를 용서해주시기를, 하지만 그의 비난들은 얼마나 잘못된 말들인지! 그 말을 듣고 함께 동조했던 사람들도 사실을 직시해 보면 조금만 생각해도 문제가 되지 못하는 것을 몰랐다는 점에서 마찬가지로 죄인들이다.

도르발 부인의 적들은 평생을 자신의 애간장을 태우며 살았던 이 순교자와 같은 엄마에게 이루 말할 수 없이 괴상하고 궤변적인 비난을 떠벌리며 즐겼다. 자신도 고통 속에 죽어 가며 뜨거운 모성애로 거의 정신을 잃을 정도였던 그녀가 나쁜 엄마라니! 그녀의 인생을 다 이야기하면 그녀가 얼마나 사랑이 많은 사람인지 곧 알게 될 것이다.

하루는 누군가 도르발 부인에게 와서 딸과 퐁타니가 불평하는 말을 전해주었는데 내 생각에 그것은 분명 잘못된 행동이었다. 그러니까 가브리엘이 엄마에게 학대당했고 맞아서 어둡고 공상적인 아이가 되었다는 것이다. 그러자 무례하고 잔인한 질문들을 들을 생각도 하지 않고 도르발은 소리쳤다.

"아, 그래! 세상에 그녀를 때렸어야만 했어! 하나님, 제가 그런 용기를 갖지 못한 것을 용서해주세요!"

고통 속에서, 이 가엾은 여자는 이 새로운 괴로움을 자신의 일과 막내딸 카롤린에 대한 사랑으로 이겨냈다. 카롤린은 금발의 조용하고 예쁜 아이였는데 건강이 나빠 엄마에게는 늘 근심이었다. 그런데 다른 두 언니들은 도와주고 돌봐줘야 할 아픈 동생을 질투하여 오히려 놀리기만 했다.

하지만 카롤린은 착하고 엄마를 사랑했다. 그녀는 행복할 자격이 있었고 또 행복했다. 언니 루이즈가 결혼한 후에 그녀도 르네 뤼게와 결혼했다. 그는 젊은 배우였고 도르발 부인도 그 재능과 너그러운 마음과 딱 부러지는 성격을 알아보았다.

그런데 도르발 부인은 이 새로운 몇 달간 슬프고 괴로워했고 자주 몸이 아팠다. 어느 날은 박Bac 거리에 있는 그녀의 집 바닥 양탄자 위에 마치 어디가 부러진 듯 구부린 채 쓰러져 있는 것을 발견했는데 그녀는 굵은 눈물을 흘리며 말했다.

"지금 나는 행복한데, 왜 슬픈지 모르겠어요. 너무 일찍 너무 뜨거운 열정에 다 타 버렸나 봐요. 이제 늙고 피곤해서 나는 쉬고 싶어요. 그래서 쉬려고 하는데 이렇게 되어 버렸네요. 난 어떻게 쉬어야 되는지 모르겠어요."

그리고 그녀는 자신의 속마음을 털어놓았다.

"나는 엄청난 고통을 과감하게 떨치고 일어섰지요. 나도 다른 사람들처럼 행복하게 살고 싶어요. 당신이 말한 것처럼 나 자신을 잊고 싶어요. 다시 내 일을 하고 그것을 사랑하고 싶어요. 하지만 이제 그게 불가능해졌어요. 흥분하기 위해서는 자극제가 필요해요. 이렇게 반쯤 고양된 상태에서는 고통과 괴로운 추억들 그리고 과거를 생각하면 지금 현재 수천 번씩 바늘에 찔리는 듯한 아픔이 잠깐씩 날 자극할 뿐이지요. 그런 것은 불행을 가져가지도 못하고 불안감과 불편함만 더

24

할 뿐이에요. 아! 만약 연금이 있고 나를 필요로 하는 자식들도 없다면 나는 완전히 쉬고 싶어요!"

평온하게 쉬는 방법을 몰라 그것을 불평하는 거냐고 내가 묻자 그녀는 이렇게 말했다.

"맞아요. 걱정거리가 사라지자 권태가 나를 삼켜요. 루이즈는 자기가 선택해서 결혼했고, 카롤린도 사랑하는 멋진 남편이 있지요. 늘 유쾌하고 모든 것에 만족해서 얼굴 한 번 찡그리지 않는 메를 씨는 오늘도 여전히 편안하고 사랑이 넘치고 자기만의 즐거운 삶을 살면서 사는 게 너무 쉬워 보이지요. 다 잘들 살고 있어요. 단지 이 아름다운 집이 왜 내겐 이렇게 어둡고 무덤 같은지 모르겠네요."

그리고 그녀는 다시 울기 시작했다.

"내게 뭔가 숨기는 게 있나요?" 하고 나는 물었다. 그러자 그녀는 소리치며 말했다.

"아니에요, 절대! 내가 내 문제로 당신을 얼마나 괴롭게 하고 있는지 잘 알잖아요. 내가 위로받는 사람은 당신뿐이죠. 그런데 당신은 권태라는 걸 이해하지 못하나요? 이유도 모르는 권태, 그 이유를 안다면 고칠 수 있겠지요. 그런데 이것이 정열이 사라져서라는 생각이 들자, 나는 이렇게 전과는 다른 삶을 살면서 이렇게 무기력한 것에 길들어 이런 식으로 사는 것을 천 배는 더 좋아할 거라는 생각이 공포로 다가왔지요. 지금처럼 반半수면의 상태에서 나는 너무 많은 나쁜 망상에 사로잡히게 돼요. 나는 하늘이나 지옥을 보고 싶고 하나님을, 아니면 내 어린 시절의 악마를 믿고 싶어요. 전쟁터에서 승리자가 되어 천국을, 그러니까 어떤 보상을 찾고 싶은데 지금은 단지 구름과 희미한 의혹들뿐이에요. 때로는 내가 신실한 신자라고 생각하려고 애를 쓰기도 해요. 내게는 하나님이 필요하거든요. 하지만 지금 교회가 말하는 그런 모습의 하나님은 이해할 수 없어요. 교회는 내게 마치 극장 같아요. 사람들은 그곳에서 각자의 역할을 하지요."

그녀는 카노바의 〈막달레나〉를 본뜬 작은 흰 대리석을 내게 보여 주며 말했다.

"나는 울고 있는 이 여자를 몇 시간이고 바라보면서 그녀가 왜 울까 생각했어요. 혹시 살아온 것을 후회하는 걸까 아니면 살지 못한 걸 후회하는 걸까를 생각했지요. 오랫동안 나는 그녀의 포즈만 연구했지만, 지금은 그 안의 생각을 궁금해 하고 있어요. 때로 조급증이 들어 그녀를 일으켜 세우고 싶기도 하지요. 때로는 두려운 생각도 들면서 나도 부서질 것만 같은 두려움이 들어요."

그리고 그녀의 말에 대한 나의 생각을 듣더니 "나도 당신처럼 되고 싶어요."라고 말했다. 나는 대답했다.

"그 생각에 동조하기엔 나는 당신 자체가 너무 좋아요. 당신 말에 따르면 나는 어제오늘부터가 아니라 태어난 이후부터 권태로웠네요."

"그래요. 맞아요. 하지만 그것은 강인한 권태, 아니면 당신 말대로 위대한 권태지요. 나의 권태는 고통스럽기보다는 연약한 것이고 마음을 낙담케 하는 거예요. 당신은 슬픔의 이유를 파헤치고 그것을 알게 되면 해결할 수 있지요. 당신은 그저 '이래서 그런 거니 어쩔 수 없어.'라고 말하면 그만이지요. 아! 나도 그렇게 말할 수만 있다면 얼마나 좋을까요. 그리고 당신은 진리와 정의와 행복이 어딘지는 모르지만 어딘가 있다고 믿지요. 당신은 이 삶보다 더 좋은 어떤 곳으로 가기 위해서는 그저 죽으면 된다고 믿고 있어요. 그 모든 것이 내게는 모호하지만 나도 그것을 너무나 갈망하고 있어요."

그리고 갑자기 이런 질문을 던졌다.

"관념적이란 것이 뭐지요? 나는 모든 책 속에서 그 단어를 봤어요. 그런데 설명을 들을수록 더 이해할 수가 없어요."

내가 몇 마디 하자 그녀는 나보다 더 잘 이해했다. 그녀는 나에게 천재라고 했지만 사실 천재인 사람은 그녀였기 때문이다.

그녀는 흥분해서 다시 말하기 시작했다.

"그렇다면 관념적인 생각들은 나와는 아무 상관이 없어요. 나는 내 심장과 위장들을 뇌 속으로 집어넣을 수 없어요. 만약 하나님이 상식 있는 존재라면 그는 우리 몸 밖과 마찬가지로 우리 몸 안에서도 신체 각 부위에 자신의 위치가 있고 거기서 자기 역할을 잘하길 바라겠지요. 나는 신을 추상적으로 이해하고 잠깐 희미한 장막을 통해 완전함을 명상할 수 있어요. 하지만 그것은 오랫동안 나를 매료시키지는 못하지요. 나는 사랑하고 싶어요. 그리고 그런 추상적인 걸 사랑하느니 차라리 악마에게 잡혀가겠어요!

그리고 뭐라고요? 당신들 철학자들과 사제들 중 어떤 이는 그가 하나의 생각일 뿐이라 하고 또 다른 이는 그가 그리스도의 형태로 왔다고 설명하는데, 혹시 그 신이 당신들 상상 속이 아니라 다른 곳에 있다고 누가 말해줄 수는 없을까요? 누가 내게 보여준다면 나는 신을 보고 싶어요! 만약 조금이라도 날 사랑한다면 그는 내게 말하고 나를 위로해줄 테지요! 나도 그를 정말 사랑하겠어요! 이 막달라 마리아는 그를 보고 그를 만졌지요. 그의 아름다운 꿈을! 그녀는 그의 발아래서 울며 머리카락으로 그 발들을 닦아주었지요! 우리는 어디에서 다시 한 번 신성한 예수를 만날 수 있을까요? 누구 아는 사람이 있으면 내게 말해주세요. 달려갈게요. 아름다운 사람은 실제로 존재하는 완벽한 존재를 숭배할 자격이 있지요! 만약 내가 그를 알았더라도 내가 죄인이었을 거라고 사람들은 생각할까요? 이것은 단지 느낌뿐인 걸까요? 아니요, 이것은 전혀 다른 것을 향한 갈망이에요. 이것은 항상 부르면 도망가는 진정한 사랑을 찾으려는 분노지요. 성자들을 보내준다면 우리는 바로 성자가 될 거예요. 이 울고 있는 성녀가 광야로 가져간 그런 추억을 누가 내게 준다면, 나도 그녀처럼 광야에서 살면서 나의 사랑을 위해 울 거고 결코 권태로워하지는 않을 거라고 자신 있게 대답할 수 있어요!"

이렇게 그녀는 늘 뜨겁게 흥분했다. 아마도 나는 그 말들을 정리하고 재해석하면서 그녀가 한 말들을 좀 변형시켰을지도 모르겠다. 어떻게 그녀의 불같이 타오르는 말과 살아 숨쉬는 듯한 생각들을 전할 수 있겠는가? 그녀의 말을 한 번 들은 사람은 결코 그것을 잊지 못할 것이다!

이런 불안정한 상태는 오래 지속되지 않았다. 곧 카롤린이 아들을 낳았고 그녀는 조르주라는 이름을 주었다. 그리고 그 아이는 마리의 최고의 기쁨이요, 사랑이 되었다. 이 헌신적인 가슴에는 자신의 모든 것을 다 쏟아부을 어떤 존재가 필요했다. 밤낮으로 휴식도 제한도 없이 말이다. 그녀는 말했다.

"내 아이들은 점점 크면서 내가 자기들을 덜 사랑한다고 하지요.

하지만 그 말은 틀린 말이에요. 나는 다른 방식으로 아이들을 사랑해요. 아이들이 나를 덜 필요로 하면서 아이들 걱정을 덜하게 되었는데, 사실은 그런 걱정이 열정을 만드는 거였어요. 내 딸은 행복해요. 그런데 내가 만약 그것을 의심하는 것처럼 보인다면 아이의 행복은 흔들릴 거예요. 이제는 그녀의 남편이 그녀의 엄마지요. 그 애가 자는 것을 보는 것도, 잘 자지 못하면 불안해하는 것도 그이지요. 나는 이제 다른 사람을 위한 나의 잠, 휴식, 삶을 잊어야 해요. 항상 애지중지 품고 있어야 하는 것은 어린아이들뿐이에요. 사랑하게 되면 우리는 한 남자의 엄마가 되고 그도 저절로 그것을 받아들이지요. 그렇게 하지 않는다면 그것은 놀림당할까 두려워서지요. 우리가 안고 우리 가슴으로 따뜻한 온기를 주는 이 순수한 아이들, 이들은 오만하지도 배은망덕하지도 않아요! 그들은 단지 우리를 필요로 하고 그들의 권리를 행사하는 것뿐이지요. 우리를 자기들의 노예로 만드는 그런 권리를. 그들이 온전히 우리 것이듯 우리도 온전히 그들 것이 되지요. 우리는 그들을 위해 괴로워하지요. 단지 그들이 살아 있고 행복하기만을 바라기 때문에 그들은 단지 우리에게 미소 짓는 것만으로 충분하지요."

그리고 그녀는 그 예쁜 아이를 가리키며 말했다.

"나는 그동안 성자나, 천사나, 눈에 보이는 하나님을 보여 달라고 했지요. 이제 하나님이 내게 그를 보내주었어요. 여기 너무나 죄 없고 너무나 완벽하고 육체와 영혼이 모두 아름다운 존재가 있어요. 내가 사랑하고 돌봐주고 기도해줄 수 있는 존재지요. 하나님의 사랑은 그의 스치는 손길에 있고 나는 그의 푸른 두 눈에서 하늘을 보아요."

그녀 안에서 깨어난 이 거대한 애정, 그 어느 때보다도 더 살아 있는 이 사랑은 그녀의 천재성에 새로운 비약을 주었다. 그녀는 마리 잔이라는 역할을 창조해냈고, 그녀를 통해 영혼을 찢는 외침을 표현했고, 관객에게 극장에서 더는 들을 수 없었던 고통과 정열의 비명을 듣게 했다. 그것은 그녀의 심장, 그녀의 오장육부에서만 나올 수 있는 소리였기 때문이고, 또 그 외침과 짐승처럼 그로테스크한 비명 소리는 그녀 안의 또 다른 그녀에게서 나오는 소리였기 때문이다. 그렇게 무섭고 숭고한 소리는 오직 그녀와 같은 존재에게서만 나올 수 있는 그런 소리였다.

하지만 이 숙명적인 역할과 깊은 사랑은 도르발 부인에게 치명적인 타격을 주었다. 이 극이 크게 성공한 후 그녀는 끔찍하게 아팠는데 기적적으로 폐의 천공穿孔은 피할 수 있었다. 그녀는 죽는 것을 두려워했다. 조르주가 살아 있는 한 그녀도 살고 싶어 했다.

그녀는 아녜스 드메라니 여왕을 연기했다.1 그다음 오데옹에서 전통 비극을 연기하는 말도 안 되는 이상한 시도를 하기도 했다. 그것은 그녀의 자태에도 그녀의 목소리에도 어울리지 않았다. 하지만 그녀는 퐁사르의2 대사들을 너무나 잘 해냈고 〈뤼크레스〉에서 연기를 너무나 정숙하고 절도 있게 해냈기 때문에 사람들은 그녀가 라신의 대사들을 어떻게 할지 궁금해했다. 그녀는 정말 너무나 열심히 페드르를

1　〔역주〕〈아녜스 드메라니〉는 1842년 아메데 드세즈나(Amédée de Césena)가 올린 비극 작품이다.
2　〔역주〕19세기 극작가의 이름이다.

상드와 친했던 배우 마리 도르발.
상드는 자서전의 많은 부분을 할애하여
도르발 부인에 대해 서술했다. 사진은 그녀가
아녜스 드메라니 역을 맡았을 때의 모습이다.

연구하면서 새로이 해석하기 위해 무진 애를 썼다.

이렇게 연구하는 동안 그녀는 오로지 천재들만이 할 수 있는 순수
하고 겸손한 말을 내게 건넸다.

"나는 라셸보다 더 잘할 수 있다고는 할 수 없지만 다른 식으로 할
수는 있을 것 같아요. 관중들은 내가 그녀와 똑같이 하길 바라지는 않
을 테니 그녀를 흉내 내지는 않겠어요. 하지만 배우로서가 아니라 라
신의 입장에서 내게 관심을 기울일 필요가 있어요. 작가의 처음 의도
를 찾아보자는 것이 아니에요. 진부한 전통을 되찾는 것만큼 위험한
것도 없지요. 문제는 그 내용의 아름다움과 그 매력적인 형식을 가치
있게 하는 거지요. 전혀 다른 방식으로도 너무나 자연스럽게 표현될
수 있다는 것을 보여주면서 말이에요."

실제로 그녀는 이 역에 대해 대단한 해석과 열정을 가지고 있었다.

라셸을 보지 못한 사람에게 도르발 부인은 아마도 연극 역사에서 이 역할로 기록될 것이다. 더욱이 라셸은 당시 오늘날처럼 그렇게 완벽하지도 못했다. 라셸은 너무 젊었고 그런 젊음은 페드르가 처했던 그렇게 공포스러운 상황과 자신을 억누르는 자태를 연출해 낼 수 없는 법이다. 그 역할은 정말 불타는 역할이었고 도르발 부인은 그 역할을 하며 자신을 불태웠다. 라셸은 지금에서야 자신을 불태우며 완벽한 연기를 보여준다. 왜냐하면, 그녀는 여전히 당시 도르발 부인에게는 없었던 젊음과 아름다움과 이상적인 우아함을 지니고 있기 때문이다. 라셸은 사랑의 영감을 불러일으키는데, 전에 재능이 최고조에 달하지 않았을 때도 이미 그랬었다. 도르발 부인은 이제 더는 사랑을 불러일으키지 않는다. 그리고 어떤 관중이라도 예술가보다는 사랑에 빠진 사람이 더 많은 법이다. 하지만 예술가들은 누구나 도르발 부인의 연기를 보면 깊이 감동하면서 제국시대의 그 어떤 유명 배우도 보여주지 못한 섬세한 연기라고 극찬한다.

1848년 이제 막 혁명이 성공했을 때3 나는 도르발 부인이 두려움에 경악하는 것을 보았다. 메를 씨는 성격이 온순하고 정치적 견해도 온건하기는 했지만 정통 왕조 지지자였기 때문에 도르발 부인은 박해당할까 두려워하고 있었다. 단두대와 추방까지 생각하는 그녀의 상상력은 늘 극단적이었다.

그녀의 걱정에는 이유가 있었다. 이런 정치적 혼란은 정치와 밀접

---

3 〔역주〕1789년 대혁명 이후 두 번째 공화주의 정부를 탄생시킨 혁명을 말한다.

한 관계가 있는 직업을 가진 사람들에게 영향을 주기 마련인데, 이미 충격을 한 번 받은 적이 있었다. 하루하루를 살아가는 장인들과 예술가들은 이런 일이 벌어지면 한동안 마비 상태가 되었다. 그리고 자신의 나이와 피로함과 자신만의 두려움과 싸우던 도르발 부인은 이 불안한 사태를 견딜 수 없었다. 나도 불안한 상황이기는 마찬가지였다. 위기는 딸의 결혼으로 빚을 진 내게 닥쳤다. 한편으로 사람들은 내 재산을 압류하려고 했고 또 노동의 대가도 4분의 3으로 깎였다. 또 자리도 몇 달 동안만 보장되었다.

하지만 나는 이런 위험스러운 상황에 대해 거의 무감각했다. 잠깐의 압류들은 아무것도 아니었다. 나는 거기에 아무 말도 하지 않겠다. 그때 유일한 괴로움은 빚을 갚으라는 사람들에게 바로 갚을 수 없었다는 것이었고, 고통받는 사람들을 도와줄 수 없다는 거였다. 하지만 사회적 신용, 그러니까 공적 차원에서 도움을 받고 희망을 품게 되면 개인적인 걱정들은 아무리 심각하다고 해도 작아지는 법이다.

머릿속으로는 사회주의 이론을 이해하고 있었지만, 그녀 자신이 고통이라면 충분히 겪을 만큼 겪었다는 믿음 때문에 어떤 시련이나 걱정거리도 강하게 거부하던 도르발 부인은 매우 괴로워하면서 자기가 보기에 2월 혁명은 재앙이며 피비린내를 내며 끝장날 거라고 했다. 가엾은 여자! 그것은 그녀 가족에게 덮칠 끔찍한 고통에 대한 예감이었다.

1848년 6월, 어린아이들로 하여금 서로가 서로에게 무기를 겨누게 하고, 민중과 부르주아라는 혁명의 두 세력 사이를 20년이 지나도 메울 수 없을 큰 간극으로 벌려 놓으며 공화국을 죽이고 말았던 그 끔찍한 며칠간의 난리 후에, 나는 노앙에 있으면서 증오에 찬 비겁자들과 시골의 멍청한 테러리스트들에게 협박당하고 있었다. 나는 내 개인적인 일 밖에는 아무 걱정도 하지 않았다. 내 영혼은 죽었고 나의 소망도 바리케이드 아래 짓뭉개졌다.

이런 와중에 도르발 부인은 다음과 같은 편지를 보냈다.

나의 친애하는 좋은 친구여. 감히 편지를 쓸 수가 없었어요. 당신이 너무 바쁠까 봐. 또 너무나 큰 절망 속에 정신 나간 소리를 늘어놓을까 두려워 편지를 쓸 수 없었어요. 그런데 오늘 당신이 노앙에 있다는 걸 알게 되었지요. 이 끔찍한 파리를 떠나 여전히 나를 따뜻한 마음으로 사랑하며 홀로 지낸다는 것을요!

당신이 ***에게 쓴 편지를 울면서 읽었어요. 거기에는 당신의 소설 《사생아 프랑수아François le Champi》 속에서의 당신 모습이 모두 담겨 있었지요. 가엾은 아이! 그리고 나의 이 불쌍한 영혼을 위로해줄 당신의 몇 마디 말을 듣기 위해 편지를 쓰지 않을 수 없었어요. 나의 소중한 아들, 나의 조르주를 잃었어요! 알고 있었나요? 하지만 당신은 이 깊은 고통, 내가 느끼는 이 치유할 수 없는 고통을 모를 거예요. 뭘 하고 뭘 믿어야 할지 모르겠어요! 왜 하나님이 그렇게도 소중한 존재를 데려갔는지 모르겠어요. 하나님께 기도하려고 하면 마음 속에 분노와 반항심만 일어날 뿐이에요. 그 작은 무덤 위에서 살고 있어요. 그 아인 나를 볼까요? 당신도 그렇게 믿나요? 뭘 해야 할지 모르겠어요. 내가 할 일이 뭔지도 모르겠어요. 다른 아이들을 사랑하고 싶지만 더는 사랑할 수 없어요. 기도서에서 위로를 찾았지만 거기에는 나 같은 경우도 우리가 잃어버린 아이들에 대한 것도 없었어요.
이런 끔찍한 불행에도 하나님께 감사해야 하는 건가요? 아니, 나는
그럴 수 없어요! 예수 그 자신도 '나의 하나님, 왜 나를 버리시나이
까?'하고 소리치지 않았던가요? 이 위대한 영혼도 의혹을 품었다면
우리 이 가엾은 피조물들은 어찌해야 하나요?

아! 나의 친구여, 나는 너무나 불행해요! 그것은 내 행복의 전부였
는데. 나는 내가 어릴 때 착해서 이런 상을 받았나 했어요. 가족들을
돌보는 것이 너무 중요한 일이라 모든 가족에게 아주 헌신적이었지
요! 내 어깨에는 너무나 무거운 짐이었지만 … . 너무나 행복했어요!
나는 아무도 부러워하지 않았지요. 나는 '혐오스러운' 일을 하면서도
용감하게 헤쳐 나가며 최선을 다했고 병이 끊이지 않았지만 내 주변
사람들을 모두 행복하게 하기 위해 최선을 다했어요. 혁명이 일어나
고 … 예술이 사라지고 … 그래도 우린 여전히 행복했지요. 우리 가엾
은 보잘것없는 사람들은 바리케이드를 치고 '라마르세예즈'를 불렀지
요. 거리의 시끄러운 소리들이 기쁨을 배가시켰어요! 그리고 며칠 뒤
같은 시끄러운 소리들이 나의 가엾은 조르주에게 경련을 일으키게 했
지요. 아이는 14일 동안 앓다 갔어요. 14일 동안 우리는 십자가에 매
달려 있었지요. 아이는 5월 3일 쓰러졌고 5월 16일 하늘로 갔어요.
오후 3시 반에.

나의 친구여! 당신을 슬프게 하는 것을 용서해요. 하지만 이제야
너무나 사랑하는 당신 앞에 왔네요! 항상 내게 너무나 친절했던 당
신! 당신은 내가 나의 아들과 너무나 아름다운 남프랑스를 여행하게
해주었고(왜냐하면, 당신이 아니었다면 하지 않았을 테니까요)! 또 건강

을 회복하게 해주었지요! (너무나!) 여행하며 아이는 너무나 즐거워했고 너무나 짧게 살다 갈 그 아이가 너무나 즐겁게 햇볕을 받으며 산책할 수 있게 해 주었지요!

당신이 또다시 내게 힘을 줄 편지를 쓰도록 하려고 다시 당신께 이렇게 쓰고 있어요. 다시 한 번 구원을 요청합니다. 당신의 품위 있는 마음과 그 높은 지성에서 나오는 아름다운 말들을 어디에서 찾아볼 수 있을지 알고 있지만, 만약 당신이 내게 직접 그 말을 해준다면 너무나 큰 위안이 될 것 같아요.

안녕, 나의 사랑하는 조르주! 나의 친구이며 너무나 사랑하는 그 이름!

마리 도르발. 1848년 6월 12일 바렌가 2번지에서.

나는 이 편지의 단어 하나 바꾸지 않았고 줄 하나 지우지 않았다. 보통 내게 보낸 찬사의 글들을 출판하지 않지만 이것은 내게 너무나 성스러운 편지이다. 이것은 너무나도 사랑스럽고 어쨌든 신실했던 사람의 마지막 축복의 말이었다. 그리고 우정의 대상을 향한 애정 어린 숭배는 여전히 그녀 안에 있었던 보석 같은 정신의 경건함을 보여주는 것이다.

그녀에게 건넨 위로들은 결코 사라지지 않았다. 그녀는 다시 일에 정신을 팔게 되었고, 헌신적으로 임하게 되었다. 하지만 세상에! 그녀의 힘은 고갈되었고 나는 그녀를 더는 볼 수 없게 되었다.

겨울 동안 노앙에 있었는데 그녀는 1849년 사랑하는 딸 카롤린에게 5월 16일, 그러니까 조르주가 죽은 후 다시 그 운명의 날을 맞아 아마도 떨리는 손으로 다음과 같은 편지를 썼다. 그리고 카롤린은 이 꾸깃꾸깃하고 열에 들뜬 편지를 보내왔는데, 고통으로 뒤틀린 편지는 뭔가 비극적인 것을 예고하고 있었다.

사랑하는 카롤린! 네 엄마는 지옥과 같은 고통 속에 살고 있단다.
 사랑하는 딸아! 이제 우리의 추도의 날이 왔구나. 내 조르주의 방문을 닫고 아무도 들여보내지 말길 바란다. 마리가[4] 이 방에 놀러가지 않기를 …. 침대를 방 가운데 꺼내놓고 아이의 초상화를 침대 위에 놓아두거라. 그리고 꽃으로 침대를 장식해주렴. 다른 꽃병들에도 모두. 시장에 가서 꽃을 사 오라고 하길 바란다. 방 안을 온통 봄으로 장식해주렴. 그 아이가 더는 볼 수 없었던 그 봄으로 말이야. 그리고 온종일 네 이름과 이 가엾은 할머니 이름으로 기도해주길 바란다.

사랑의 입맞춤을 보내며.
1849년 5월 15일 캉에서 너의 엄마가

이 가슴을 찢는 편지에 카롤린은 다음과 같은 편지를 써서 보냈다.

어머니는 5월 20일에 돌아가셨습니다. 나의 가엾은 조르주가 죽은 지 1년 하고 4일째 되는 날에요. 어머니는 공연을 하기 위해 캉으로 가는 역마차에서 병에 걸리셔서 도착하고 바로 자리에 누우셨는데 파리로 올 때까지 회복하지 못하셨지요. 그리고 파리로 돌아와 이틀 만

---

4 〔역주〕 카롤린의 딸을 의미한다.

에 우리의 품에서 돌아가셨습니다.

어머니는 많은 고통을 받았지만, 마지막 순간은 평화로웠습니다. 어머니는 곧 만나게 될 작은 천사를 생각하셨지요. 그 아이를 얼마나 사랑하셨는지 아시지요. 그 사랑이 엄마를 죽인 거예요. 1년 동안 괴로워하신 거지요. 모든 것을 다 괴로워하셨어요. 사람들은 너무나 불공평했고 엄마에게 잔인했지요!

아! 부인, 이제 엄마는 행복하다고 말씀해주세요! 어머니가 그러셨듯 제 온 마음으로 부인을 포옹합니다.

카롤린 뤼게

친애하는 상드 부인

위대하고 가엾은 부인이 죽었습니다! 위로할 방법을 알지 못하는 저희를 불쌍히 여겨주세요!

1849년 5월 23일 르네 뤼게

도르발 부인이 너무나 잔인했던 삶을 산 후 맞이한 이 잔인한 죽음에 대한 자세한 이야기를 르네 뤼게가 다음과 같이 보내왔다. 하지만 반 이상은 지워야만 했는데 그 이유를 알게 될 것이다.

상드 부인에게

오! 부인 말이 맞았습니다. 이것은 정말 너무나 큰 불행이에요. 이 땅의 모든 즐거움을 잃었습니다. 저는 모든 것을 잃었습니다. 친구도 불행했던 동료도 어머니도! 너무나 지적이었던 어머니, 그녀는 나의 영혼이며 내 마음을 비상하게 하고 저로 하여금 예술가가 되게 하고 남자가 되게 하고 또 제게 의무가 무엇인지 알게 하시고 제가 성실하고 용기 있는 삶을 살게 하셨지요.

어머니는 제게 아름다움과 진실함 그리고 위대함이 뭔지 알게 하셨어요. 게다가 그녀는 나의 사랑하는 카롤린을 소중하게 생각하고 저희 아이들을 끔찍이 사랑하셨지요. 그리고 그것 때문에 돌아가셨습니다. 어떻게, 대체 어떻게 해야 할까요!

어머니가 너무나 좋아하셨던, 어머니가 존경하셨던 부인께 어머니의 고통에 대해 말씀드리고 싶어요. 그러면 저의 고통도 알게 되실 테지요. 그러니까 그녀는 슬픔과 절망으로 돌아가신 거예요. 경멸, 네! 경멸이 어머니를 죽인 거지요!

가엾은 어머니가 여기저기로 자신의 재능과 능력을 펼칠 수 있는 역할을 부탁할 때 먼저 도르발이라는 이름을 듣고 사람들은 눈을 크게 떴지요. 천재적인 배우였던 그녀니까요! 그런데 바로 그게 문제였어요! 이제는 이빨도 한두 개 없고, 옷은 더럽고 슬픈 눈빛을 하고 있었으니까요. 불행한 일들로 연극은 형편없이 망하게 되고 그런 재앙들이 또 다른 재앙들을 가져온 거지요.

그러니까 제 아들 조르주의 죽음이라는 너무 큰 첫 번째 불행이 가장 큰 타격이었지요. 마리는 충격을 받았지만 그래도 꿋꿋하게 서 있었지요. 마음속 깊은 곳에 있는 상처를 내보이지 않으시면서 말이지요. 그리고 어머니는 다른 것에 몰두하기 위해 애를 쓰셨지요. 우리도 그 큰 슬픔을 잊을 수 있는 대단한 역할이 오기를 기다렸지요. 그리고 ***가 아주 좋은 역을 가지고 왔어요. 어머니는 그것을 읽고 연구하며 열의가 대단하셨지요. 그것은 정말 구원의 닻이었어요. 어쨌든 매일 몇 시간은 고통에서 해방될 수 있었으니까요. … 그런데 이유도, 변명도, 설명도 없이 그 역을 가져가 버렸어요!

… 그냥 그렇게 된 거예요. 그녀 가슴에 대못을 박았지요! 그러니까 어머니는 3개의 깊은 상처로 돌아가신 거예요. 사랑하는 아이의 죽음과 모든 사람의 외면과 불공평, 그리고 가난에 대한 공포로!

그렇게 4월 10일이 되어 저는 캉에 갔고 어머니는 저를 만나러 오기로 했지요. '오 프랑세' 극단에서 단역을 맡고 한 달에 500프랑을 받기 위해 마지막 협상을 하기 위해서였어요. 그런데 영악한 극단은 머리를 굴려 이제 곧 조명 때문에 300프랑을 절약해야 하지만 식사 값 정도는 줄 수 있으며 극단의 기분을 상하지 않게 하려면 그걸로 만족하라는 통보를 해왔지요. 이것은 마지막 충격이었어요. 그 순간 어머니의 천사 같은 시선이 저와 마주쳤는데 그 안에서 저는 죽음의 그림자를 보았지요.

어머니는 캉으로 출발했는데 바로 2시간 후 너무 아프셔서 의사를 불러야 했지요. 상태는 너무나 심각했어요. 고열에 간에 궤양이 있었지요. 저는 마치 저의 사망 선고를 받는 것 같았지요. 저는 제 눈을 믿을 수 없었어요. 그 고통과 체념에 가득 찬 천사 같은 어머니를 보았을 때 어머니는 불평도 없이 미소 지으며 저를 슬프게 바라보며 마치 '네가 거기 있으니 나를 죽게 내버려 두지는 않겠지!' 하는 표정으로 계셨어요!

그 순간부터 저는 어머니 침대 곁을 40일 동안 지켰어요. 선 채로 말이지요! 어머니에게는 다른 간병인도 다른 간호사도 다른 친구도 없었으니까요. 저는 혼자 그 일을 담당하고 싶었어요. 40일 동안 저는 그곳에서 죽음과 싸웠지요. 마치 충견이 죽어 가는 주인을 지키듯이 말이에요.

그리고 힘이 빠지고 깊은 슬픔에 잠기는 것을 보았지요. 어머니는 끊임없이 어린 시절과 좋았던 시절에 대해 말씀하시며 삶을 정리하셨지요. 저는 절망과 피곤으로 쓰러지는 것 같았어요. 몇 번이나 저는 기절했었지요. 비록 의사들이 여행을 하면 죽는다고 했지만 이제 죽음이 빠르게 가까이 오고 있고 어머니는 간절하게 파리와 그녀의 딸과 그녀의 작은 마리를 찾아 제 마음을 찢고 있어서 이제 결정을 해야만 했지요…. 저는 신께 기적을 기도하며 마차를 구하게 되었어요. 저는 일어나 직접 사랑하는 어머니에게 옷을 입혔고 어머니도 마치 어린아이처럼 가만히 계셨지요. 저는 어머니를 품에 안고 내려와 1시간 뒤 파리로 출발했어요. 두 사람은 다 죽어 가고 있었지요. 어머니는 병으로 저는 절망으로.

2시간 후 끔찍한 폭풍이 불어 마차가 전복되었지만 우린 잘 깨닫지도 못했어요. 둘 다 제정신이 아니었으니까요!

마침내 다음 날 어머니는 우리 모두와 방에 계시게 되었고 하나님께 감사하게도 어머니는 아직 살아 계셨어요. 하지만 여행으로 마비되었던 병이 다시 도져 5월 20일 1시 어머니는 '나는 죽는다. 다 체념했어! 나의 딸, 나의 착한 딸, 안녕 … 뤼게 … 너무나 감사 …'라는 마지막 말을 하시고는 웃으며 마지막 숨을 내뱉으셨어요.

오! 그 웃음은 항상 햇불처럼 제 눈앞에 타오르고 있어요. 그리고 저는 빨리 저의 아이들과 사랑하는 카롤린을 바라봐야 했지요. 다시

이 삶을 살아가기 위해 말이에요!

사랑하는 상드 부인! 제 가슴은 죽어 갑니다. 부인의 편지는 제 고통을 다시 깨어나게 했어요. 위대한 마리! 어머니는 마지막까지 당신의 소설을 읽으셨지요. 저는 어머니 침대 맡에서 《사랑의 요정La Petite Fadette》을 읽어드렸어요. 그리고 우리는 오랫동안 어머니가 눈물 흘리며 이야기하는 감동적인 소설 장면들에 대해 오래 이야기를 나누었지요. 어머니는 부인과 부인의 마음에 대해 이야기했어요.

아! 친애하는 상드 부인, 당신은 얼마나 마리를 사랑했는지요! 얼마나 어머니의 영혼을 이해하셨는지요! 어머니는 얼마나 당신을 사랑했고 그래서 저 또한 얼마나 당신을 사랑하는지! 또 저는 얼마나 불행한지요! 이제 제 삶의 목표는 사라지고 저는 그저 의무적으로 사는 것만 같습니다.

언젠가 어머니에 대해 부인과 이야기할 날이 오겠지요. 그때 천사 같던 어머니가 그 고독하고 고통스러운 날들 동안 제게 해주셨던 위대하고 아름답고 원대한 이야기들을 당신께 들려드릴게요.

당신의 다정한 그리고 슬픔에 빠진 뤼게로부터

이제 그의 또 다른 편지 하나를 인용하려고 한다. 그는 정말 그런 어머니를 갖기에 충분한 자격이 있는 착하고 진실한 사람이었다. 그 전에 먼저 그에게 용서를 구한다. 그의 고백들이 이렇게 공개하기 위해 쓴 것은 결코 아니었으니까. 하지만 나는 이것을 통해 살아남은 사람의 겸손함을 말하려는 것이 아니라 이미 죽은 사람을 기리고 싶다. 그녀는 가장 위대한 예술가 중 한 사람이며 이 세기의 대단한 여성 중

한 명이었다. 그녀는 그녀를 오히려 변호해주어야 할 사람들에게서, 오히려 그녀를 축복해주어야 할 사람들에게서 외면당하고 조롱당하고 치욕당하고 버림받았다. 이제 그녀의 무덤 앞에서 누군가는 목소리를 드높여야 한다. 그리고 그것은 아무 생각 없이 그녀를 욕하고 칭찬하는 소리들에 어떤 무게를 실어줄 수 있을 것이다.

이것은 그녀를 오랫동안 알아 왔던 친구들의 목소리이며 그녀 내면의 많은 비밀을 잘 알고 있는 사람들의 목소리이며 가족들의 목소리이다. 그것은 그녀를 단지 멀리서만 보고 떠들어 댔던 말들보다 더 가치 있을 것이다.

1849년 12월 파리에서

상드 부인! 어제 부인의 연극 〈사생아 프랑수아〉를 보았습니다. 저는 한 번도, 연극에 몸담은 뒤부터 한 번도 그런 감동을 받아본 적이 없었습니다! 아! 그 헌신적인 소년, 박해받는 가엾은 여자의 충실한 보호자! 그의 마들렌을 구한 행복한 아들이었지요! 그런 행복은 아무나 가질 수 없는 거지요! 저는 얼마나 울었는지요! 제 자리에 웅크리고 앉아 손수건을 입에 물고 저는 정말 숨이 막힐 것 같았어요.

아! 그것은 프랑수아와 마들렌이 아니라 어머니와 저였어요! 그들은 결혼으로 끝날 한 남자와 여자가 아니고, 엄마와 아들도 아니고 두 사람은 서로가 서로를 필요로 하는 두 영혼이었지요. 아! 저는 그 이야기에서 지난 10년간의 제 삶을 보았어요. 저의 헌신, 저의 희망, 제 삶의 목적, 저의 추억 그 모든 것을요! 오! 지난 10년간은 너무나 행복했으니 이제 그 대가를 치러야지요!

상드 부인! 당신을 아는 모든 사람이 당신 작품의 성공을 보며 기뻐할 때 이렇게 울고 있는 저를 용서하세요. 하지만 이 슬픔을 부인이 아니면 누구에게 말할 수 있을까요?

부인의 연극을 보러 파리에는 오시지 않을 건가요? 그리고 우리는 바렌가에 더는 살지 않아요. 오! 우리는 그 저주받은 집을 떠났어요. 그곳에서 우리 모두는 죽을 것 같아요. 문들, 복도들, 계단 소리 모든 것이 항상 우리를 소름 돋게 하지요. 매일 아침 같은 시간에 들려오는 거리의 소리들은 어머니가 어떤 시간에 무슨 말씀을 하셨는지를 생각나게 하지요. 아무튼 아무것도 아닌 모든 것들에 우린 죽어 가고 있어요! 우리는 다른 곳에서 우리의 깊은 슬픔에 끌려가고 있습니다.

카롤린이 다정한 인사를 전합니다. 가엾은 아이도 역시 슬퍼하고 있어요. 그녀에 대한 저의 사랑은 매일 커져갑니다. 그녀는 행복할 자격이 있지요. 나의 그녀는!

르네 뤼게

이렇게 마리 도르발은 사랑받았고 이렇게 모두 그녀를 애도했다. 그녀의 남편인 메를 씨는 마비 증상 이후 반신불수 상태에 빠져 있다. 다정하고 선량하지만 너무나 자기중심적인 사람인 그는 그저 편하게 자신의 불편한 몸과 또 끝없이 계속되는 빚을 뤼게와 카롤린에게 떠맡기고 있었다. 그는 도르발 부인이 남겨 놓은 숙제일 뿐 두 사람에게 아무런 의미도 없는 사람이었다. 하지만 그들은 이 숙제를 끝까지 책임져야만 했다. 연기자로서의 삶이 아무리 불안정해도, 또 정말 벌이가 없을 때에도 말이다. 어머니가 남겨 놓은 의무이니 그것을 완수하는 것은 그들에게 너무나 소중하고 성스러운 임무였다.

그녀는 예술과 운명의 희생자로 배신당하고 치욕을 당하기도 했지만 정말 많이 사랑받고 사람들은 정말 그녀를 그리워했다. 그리고 나는 내 이야기는 하지 않았다. 그녀가 더는 이 세상에 없어서 더는 그녀를 도울 수도 그녀를 위로할 수도 없다는 생각을 아직도 받아들일 수 없는 나의 이야기 말이다. 이 이야기를 그 자세한 이야기들을 도저히 숨이 막혀 울지 않고는 할 수 없을 내 이야기 말이다. 나는 분명히 더 좋은 세상에서 그녀를 다시 만나게 될 것이다. 그녀의 영혼이 이 미친 세상 속에서 방황하고 저주스런 운명 속으로 나동그라지기 전 하나님의 품속에 있던 그날처럼 순수하고 성스러울 그녀를 말이다!

5. 들라크루아

외젠 들라크루아는 예술계에서 내가 처음 만난 사람 중 하나다. 그를 오랜 친구 중 하나로 말할 수 있다는 것은 참 행복한 일이다. 잘 알겠지만 '오랜'이란5 말은 사람이 그렇다는 것이 아니라 함께 지낸 시간이 오래되었다는 말이다. 들라크루아는 늙지 않았고 또 결코 늙지 않을 것이다. 그는 천재며 늘 젊은이이다. 성격이 독창적이고 삐쭉해서 끊임없이 현재를 비판하고 미래를 조롱하지만, 또 오로지 과거의 생각이나 작품만을 알고 싶어 하고 느끼고 싶어 하고 사랑하고 인정하지만, 예술가로서 그는 혁신적이며 대단히 대담한 사람이다. 내게 있어 그는 당대 최고의 화가이며 과거의 화가들과 비교할 때 그는 미술사에서 최고의 화가 중 한 명으로 기억될 것이다.

여전히 예술은 르네상스풍에서 더 발전하지 않았고 그리 대중화되지도 않았고 대중들이 잘 이해할 수도 없는 분야였으니, 들라크루아처럼 오랫동안 예술의 타락상과 보통 사람들의 변태적인 취향에 숨막혀 하며 싸워 왔던 예술가가 본능적인 반발심으로 현대 세계에 대항하는 것은 너무 자연스러운 일이다. 그는 자신을 둘러싸고 있는 방해물에서 넘어뜨려야 할 괴물들을 찾아냈고 그는 자주 그것을 진보라는 시대정신에서 찾았다고 믿기도 했는데, 그것은 다분히 진보의 불완전하고 과장된 측면만 보고 있거나 아니면 보고 싶어 하는 거였다.

---

5 〔역주〕 프랑스어로 vieux는 '늙은'이란 뜻이다.

상드가 들라크루아에게 보낸 편지(1846년).
상드가 들라크루아와 처음 만난 때는 1834년이나,
쇼팽과의 연애를 시작한 1838년 이후 본격적으로 그와 가까워졌다.
들라크루아는 노앙성에서 그의 작품 〈성모의 교육〉을 그리기도 했다.

보이는 것들을 추상적으로 받아들이기에 진보의 개념은 그의 생각보다 너무 지나치게 집요하고 열정적이었다. 사회적 관점을 받아들이는 데 있어 그는 종교적 관점에서의 마리 도르발과 같았다.

그들처럼 대단한 상상력의 소유자들에게는 그들의 생각을 세울 단단한 실체가 필요했다. 그런 사람들에게는 절대로 빛이 밝혀지길 기다리라는 식으로 말해서는 안 된다. 그들은 어렴풋한 것을 혐오했고 모든 것을 분명하고 뚜렷하게 보길 원했다. 그 이유는 간단하다. 그들이 바로 태양이며 빛이었기 때문이다.

그러므로 보이는 세상 저 너머에 분명한 뭔가가 있고 또 있을 거라든가 아니면 현재 보이는 것들로 미래의 소망이 방해받아서는 안 된다든가 하는 말로 그들에게 어떤 희망을 주고 그들을 진정시킬 수 있다고 생각해서는 안 된다. 이들은 통찰력을 가지고 미래를 향해야 할 인간들이 숙명적으로 과거를 향하는 것을 보고 우리 시대의 철학이 뒷걸음질 치고 있다고 판단한다.

이참에 말하고 싶은 것은 우리 시대의 철학이 스스로 진보주의자라고 자부하는 우리에게 어떤 관용을 좀 베풀었으면 하는 것이다. 예술이나, 정치나 정확하게 과학적이지 않은 모든 분야에서 사람들은 오직 하나의 진리만을 찾으려 하고 오직 그것만이 진리이다. 하지만 한번 그렇게 정하고 나면 진정한 공식을 발견했다고 생각하고는 오직 그것만을 인정하고 결국, 그 공식을 사물에 적용하게 된다. 거기서부터 실수와 싸움, 불공평과 쓸데없이 혼란스러운 논쟁이 시작되는 것이다.

예술에 있어 오직 하나의 진리는 아름다움이며 도덕에서는 선善이며 정치에서는 정의이다. 하지만 모두가 이런 프레임 속에서 정의와 선과 아름다움이 아닌 모든 것을 배척하게 된다면 당신의 이상은 형편없이 축소되고 왜곡될 것이고 당신은 운명적으로, 아니 어쩌면 행복하게 혼자가 될 것이다. 진리의 프레임은 훨씬 광대하고 우리가 상상하는 것보다 훨씬 무한한 것이니까.

무한의 개념만이 우리같이 유한한 존재를 크게 할 수 있다. 그리고 우리의 생각 속에 들어오기 가장 힘든 것은 바로 이 개념이란 것이다. 논쟁과 한정, 세심한 검토는 당시에 심각한 질병이 되어 버렸다. 그래서 많은 젊은 예술가가 예술을 위해 죽었다. 작품으로 보여줘야 할 것을 말로 하려고 했기 때문이다. 무한은 스스로 보여주는 것이 아니라 찾아가는 것이고 아름다움은 어떤 규칙이 아닌 영혼으로 느끼는 것이다. 예술과 정치에 대해 이성적으로 대하는 모든 교리들은 정치와 예술이 아직 어린아이 단계라는 것을 느끼게 한다. 그러니 서로 싸우도록 내버려 두자. 우리 시대에는 여전히 그렇게 괴롭고 성가시고 유치한 가르침이 필요한 것 같으니까. 하지만 우리 중에 그들 속에서 진정한 비약을 느낄 수 있는 사람은 이 학파들의 소음들에 방해받지 말고 귀를 틀어막고 자신이 할 일을 다 하기 바란다.

그리고 이렇게 우리의 일을 다 했다면 다른 사람들이 한 것을 보고 나쁘다고 비판하지 말길 바란다. 나쁜 것이 아니라 다른 것이니까. 뭔가를 배우는 것은 그저 비판만 하는 것보다 더 낫다. 사람들은 뭐든 다 비난만 하느라 배우지를 못한다.

우리는 다른 사람들이 논리적이기를 요구한다. 그런 태도는 우리 자신 스스로는 그렇지 못하다는 것을 여실히 보여주는 것이다. 우리는 사람들이 모두 우리의 잣대로 사물을 보길 원한다. 그리고 어떤 사람이 대단한 소질로 우리의 관심을 끌고 우릴 놀라게 하면 우리는 그것을 자신과 비교하고 싶어 한다. 그럴 때 우리 자신의 자질은 그보다 아주 못한 게 아니라 아주 다르다는 것을 알아야 한다. 철학자들은 음악가가 스피노자로 즐거워하길 원하고 음악가들은 철학자들이 기욤 텔의 오페라 같은 걸 보여주길 원한다. 6 어떤 방면에서 매우 혁신적인 예술가가 다른 방면에서는 개혁을 거부하듯이 자신이 잘 모르는 미지의 영역에서 힘껏 날아오를 준비가 되어 있는 철학가가 예술에서 새로운 영역을 개척하는 데 뒷걸음치며 일관성 없는 태도를 보이면 우리는 이렇게 말하곤 한다.

"당신 예술가여, 난 당신의 작품을 혐오해요. 당신은 나와 유파가 다르니까요. 당신 철학가여, 난 당신의 이론을 거부합니다. 당신도 내 말을 들으려 하지 않으니까요."

이렇게 우리는 너무나 자주 판단하고 또 비평 글들은 너무나 자주 비이성적이고 비관용적인 비난에 마지막 힘을 보태준다. 이런 현상은 몇 년 전 많은 신문 잡지들이 여러 의견을 낼 당시 그 정도가 더 심했었는데 당시 사람들은 이런 식이었다.

"어떤 잡지에 글을 쓸 건데? 그러면 어떤 예술가를 칭찬하고 욕해야 할지 말해주지."

사람들은 종종 내게도 이렇게 말했다.

---

6 〔역주〕음악가들은 철학자인 스피노자를 모르고 철학자들은 음악가인 기욤 텔을 모르는데 음악가들과 철학자들은 어리석게도 서로가 자신들처럼 사고하길 원한다는 뜻이다.

"어떻게 당신은 우리와 완전히 생각이 다른 친구와 사귈 수가 있지요? 그가 자기 생각을 굽히고 들어온 건가요? 아니면 당신이 그래야만 하는 건 아니고요?"

나는 상대에게 조금도 양보하라고 한 적도 없고 내가 양보한 적도 없다. 가끔 논쟁하는 것은 상대방과 이야기하며 나도 뭔가를 배우기 위한 것이다. 배운다는 것은 그러니까 내가 그들의 논리를 다 받아들인다는 게 아니라 그들이 근본적으로 어떤 생각 때문에 그런 논리를 펴는지 찾아본다는 것이다. 그러면서 나는 어떻게 그렇게도 논리적인 인간이 모순적인 것들 속에서 논리적인 것을 찾아내며 또 논리적인 것에서 모순적인 것들을 찾아내는지 알게 되기 때문이다.

자신 안의 지성이 자신의 힘과 욕구들과 목적을 드러내면서 자신의 위대함과 함께 열등함까지도 드러내줄 때 왜 사람들은 비록 오점이 있다 해도 그 모든 것을 총체적으로 다 받아들이지 못하는지 모르겠다. 태양의 오점汚點을 보려고 해도 눈을 깜빡이지 않고는 볼 수 없듯이 말이다.

그래서 나는 대단히 훌륭한 사람에게 매우 친밀한 우정을 느낄 뿐 아니라 내가 받아들일 수 없는 그들의 확고부동한 생각에도 존경의 마음을 표한다. 그것은 그들에게는 피할 수 없는 아니, 꼭 있어야만 하는 것이며 그들이 발전하는 과정에서 꼭 경험해야 할 내면의 채찍질 같은 것으로 보이니까. 어떤 대단한 예술가가 내 면전에서 내 영혼의 어떤 부분을 부정할 수 있을 테지만 나는 상관하지 않는다. 내 영혼에서 그에게 활짝 열려 있는 부분을 통해 그는 그의 불꽃으로 내 삶을 다시 살아나게 해줄 테니까. 마찬가지로 내가 예술을 한다고 비난하는 대단한 철학자도 더욱 높은 진실로 나를 깨우며 나를 더 예술가답게 해줄 것이다. 굳은 신념을 가지고 그 진실을 내게 웅변적으로 설명해줄 테니 말이다.

우리의 정신은 여러 개의 상자처럼 서로서로 굉장한 메커니즘을 가지고 교감한다. 우리에게 주어진 대단히 큰 정신은 마치 하나의 꽃다발과 같다. 꽃다발 속에서 어떤 향기들은 따로 떼어서 그 냄새만 맡는다면 해로운 것일지 모르지만, 다른 꽃들과 함께 섞여 있으면 냄새가 변하면서 우리를 매혹시키고 우리에게 생기를 준다. 7

이런 것들이 외젠 들라크루아를 생각할 때 드는 생각이다. 참 다행스럽게도 이런 천재적인 사람들은 아무리 나와 생각이 다르고 또 나를 비웃기까지 한다고 해도 나는 그들에 대해 어떤 거부감도 없이 그들을 기쁘게 인정할 수 있다. 참 대단한 사람들이다. 나는 그들의 어떤 의견에는 끝까지 반대하지만 그들을 향한 사랑도 절대 변하지 않는다. 또 그들이 나 자신의 감정을 살아나게 해주었던 것에 대한 감사도 잊지 않는다. 그들은 나를 못 말리는 몽상가로 보지만 내가 의리 있는 친구라는 것을 안다.

내가 말하는 그 거장은 자신의 이론에는 멜랑콜리하고 우울하지만 친구와의 관계에서는 즐겁고 매력적이고 착한 아이와 같다. 그는 자신이 비판하는 사람들을 위해 행복하게 분노 없이 죽을 수 있고 원한

---

7 〔역주〕 이 부분은 예술가와 철학자들 간의 사고의 차이를 보여주는 부분이다. 예술가들은 철학자들이 예술적으로 생각하지 않는다고 비난하고 철학자들은 예술가들이 철학적으로 사고하지 않는다고 비난한다. 상드는 이들 모두를 아우르며 몽테뉴적인 관용의 정신을 강조하고 있다.

없이 놀려 댈 수도 있다. 왜냐하면, 그는 천재일 뿐 아니라 재치 있는 사람이니까.

하지만 그의 그림을 보면 그런 것은 도저히 상상할 수 없다. 거기에는 어떤 장식적인 것보다는 위대함이 있고 또 거장다움은 다정함이나 간사스러움 따위는 허용하지 않는 것처럼 보이니까 말이다. 그의 그림 속 인물들은 매우 엄숙하다. 우리는 그 인물들의 얼굴을 정면에서 바라보길 좋아한다. 그런 사람들은 우리가 살고 있는 곳보다 더 고차원적인 뭔가를 우리에게 불러일으키니까. 신이며 전사戰士며 시인 혹은 지혜로운 자로 자신이 다루는 역사 속에 나올 것 같은 이 대단한 인물들은 어떤 대단한 풍모나 올림피아의 신 같은 평온함으로 당신을 매료한다. 그들을 보고 있으면 지금 거의 모든 작품에서 볼 수 있는 아틀리에의 초라한 모델은 생각할 수가 없다. 빌려온 옷을 입혀서 거짓으로 만들어내려는 그런 모델들 말이다. 들라크루아가 남자나 여자들의 포즈를 만들어낸다고 해도 그는 그들을 현실 속에서 보지 않으려고 눈을 깜빡거리는 것 같다.

그래도 그 인물들은 진실하다. 비록 극적이고 꿈꾸는 듯 위대한 포즈로 이상화되어 있긴 하지만. 그들은 우리가 시의 신들이나 고대의 영웅들을 연기할 때 우리 자신이 만들어내는 그런 이미지들처럼 진실하다. 그들은 분명 인간의 모습을 하고 있지만 저속한 인간들이 보고 싶어 하는 그런 저속한 인간은 아니다. 그들은 분명 살아 있는 듯하지만 오직 천재만이 그 숨결을 알아볼 수 있는 위대하고 숭고하고 대단한 삶을 사는 인간들이다.

나는 들라크루아의 색을 말하는 것이 아니다. 그것에 대해서는 오직 그만이 보여줄 예술적 이론이 있고 권리가 있을 것이다. 그것에 대해서는 가장 끈질긴 적이라고 해도 논쟁할 방법을 찾지 못했으니까. 그림에서 색에 대해 말한다는 것은 음악을 말로 느끼고 짐작하려고 하는 것과 같다.

모차르트의 〈레퀴엠〉을 말로 설명할 수 있을까? 그것을 들으며 아름다운 시는 쓸 수 있을 것이다. 하지만 그것은 하나의 시일 뿐이지 작품에 대한 해석은 아니다. 예술들은 서로가 서로를 해석할 수 없다. 그들은 깊은 영혼 속에서 서로 긴밀히 연관되어 있다. 하지만 다른 언어로 소통하면서 그들은 오로지 신비하고 은유적인 표현으로만 자신을 드러낼 뿐이다. 그들은 서로를 찾고 결합하고 서로 풍요로워지며 황홀해하지만 각각의 예술은 오직 자기 자신만을 표현할 수 있을 뿐이다.

들라크루아도 아주 유쾌한 어조로 편지에서 이렇게 내게 말했다.

"미술에서 아름다움을 만들어내는 것은 말로 설명할 수 없지요. 무슨 말인지 이해하실 거예요. 당신의 편지 글을 보면 당신이 얼마나 각각의 예술의 한계를 잘 알고 있는지 느낄 수 있어요. 그런 한계들을 당신의 대단하신 친구분들은 때로 너무나 쉽게 간과하지요."

어떤 예술이든 같은 차원의 생각을 통해서가 아니면 그 안의 생각을 분석해 낼 방법은 없다. 자기만의 방식으로 그것을 요약하려고 할 때 비평가들의 위대한 생각들은 걸작의 아무것도 설명하지 못하고 횡설수설하게 된다. 그것은 정말 쓸데없는 수고일 뿐이다.

작품을 칭찬하기 위해서건 비난하기 위해서건 작품의 방식을 분석하는 것은, 그러니까 미술이나 음악 작품에 대한 논쟁을 할 때 비평가들이 아주 능수능란하게 적재적소에 그 기술적인 전문용어들을 늘어놓는 것은 성공이기도 하고 실패이기도 하다. 이런 모습은 전문용어를 이해하지도 못하면서 그런 말들을 여기저기 쓰면서 작품에 대해 이야기하는 사람들에게서 자주 볼 수 있는데 그것은 정말 실력 없는 예술가도 웃게 할 일이다. 하지만 한편으로 성공적이라고 할 수 있는 것이, 그가 중요하게 생각하는 것을 정작 대중들은 이해할 수 없도록 만들고, 또 주의 깊은 학생들에게도 진짜 대가의 비밀을 파악할 수 없게 하기 때문이다. 그들에게 예술가의 방법론에 대해 말하는 것은 아무 소용없는 일이다. 작품 앞에서 넋을 잃고 "이걸 어떻게 그렸지?" 하면서 감탄하는 그 순진한 어린 학생들에게 당신은 단지 사용한 방식에 대한 이론적 논리만 헛되게 설명할 뿐이니까. 대단한 사람의 입으로 설명한다고 해도 그것을 작품화할 수 없는 사람들에겐 아무 소용없는 일이다. 만약 재능이 없는 사람한테는 모든 설명이 다 소용없다. 하지만 그가 만일 재능이 있다면 혼자 스스로 그 방식을 터득하게 될 것이며 당신의 설명 없이도 이해하고 추측하면서 다른 사람들의 것을 자기 방식으로 이용하게 될 것이다.

예술에 대한 비평 글 중 중요한 의미가 있고 또 유용한 글들은 위대한 것에 대한 감정을 불러일으켜서 그것을 보는 사람들의 감정을 고양시키고 넓히는 역할을 하는 글이다. 이런 점에서 디드로는 위대한 비평가이며 우리 시대의 몇몇의 비평가들은 여전히 아름답고 좋은 글을 쓰고 있다. 그런 글이 아니라면 그런 노력들은 다 쓸모없는 것이며 모두가 다 유치한 잘난 척일 뿐이다.

좋은 비평의 예가 지금 내 앞에 있다. 나는 이 글을 읽지 않은 사람들을 위해 그중 몇 부분을 인용해보려고 한다.

우리는 너무나 감격했던 작품에 대한 인상이 점점 사라져 버리는 것을 부정할 수 없다. 그것은 마치 점차 우리를 치명적으로 얼어붙게 하는 것과 같다. 그런 글들은 결국, 우리 안에 모든 시적 감흥의 원천을 얼어붙게 한다…. 어쩌면 좋은 작품은 대중을 위해 만들어진 것도 아니며 대중들이 좋아할 수도 없는 것 같다. 또 대중들이란 쓸데없는 것에 열광하고 있는 것은 아닐까? 그래서 그들은 예외적인 작품에 일종의 거부감을 느끼기 때문에 어쩔 수 없이 저속하고 오래 지속되지 못할 것에 본능적으로 끌리는 것이 아닐까? 변덕스러운 유행을 따르지 않는 위대한 작품들 속에는 대중들이 싫어하는 뭔가가 있는 것은 아닐까? 그러니까 그들의 변덕스러운 취향과 그들의 허황한 생각을 꾸짖는 것과 같은 뭔가가 말이다.

이렇게 고통스러운 비명을 쏟아 낸 후에 위의 비평가는 우리에게 〈최후의 심판〉에 대해 이야기한다. 전문적인 용어 같은 것은 전혀 사용하지 않고, 또 알 필요가 없는 제작 방법에 대한 말도 언급하지 않고 단지 자신을 감싸는 어떤 뜨거움을 우리에게 전하려고 하면서 그는 미켈란젤로의 생각을 우리 생각 속에 던져 놓는다.

미켈란젤로의 기법은 이런 주제와 완벽하게 합치하는 유일한 작품이라고 할 수 있다. 이 기법에서만 볼 수 있는 특별한 규칙, 너무 과장

됐고 말도 안 된다고 할 정도로 모든 진부함을 생략해 버린 부분들은 우리를 완전히 이상적인 차원으로 데려간다. 우리의 정신은 미술에서 표현할 수 있는 것을 넘어서는 것이 사실이다. 표현 방식에서 너무나 추상적으로 보이는 시 자체도 우리에게 너무나 한정된 생각을 줄 뿐이다. 사도 요한이 〈요한 계시록〉에서 우리에게 산이 무너져 내리고 별들이 하늘 궁창에서 쏟아져 떨어지는 그런 세상의 종말을 그릴 때도 너무나 시적이고 너무나 거대한 상상들은 제한된 틀로 한정될 수밖에 없다. 시인이 사용한 비유법들은 물질적인 것들에서 빌려 온 것인데 그것은 생각의 비상을 막아 버린다.

미켈란젤로는 반대로 대칭적으로 나열된 10~12개의 형상만을 가지고 그 모두를 한 번에 다 볼 수 있는 넓은 벽면 위에 심판 앞에서 정신이 혼미해진 인간들을 묘사해 〈최후의 심판〉을 그렸는데 이 장면은 그 무엇과도 비교할 수 없을 정도의 공포스러운 느낌을 준다. 그리고 순간적인 상상력으로 포착한 이 거대 제국에 대해 그는 속물적인 화가가 그린 것은 그 어떤 것도 흉내 내지 않는다. 그를 숭고한 영역에 머물게 하고 그와 함께 우리도 그곳으로 데려가는 것은 단지 그의 기법, 그것뿐이다. 미켈란젤로의 그리스도는 철학자도 아니고 소설의 영웅도 아니다. 그는 신 그 자체이며 이제 곧 팔로 우주를 먼지로 만들어 버릴 그런 신이다.

형상을 그리는 화가인 미켈란젤로에게는 근육질의 다이내믹한 몸 위에 형태들과 대조들과 그림자들이 필요하다. 〈최후의 심판〉은 살의 축제이다. 우리는 트럼펫이 망자들의 무덤을 열고 수 세기 동안의 잠에서 그들을 끄집어내는 순간 그 창백하게 살아나는 뼈들 위로 살이 달려가는 것을 본다! 얼마나 다양한 포즈로 그들은 이 마지막 날의 음산한 빛에 눈꺼풀을 뜨려 하고 있는가, 관의 먼지를 털고 죽음이 자신의 희생물들을 쌓아 놓은 이 땅의 내장 속까지 뚫고 들어갔던 그들이 말이다! 어떤 자들은 너무나 오랫동안 잠자고 있던 곳의 덮개를 들어 올리려고 하고 또 다른 이들은 이미 벗어나 자신들도 놀라 늘어져 있다. 조금 더 멀리에서는 복수의 배가 이 생에서 버림받은 자들을 태우러 온다. 카롱은8 게으른 영혼들, 누구든 늦장을 피우는 자들을 노로 친다!

이 멋진 말을 한 사람은 누굴까? 이것은 마치 미켈란젤로 자신이 우리에게 자기 생각을 말하고 있는 것 같지 않은가? 너무나도 위대하고 확고한 신념을 보이는 이 말들은 우리 시대 사람의 말처럼 보이지 않는다. 예전 대가의 말을 오늘날 대단한 작가가 번역한 것은 아닐까?

아니! 이것은 글쓰기를 전혀 모르고 글 같은 것은 쓸 시간도 없는 우리 시대의 어떤 한 예술가가 쓴 글이다. 시갈롱이 미켈란젤로의 작품을 복제해 파리의 보자르에 전시하게 된 〈최후의 심판〉이란 대단한 작품에 파리도 전혀 관심을 두지 않고 대중들도 비평가들도 무관심한 것에 분노해서 순식간에 종이에 쏟아부은 글이다. 이 글들, 글쓴이 자신도 다시 말하고 싶어 하지 않고 또 다시 읽고 싶지도 않을 이 글을 쓴 사람은 바로 외젠 들라크루아이다.

나는 "왜 그는 다른 글도 더 쓰지 않았을까!"라고 말하는 대신9 "그

---

8 〔역주〕 단테의 《신곡》 지옥편에 나오는 뱃사공을 의미한다.

림 그리기에도 너무나 짧은 시간 속에서 12시간을 더 할애할 수는 없었을 거야!"라고 말할 것이다. 내 생각에는 오직 그만이 자신이 너무나 사랑하고 너무나 잘 이해하는 대가들의 작품을 해석하며 자기 자신 안의 천재성을 보여줄 수 있을 것이다!

마지막 결론 부분을 인용해 보자. 우리는 들라크루아가 어떻게 미켈란젤로와 같은 대가가 될 수 있는지를 알 수 있을 것이다.

사람들은 겁도 없이 미켈란젤로의 걸작들을 보는 것이 학생들을 망칠 수 있으며 어떤 매너리즘에 빠지게 할 거라고 한다. 마치 관학파官學派들의 매너리즘보다 더 끔찍한 것이 있을 수 있다는 듯이 말이다. 물론 그렇게 충격적인 모델들은 모든 사람의 눈길을 끄는 것은 아니다. 거기에는 너무나 깊은 연구와 너무나 추상적인 기술, 그러니까 강인한 사람만이 할 수 있는 그런 위엄 있는 절제가 있다. 너무나 위대하고 과감한 작품 앞에서 어떤 바보 같은 학생은 놀라 등을 돌려 선생님께 가면서 저속한 것을 모방하는 것을 경멸하는 대가 앞에서 그림을 베낄 엄두를 못 낸다. 선생도 모든 전통을 비웃는 작품 앞에서 자신도 전통을 버려야 하나 생각한다. 하지만 위대한 예술가는 그보다 더 자격 있는 제자들로 둘러싸여 수 세기를 가로질러 앞으로 나아간다. 그리고 모든 위대한 화가들이 그와 함께 행진하면서 그들 자신의 빛으로 그를 영예롭게 한다. 예술이 어떤 변덕스러움과 또 어떤 변화에 대한 필요를 가지고 새로운 일탈을 할 때 이 피렌체인의 위대한 스타

---

9 나중에 그는 "아름다움에 대하여" 같은 매우 귀중한 글을 쓰기도 했다.

일은 하나의 기준축이 될 것이다. 그리고 새로운 방식들이 위대하고 아름다운 길을 찾아가려 할 때 이 축을 중심으로 새롭게 돌아가야 할 것이다.

그 방식이란 바로 이것이다! 먼저 미에 취하고 그다음 그것을 이해하며 마지막으로 스스로 그것을 끄집어내는 것이다. 다른 방법이란 없다.

우리는 무지한 세기가 위대한 것에 열광한 이 영혼을 치명적으로 괴롭혔던 것을 알 수 있다. 다행히 그의 매력적인 유쾌함이 그를 찌르는 고통에서 그를 지켜주었다. 이 거인은 무엇이 그를 자극하는지 알아내는 것에 너무나 지나치게 몰두했다. 그리고 결국, 완전히 비상하여, 승리에 찬 거대한 비상을 통해 문제들을 해결했다. 모든 쓸데없는 말들과 모순들을 발아래 던지면서. 마치 그가 루브르의 천장에 던져 넣은 아폴론의 섬광閃光이 창대한 하늘 속에서 그가 방금 짓밟은 망령들을 잊어버리듯 말이다. 그는 자기 영혼의 젊음과 관대하고 올곧은 본능적 감각과 매력적인 성격 그리고 겸손하고 반듯한 태도들을 잃지 않고 이 문제를 해결했다.

들라크루아는 몇 개의 작품들 속에 자기 자신만의 감정들을 그려 넣으며 몇 차례의 발전 단계를 거쳤다. 그는 단테와 셰익스피어와 괴테에게 영감을 받았다. 그리고 그의 작품 안에서 너무나 낭만주의적인 표현을 찾아낸 낭만주의자들은 그가 완전히 자신들과 같은 유파인 것을 믿어 의심치 않았다. 하지만 이렇게 펄펄 살아 숨 쉬는 창작은 어떤 틀 속에 갇힐 수 없었다. 그것은 하늘과 인간들에게 공간과 빛과 자신의 작품들을 충분히 담을 수 있는 벽을 요구했다. 그리고 자신이 생각하는 완벽한 이상의 세계로 날아오르며 망각에서 고대 올림포스와 같은 것들을 끄집어내어 대단한 역사의 서사를 쓰는 사람으로서 그것을 모든 세기의 천재들과 뒤섞는다.

들라크루아는 차가운 전통으로 죽어 가고 변질되어 가는 이 세상을 자신의 격정적인 해석으로 다시 젊게 만들었다. 이와 같은 초월적 인간 군상들을 위해 그는 빛의 세계, 어떤 특별한 세계를 창조했는데 그것은 대중들에게 '색'이라는 단어로만은 표현할 수 없는 것이다. 그것은 공포와 경이로움 속에 사로잡히지 않고는 볼 수 없는 하나의 스펙터클이다. 그 세계에 바로 이 거장이 느끼는 개인적 감성이 있다. 그것은 우리 시대의 집단적인 감성으로 더욱 풍부해져서 깊이 감추어진 예술적 천재성은 세월이 흐름에 따라 더 커지기 마련이다.

어쨌든 들라크루아가 자기들 입맛대로 예쁘고, 우아하고 관능적인 그런 감미로운 표현들을 하지 않는다고 질책하는 사람들도 있다. 나는 그들이 정말 그를 잘 이해하고 있는지, 또 그런 환상의 영역에서 그들이 진짜와 가짜, 순수한 것과 틀에 박힌 것을 잘 구분할 수 있는 사람들인지 묻고 싶다. 진정으로 코레주와 라파엘로, 와토와 프뤼동을 이해하는 사람이라면 들라크루아도 이해할 수 있을 것이다. 우아함이나 권력은 모두 나름의 고유 영역을 가지고 있는 법이다. 게다가 우아함이란 천의 얼굴을 가진 신성이다. 그것은 보는 사람에 따라 음탕하게 보이기도 하고 정숙하게 보이기도 한다. 들라크루아의 천재성은 엄중하다. 그래서 고양된 감성의 소유자가 아니라면 그를 온전히 다 느낄 수 없다. 충분히 고양되어야만 그를 온전히 다 받아들일 수 있을 것이다.

하지만 비평가들이 뭐라 하건 그는 위대한 이름과 작품으로 남을 것이다. 그렇게도 창백하고 허약하고 신경질적이고 또 수천 개의 작은 불평거리들로 숨을 헐떡이는 그가, 그렇게 약하고 섬세하게 보이는 인간이 수많은 갈등과 엄청난 피곤함 속에서도 너무나 신속하게 거대한 크기의 작품들을 만들어내는 것을 보고 놀라지 않을 수 없다. 어쨌든 우린 그 작품들을 보고, 또 신이 허락하는 한 작품들은 계속될 것이다. 그 거장은 마지막 순간까지 자신을 채찍질하며 달려가는 그런 사람 중 하나이기 때문이다. 그러므로 매번 그의 작품 세계에 대해 마지막 평가를 하는 것은 소용없는 것이다. 그는 계속 발전할 것이니까.

들라크루아는 화가로서만 위대한 것이 아니라 예술가로서 사는 모습 또한 위대한 사람이다. 그의 인품, 가족에 대한 극진한 사랑, 불행한 친구들을 향한 동정심, 매력적인 성격은 어떻게 한마디로 설명할 수 없다. 거기에는 친구로서 대중들에게 커다란 소리로 떠벌릴 수 없는 개인적인 뭔가가 있다. 그의 멋진 편지들이 보여주는 심정의 토로들은 내가 하는 설명보다 그를 더 잘 말해줄 것이다. 하지만 지금 함께 살아가고 있는 친구들을 이렇게 까발려도 되는 걸까? 비록 그것이 대중이 모르는 그의 이면을 영예롭게 하는 거라도 말이다. 아니 나는 그렇지 않다고 생각한다. 사랑에도 지켜야 할 것이 있듯이 우정에도 지켜야 할 선이 있는 법이다.

하지만 대중들에게 하나의 감동적인 예로 말해주고 싶은 것은 언행의 일관성이다. 즉, 동시대의 입맛과 생각에 맞는 그런 작품을 하면서 조금이라도 자신의 예술적 원칙을 저버리느니 차라리 돈을 덜 벌며 가난하고 힘들게 살겠다는 그의 신념이다. 이것은 영웅적 신념이다. 이러한 신념으로 그는 겉으로는 고통스럽고 헐벗고 무너진 것처럼 보이지만 어리석은 자들의 경멸을 비웃거나 악을 악으로 갚지 않는다. 비록 그의 매력적인 정신과 사는 방식이 이 암묵적이고 끔찍한 인간들 사이의 경쟁에서 그들을 얼마든지 두렵게 할 수 있지만 말이다. 초라함 속에서도 자존감을 잃지 않고 대중에게 화를 내지도 않으면서 다른 사람이 들었다면 너무나 충격받고 가슴 아팠을 욕을 매년 있는 대로 다 들었다. 절대 쉬지 않으면서 너무나도 다른 예술들을 사랑하고 이해하기에 자신의 편안함이나 성공을 위해 아무 소득도 가져다주지 않는 이 작업의 절대적 원칙을 고수하며 모든 순수한 즐거움마저 포기했다. 그러니까 한마디로 말해 풋내기 화가들이 누리는 웃기는 호화로움 같은 것은 바라지도 않고 하루하루를 살아간다. 사치나 게으름과는 너무나 거리가 먼 이 고귀한 사람은 말이다!

모든 시대에 모든 나라에서 사람들은 위대한 예술가를 말할 때 허영심이 없고 탐욕이 없고 야망도 없고 복수심도 없는 자를 예로 들 것이다. 들라크루아란 이름은 그런 순수한 사람들 중 한 사람의 이름이다. 세상은 그들을 영예롭다는 한 마디로 말할 뿐이지만 그들은 그 영예가 죽어 가는 작가들과 투쟁하는 천재들에게 얼마나 가혹한 것인지 알지 못한다.

나는 우리의 관계에 대해서는 얘기하지 않았다. 그것은 한마디로 '한 점 구름 없는 우정'이었다. 이런 우정은 정말 드물고 아름다운 것이다. 하지만 우리 둘의 우정은 정말로 그랬다. 들라크루아에게 어떤 성격적 결함이 있는지는 나도 모르겠다. 나는 아주 가까이에서 시골 사람들처럼 우정을 나누었고 자주 왕래했지만 아무리 작은 거라도 그에게서 단점이라고는 단 하나도 발견하지 못했다. 그는 누구보다 사교적이었고, 순진했고 헌신적이었다. 그와의 사귐은 너무나 매혹적이어서 그 곁에 있으면 누구나 자신이 결점이라곤 없는 사람처럼 생각되었다. 그에게는 너무나 쉽게 헌신적일 수가 있었으니 말이다. 게다가 나는 그와 함께 예술가로서의 감미롭고 순수한 최고의 시간을 보낼 수 있었음에 감사한다. 다른 대단히 똑똑한 지식인 친구들은 이성적으로 그들이 깨달은 놀라운 발견들을 내게 전해주었다. 하지만 지금껏 어떤 예술가도 내게 그렇게 공감 가게, 또 이렇게 표현할 수 있다면 정말 손에 잡힐 듯 생생하게 전달해준 사람은 없었다. 우리가 읽고, 보고 또 듣는 모든 걸작들은 한 대단한 천재의 해석을 통해 그 감동이 두 배가 된다. 음악에서나 시에서나 그림에서나 들라크루아는 늘 한결같았고 그가 빠져든 것에 대해 말할 때 모든 것은 그도 모르게 매혹적이 되고 대단한 것이 되었다.

나는 모든 독자에게 나의 모든 친구를 다 소개하고 싶지는 않다. 그들 각자에게 한 챕터씩을 할애해서 쓴다면 내성적이고 알려지고 싶지 않은 어떤 친구들에게는 상처가 될 뿐 아니라 그것은 오직 나와 아주 소수의 독자에게만 관심 있는 일일 것이다. 롤리나에 대해 길게 쓴 것은 그와의 우정이 두 사람 안에 순수하게 간직하고 있는 영혼의 종교에 겸손한 마음으로 제단祭壇을 세우는 기회가 되었기 때문이었다.

유명한 친구들이라면 나는 그들 개인적 삶의 신성한 성소를 열 권리가 없다고 생각한다. 하지만 그들이 성취한 과업 말고 그들의 훌륭한 삶을 높이 평가하는 것은 하나의 의무 같기도 하다. 또 그 의무를 알고 완수할 수 있을 때는 말이다. 그러니 여기에 자기 이름이 언급되지 않은 나의 오랜 친구들은 내가 그들을 잊었다고 생각하지 말길 바란다. 마찬가지로 상황상 내가 살아야만 했던 곳으로부터 멀리 떨어져 오래 있을 수밖에 없었지만 고향 친구들은 여전히 그때와 마찬가지로 너무나 소중하게 내 추억 속에 그대로 남아 있다.

하지만 나는 다비드 리샤르 너에 대해서는 말하고 싶다. 아주 고상하고 다정하고 무엇보다 순수한 영혼의 소유자였던 너! 진정한 크리스천으로서 너무나 겸손했지만 너는 그런 류의 사람들보다는 조금 덜 엄격한 사람에 속한 아이였지. 자선慈善은 바로 너 자신이었고 너의 인내심과 넓고 관대한 마음은 너를 사제司祭의 삶 속으로 던져 넣었고 나의 마음은 계속되는 존경심을 가지고 너를 따랐지.

그런 감정에 사로잡힌 영혼들은 그들 차례가 되면 어떤 영감을 주는 존재가 되기 마련이다. 다비드 리샤르의 삶은 바로 그런 삶이었다. 너무나 다정하고 너무나 뜨거운 신앙심을 가진 그는 친구들 속에 살았는데 (그의 친한 친구 중 첫 번째는 그 유명한 라므네이다.) 친구들은 그에게 도움을 주고 그를 지지하는 존재가 아니라 그가 자연스럽게 헌신할 수 있도록 하는 자양분이었다. 누구라도 그를 지지하고 위로한다는 것은 정말 믿기 힘든 일이다! 적어도 나는 그가 자신의 어떤 힘든 일에 대해서도 불평한 적이 있었다고는 생각지 않는다.

내가 아는 건, 그는 항상 듣고 위로하고 안심시키며 다른 삶들의 고통을 자신의 것으로 하면서 어떤 신비한 힘인지는 모르지만 그 고통들을 다 사라지게 하고 진정시켰다는 것이다. 그것에 대해서는 나도 할 말이 있다. 그런 진지한 사람에 대해 어떤 환상적인 꿈같은 소릴 감히 해도 된다면 말이다.

하지만 왜 그럴 수 없는 걸까? 아무리 생각해 봐도 그런 환상적인 계시 같은 것을 얘기하는 것이 비상식적인 일탈 같지는 않다. 나는 다비드 리샤르가 골상학이나 최면술에 대해 말할 때 그런 비상식적인 것을 보지 못했다. 그 자신이 우연히 이끌려 들어갔고 지나친 결론에 이르렀을 뿐이다. 그는 진지하게 이런 관찰 방식을 통해 인류의 운명에 대한 숙명적인 뭔가를 찾으려 했다. 하지만 그의 신비주의적인 성향은 그를 이성적이고 종교적인 영역에 붙잡아 두었고 그것은 우리로 하여금 극복할 수 없는 운명 같은 것은 거부하게 했다.

너무나 열정적으로 육체의 운명 같은 것을 쫓던 이 고상한 지식인은 결국, 절망적인 무신론이 생각 없는 믿음과 사랑 없는 성격을 뒤흔들게 되는 시점에 이르러 멈추게 된다. 그는 단지 치료제를 찾기 위해 악에 빠져들었다. 그가 인간을 불완전하다고 본 것은 인간을 불쌍하게 여겨서였고 인간에게 장애가 있다고 한 것은 오로지 인간을 고치고 싶어서였다. 그는 소망所望이야말로 천상의 3가지 덕목 중 하나라고 생각했고 의혹의 심연 앞에서 늘 높은 곳을 향해 기도했다.

그의 친구들은 그의 소리 없고 그 끝을 알 수 없는 열정을 두려워하고 있었다. 그의 친구들은 종종 내게 할 수만 있다면 그의 신비주의적 성향을 좀 막아 달라고 부탁하곤 했다. 그들 중 한 명이 고베르 박사였다. 나에게 다비드 리샤르 박사만큼이나 친한 친구가 되었다. 고베르는 늘 한결같이 착하고 선한 사람이었다. 하지만 그도 더 광범위한 열정과 보다 더 절대적인 이성의 소유자였다.

리샤르의 신념을 바꾸는 것은 쉬워 보이지 않았고, 시도해 보지도 않았다. 왜냐하면, 그런 문제에 있어 그의 정신이 혼란스러운 것을 본 적이 없으니까. 만약 내가 고베르의 말을 잘 이해한 거라면 (왜냐하면, 리샤르는 이 문제에 대해 항상 말을 아꼈으니까.) 문제는 이거였다. 그러니까 신체적 특징이 운명적으로 절대적이냐 아니냐에 대한 논쟁이었다. 그러니까 신이 모든 창조물에게 어떤 본능을 정해 놓아 그가 이 세상에서 잘 살고 못 살게 되는 것을 숙명적으로 미리 정해 놓았느냐는 문제였다. 아니면 인간의 의지가 내면의 투쟁을 통해 그것들을 극복할 수 있느냐의 문제였다.

처음 이 글을 쓰기 시작했을 때 내 생각은 후자에 기울었던 것을 다들 알고 있을 것이다. 내가 말하길 내 생각에 우리 안에는 영원한 유혹자가 있지만 우리는 기독교에서 '성령'이라 부르는 어떤 영적 작용을 통해 그것을 대적할 수 있다고 했었다. 그러니까 나는 리샤르의 의견에 가까웠다. 그는 성령의 존재를 믿었고 고베르는 어떤 훈련과 교육에 의한 골상학적인 변형만을 믿었다.

나는 평생 이 문제에 대해 연구해 온 사람들 앞에서 이렇다 저렇다 말하기에는 예전에도 잘 몰랐고 지금도 잘 모른다. 어쨌든 나의 신앙은 무엇보다 감정에 기초한 것이고 그것으로 나를 제어하기에 충분하다. 그러므로 이 소중하고 귀중한 두 친구들 사이에서 누구를 선택해야 하는가 같은 것으로 힘들어하지는 않았다. 둘은 모든 존재의 본성

중에서 선과 악의 숙명적 원인에 대해서는 모두 같은 생각을 가지고 있었으니까. 단지 그 치료의 효과에 대해서 둘의 생각이 달랐을 뿐이다. 리샤르는 신 안에서 최고의 치료를 믿었고, 가톨릭적인 교리를 적으로 생각하는 고베르와 나처럼 그 앞에서 머뭇거리지 않았다. 죽은 후의 영원한 형벌의 교리, 또 늙음과 죽음 같은 이 생에서의 절대적 고통에 대한 교리들 말이다. 그런 것들은 우리 편에서는 종교적 사상의 돌이킬 수 없는 저주와 같았다.

내가 보기에 두 사람은 모두 유용한 진리를 추구하는 것처럼 보였다. 한 사람은 자기 행위와 상관없는 천형天刑에 대한 용서를 바랐고 다른 사람은 방황하고 타락한 영혼을 신앙과 선한 의지로 극복하려 했으니까.

만약 고베르가 갑자기 죽지 않았다면 어쩌면 그는 자신의 원칙을 기품 있게 버렸을지도 모르겠다. 리샤르는 자신의 정신착란 증상을 고치려고 노력하며 자신의 길을 계속 가면서 완성시켜갔다. 그는 매 순간 그의 온전치 못한 불행한 정신을 진정시키고, 위로하고, 다시 일으켜 세우면서 자신 안에 이성과 정신의 불꽃을 다시 살리려 애를 쓰며 스테판츠벨트병원에서 병원장으로 일하고 있다.

최면술에 대한 리샤르의 생각들이 지금 어떻게 바뀌었는지는 모르겠다. 우리가 서로 계속 만나던 몇 년 동안 그는 그런 종류의 신비주의적인 일들에 몰두했는데 그것에 대해서는 고베르도 절대적인 믿음을 가지고 있었다. 고베르는 내게 어떤 경험을 하게 했는데 이후 얼마 동안 나도 그것을 믿었다. 하지만 고베르도 우리가 속았다는 것을 알게 되었고 나도 너무나 잘 만들어진 사기극들을 본 후 그런 것을 경멸하는 마음을 품게 되었다.

하지만 리샤르는 마지막 순간까지 믿음을 가지고 있었다. 그의 진정한 친구인 프라파르 교수의 말처럼 최면술을 돈벌이로 하는 협잡꾼들이나 밀고자들 때문에 결정적인 사실을 포착할 수는 없었다고 고백하면서 말이다. 하지만 그는 최면술의 필요성에는 논리적 과학의 이름으로 반대했다. 솔직히 나는 그런 결론을 받아들이기 힘들었다. 과학은 이 문제에 있어서는 너무나 새로운 것이어서 오랫동안 이상한 현상들의 원인과 본질을 찾는 일만 할 수 있었다. 하지만 도저히 파악할 수 없는 것이라면, 어떤 자연의 법칙이 논리라는 명목하에 그 증거들을 다 무시하라고 할 수 있을까? 물리적 사물들 간의 질서에 있어 어떤 중력이 작용한다면 인간의 생각도 신체적인 작용과 독립적으로 우리를 불가사의한 차원으로 데려갈 수 있지 않을까?

나는 그것에 대해 많이 생각했었다. 어떤 대비책도 없이. 아니 오히려 아주 격렬하게, 시적 상상력의 세계에서처럼 너무나 자연스럽게 이 계산적인 세상에서 빠져나와 알 수 없는 길로 들어섰다. 나는 어떤 순간 스스로 공상에 빠지는 것이 너무나 황홀했다. 나는 전문 학자들이 신비주의적 현상에 대한 진지한 실험을 경멸하는 것이 너무 경솔하다고 생각했다. 나는 그들이 그런 실험을 시도해 보지도 않으려고 둘러대는 논리들도 매우 나쁘다고 생각했다. 하지만 다른 것은 발견하지 못했다. 그러니까 결국, 나는 최면술을 좋게 보게 할 만큼의 믿음은 가지고 있지 않았다. 그것들은 온갖 형식으로 돈벌이를 하고 오락거리가 되었기 때문이다.

하지만 인간은 일종의 최면술을 쓸 수 있다. 마치 어떤 동물들이 다른 종류의 동물들을 유혹하거나 복종시키기 위해 발휘하는 어떤 마력이 있는 것처럼. 대단한 웅변가나 대단한 예술가 아니면 강인하고 무의식적인 의지를 가진 보통 사람들조차도 다른 인간들에게 종종 그렇게 한다. 황홀경에 잘 빠지는 사람들은 특별히 그들을 온전히 받아들이게 된다. 하지만 그런 황홀경은 절대적이거나 저항할 수 없는 정도는 아니다. 그것은 몇 사람은 완전히 사로잡는다 해도 많은 사람들에게는 완전히 실패하게 된다. 그것은 우월한 인간들에게는 많은 영향을 주지만 말을 잘 듣지 않는 몇몇 사람들 앞에서는 항상 멈추게 된다.

그러니까 그것은 제한된 힘이며 맞장구를 치는 사람이 있을 때만 힘을 발휘할 수 있는 것이다. 어떤 인간도 이 세상에 다른 인간을 지배하는 절대적 능력을 갖추고 오지는 않았다. 하나님은 인간에게 그런 권리도, 그런 힘도 주지 않았다. 단지 우리가 서로 간에 영향을 주고받는 가운데 어떤 자격 있는 사람에게 정신적 권위를 허용하는 신의 섭리가 있을 뿐이다.

억압된 열정의 과도한 분출에는, 또 위대한 사랑의 감정에는, 또 어쩌면 지적 싸움에도 마음과 정신이 거부할 수 없는 어떤 신비한 예지능력이 있다. 반면에 우리의 마음과 정신은 음유시인의 계시나 무당들의 예지 같은 것은 혐오스럽게 거부한다.

결국 나는 그런 '예지력'을 믿는다. 나는 우리도 모르게 어떤 장소에서 갑자기 무언가를 느끼는 것을, 또 처음 보는 사람에게 느끼게 되는 어떤 호감과 혐오감 등을 어떻게 달리 설명해야 할지 알 수 없다. 우리가 잃어버린 전생에 대한 기억인지 아니면 정말 그들에게서 흘러

나오는 유체가 있는 것인지는 모르지만, 분명한 건 어떤 사람과의 만남은 이롭지만 어떤 사람과의 만남은 내게 해롭다는 것이다. 나는 그런 느낌에 어떤 원인이 있다고는 생각하지 않는다. 그런 경우는 한 번도 없었다. 나는 가볍고 기발하고 선입견에 따른 예방책을 말하는 것이 아니다. 사람들은 근거 없는 것이라고 생각하면 바로 배척해 버린다. 하지만 사람들은 충분히 주의를 기울이고 있지 않는 것뿐이다. 그래서 마음대로 행동할 수 있게 되면 배척했던 것을 꼭 후회하기 마련이다.

만약 이것이 미신이라면 나는 그런 미신적인 생각을 가지고 있었고 솔직히 고백하건대 처음 볼 때 사랑했던 사람들을 평생 사랑했던 경험을 했다. 다비드 리샤르도 그랬다. 10년도 넘게 그를 보지 못했는데도 그렇다. 또 다음 생에서나 볼 수 있을 나의 가엾은 고베르도 마찬가지다. 그들과의 만남은 정말로 내게 정신적인 즐거움이었다. 그래서 나는 정말 육체적으로도 숨을 편하게 쉴 수 있었다. 마치 그들이 내가 평소에 숨 쉬는 나쁜 공기 대신 신선한 공기로 내 주변을 채운 듯이 말이다.

그들을 더는 볼 수 없지만 그들을 생각할 때 느끼는 편안함과 그들과 상상의 대화를 나눌 때 내가 느끼는 영적 고요함은 여전하다.

이런 영혼들이 있다. 서로가 서로를 위해 만들어진 천생연분은 아니지만, 비록 너무나 달라서 함께 같은 길은 갈 수 없다 해도 어떤 점에 있어서는 근본적으로 너무나 잘 맞는 영혼이 있다. 고베르는 내게 골상학에 대해 말하면서 우리가 감정과 존경의 돌출부를 가지고 있다고 말했다. 맞다! 그러니까 이런 영혼들이 만나면 그들은 서로 망설임 없이 서로를 받아들이고 마치 오래된 친구처럼 인사하게 되는 것이다. 그들에게 낯선 것은 없다. 그들은 마치 오랫동안 헤어졌다 만난 사람들처럼 서로서로 대화하며 너무나 즐거워한다.

　이전에 말했던 그 대단하고 운이 없었던 여자는 하늘에 성자와 천사를 이 땅에 보내 달라고 기도했었다. 그때마다 나는 이 땅에 이미 그들이 있지만 우리에게 신성神性이 없어서 그들의 초라한 모습과 때로는 가난한 모습을 알아보지 못한다고 말했던 기억이 난다. 우리는 상상력을 가지고 있고 기적 같은 일들을 찾는다. 아름다움, 매혹, 지적인 우아함이 우리를 도취시키면 우리는 진정한 성자는 저 기둥 밑에 있는 군중들 속에 숨어 있다는 것을 잊은 채 그 헛된 유성을 따라 달려간다. 그리고 마치 가짜 요정처럼 우리를 유혹하는 이 아름다운 빛을 따라가다 보면 어느 순간 갑자기 그 불은 꺼지고 우리 마음속 열정도 사라진다. 이런 실수들을 우리는 '열정'이라고 부르는 것이다. 진짜 성자들은 이런 식으로 광적이지 않다. 그들이 불러일으키는 감정은 늘 그들처럼 천사 같은 온유함이다. 그들은 우리를 유혹하고 우리를 놀라게 하기에는 너무나 겸손한 사람들이다. 그들은 머리를 아프게 하지도 않고 가슴을 아리게 하지도 않는다. 그들은 단지 미소 지으며 우리를 축복할 뿐이다. 그들을 본능적으로 알아볼 수 있다면 얼마나 행복할까, 그들을 제대로 판단할 수 있다면!
　성자들과 천사들! 왜 우리는 그들이 마치 나비가 고치 속에 숨어 있듯 이미 이 세상에 숨어 있다는 것을 모를까? 그들은 어떤 반짝임이나 어떤 금빛 날개로 자신을 인간과 구별 짓지 않는다. 그들은 나의 친구 고베르처럼 깊고 밝게 반짝여서 창백한 모습도 빛나게 하는 아름다운 눈을 항상 가지고 있는 것도 아니다. 그들은 이 세상에서 드러나지도 않고 동경의 대상도 아니다. 그들은 어디서도 빛나지 않고 질주하는 말 위에 있는 것도 아니며 아카데미 회원도 아니고 회의나 클럽 속에 있는 것도 아니다. 만약 그들이 티베리우스 시대에 살았다면 그들은 다른 모든 신의 종들처럼 오직 원형 경기장에서만 순교자로 빛이 났을 것이다. 이 눈에 띄지 않는 희생자들의 성스러운 이름과 알려지지 않는 그들의 빛나는 선행이 대단한 신앙적 행위로 '하늘 책'에 올라간 것을 보지 않는다면 우리는 그들의 존재를 결코 알 수도 없었을 것이다.

성자와 천사들! 그렇다, 나의 눈에 고베르는 성자고, 리샤르는 천사였다. 리샤르는 평화롭게 아무런 두려움이나 염려 없이 내면의 빛 속을 헤엄치며 살았고, 고베르는 좀 더 활동적이고 성급하게 자기가 공부하지 않았고 이해할 수 없는 어떤 광기나 변태에 불같이 화를 내며 흥분했지만 말이다.

고베르는 내게 진정한 사랑을 가르쳐주었다. 그 자신이 그런 애정을 내게 보여주었기 때문에. 그는 나보다 10여 년 정도밖에 더 나이가 들지 않았지만, 그의 벗어진 머리와 움푹 파인 뺨, 허약함, 그리고 무엇보다 그의 삶과 생각의 고루함은 나와 친구들의 눈에 그를 20년은 더 늙게 보이게 했다. 그는 자애롭고 부드러웠지만, 자신의 이론에서는 절대적이고 가차 없었고, 사랑하는 데는 상대를 망칠 만큼 관대한 아버지 같았다. 그의 죽음 앞에서 나는 울었는데 그것은 존경심이나 정 때문이라기보다는 이기적인 마음에서였다.

그는 우리에게 백 번도 넘게 사랑하는 사람의 죽음을 슬퍼해서는 안 되고 오히려 신이 그들을 부른 것을 감사하고 무덤 너머 그들이 진정한 보상을 받은 것에 즐거워해야 한다고 했었다. 맞는 말이다. 하지만 감정은 그런 생각을 하지 못하는 법이다. 그러니 내가 그를 애타게 그리워하는 것은 그의 잘못이다. 그는 내게 너무나 필요한 존재였다. 그는 모든 절망 가운데, 내가 무너졌을 때 나의 피난처였고 열정적이고 감미로운 설교로 내게 의무에 따른 살아 있는 법을 가르쳐주었고, 아버지 같은 부드러운 배려는 내 가슴을 파고들어 위로해주었다. 분노하고 고행하는 성자들은 상상력을 깨우거나 이른바 적개심이라고 부르는 그런 오만함을 불러일으킨다. 그들은 오직 그들의 고상한 오만함에 따라 행동하는 사람들이다. 하지만 부드럽고 온유한 성자들은 그보다 더 많은 것을 가지고 있다. 그래서 나는 오로지 이들만을 사랑한다.

나는 고베르와 그보다 더 오래 살았던 그의 형제에 대해 다시 이야기할 것이다. 리샤르와 최면술催眠術에 대해서는 내가 설명하지 못한 어떤 특별한 이야기들이 많이 남아 있다.

나는 직접적인 최면술의 영향을 시험하기 위한 실험 대상으로는 매우 부적합한 사람이다. 나는 누가 나를 잠들게 할 수 있을지 의문스럽다. 내 생각에 이것으로 나를 최면에 빠지게 할 수는 없을 것이다. 만약 내가 최면에 빠진다면 그것은 우연히 예언한 것이 맞아떨어진 것과 같은 경우일 것이다.

최면술은 내 신경을 흥분시키고 나를 조급하게 만든다. 한마디로 나는 한 사람의 손바닥에서 유체가 나와서 손끝을 거쳐 테이블이나 모자의 영혼을 찾으려는 누군가의 머릿속으로 흘러 들어간다는 것은 더이상 믿지 않는다.

하지만 어떤 사람에 대한 호감이나 반감이 주는 이상한 영향 같은 것은 나의 뇌 조직에 영향을 주고 또 실제로 그런 것을 경험했기 때문에 믿을 수밖에 없다. 그 같은 인간을 향한 반감은 단순한 육체적 반응으로 어떻게 설명할 길이 없다. 그럴 때 나는 심한 두통을 느꼈고 꽤 오래 고생했다. 내가 그리 싫어하지도 않고 그리 나쁘게 생각하지도 않는 사람을 보기만 했는데도 순간적으로 나는 참을 수 없는 두통을 느꼈고 또 그들을 다시 보게 되었을 때 끔찍한 고통이 다시 찾아왔었다. 내가 기억하지도 못하고 머릿속으로 무슨 상상을 하는 것도 아닌데 말이다. 그래서 나는 사물들 사이를 오고가는 어떤 기운이 있다는 것을 믿을 수밖에 없었다.

리샤르에게서 흘러나오는 기운은 나를 치유해주었다. 서너 번 그가 내가 있는 방 안에 나타나기만 했는데도 잠시 뒤에 두통과 간의 통증이 사라져 버렸었다. 그가 뭔가를 한 것도 아니고 내가 그것을 상상한 것도 아니다. 상상력이란 뭐라 말하건 자기도 모르게 멀쩡한 머릿속에서 일어나는 것이 아니다.

나는 그것을 그냥 무시했지만 어떤 사람들은 감정이나, 상상력이나, 감각과 다른 무엇으로 다른 사람들에게 영향을 줄 수 있다는 생각을 했다. 나는 그것을 어떤 기운에 의한 거라고 말한다. 왜냐하면, 어떤 기운이라는 말은 그럴 때 쓰는 말이니까. 그런 나쁜 영향이 너무 지나치게 되면 사람들은 그것과 맞설 수 있다고 생각한다. 하지만 그것을 가볍게, 실험해 보지도 않고 그냥 부정해서는 안 된다. 그런 느낌을 분명하고 확실하게 설명할 수 없기 때문에 그것은 신비하게 보인다.

너무 개인적인 그런 유치한 일을 길게 얘기한 것에 대해 나는 다음과 같은 말로 변명할까 한다. 내가 살고 있는 세상과 시대의 선입견에 따라 생각하는 것은 쉬운 일이다. 본능적으로 충격을 주는 것은 바로 거부하고 마음에 드는 것은 즉시 받아들이면서 말이다. 하지만 내 주변에서 일어나는 일에 대해 되도록 어떤 편견을 가지고 말해서는 안 되고(나는 충분히 잘 알지도 못한다), 또 내가 받은 느낌을 더 중요하게 생각해야 한다고 믿는 나로서는 최면술에 대해 완전히 불경스럽게 말하고 싶지는 않았다. 나의 개인적인 경험을 이야기해서 이것에 관한 연구에 어떤 진지한 도움을 주는 것도 아니면서 말이다.

게다가 나는 나 자신의 생각은 크게 중요하게 생각하고 싶지는 않다. 하지만 대중을 생각했어야만 했던 것이, 몇몇 작품 속에서 내가 환상의 세계 속으로 그들을 끄집어 들였기 때문이다. 소설에서 그리 중요한 장면은 아니라고 해도 말이다. 나는 거리낌 없이 그런 장면들을 쓰곤 했다. 그렇게 자유롭게 쓸 수 있다는 것은 소설의 참 좋은 점이다. 극적인 장면에서건 웃기는 장면에서건 시적인 장면에서건 진지한 장면에서건 말이다. 역사가는 모든 것을 잘 판단해야만 한다. 하지만 이야기꾼은 더 자유롭고 아무런 거리낌 없이 자기 상상력대로 이야기할 수 있다. 허구의 이야기 속에서는 누구도 당황스러워하지 않을 거라는 것을 알고 있기 때문이다. 그리고 나중에 역사적 관점에서 그 이야기들을 다시 살펴본다고 해도 그 시대를 다시 경험하며 어떤 강력한 감정을 느끼게 될 뿐일 것이다. 《빌헬름 마이스터》는 현실에는 있을 것 같지 않은 매우 흥미로운 작품이다. 그것은 생각이 깊고 몽상적인 독일인을 형상화하며, 괴테가 바라보는 새로운 세상에 대한 계시이다. 괴테와 이 겸손한 작품의 작가 둘을 비교하는 무례를 범하지 않고도 그렇게 말할 수 있다.

최면술이 세상에 가져온 이 신비주의적 취미에 대한 마지막 결론이 뭔지 우리는 아직 알 수 없다. 그것에 대한 결론을 맺으려면 학문적 시간이 필요할 것이다. 이런 논쟁을 하는 작품이 몇 개 남아 있지 않거나 혹은 작품 속에도 그리 많은 자리를 차지하지 않는다고 해도 그것은 실제로 여러 문제를 제기하게 될 것이고, 또 인간 정신이 진보를 향해 투쟁하도록 해 줄 것이다.

나로서는 얼마간 이 문제에 대해 고심했지만 결국, 이 문제에 대해 명확한 결론을 내리지 못하는 것이 크게 부끄러운 일은 아니라는 결론에 이르렀다. 모든 세기는 당시만의 특징을 가지고 있고 철학과 정치도 마찬가지다. 모든 시대는 여러 종류의 까다로운 문제와 맞닥뜨리고 있다. 그리고 그것을 빨리 해결하려고 했던 사람들은 모두 나이가 들면 너무 미성숙하게 말했던 것들에 대해 종종 후회한다. 그리고 새로운 생각으로, 아니면 아주 그럴듯한 가능성으로 전에 말했던 생각을 부정하기도 한다. 사람들은 절대로 "모르겠어요."라고 말할 줄 모른다. 바보나 게으른 자로 취급될까 봐 두려워서이다. 하지만 둘 다 아니다. 단지 자신이 자신의 시대보다 더 강하지 못하다는 것을 느낄 뿐이다.

만약 우리가 순진하게 우리가 모르는 것을 모두 고백한다면 우리는 아무 말도 하지 못하고 많은 것을 쓸 수도 없을 것이다.

어떤 특별한 것에 대한 설명을 들으며 느낀 점은 진리를 깨우치려는 뜨거운 가슴과 지성의 소유자들은 그런 설명을 통해 더욱더 중요한 것들을 밝혀준다는 것이다. 그래서 리샤르는 온유한 마음과 인간에 대한 뜨거운 연민으로 인간의 골상을 공부하며 인간 정신을 밝히려고 하였고 고베르는 며칠 동안 카타콤을 함께 산책하며 형이상학자와 진정한 철학가의 삶과 죽음에 대해 말해주곤 했던 것이다.

6. 나의 오랜 친구들: 생트뵈브, 칼라마타, 플랑슈, 디디에

내 친구들에 대해 조금 더 이야기해도 글의 흐름을 방해하지 않을 것 같다. 이 친구들의 도움으로 확립된 나의 감정적이고 논리적인 내면세계는 내 인생의 정신적이고 지적 발전에 있어 중요한 한 부분을 차지하고 있으니 말이다. 내 영혼에 뭔가 좋은 것이 있다면 그것은 모두 다른 사람들 덕분이라고 나는 굳게 믿고 있다. 나는 이 땅에 진실한 것을 향한 바람과 욕구를 가지고 태어났다. 하지만 내 본성에 맞는 교육을 받기도 힘들었고 쓰인 책 속에서 발견하기도 쉽지 않았다. 나의 감수성은 우선 잘 통제될 필요가 있었다. 전혀 아무런 통제도 받지 못했으니까. 생각이 깨어 있는 친구들, 지혜로운 친구들은 너무 늦게 내게 왔다. 불꽃이 재 아래서 너무 오래 타다 보면 쉽게 숨이 막혀 버리는 법이다. 하지만 이 고통스러운 감수성은 지혜롭고 선한 애정으로 진정되고 위로받곤 했다.

반쯤 깨어난 나의 이성은 어느 면에서 백지 상태였다. 다른 말로 하면 완전한 혼돈이었다. 남의 말을 잘 듣는 습관을 통해, 이것은 신의 은총임이 분명한데, 나는 내 정신을 깨우고 또 생각할 거리를 주는 모든 사람을 받아들였다. 그들 중 대단하신 분들은 나를 크게 성장시켰고 그저 보통인 사람들은, 내 눈에는 결코 평범하게 보이지 않았지만, 나를 불확실의 미로, 내 생각이 오래도록 잠자고 있던 그 미로에서 나오도록 하는 데 큰 도움을 주었다.

그런 좋은 능력을 가진 사람 중에, 생트뵈브 씨는 풍부하고 소중한 대화 주제들로 나를 너무나 건강하게 해주었다. 좀 의심의 여지가 있고 변덕스럽기는 했지만 늘 다시 시작되곤 했던 그와의 우정은 내가 자신감을 잃었을 때 힘을 주었다. 그는 내가 좋아하고 존경하는 사람들을 신랄하게 비난하고 혐오해서 내 마음속 깊이 상처를 주기도 했다. 하지만 나는 그의 의견을 바꿀 권리도 힘도 없고 그의 살아 숨 쉬는 논쟁들을 제어할 능력도 없다. 또 내 앞에서 그는 항상 관대하고 애정이 넘쳤기 때문에(사람들이 그에 대해 말할 때는 늘 그렇지 않다고 하지만 나는 그 말을 믿지 않는다), 게다가 내 영혼과 정신이 지쳐 있을 때 너무나 섬세하고 따뜻하게 나를 구해주었기 때문에 나는 그를 나의 교육자며 지적 위로자로 생각하지 않을 수 없다.

그렇지만 그의 문학적 태도가 내게 어떤 영향을 준 것은 아니다. 내가 좀 더 과감한 표현을 하고 싶을 때 그의 섬세하고 정확한 형식은 문제를 풀어준 것이 아니라 더 복잡하게 하곤 했다. 하지만 흥분이 가라앉고 나면 우리는 다시 그의 방루적이라고10 할 수 있는 형식으로 돌아가곤 했다. 그러니까 개인의 변덕스러운 취향과 아카데미의 용인을 통해 진정한 아름다움과 진정한 힘을 다시 찾기 위해 방루에게로 돌아가듯이 말이다.

뭔가 우아함을 꾸며 내려는 듯한 우스운 방식들에서도 우리는 대가의 천재성을 엿볼 수 있다. 시인이며 비평가로서 생트뵈브 또한 대가

---

10 〔역주〕당시 방루(Vanloo)라는 화가의 화풍을 말하는 것으로, 구태의연한 표현으로 들라크루아의 비난을 받았다.

중 한 명이었다. 그의 생각은 종종 매우 복잡했다. 그래서 처음에는 매우 모호하게 생각된다. 하지만 현실감각을 가지고 있는 그의 글들은 다시 읽을 가치가 있으며 겉으로는 모호하지만 그 깊은 곳에는 명확함이 살아 숨 쉬고 있다. 이 작가의 단점은 너무 재능이 넘친다는 것이다. 그는 너무 많이 알고 너무 잘 이해하고 너무 많은 것을 보고 단정 내린다. 그의 취향은 너무나 다채롭고 주변의 모든 것이 다 그의 흥미를 자아낸다. 그래서 그에게는 언어라는 것이 충분치 못하고 그의 작품을 위한 틀이 너무 작다는 생각이 든다.

내가 보기에 그는 그에게 해로운 어떤 모순 속에 살고 있었다. 그의 재능을 말하는 것이 아니다. 그의 재능에는 아무런 문제가 없다는 것을 그는 스스로 잘 증명해주었다. 하지만 그의 행복에 대해서는 얘기가 다르다. 나는 이 행복이라는 단어로 어떤 인간도 만들어낼 수도 지배할 수도 없는 외적 상황들의 흔들림을 말하는 것이 아니라 간헐적으로 외적 상황들에 흔들리기는 하지만 영혼 속에 마르지 않고 존재하는 신앙의 원천과 내적 평온을 말하는 것이다.

신만이 줄 수 있는 유일한 행복, 우리가 제정신으로 감히 계속 요구할 수 있는 그런 행복은 일상생활의 사건들과 나락 속에서 내면의 이상적이고 순수한 기쁨이 있다는 걸 느끼는 것이다. 외적 사건들이 우리에게서 감정이나 꿈을 뺏어갈 수 없도록 하는 철학이나 예술이나 우정이나 사랑 같은 추상적인 것들 속에서, 세월과 성숙한 경험은 어느 날인가는 우리 자신과 화해할 수 있는 친절을 베풀어준다.

아마도 생트뵈브에게 그런 날이 온 것 같다. 하지만 그가 비록 고통에 대해 나보다 더 많은 학식과 이성과 방어능력을 가지고 있다고 해도 나는 그도 나처럼 오래 괴로워하는 것을 보았다. 그는 지혜를 설득력 있는 웅변으로 가르친다. 그러면서도 그는 자신 안에 만족할 줄 모르는 관대한 영혼의 흔들림을 가지고 있다.

그는 인간의 이성理性에 관한 문제를 더 복잡하게 풀려고 하는 것 같았다. 그는 행복이란 어떤 망상이나 정신적 노력 없이 느낄 수 있는 거라고 하면서 권태나 혐오나 우울은 순수하게 이성적 작업의 결과라고 했다. 그는 위대한 감정을 느끼고 싶어 했다. 나중에 실망할까 두려워 그것을 거부하는 것은 자신을 속이는 거라고 했다. 왜냐하면, 어쩔 수 없이 느끼는 사소한 감정들 또한 사소하게 우릴 죽이기 때문이다. 하지만 그는 감정들을 겪으며 그것을 지배하고 논리적으로 설명하고 싶어 했다. 그는 우리의 이상이 완전할 수 없다는 것을 사람들이 용납하길 바랐다. 하지만 내 생각에 그는 완전할 수 없는 것은 이상이 아니라는 점을 잊은 것 같았다. 그리고 자신의 이상이 불완전한 거라고 생각하는 친구나, 애인이나 철학자가 있다면 그들은 이미 믿음이 없는 자들이고 단지 착하고 현명하게 사는 것을 연습하는 자들일 뿐이라는 것을 잊은 것 같았다.

의무적으로 믿거나 사랑하라는 것은 항상 무슨 궤변처럼 나를 화나게 했다. 사람들은 마치 믿는 것처럼 혹은 사랑하는 것처럼 행동할 수 있다. 그러니까 어떤 경우에 이것은 의무일 수 있다. 하지만 더는 어떤 생각을 믿지 않고 어떤 존재를 좋아하지도 않는 때 그것을 따르고 좋아하는 것은 단지 의무일 뿐이다.

생트뵈브는 그런 불가능한 처방을 자신에게 내리기에는 너무 똑똑한 사람이었다. 하지만 그가 자신의 철학적 논리들을 삶에 적용하는 모습을 보면 내가 틀린 것인지는 모르지만 그는 이 넘을 수 없는 원 안에서 계속 돌고 있는 듯이 보였다.

한마디로 그는 생각에 대해서는 너무 감정적이었고 자신의 감정에 대해서는 너무나 이성적이었다고 밖에는 이 대단한 사람을 설명할 길이 없다. 오늘날도 내가 감히 그를 다 이해했다고 할 수 없지만, 이 설명이 그가 가지고 있는 그 독창적이고 신비스러운 특징을 설명할 수 있는 유일한 열쇠라고 생각한다. 만약 그런 능력을 내버려 두고 시간이 지나감에 따라 시들어 버리게 그냥 두었더라면 그는 아마도 반대로 더 빛나지 않았을까 싶다. 하지만 그는 그런 것에 동의하지 않았고 자신을 잘 관리했다. 어떤 작가가 작품 속에 표현한 것보다 그 작가에게서 더 감동적이고 가슴을 울리는 뭔가를 발견한 사람이라면 좀 아쉽게 생각할 것이다. 그 작가에게 더 큰 영예를 줘야 할 것 같아서 말이다.

하지만 대중들이 그들을 매료시키고 감동시킨 작품들이 영감으로 가득 찬 병에서 흘러 넘쳐 나온 것에 불과하다는 걸 꼭 알 필요는 없다. 그것은 우리 모두의 이야기이기도 하다. 영혼은 항상 가장 순수한 보석은 오직 신에게만 주려고 깊이 감추고 있다. 마음 깊은 곳의 따뜻한 마음이 그것을 증명해주는 것이다. 어떤 천재가 그것을 완전히 구체적으로 우리에게 보여줄 때 우리는 오히려 두려워한다. 혹시 그가 그것으로 고갈돼 버릴까 봐. 왜냐하면, 자신을 완전히 다 보여줄 수 없는 것은 하늘이 약한 인간에게 준 축복이기 때문이다. 만약 인간이 무한한 욕망을 다 표현할 수 있다면 아마도 인간은 존재할 수 없을 것이다.

내 책의 표지에 넣을 초상화 때문에 우연히 칼라마타를 알게 되었다. 그는 이미 유명하고 재능 있는 조각가였다. 그는 메르쿠리라고 하는 다른 이탈리아 조각가와 함께 가난하지만 품위를 잃지 않으며 살고 있었다. 메르쿠리는 여러 작품 중에서 레오폴드 로베르의 〈이삭 줍는 사람들〉의 작고 멋진 조각으로 유명한 사람이다. 이 두 예술가는 아주 품위 있고 아름다운 형제애로 함께하는 사람들이었다. 나는 메르쿠리와만 인사를 나누었는데 그는 너무나 숫기가 없는 사람이었다. 칼라마타는 더 이탈리아 사람 같았다. 그러니까 좀 더 신뢰가 가고 열려 있는 사람이었다. 그래서 나는 그와 금방 친해졌고 우리의 우정은 평생토록 계속되었다.

나는 정말로 그처럼 진실하고 섬세하게 배려하는 사람은 못 봤다. 또 만나는 동안 그렇게 흐뭇하고 건강한 관계를 유지했던 친구도 거의 없었다. 누군가를 진정한 친구라고 말할 수 있다는 것은 정말 대단한 칭찬이다. 왜냐하면, 즐겁고 유쾌한 친구들과는 늘 그 관계가 너무 가볍고 또 심각한 사람들은 늘 잘난 척하는 친구들이기 십상이기 때문이다. 칼라마타는 같은 예술가로서는 유쾌하고 즐거운 친구였지만 아주 신중하고 생각이 깊고 공명정대한 사람이어서 감정적으로 늘 지혜로운 방향을 찾도록 해주는 친구였다. 그처럼 다정한 친구들 중에는 믿어도 될 것 같은 느낌을 주는 친구는 많지만 정말 믿을 수 있는 사람은 드물다.

조각은 진정한 예술이지만 동시에 너무나 힘들고 고된 작업이었다. 영감으로만 되는 것이 아니라 제작 과정은 정말 천부적인 인내심을 요구한다. 조각가는 그래서 예술가가 되려고 하기 전에 재능 있는 장인匠人이 되어야 한다. 물론 회화에서도 작업 부분은 마찬가지로 힘들다. 특히 벽화壁畫의 경우는 엄청나게 힘든 작업이다. 하지만 천재의 자유로운 창작열은 온전히 화가 한 사람만의 것이어서 그는 끝없는 즐거움을 느끼게 된다. 하지만 조각가는 그런 점에서 두려움만 있다. 그 자신이 창조자가 되어도 되는지에 불안감을 느끼기 때문이다.

나는 이 문제에 대해 논쟁하는 것을 많이 들었다. 그러니까 조각가가 에들링크나 베르빅이나 마르크 앙투안이나 오드랑처럼 되어야 하는가의 문제이다. 다시 말해 조각할 대상의 모든 장점과 결점을 모두 충실히 반영해야만 하느냐 아니면 자기의 천재성대로 자유롭게 재창조해야 하느냐의 문제이다. 한마디로 조각이라는 것이 정확한 복제가 되어야 하는지, 아니면 대가에 의해 천재적으로 재해석된 작품이 되어야 하느냐의 문제이다.

나는 내 전문 분야 밖의 일에 대해서는 별로 얘기하고 싶지 않은 사람이지만 이 문제는 외국 작품을 번역하는 일에도 적용될 수 있는 문제인 것 같다. 이 경우 만약 내가 번역을 하게 되고 선택할 자유가 있다면 나는 걸작들만 선택할 것이다. 그리고 그 작품을 가능한 맹목적으로 그대로 번역하면서 즐거워할 것 같다. 왜냐하면, 대가들의 실수조차 여전히 사랑스럽고 존경스럽기 때문이다. 반대로 만약에 내가 실용적이지만 내용이 불분명하고 글도 서투른 작품을 번역하게 된다면 나는 내 방식으로 고쳐 쓰려고 노력해 볼 것이다. 가능하면 글이 명확해지도록 말이다. 하지만 이 경우 아마도 생존해 있는 작가라면 나의 이런 봉사에 대해 못마땅하게 생각할지도 모르겠다. 왜냐하면, 글에 대한 안목이 부족해서 자신들의 서투른 글을 더 선호할 수도 있으니까.

이렇게 원작보다 더 잘 만들어야만 하는 불행스러운 상황을 조각가들은 꼭 만나기 마련이다. 하지만 자기 작품을 복제하는 조각가가 자기보다 더 재능이 있다는 것을 용납할 수 있는 화가는 거의 없을 것이다.

반면에 원칙적으로 모든 조각가가 자기 나름대로 복사할 작품을 변형시킬 자유가 있다 인정하고 유행도 그런 것을 부추긴다고 한다면 그 한계는 어디이며 조각이라는 예술이 가지고 있는 본질은 무엇일까? 그러니까 조각이란 예술의 첫 번째 목적이 회화 작품을 널리 보급하고 대중화하는 것뿐 아니라 원작을 파괴하는 시간과 사건들을 거슬러 대가의 생각을 후손들에게 그대로 전해주는 데 있다고 한다면 이 예술이 가지고 있는 진정한 유용함은 어디서 찾을 수가 있을까?

모든 학문, 모든 예술, 모든 직업은 나름의 원칙을 가지고 있다. 그 작업을 하는 데 있어 어떤 지배적 이론을 의식하지 않고 이루어지는 작업은 없다. 아무도, 아무것도 존중하지 않고 모두가 자기 방식으로 하는 그런 타락한 시대에 예술은 퇴보하고 사라지게 된다.

그러므로 조각은 독립적이기도 하지만 또한 예속적이라 본질적인 구속을 뛰어넘으려고 한다면 그것은 경솔한 일일 것이다. 자신의 존재감을 의심할 여지없이 높이기 위해 보잘것없는 작품을 재탄생시키고 싶은 똑똑한 사람은 작품의 잘못된 점을 고치고, 어둡고 초라함을 없애고 좀 더 힘차고 강하게 수정하고, 평범하고 무덤덤한 작품에 생기를 불어넣고, 너무 튀는 작품은 부드럽게 하며 저속한 표현들은 이상적으로 바꾸고 조잡한 감정들도 품격 있게 바꿔야 할 것이다. 하지만 그가 그렇게 재해석하려고 하는 원작자에게도 그런 자유로운 해석에 반대할 권리가 있다. 비록 그의 생각이 틀렸다고 해도 이론적으로 그의 생각은 인정해야 한다. 왜냐하면, 똑똑한 해석가 대신 그렇지 않은 해석가가 더 많아서 잘 고친다고 하면서 작품을 더 망치는 경우가 있기 때문이다.

게다가 대중들은 자신들이 알고 자신들이 평가할 수 있는 것을 원한다. 아주 세세한 부분까지 따지고 드는 까다로운 예술가부터 이 시대에 나온 모든 작품 속에서 이 시대만의 특징적 표현을 요구하는 역사가에게 이르기까지 이 작업을 수용하는 영리한 소비자들은 충실하고 또 문자 그대로의 해석을 강요한다.

그러므로 너무 지나치게 예술성이 뛰어난 판화가版畵家들에게는 안 된 일이다. 판화가로서의 그들의 모든 이론은 화가의 방식을 가장 아름답고 분명하게 보여줄 수 있는 방식을 찾아내는 일이어야만 한다. 하지만 만약 새로운 창작을 원한다면 이렇게 말해줄 수 있을 것이다. (때로는 참 애석한 일이지만 말이다.)

"당신 혼자 당신을 위한 작품을 만드세요. 화가이며 판화가인 대가들처럼 말이지요. 그들은 판화를 통해서도 자신들의 생각을 펼칠 수 있었으니까요."

하지만 그런 대가들은(예를 들면 렘브란트 같은) 자신들의 그림을 결코, 아니 거의 조각하지 않았다. 그들의 판화 작업은 항상, 거의 대부분 적절한 스케치 위에서 행해졌다. 그래서 그들은 이 변형 작업에서 항상 엄청난, 도저히 극복할 수 없는 어려움을 만났고 그래서 그들은 판화가들에게 그러니까 평생을 조각에 바쳐 온 사람들에게 자신의 중요 작품들을 대중에게 전달하는 일을 맡길 수밖에 없었다.

칼라마타가 그린 라므네 초상화(1925년).

　칼라마타는 이 문제에 대해 숙고하고 결론을 내린 후 어떤 확실한 생각을 마음 깊이 품게 되었다. 작품을 잘 복제하기 위해서는 잘 그릴 줄도 알아야 한다는 것이다. 그릴 줄 모르는 사람은 자기가 보는 것을 이해할 수 없으니 아무리 잘 관찰하고 아무리 노력해도 그것을 옮길 수도 없다는 것을 알았다. 그래서 그는 사물들의 초상 그리는 것을 열심히 연습했고 동시에 몇 년간 끌 다루는 작업도 병행했다. 칼라마타는 이후 7년을 앵그르 씨의 〈루이 13세의 소원〉이란 작품을 작업했다.

　그가 직접 그린 후 판화로 만든 대단한 초상화들이 있는데 그중 라므네 씨의 것은 정말 대단하다. 그 초상화는 정말 그를 닮았으며 표현이 너무나 매혹적이었다.

하지만 칼라마타의 진정한 탁월함은 고전 작품에 대한 너무나 섬세하고 사려 깊고 열정적인 작업들이다. 그는 레오나르도 다빈치의 〈모나리자〉를 판화로 재탄생시키는 데 온 힘을 기울였다. 그는 지금 내가 쓰는 중에 아마도 작업을 마쳤을 텐데 그의 계획은 정말 걸작으로 보였다. 복제하기에 너무나 어렵기로 유명하고 당시 사람들에게조차 너무나 신비한 아름다움의 소유자로 유명한 여자의 모습, 화가도 자신이 표현해 낸 것을 기적으로 여기는 그 그림은 영원히 예술사에 남을 자격이 있는 작품이다. 모나리자의 엷은 미소, 알 수 없는 어떤 신성한 감정의 빛을 한 천재가 화폭에 잡아 놓아 죽음의 왕국에서 진정한 아름다움의 생명의 빛을 강탈할 수 있었다. 하지만 시간은 운명적으로 아름다운 작품이 그려진 천들을 파괴하고(설사 그 진행이 더디다 해도), 그 위에 아름다운 것들을 파괴한다. 판화는 영원히 그것을 간직하게 한다. 그래서 어느 날은 그 판화작품만 남아 대가들과 그 여자들이 정말 살아 있었음을 증명하게 될 것이다. 동시대 사람들의 뼈는 먼지가 되어도 승리에 찬 모나리자는 여전히 그녀의 진솔하고 뭐라 표현할 수 없는 그 미소로 사랑에 빠진 젊은 가슴을 향해 미소 지을 것이다.

스스로 솔선수범해서(이것이야말로 최상의 교육이다.) 예술가란 항상 연구하고 고민하며 자기 자신보다 일을 더 좋아하려 해야 하며, 삶의 목표가 자신의 삶보다 더 나은 무엇을 후손들에게 남기는 것이어야만 한다고 가르친 친구 중에 최고는 단연 칼라마타이다. 이런 점에서 그는 내 영혼 깊은 곳에서 존경심이 우러나게 하는 친구이며 그것이 그 친구와의 오랜 우정에 있어 가장 본질적인 바탕이었다.

또 나는 작가로서 귀스타브 플랑슈에게 특별한 감사를 표하고 싶다. 그는 냉철하게 비판적인 사람이었지만 어떤 숭고함을 지닌 사람이었다. 성격적으로 우울하고 타고난 성품 자체가 모든 인간사에 지친 듯 보이지만 그는 냉정한 사람도 아니고 그저 데면데면한 사람도 아니었다. 단지 늘 뭔가를 깊이 생각하고 감정의 변화에 익숙지 못하고 예술에서 어떤 즉흥적인 것을 참지 못하면서 오직 하나의 생각에만 생각을 집중시킬 수 있는 사람이었다. 그는 오랫동안 위대하고 엄중한 것만을 아름답다고 인정하고 이해하고 느낄 수 있었다. 그는 예쁘고 우아하고 아기자기한 것에 반감이 있었다. 그런 취향 때문에 그처럼 총체적이고 진솔한 비평을 하는 사람은 드문데도 불구하고 그는 여러 가지 면에서 기분이 상해 공평하지 못하곤 했다.

그래서 어떤 비평도 그에 대한 것만큼 악감정을 가지고 분노를 표출한 것을 본 적이 없다. 그러면 그는 겉으로는 아무렇지도 않은 척하면서 인내심을 가지고 언젠가 복수할 때를 인내하며 기다렸다. 하지만 그의 내면에 그것을 인내할 힘은 사실 없었다. 그가 먼저 선동한 그런 적개심은 그를 고통스럽게 했다. 왜냐하면, 그의 성격은 글보다 훨씬 섬세했기 때문이다. 그를 잘 살펴본 사람들은 완고하고 깨지기 쉬운 그의 내면은 그런 증오를 잘 견뎌내기 힘들다는 것을 알게 될 것이다. 부드러운 대화는 그를 진정시키든가 혹은 적어도 그의 지나친 주장을 좀 누그러뜨리기도 한다. 그런데 펜만 들면 대체 어떻게 된 일인지 그는 약속했던 것들을 다 깨 버리고 만다.

비평가로서 그의 관점이 옳고 이론의 여지가 없었다면 나는 그래도 그의 공격적이고 위험한 성격들을 다 감수했을 것이다. 그가 파문하는 작품들에 내가 다른 느낌을 갖는다고 해도 나는 그의 엄격한 판단을 이성적인 확신이 주는 유용한 효과로 받아들였을 것이다.

하지만 비록 친구들 사이라고 해도, 내가 그런 비평을 보며 받아들일 수 없는 건 바로 고압적이고 경멸적인 태도이며 무례한 표현들, 그러니까 한마디로 가르침을 주기 전에 먼저 불러일으키는 불쾌한 감정이다. 그런 것은 비평의 목적과 효과를 왜곡하게 된다. 플랑슈에 대해서는 그가 감정적으로 결코 못되고 질투심 있고 복수심에 차 있는 사람이 아니므로 더더욱 그의 그런 태도를 실수라고 하지 않을 수 없다. 그는 오히려 생존한 사람들에게는 아주 친절하게 말하고 대화할 때조차 글로 쓸 때보다는 훨씬 공평하고 관대하다. 그러니까 중요한 것은 분명 그 결과인데 그의 비평이 가져오는 결과는 별로 도움이 되지 못했다.

만약 비평이라는 것이 뭔가를 가르치기 위한 것이라면 일단 받아들여야 하니 당연히 부드럽고 친절해야 한다. 특히 자존심을 건드리지 말아야 하는데 자존심은 사람들 앞에서 상처 입게 되면 자연히 그런 인간적 모욕에 저항하게 된다. 사람들은 비평은 자유롭고 비평가 마음대로라고 하지만 그것은 말도 안 되는 소리다. 모든 인간관계는 하나님 소관이고 하나님은 사랑이야말로 우리의 첫 번째 의무이며 우리의 가장 강력한 무기라고 했다. 만약 우리를 판단하는 비평들이 우리보다 더 강한 힘을 보이면(항상 그런 것은 아니지만), 우리는 그 안의 애정을 느끼고 그렇게 애정 어린 충고는 빈정거림이나 경멸스러운 방식은 결코 할 수 없는 무게를 지니게 된다.

아주 애정 어린 비평이라고 해도 옳다는 생각이 들지 않을 때는 꼭 인정할 필요는 없다고 생각한다. 하지만 품격 있고 공평하고 내용이나 감정이 고상한 비평의 경우 그런 것들은 항상 우리에게 매우 유용하다. 겉으로 드러나게 우릴 비난한다고 해도 말이다. 그런 비평은 우리 안에서 새로운 도전을 하게 만들고 치열한 논쟁을 통해 우릴 더 건강하게 한다. 그러니 비평의 목적이 대중들과 우리 자신을 좀 더 크게 하기 위한 것이란 점이 분명할 경우 우리는 그것에 감사를 표해야 한다.

이런 것이 분명 귀스타브 플랑슈의 목적이었다. 하지만 그는 방법을 몰랐다. 그는 인격을 모독했고 그런 종류의 스캔들을 즐기는 대중은 비평의 목적 같은 것을 깊이 생각하지도 않았다. 게다가 논쟁에 점점 빠져들어가 감정이 격해지면 그는 그 감정만을 욕하며 정작 그 폭풍 같은 감정을 불러온 작품 자체는 잊어버렸다.

그래서 상식적인 생각들, 예술에 대한 취향이나 지식들은 그 싸움과 아무 관련이 없게 되고 정작 귀스타브 플랑슈가 자신의 그 많은 지식과 아름다운 스타일을 통해 가르쳐야 할 것들은 별 볼 일 없는 것이 되어 버린다.

이런 불행을 겪는 것이 그 하나만은 아니지만 그런 성격 때문에 그는 다른 사람들보다 더 억울하다고 할 수 있다. 그는 그가 사용하는 무례한 어휘들과 잔인하고 단정적인 주장들로 다른 사람들보다 더 불행한 처지에 놓이게 되니 말이다.

내가 그에게 하는 이런 비난은 정말 사심 없는 거라고 분명히 말할 수 있다. 왜냐하면, 아무도 그처럼 나를 지속적으로 지원하고 용기를 준 사람은 없었으니 말이다.

게다가 나는 그림이나 특히 음악에 대해 그가 가지고 있는 수준 높고 군더더기 없는 판단들에 대단한 애정을 품고 있다. 하지만 문학 작품에는 그리 공정하지 못한 것 같다. 그는 대중들이 인정하는 재능을 받아들이려 하지 않는다. 그는 자신만의 고고한 논리 속에 갇혀서 보통 사람들의 지적이지 못한 감동들을 거부하며 자신의 목적도 이루지 못하고 그가 당연히 받아야 할 성공도 놓치고 있다.

하지만 어쨌든 그는 정신적으로 대단히 용기 있는 사람임은 분명하다. 그것은 대단한 용기여서 그의 신랄한 비평이 가져다준 악감정에도 불구하고 그의 인간성과 재능과 올곧음은 인정할 만하다.

처음 비평가의 길로 들어선 때부터 그는 자신의 완고하고 엄중한 이론을 펼쳤다. 그는 1831년 다음과 같은 글을 썼다.

"예술은 병들었다. 우리는 예술을 유능한 의사가 하듯 그렇게 취급하고 위로하고 용기를 불러일으켜야 한다. 희망을 가지고 치유라는 말을 떠올려야한다. … 하지만 우리의 희망이 헛수고가 되지 않으려면 우리는 환자에게 엄격한 규칙을 적용해야 한다. 끊임없는 질책과 세심한 비평을 하면서 말이다. … 우리는 있는 힘껏 도와야 한다. 지적인 모든 방식을 동원해서 대중의 취향을 이끌어야 한다. … 나는 예술가들에게 도움을 줄 수 있는 그런 지적을 예술에 하고 싶다. 나의 임무는 무엇인가? 이것은 미친 짓이고 허황된 것일 뿐인가? 아마 그럴지도 모른다. 화가들과 글쟁이들에게 우리 시대의 작품에 대해 말해주면 좋겠다. 그들은 질투나 부러움 때문이라고 욕을 먹을까 아니면 우정을 잃어버릴까 두려워하고만 있다."

그리고 자신이 돌아갈 배들을 태워 버릴 결심이라도 한 듯 이 모험가는 자신의 비장한 임무에 걸맞은 비장함을 의식한 듯이 그림에 대한 자신의 첫 번째 글을 끝내며 이렇게 소리친다.

나는 비장한 슬픔을 느끼지 않을 수 없다. 내가 지난 석 달 동안 그렇게도 정성 들여 했던 그 수많은 말이 다 무슨 소용인가? 순간적으로 지나치는 생각들을 부드러운 말로 다듬기 위해 정말 애를 썼지만 말이다. 처음 생각이 떠오를 때 너무나도 맞고 분명하고 확신에 찼던 그 생각들은 내 입술에서 종이 위로 떨어지는 순간부터 왜 그렇게 뒤틀리고 과장된 것이 돼 버리는지? …

이 작품을 지배하는 가볍고 경멸적인, 때로는 신랄하고 예리한 말투를 비난하는 자들이 한 명이라도 있다면 한번 깊이 자기 자신에 대해 생각해 보길 바란다. 그리고 기억을 되살려 매일의 생각을 전하고, 마음속 감정을 이해시키기 위해 얼마나 많이 진실하고 충실한 말을 찾기 위해 노력했었는지. 그들은 자신들이 그렇게 여러 번 놀려 댔음에도 자신들이 당하는 것에 대해 분개한다. 그리고 스스로 수없는 배신의 희생자로 여기며 나를 교활한 거짓말쟁이라고 비난한다.

욕을 들을 사람이 나일까? 내가 확신했던 진리가 독자에게 가서는 변질되고 절단돼 버리는 것이 내 탓인가? 이해받지 못한다 해도 어쩔 수 없이 원치 않는 말들을 해야만 했던 내가 비난받아야 하는 걸까?

이런 말들은 비평가가 스스로 자신을 비평하는 것 같아 정말 흥미롭다. 이 글에는 어떤 고통스러움과 대단한 강단 그리고 마음 아픈 회한과 함께 어떤 귀족적 고귀함이 느껴진다. 글쓴이는 자신에 대한 편파적인 비난을 멀리하고 싶어 하는 것 같지만 어떤 최고의 공평함에 호소하며 복수심을 없애려고 한다는 것을 사람들은 너무 모르는 것 같다. 이후 순진하게 이런 글을 썼던 때를 떠올리면서 그는 쓴웃음을 지어야만 했을 것이다.

이후 이런 감상적인 시기는 끝이 난다. 다음에 보다시피 어느 비평문에서도 보기 힘든 단호하고 타협 없고 흥미로운 고백을 하고 있으니 말이다. 이것은 다른 사람에게뿐 아니라 자신에게도 매우 가혹한 글이다. 그는 이렇게 쓴다.

(지나친 혹평은) 당신 앞에 파인 깊은 심연深淵이다. 그 앞에서 때로 당신은 당황스럽고 어지러움을 느낄 수도 있다. 이런저런 문제들을 통해 마지막에는 풀 수 없는 의심에 휩싸이게 된다. 그래서 이것은 어떤 생각보다 가장 괴로운 생각이 된다. 나는 그보다 더 절망적이고 낙담케 하는 것을 알지 못한다. … 이것은(비평한다는 것) 정말 졸렬한 작업이라고 할 수조차 없는 그런 작업이다. 그것은 공공연한 무위도식이며 영원하고 의식적인 오락이다. 그것은 무기력함에서 나오는 고통스러운 빈정거림이며 불모不毛의 탄식이다. 그것은 지옥으로부터의 임종臨終의 단말마斷末魔이다. 11

나머지 글들도 마찬가지로 흥미롭고 갈수록 더 재미있어진다. 이것은 고해告解이다. 생각 없이 하는 그런 고백이 아니라 불확실성과 절망의 시대에 자기도 모르게 강요된 비평이란 비참한 목줄에 매이게 된 어떤 한 젊은이, 뭔가 위대한 것을 만들고 싶은 야망의 젊은이가 절망 속에서 하는 고백이다. 그는 말한다.

---

11   귀스타브 드플랑슈(1831), *Salon de 1831*.

"부끄럽고 불행한 나, 좀 더 영예롭고 고귀한 역할을 수락하고 완수할 수 있었다면!"

이런 푸념은 옳지 않은 거였으며, 그의 이런 생각은 틀린 것이었다. 비평가의 역할이란 잘 알다시피 창작자의 역할만큼이나 중요한 것이다. 그리고 철학적 사고를 하는 위대한 사람들은 오직 그들 시대의 사상과 편견을 비판하는 일만 했었다. 이것은 그들의 명예뿐 아니라 그 시대의 진보에도 도움을 주었다. 왜냐하면, 완벽을 향해 가는 모든 작업은 인간이 가지고 있는 파괴와 재건이라는 두 가지 중요한 의지를 바탕으로 하고 있기 때문이다. 사람들은 재건하는 일이 다른 것보다 힘들다고들 한다. 하지만 재건이 힘들고 때때로 잘못된다면 그것은 사람들이 항상 폐허 위에서 시작하기 때문이 아닐까? 또 이 폐허가 불확실한 우리 건축물의 기초가 되어야 한다면 파괴 작업, 그러니까 비평이 충분히 의미심장하지 못했기 때문이 아닐까? 그러니까 이 둘은 모두 매우 귀하고 또 어려운 작업이다.

귀스타브 플랑슈는 나이가 들고 성숙해지면서 비평가로서의 자신의 역할을 경멸했던 것이 틀렸다는 점을 분명 알았을 것이다. 왜냐하면, 그는 비평을 계속, 또 열심히 했기 때문이다. 그것은 자신의 행복을 위한 것도, 자신의 적들을 즐겁게 하기 위한 것도 아니고 오직 대중의 안목을 높이기 위한 일념이었다. 그는 비록 그 방식이 잘못되고 또 그 자신의 감식안에도 좀 문제가 있긴 했지만 그 방면에서 진정으로 큰 공헌을 했다. 그는 천재에게 무례하게 굴고, 또 천부적 재능은 없지만 인내하며 노력하는, 그러니까 잘 키우면 크게 될 수 있는 사람에게도 격려하지 않았다. 한마디로 그 자신도 자신의 감정의 기복과 기분에 따라 희생자들을 만들어내기도 했다. 하지만 그가 개인에게 가했던 가혹한 혹평, 대중들은 그것을 있는 그대로 다 받아들이지는 않았지만, 그런 혹평을 통해 뭔가 대단한 것들을 배울 수 있었던 것도 사실이다.

그는 너무나 많은 방면에 분명하고 확실한 취향과 섬세하면서도 위대한 감정을 보여주었다. 그의 표현들은 거창하면서도 고상하고 명료했고 구체적이었다. 다만 그의 문체가 너무 조형적이고 천편일률적이었던 것뿐이다. 사람들은 그런 화려한 표현들이 아주 많이 연구하고 준비한 결과라고 생각하지만 사실 그에게 그것은 아주 자연스러운 표현들로 그는 모든 것을 너무나 빠르고 쉽게 쓰는 사람이었다.

그는 내게 많은 도움을 주었다. 우선 그의 솔직하고 적나라한 조롱은 그동안 별생각 없이 아무렇게나 써왔던 나의 언어를 좀 더 공부하게 만들었다. 또 다채롭지는 않았지만 실제적인 문제들에 대해 너무나 확신에 찬 그와의 대화는 내가 발전하기 위해 알아야 할 많은 것들을 배우게 해주었다.

내게는 너무나 따뜻하고 재미있었던 몇 개월간의 교제 후에 나는 그의 개인적 성격과는 전혀 상관없는 다른 개인적 이유로 만남을 그만두게 되었지만 적어도 내게는 그의 성격은 나무랄 데가 없었다.

하지만 나 자신의 이야기를 하자면 그와 친하게 지내는 것은 내게 너무나 큰 문제가 되었다. 그와 친한 것 때문에 나는 증오와 격한 적개심에 둘러싸여야 했으니까. 그렇게 거만한(놀리려는 것이 아니라 이것은 그 자신이 자기에 대해 직접 언급한 표현이다.) 혹평가와 친구가 되어서는 안 되는 거였다. 그것은 곧 내가 그의 생각에 동조한다는 뜻이니까.

이미 들라투슈도 그와 화해를 거부하고 그 때문에 나와도 사이를 끊어 버렸으니 말이다. 글로든 말로든 플랑슈가 상처를 준 사람들은 그를 내 집에 불러 그들 앞에 둔다는 것 자체를 범죄로 여겼다. 또 나는 그 친구들을 다 버리라는 협박도 받았는데 그 친구들은 그보다 더 오래된 친구로, 그들 표현에 따르면 굴러 들어온 돌이 박힌 돌을 빼 버릴 수는 없는 거였다.

나는 많이 망설였다. 플랑슈는 천성적으로 불행한 사람이었지만 나에게만은 자기도 모르는 친밀감과 헌신을 보여주었다. 그래서 그를 칭찬해서 내가 받는 문학적 증오 때문에 그를 멀리한다는 것은 비겁하게 생각되었고 그의 적들을 위해서 아무것도 해서는 안 될 것 같았다. 하지만 그와 친구로 지낸다는 것은 내면적으로 내게 나쁜 영향을 주었다. 그의 우울한 성향, 모든 것을 향한 혐오, 예술을 쉽고 편하게 그저 되는대로 하는 것을 향한 증오심, 그러니까 그와 얘기할 때마다 조여 오는 이성적 긴장과 끝없는 분석들은 그를 만날 당시 우울할 수밖에 없었던 나를 더더욱 우울하게 만들었다.

그의 슬픔의 원인, 그러니까 분명 타고난 것일 수밖에 없을, 정말 이해할 수 없는 그 원인을 나는 결코 알 수가 없었고 그것은 그 자신도 결코 그 이유를 알 수 없는 거였다. 그러니 그것에 대해 그와 논쟁한다는 것은 너무나 불공평하고 잔인한 일이었다. 그러니 그를 돕기는커녕 정신적 상처만 줄 그런 논쟁을 시작하고 싶지 않았다. 게다가 나는 무슨 정의의 사도使徒가 될 처지도 아니었다. 당시 나는 《렐리아》를 쓸 때라 나부터 너무 힘들고 무너진 상태였고, 플랑슈와는 나 자신의 깊은 문제에 대해 말하는 것을 피하고 있었다. 그가 내게 너무나 중요한 문제들을 돌이킬 수 없이 절망적인 방식으로 해결하라고 할까 봐 그것도 두려웠기 때문에 그저 내가 쓰고 싶은 주제의 형태나 서정적인 부분에 대해 이야기할 뿐이었다.

이것은 전혀 그의 취향이 아니었고 만약 작품에 잘못된 것이 있다 해도 그의 영향은 전혀 아니었다. 반대로 그것은 내 고집 때문이었다고 할 수 있다.

나는 종교적인 의혹과 싸우며 이 치명적인 병으로부터 벗어나기 위해선 나의 감정이나 상상을 즉흥적으로 드러내는 방법밖에 없겠다는 생각이 들었다. 또 플랑슈의 정신 상태는 나의 지적 문제들과는 전혀 다른 차원인 것 같았다.

나는 당시 모든 사람에게, 특히 그에게 감추고 있었지만 종교적으로 헌신하고 싶다는 소망이 있었다. 아니! 모두가 아니라 도르발 부인에게만 얘기한 거였는데 그녀만이 나를 이해할 수 있는 사람이었다. 나는 여러 번 밤에 어둡고 조용한 성당에 들어가 그리스도를 생각하며 깊은 명상에 빠지곤 했다. 나는 신앙적 열정에 빠졌던 젊은 시절처럼 알 수 없는 눈물을 흘리며 기도하곤 했다.

하지만 나는 다시 이 땅의 악과 고통을 보며 하나님의 공평함과 선함에 대한 고뇌에 빠지지 않을 수 없었다. 나는 라이프니츠의 《변신론》에서 내가 깨달은 것을 꿈꾸며 조금 자신을 진정시킬 수 있었다. 라이프니츠야말로 나의 마지막 구원이었다! 그리고 나는 내가 그를 더 잘 이해하게 되면 나는 모든 무너져 가는 인간 정신의 피난처가 될 수 있을 거라고 항상 생각했다.

어느 날 플랑슈가 내게 라이프니츠를 아느냐고 물어 온 적이 있었는데 나는 즉시 "모른다"고 말했다. 겸손해서가 아니라 그가 그마저 혹평하며 쓰러뜨려 버릴까 두려웠기 때문이다.

어쨌든 나는 개인적 이해관계 때문에 플랑슈를 거부할 수 없었다. 그의 지적 수준은 나보다 훨씬 고매했고 특권층에 속해 있지 않아서 모든 점에서 매우 공평했으며 우정에 대한 고민도 없었다. 그렇지만 사람들은 그가 내게 한 욕을 나에게 고자질했고 그에게 그것을 항의 하면 그는 명예를 걸고 부정하면서 여러 증거를 통해 나를 향한 그의 진정성을 확인시켜주었다. 그래서 만남은 계속될 수밖에 없었다. 마지막은 도르발 부인 집에서였는데 벌써 10년도 넘은 이야기 같다.

그래도 그를 받아들이는 것으로 인해 내게 가해지는 적개심은 끝나지 않았다. 1852년 어떤 서문에서 나는 용감하게도 "진정한 비평가 중 한 사람인 플랑슈 씨만이 최근에 세덴을 제대로 평가한 유일한 사람이었다."라고 썼는데, 기자들은 이 말을 "우리 시대에 유일하게 진정한 비평가라 할 수 있는 플랑슈 씨만이 세덴을 제대로 평가했다."라고 옮겼다. 이것은 보다시피 약간 왜곡된 해석이 아닐 수 없다. 하지만 사람들은 그리 주의 깊게 살펴보지 않았다. 그리고 이 때문에 나를 욕하는 작은 캠페인이 벌어졌다. 내가 여전히 플랑슈를 당시 진정한 비평가 중 하나라고 했으니 아주 좋은 빌미를 준 것이었다. '가장 진정한' 이라니, 세상에나! 만약 그 말이 행복이나 즐거움 같은 것은 도통 모르는 것을 뜻한다면 모를까! 그의 글을 보면 이 세상에 웃음 주는 일은 눈곱만큼도 없어 보이니 말이다.

이렇게 늘 세상에 불평만 늘어놓는 것을 그의 잘못이라 하는 것은 점점 여위어 가며 좌절하는 병자에게 "자기 잘못이지!"라고 하는 것과 같다. 병자에게 이렇게 말한다는 것은 정말 생각 없고 잔인한 일이다. 우리가 병에 걸리게 되면 우리는 우리 자신에 대해 좀 더 관대해지고 아프다고 소리치거나 불평하는 것을 당연하게 생각할 테니까. 이처럼 모든 것을 다 보상해 줄 것 같은 그런 환상에 빠져 운명적으로 고민하는 지성들이 있는 법이다. 그런 환상이 과거든 현재든 예술이나 학문에 적용되면 이상주의자로서의 고정관념에 빠져 자신의 환상과 다른 충고나 외적 반대 같은 것에는 눈 하나 깜짝하지 않게 되는 것이다.

또 다른 아주 똑똑하지만 우울한 사람 가운데 샤를 디디에가 있다. 그는 나와 아주 친한 친구 중 하나였다가 아주 냉정하게 헤어져 지금은 보지 않는 친구다. 지금 그가 나에 대해 뭐라고 하는지는 모르겠다. 나는 그저 내가 생각하는 것을 말할 수 있을 뿐이니까.

나는 몽테스키외처럼 "우리가 서로에 대해 말할 때 그 말을 믿지 마세요. 우리는 결별했으니까."라고 말하지 않겠다. 나는 그것보다는 더 강하게 말하고 싶다. 지금 나는 아주 평온한 마음으로 예전보다 더 공평하게 아주 맑은 정신으로 지금 내 삶을 정리하고 있으니까.

그래서 과거를 회상해 보니 디디에와 나는 몇 달간 의견 대립을 했고 몇 달간은 서로를 미워했던 것 같다. 그다음 나로서는 몇 년간 아주 오랫동안 잊고 지냈는데 이것은 내가 상처받았을 때 하는 유일한 복수 방법이었다. 곰곰이 생각하면서 혹은 아무 생각도 하지 않으면서 말이다. 하지만 이렇게 서로 생각이 달라 결별하기 전 5~6년간 아주 순수하고 완벽한 우정을 나눈 적이 있었다. 나는 대단하게 명석하고 진정한 충고와 아주 고상하고 지적인 위로들로 가득한 편지들을 다시 읽었다. 그리고 이제 우리에게 망각의 시간이 지나가고, 어쩌면 나의 기억에 필요했을 이와 같은 휴식의 시간을 거치고 보니 이런 축복의 시간이 내게 유일하게 도움을 주고 좋았던 것으로 남겨진 것 같다.

샤를 디디에는 천재적인 사람이었다. 문학적 재능도 있긴 했지만 그의 천재적 사고를 따라가지는 못했다. 그는 몇몇 작품으로 자신을 드러냈지만 내 생각에 어떤 작품들도 그 안에 가지고 있는 지성을 온전히 다 담아낸 것 같지는 않았다. 그는 아주 멋진 작품인 《로마의 지하》 이후로 더 나아진 재능을 보이지 못한 것 같았다. 그는 더 완벽한 문학적 성장을 보이지 못하는 것에 대해 죽을 듯이 괴로워했다. 그의 삶은 자신의 상상력으로 어찌할 수 없는 현실에 대한 내적 폭풍으로 완전히 뒤집혀 버렸다. 때때로 우리가 그를 즐겁게 하려고 할 때나 그 스스로 즐겁게 지내고 난 후에 상황은 더 악화하였다. 다음 날 더 심한 불안감이 그의 가슴을 짓눌렀으니 말이다. 그저 별생각 없이 되어가는 대로 사는 사람들이 그래도 꿈꾸는 이 세상이 그에게는 죽을 듯한 실망스러움을 안겨주었기 때문이다.

나는 그를 나의 '곰' 아니면 '백곰'이라고 불렀다. 왜냐하면, 젊고 잘생겼지만 그는 나이가 들기 훨씬 전부터 특이하게도 아름다운 흰 머리카락을 가지고 있었기 때문이다. 그 모습은 그의 영혼처럼 그 깊은 곳에 여전히 생명과 힘을 가지고 있었지만 대체 어떤 문제로 그것들이 모두 얼어붙은 채 밖으로 분출되지 못하는 것인지는 알 수 없었다.

습관적으로 갑자기 불평을 늘어놓는 사람이었지만 우리에게는 한 번도 화를 낸 적이 없었다. 그의 굳은 심성과 정이 넘치는 헌신을 생각하면 우리는 그의 염세주의厭世主義가 너무나 안타까웠다. 비록 염세주의가 그를 너무나 빨리 절망하고 불평하게 만들었지만 그래도 우리는 그것을 존중했다. 그러면 그는 다시 돌이켰고 그는 아주 큰 가치를 지닌 사람이었기에 누구든 그에게 조금이라도 영향을 주는 것을 자랑스러워할 만한 사람이었다.

정치, 종교, 철학, 예술계에서 그는 항상 옳고 또 때로는 너무나 아름다운 시각을 가지고 있었기 때문에, 아주 드물기는 하지만 그의 그런 점을 보게 되면 우리는 겉으로 드러난 모습보다 훨씬 더 우월한 그를 느낄 수 있었다.

실제 생활에서 그는 아주 좋은 조언자였다. 비록 그의 첫 반응이 사람이나 사물, 심지어 신에게도 매우 냉소적이었지만 말이다. 이런 그의 냉소가 내가 그의 생각들을 받아들이기를 꺼리는 원인이 되었다. 비록 때로는 그의 충고들이 나 자신의 본능적 생각보다 더 좋다는 생각이 들기도 했지만 말이다.

그는 나만큼이나 사회나 종교 문제에 고민하는 사람이었다. 그가 어떤 결론에 도달했는지 모르겠다. 그가 요즈음 어떤 작품들을 출판했는지도 모르겠다. 몇 년 전에 그가 정통 왕조를 지지하는 글을 하나 써서 무지 욕을 먹었다는 말을 들은 적은 있다. 그 글을 입수할 수가 없어서 아직 읽지는 못했다. 사람들은 그 글이 비난받을 만하다고 내게 말하지만 보통 재능 있는 작가들이 종종 그러하듯 그의 글도 표현 때문에 그의 진정한 생각이 드러나지 않은 것은 아닌지 의심하지 않을 수 없다. 하지만 그의 생각이 완전히 바뀌었다고 해도 그에게 공명 정대한 그런 신념이 있을 거라고 나는 믿어 의심치 않는다.

이제 일단 과거나 현재의 친구들에 대한 순례를 마치려고 한다. 그리고 기억 속에 다른 사람들에 대한 기억이 떠오르면 그때 다시 새로운 시리즈를 시작해 볼까 한다. 이것은 아마도 시간적으로 정확한 순서를 따르지는 못할 것이다. 왜냐하면, 틈틈이 나 자신의 이야기를 할 시간도 필요하니까 말이다. 하지만 기억을 거슬러 일부러 순서를 뒤바꾸거나 하지는 않을 것이다.

다시 말하지만 나는 특별한 관계에 있었던 사람이라고 해도 내가 아는 모든 사람 이야기를 하지는 않을 것이다. 전에도 말했듯이 나의 이런 조심스러움이 어떤 사람들에 대해 그들이 마땅히 받아야 할 평판을 거슬러 어떤 편견을 갖게 해서는 안 될 테니까. 그래서 이번에는 내가 왜 그런 조심스러움을 가졌는지 그 이유를 설명하려고 한다.

내가 너무나 고귀한 재능에 존경심을 가지고 말하고 싶어서 설명했던 사람들, 또 누구든 동시대를 살아가는 사람에 대한 예우를 갖추고 얘기했던 사람들, 또 나를 충분히 잘 몰라서 불안감을 가지고 있는 사람들은 이 자서전에서 그들에 대해 어떤 글을 쓸지에 대한 걱정을 직접 혹은 제 3자를 통해 표시하였다.

그런 사람들에게 나는 좋은 점이든 나쁜 점이든 작건 크건 어떤 것도 자서전에 쓰지 않겠다는 대답만 했을 뿐이다. 그들이 내가 이런 자서전 같은 책에 무슨 생각들을 쓸지 걱정하고 의심하는 마당에 작가로서 나를 믿으라는 말 따위는 할 수가 없었다. 단지 즉시 완전히 입을 다물겠다는 말을 해줬을 뿐이다.

내가 지금 얘기한 사람 중 몇몇은 내가 자신들에 대해 어떤 생각을 하는지 걱정했는데 그것은 내 마음에 상처를 주었다. 그들과 나 사이에 한두 번 서로 빈정대거나 화를 냈던 것을 숨기지는 않았지만 그런 지난날의 불화를 다시 곱씹어 생각해 보고 싶지는 않다. 솔직하지 못하다고 욕을 먹겠지만 말이다. 나는 나의 미래와 관련이 없는 과거에 대해서는 그리 오래 고민하지 않는 사람이다.

이런 내 생각에 괴로워하는 사람이 있다면 단연코 그것은 잘못이다. 그들은 아마 과거에 대한 나의 판단을 믿어 보는 것이 더 좋을 것이다.

7. 《한 여행자의 편지》

먼저 얘기했던 것처럼, 이탈리아에서 돌아온 후인 1834년 나는 내 집에 돌아와 아이들과 친구들을 만날 수 있어 너무나 행복했다. 하지만 그 행복은 그리 오래가지 않았다. 아이들도 집도 이제는 내 것이 아니었다. 정신적으로 말이다. 이 별 볼 일 없는 집을 건사하는 데 남편과 나는 의견이 맞지 않았다. 모리스는 그 아이의 적성과 능력과 건강 상태에 맞는 교육을 받지 못하고 있었다. 집안은 모든 것이 비정상적이고 위험스럽기까지 했다. 그것은 내가 말한 것처럼 내 잘못이었고 어쩔 수 없이 운명적인 거였다. 매일의 싸움과 집안싸움에서 그것을 딛고 이겨 낼 의지가 없었으니 말이다.

이런 삶이라도 계속하길 원했던 친구 중 한 명인 뒤테이유는 내게 충고하길 남편의 애인이 되면 집안의 안주인이 될 수 있을 거라고 했다. 그것은 결코 가능한 방식이 아니었다. 사랑도 없으면서 가까이 가려는 건 말도 안 되는 것이었다. 어떤 목적을 가지고 남편을 찾는 여자는 빵을 얻기 위한 창녀나 사치한 생활을 하고 싶은 고급 창녀들과 같은 여자라고 할 수 있다. 그런 것은 남편을 무슨 경멸스러운 장난감이나 바보 같은 멍청이로 만드는 것과 같다.

뒤테이유는 나와 싸우며 여러 가지 질문을 해 댔다. 그는 가끔 아주 냉소적으로 말하곤 했지만 나와는 모든 것을 이상화시켜서 말해야 한다는 것을 알 만큼 영악했다. 그래서 그는 내게 아이들을 향한 사랑과 그들이 차지해야 할 미래에 대해 말했다.

이런 성스러운 생각에 나는 깊은 혐오감만을 느낄 뿐이었지만 그것은 너무나도 깊고, 절대적인 감정이어서 나는 이성적으로 그의 생각에 동조하기 위해 깊이 생각해야만 했다.

육체적인 혐오감이라면 보통 충분한 변명이 되겠지만 그것도 내게는 충분치 않았을 것이다. 의무감이 이런 혐오감을 극복하게 했을 테니까. 사람들은 비록 사랑하지도 않고 알지도 못하는 사람이라고 해도 병을 낫게 하기 위함이라며 감염된 상처를 건드린다.

게다가 내 남편에게 나는 어떤 혐오감도 느끼지 않았다. 어떤 정신적인 반감도 없었다. 나는 우리의 관계를 처음 시작할 때처럼 오직 형제처럼 사랑하길 원했다.

정숙한 소녀가 결혼하기로 결정했을 때 아이는 결혼이라는 것이 뭔지 전혀 모른다. 그리고 사랑이 아닌 것을 사랑으로 생각할 수 있다. 30살이 된 여자는 더는 어렴풋한 환상을 가지고 있지 않다. 감정과 생각이 있는 여자라면 그녀는 이제 그 값어치를 알고 있다. 사람 됨됨이를 말하는 것이 아니다. 그런 것은 마치 사물처럼 자기 자신만을 버릴 수 있으면 겸손하게 물러서줄 수도 있는 것이다. 내가 말하는 것은 완전하고 분리할 수 없는 하나의 존재로서의 가치를 말한다.

이런 것을 나는 남편에게 이해시킬 수 없었다. 그의 생각은 달랐으니까. 하지만 실제 생활에서 정제되고 섬세한 낭만주의를 추구하는 뒤테이유는 쉽게 이해시킬 수 있을 것 같았다.

나는 그에게 말했다.

"사랑은 이성적 계산으로 되는 게 아니에요. 이성적인 결혼은 결국, 넘어져 버릴 실수이거나 자기 자신을 속이는 거짓이지요. 우리는 육체로만 된 것도 아니고 정신으로만 된 것도 아니에요. 우리는 육체와 정신 모두로 되어 있지요. 이 둘이 모두 결합하지 않는 것은 진정한 사랑이 아니에요."

"육체가 먹거나 소화시키는 것처럼12 영혼도 결합될 수 있는 그런 작용을 가지고 있다면, 두 사람이 사랑 안에서 하나가 되는 것도 이와 같은 것이 아닐까요? 오직 하나의 생각만이 거기에 반기를 들지요. 모든 창조물의 결합에, 그러니까 식물의 결합에조차 쾌락과 관능을 부여한 신이 창조물의 완벽함의 정도에 어떤 차이를 둔 것은 아닐까요? 인간은 그중 가장 위쪽에 있고 모든 것들보다 가장 완벽하니 우리는 쾌락을 추구하고 만끽하는 데 있어 이런 육체적 감각과 정신적이고 지적인 감각의 결합을 꿈꾸는 게 아닐까요?"

나는 너무나 당연한 말을 한다고 생각했지만 실제 우리 삶에 있어 이런 당연한 진리는 거의 받아들여지지 않고 인간은 그저 만나 수천 명의 아이들이 자손 생산이라는 이 성스러운 행위에 진정한 사랑도 선행되지 않은 채 태어난다.

하지만 어쨌든 인류는 번성하고 있고 만약 진정한 사랑으로만 아이가 태어난다면 인구 감소를 막기 위해 결혼에 대한 삭스 장군의 이상한 논리에 귀 기울여야 할지도 모른다. 하지만 신의 섭리 그러니까 신성한 법칙이 매번 거부되고 한 남자와 한 여자가 마음과 정신도 없이 서로 입을 맞추는 경우도 없지 않아 있는 건 사실이다. 인간이 아름다운 그의 능력이 소망하는 그런 삶을 아직도 살지 못한다면 바로 이것

---

12 그런데 진정한 미식가는 맛보다 상상력으로 즐긴다고들 말하기도 한다.

이 가장 보편적이고도 끔찍한 원인일 것이다.

사람들은 웃으며, 생식生殖하는 것은 그렇게 어려운 것이 아니라고 말한다. 그저 두 사람만 있으면 되는 거라고. 그런데 아니다, 세 명이 필요하다. 즉, 남자와 여자 그리고 그 둘 사이에 하나님이다. 만약 두 사람이 황홀경을 느낄 때 하나님을 생각하는 것이 이상하다고 해도 그들은 분명 아이를 만들어낼 것이다. 하지만 그들은 인간을 만들어내지는 못할 것이다. 완벽한 인간은 오직 완벽한 사랑에서만 나올 수 있다. 두 명의 육체는 하나의 육체를 만들기 위해 결합할 수 있지만 오직 생각만이 생각에 생명을 부여할 수 있는 것이니까. 우리가 대체 뭐란 말인가? 인간이 되려고 애쓰는 인간들은 지금까지 그 이상도 아무것도 아니다. 수동적이고 무능력하고 자유와 평등에 분개하는 존재이다. 왜냐하면, 대체로 우리는 그저 수동적이고 아무 생각 없이 태어났기 때문이다.

그런데 이 행위를 의지적 행위라고 부르는 건 너무 과한 것은 아닐까? 감정이나 정신 같은 것은 전혀 없는 그런 행위에 진정한 의지 같은 것도 없는 것이다. 그럴 때 사랑이란 육체의 노예가 된 두 사람이 하는 일종의 노예 행위이다. 이 말에 뒤테이유는 말했다.

"다행스럽게도 인류는 재미있고 쉬운 번식 행위를 하는 데 있어 그런 숭고한 정신 같은 건 필요치 않지요."

나는 이 말에 "불행하게도."라고 말했다.

어쨌든 여자든 남자든 인간이 완전한 사랑에 대해 이해할 정도로 승화한다면 그는 이런 완전히 동물적인 행위는 할 수도 없을 것이고 더 잘 말하자면 그런 식으로 퇴화할 수도 없을 거라고 나는 덧붙였다.

그 행위에 관한 생각과 목적이 뭐건 간에 설사 욕망이 있다 해도 그의 마음은 아니라고 말해야만 한다고. 그런데 만약 서로가 함께할 것인가 말 것인가에 완전히 뜻을 같이한다면 이런 내적 갈등 속에서 우리는 어떻게 종교적 힘이 작용하지 않는다고 말할 수 있을까?

만약 당신이 도덕이란 가면을 쓴 이기주의와 다름없는 가문의 이익이란 그런 단순한 필요성을 운운한다면 그것은 진리의 주변만 맴도는 격이다. 그것이 육체의 유혹이 아니라 어떤 미덕 때문이라고 말해 봤자 소용없는 일이다. 순전히 인간적인 논리로 신의 율법을 왜곡해서는 안 되는 거니까. 인간은 시시각각 이 땅에서 자기도 모르는 신성모독을 행하지만 하나님의 마음으로 그의 무지를 용서해줄 수 있다. 하지만 아무리 하나님의 마음이라고 해도 이상적인 것이 무엇인지 알면서도 짓밟는 건 용서할 수 없는 것이다. 이성적으로 감정적으로 또 감각적으로까지 하나님의 법을 분명히 느끼면서 그것을 어길 만한 개인적이고 사회적인 정당성이 인간에게는 없으니까.

빅토르 위고의 연극에서 마리옹 들로름이 혐오하는 라프마에게 애인의 목숨을 살리기 위해 자기를 내주었을 때 그녀의 숭고한 헌신은 상대적인 숭고함일 뿐이다. 작가는 그런 일을 그렇게 쉽게 할 수 있는 자는 오직 고급 창녀였던 사람, 그러니까 과거에 그런 일을 쉽게 해봤던 사람만이 사랑이란 이름으로 그런 치욕스러움을 받아들일 수 있다는 걸 너무나 잘 알고 있었으니까.

하지만 《사촌 베트》라는 소설에서 발자크는 순수하고 존경스러운 한 여자가 떨면서 자신의 파산한 집안을 살리기 위해 알지도 못하는 유혹자에게 자신을 내버린다는 이야기를 정말 기가 막히게 잘 그려

냈다. 하지만 그 괴이한 장면에서 여주인공은 우리의 동정심을 완전히 다 잃어버렸다. 그런데 마리옹 들로름 또한 똑같이 굴욕적인 행위를 했음에도 어떻게 우리의 동정심을 잃지 않았을까? 그 이유는 그녀가 자기 행동에 대해 정상적인 아내나 한 가정의 어머니였다면 가졌을 죄의식을 느끼지 않기 때문이다.

겁도 없이 모든 한계를 다 뛰어넘고자 한 발자크는 그보다 더 나아갔다. 또 다른 소설에서 그는 다른 여자의 함정에 빠지지 않게 하려고 사랑하지도 않는 남편을 사랑하고 유혹하는 척하는 부인을 묘사했다. 게다가 그 여주인공에게 상속받을 딸을 만들어 그녀의 행위를 더 부끄럽게 했다. 그러니까 그녀가 그렇게 단순한 불성실함이나, 입에 발린 거짓말이나 거짓된 마음과 감정보다 더 교묘하게 남편을 속였던 것은 무엇보다 그녀의 모성애母性愛 때문인 거다.

솔직히 나는 발자크에게 이런 감상을 숨기지 않았다. 그가 정말 실제 현실을 꿰뚫어 본 그 이야기는 그 이야기를 펼쳐 내는 그의 문장력까지도 외면케 했다고 말해주었다. 그 이야기는 논쟁의 여지없이 내게 부도덕하게 여겨졌다. 부도덕한 책을 썼다고 야유를 받는 내게도 말이다. 13

내 감정, 내 양심, 내 종교에 아무리 다시 자문해 보아도 내 생각은 더욱더 확고부동해졌다. 나는 그것을 치명적인 죄라고 생각한다(나는 이 표현을 좋아한다. 어떤 잘못은 우리 영혼까지 죽일 수 있다는 내 생각

---

13 〔역주〕 상드는 《렐리아》라는 작품 속에서 여성의 육체적 욕망에 관한 문제를 적나라하게 다루었다고 많은 비난을 받았다.

을 잘 표현해주는 것이니까). 나는 사랑이라는 감정을 거짓으로 꾸며내는 것뿐 아니라 불완전한 사랑을 하며 완전한 사랑의 감각을 찾을 수 있다고 망상하는 것까지도 치명적인 죄라고 생각한다. 그러니까 우리는 온 존재로 사랑하고 또 어떤 일이 있어도 절대적으로 순결하게 살아야 한다. 남자들은 그런 것을 아랑곳하지 않는다는 걸 나는 잘 알지만 우리 여자들은 지킬 가치가 있다고 느껴진다면 어떤 삶을 살건 이 교리를 잘 받아들일 수 있다.

자존심 같은 건 조금도 없는 여자들이라면 그녀들에게 어떻게 말해야 할지 모르겠다.

당시 내가 글에서 자주 썼던 '자존심'이란 표현이 이제 내게 아주 진정한 의미로 다가온다. 나는 내가 쓴 것을 완전히 잊어버리고, 또 그것을 다시 읽는 것은 더더욱 끔찍하게 여겼다. 그런데 얼마 전 어떤 사람이 《한 여행자의 편지》에서 내가 쓴 글들을 잔뜩 적은 편지를 보내오면서 질문을 해 대는 바람에 나는 내 책의 내용을 알기 위해 완전히 잊고 지냈던 책을 습관적으로 다시 열어보게 되었다.

그래서 나는 1834년과 1835년에 쓴 《한 여행자의 편지》를 다시 읽어 보았다. 그리고 거기에서 내가 쓰겠다고 항상 약속했던 한 작품에 대한 구상을 재발견했다. 그것을 쓰지 않았던 것이 매우 후회스러웠다. 처음 시리즈를 시작할 때는 그 구상대로 잘 따라갔지만, 글을 계속 쓰면서는 그것으로부터 멀어져서 마지막에 가서는 완전히 그것을 잊어버리고 있었다. 이 분명한 실책은 내가 처음 구상한 것에는 포함되지 않는 여러 편지를 《한 여행자의 편지》라는 같은 제목 속에 엮은 것이 문제였다.

애초에 내 머릿속에 있었던 나의 구상, 나의 계획은 동시에 아주 순수하고 또 질서정연하게 나의 생각의 진행 단계를 적어 나가는 거였다. 나는 이 편지들을 기억하지 못하는 사람들이나 혹은 그 편지들을 알지 못하는 사람들을 위해 말하고 있다. 그 편지들을 아는 사람들에게는 필요 없는 말이니까.

나는 내가 느낀 그 많은 것들을 나 자신과 다른 사람들에게 말하고 싶었다. 나라는 사람은 그때 성장해 가는 중이었다. 비록 지금 내 눈에는 그것이 이제 겨우 자신을 표현하기 시작하는 것처럼 보인다 해도 당시에는 나라는 사람이 이미 다 만들어졌다고 생각했던 것 같다. 하지만 그런 생각에도 불구하고 나는 나 자신에 너무 집착해서 마치 녹은 금속을 틀에 넣듯 나는 나 자신을 관찰하고 또 괴롭혀 보고 싶었다.

하지만 그때부터 다른 사람들을 위해 유용한 뭔가가 없다면 한 사람의 개인에 대해 말할 권리 같은 것은 없다는 생각이 들었다. 그리고 나는 그런 유용한 뭔가가 없다고 생각했기 때문에 나라는 한 개인을 바꾸면서 일반화시키고 싶었다. 이제 갓 서른이 된, 그저 자기 생각 속에서만 살았던, 자신의 열정과 삶의 문제들의 심연 앞에서 떨리는 시선으로 서 있던, 처음으로 발견한 그 모든 것들 앞에 현기증을 느끼고 있던 나는 나 자신에 대해 있는 그대로 다 말할 권리는 없다고 느꼈다. 이런 생각을 하느라 일반적인 생각들에 대한 내 생각의 지경은 그리 넓지 않았을 것이고, 나의 특별한 고민거리들에 대해 너무 분명한 태도로 말했던 것 같다.

그래서 나는 인생의 고난에 대해 내 방식으로 철학적 논리를 폈고, 또 마치 이미 잔을 비운 것처럼, 하지만 아직 젊은 여자이며 거의 어린아이였던 나를 숨긴 채로 마치 시련을 겪은 사색가처럼 혹은 특별한 운명의 희생자처럼 말했다. 게다가 실제의 나를 있는 그대로 그린다는 것은 뜨겁게 불타오르고 있던 내게는 너무나 무미건조한 일로만 여겨졌다. 그래서 나는 붓이 가는 대로 나의 환상을 따라 나를 나이 지긋하고 환상적인 사람으로, 수많은 것을 겪은 사람으로, 너무나 절망적인 사람으로 그렸다.

여기에서 나에 대한 이 세 번째 상태인 절망만이 진실이었고, 나는 나의 어두운 생각을 따라가며 나를 늙은 아저씨의 입장에서, 또 늙은 여행자의 처지에서 말하도록 했다. 내가 경험한 곳 외에 그를 움직이게 할 공간을 발견할 수는 없었다. 왜냐하면, 내가 말하고 묘사하고 싶은 것은 그 공간이 내게 주는 인상이었기 때문이다.

한마디로 나는 내 인생에 대한 소설을 쓰고 싶었고, 실제로 존재하는 사람이 아닌 사색적이고 분석적인 등장인물을 만들고 싶었다. 더 나아가 그 인물이 되어 나는 내가 겪지도 않았고 겪을 수도 없는 불행에 대한 그의 생각을 더 늘어놓고 싶었다.

그리고 허구의 이야기라고 해도 독자들은 이 늙은 등장인물의 가면을 통해 진정한 나를 찾고 정의를 내릴 수 있을 것으로 생각했고 몇몇 독자는 그랬다. 그리고 한 영악한 변호사는 별거 소송 중에 반대편 입장에서 내가 한 여행자에게 말하도록 한 모든 것에 책임을 물었다. 내가 1인칭으로 서술한 장면들은 그 가여운 여행자가 시적이고 은유적으로 불평했던 모든 것을 가지고 나를 비난하기에 충분한 근거가 되었다. 나는 악하고 범죄를 저지른 것이 분명하지 않은가? 그 여행자, 그 늙은 아저씨는 자신의 과거를 도취의 심연으로, 자신의 현재를 회한悔恨의 심연으로 묘사하지 않는가?

사실 내가 고단했던 가정사를 떠나 있었던, 4년도 안 되는 그 짧은 시간 동안 내 여행자가 했던 그 모든 선과 악에 대한 경험을 할 수 있었다면 나는 정말로 특별한 사람일 것이고, 그때의 나처럼 그렇게 집구석에 처박혀 나처럼 신중하고 시적인 5~6명의 사람들에게 둘러싸여 지내지는 않았을 것이다. 하지만 나를 《어느 아저씨의 서신》의 등장인물로 비난하건 말건 하나도 중요하지 않다. 우선 《한 여행자의 편지》 6권이 이 제목으로 나왔고 내가 계속 쓰겠다고 스스로 다짐한 것도 이 제목이었으니까. 그 책은 좋은 책이었을 것이다. 잘 썼다는 것이 아니라 흥미롭고 활력이 넘치는, 그러니까 여러 다양한 유형으로 흩어지고 허구의 여러 상황 속을 헤매다 결국 우리의 개성이 사라져 버리는 그런 소설보다 더 유익한 책이었을 것이다.

이 책에 대한 다른 편지들 중에서 내가 방금 언급한 것에 대해서만 이야기할 것인데, 이 허구의 책 속에 나에 대한 심오한 진실이 있다면 그것은 삶을 향한 혐오감이었다는 것을 말하지 않을 수 없다. 보다시피 그 책은 아주 젊은 시절 겪고 고민했던 것에 대한 오래되고 오류투성이의 기록인데 그것은 마치 화가 나서 멀리 떨어뜨려 놓았다고 생각했던 여행 동반자가 어느 순간 갑자기 와서 내 발목을 잡는 것처럼 돌아온 기억이었다.

나는 베네치아에서 나를 떠나지 않았던, 또 돌아와서는 더욱더 깊어진 슬픔의 비밀을 찾고 있었다. 일어나는 모든 일들 속에서 느끼는 이 슬픔은 그 실체를 알 수 없었다. 나는 그 원인을 극적으로 만들었고 과장했다. 내 폐부를 찌른 듯한 감정이 아니라 그 절대적인 중요성을 과장했다. 믿었던 모든 것들을 의심하면서 그동안의 환상에 환멸을 느끼고 더 이상은 살 수 없다고 나를 설득하면서 모든 평온과 신념에 찬 생각들을 잃어버렸다.

지금 나는 진짜 원인을 분명하게 볼 수 있다. 그것은 육체적이고 또 정신적인 거였다. 모든 인간의 고통처럼 말이다. 영혼이 오래 아프면 육체도 그것을 함께 느끼기 마련이다. 처음에 간염 초기 증상으로 고통받던 육체는 점점 더 증상이 분명해지더니 결국, 제때 터져 버렸다. 지금도 나는 그것으로 힘들어 하고 있다. 왜냐하면, 이놈은 이미 내 안에 있으면서 잠들었다 싶으면 곧 나타나 나를 괴롭히고 있으니까. 나는 이 병이 전적으로 영국인의 우울이라고 믿는다. 간의 울혈이 그 원인이다. 나는 나도 모르게 그 싹을 몸 안에 틔우고 있었다. 엄마도 그 병을 앓았고 그것으로 돌아가셨다. 나도 엄마처럼 그 때문에 죽을 것이 분명하다. 우리 모두는 우리 안에 잠재적으로 태어날 때부터 가지고 있는 병으로 죽게 마련이니까. 모든 신체 조직은 아무리 좋다고 해도 그 안에 자신을 파괴할 것을 가지고 있기 마련이다. 육체가 정신적이고 지적인 시스템에 영향을 미치건 정신이 신체 조직들에 영향을 미치건 말이다.

나를 우울하게 만드는 것이 신체적 기질이건, 혹은 나를 다혈질로 만드는 것이 내 안의 우울이건 간에(이것은 형이상학적이고 생리적인 많은 문제를 풀어줄 것이지만 나는 더는 관심 없다), 분명한 것은 간에 심한 고통을 가지고 있는 사람은 깊은 슬픔과 죽고 싶은 욕망이라는 증상을 가지고 있다는 것이다. 처음 이 병에 걸린 후 나는 행복한 몇 년을 보냈고 이후 다시 그 병이 찾아왔을 때 삶을 향한 사랑으로 아주 흡족한 상황

속에 있었음에도 나는 갑자기 영원한 휴식에 안기고 싶다는 생각에 사로잡혔다.

하지만 육체적인 병이 정신에 미치는 영향이 별것 아니라고 해도, 병 자체로 마비될 수 있는 인간의 의지는 즉각적으로 반응하지 않는다. 우리 영혼은 늘 그래왔던 대로, 믿어왔던 대로 반응할 뿐이다.

내가 쓰디쓴 의혹으로부터 벗어나 무無에 대한 위험한 생각이 저항할 수 없는 관능으로 화하지 않게 된 이후로, 또 조금 전에 말한 그 영원한 휴식에 대한 환상이 벗겨진 이후로, 그러니까 결국 이 삶을 넘어 영원한 삶을 믿은 후부터 자살에 대한 생각은 그저 지나가는 생각으로 쉽게 이길 수 있는 생각이 되었다. 이 간염으로 인한 생의 불행에 대한 어두운 망상들로 말하자면 내가 내 안에 그 원인을 몰랐던 때만큼 그것을 심각하게 생각하지 않게 되었다. 나는 아직도 그것을 겪고 있지만 예전처럼 완전히 압도되지는 않는다. 나는 마치 상상력을 덮는 무거운 폭풍처럼 내려앉는 그 베일들을 걷어 내기 위해 싸운다. 그것은 마치 뭔가 기분 나쁜 것을 보고 가위에 눌려 자신이 잠들어 있는 것을 너무나 잘 알면서 침대 속에서 깨기 위해 애쓰는 것과 같다.

이미 한 번 얘기했던, 육체적 원인과 관계없는 정신적 원인에 대해서도 이야기하게 될 것이다. 왜냐하면, 나는 내가 괴로워한 것처럼 괴로운 사람들을 위해 쓰는 것이니까. 그런데 이것에 대해 어떻게 잘 설명해야 할지 모르겠다.

나는 너무나 내 안에서 나로 인해 그리고 나를 위해서만 살아왔다. 나는 내가 이기주의자라고 생각하지 않는다. 그리고 나는 좁은 의미에서 말 그대로 욕심쟁이이고 비겁자는 아니지만, 내 생각과 철학에는 그렇다. 《한 여행자의 편지》에서 그것은 너무나 분명하다. 이 책에서는 불안하고 끈질기고 어둡고 한마디로 오만한 젊음의 혈기를 느낄 수 있다.

맞다, 오만함. 나는 오만함 그 자체였고 그 이후로도 오랫동안 그랬다. 여러 상황 속에서 그럴만한 이유가 있었다. 왜냐하면, 나 자신을 향한 인정이 어떤 오만함에서 비롯된 것이 아니니까. 나는 상식적인 생각을 하고 있었고 오만함은 항상 나를 두렵게 하는 광기狂氣였다. 내가 사랑하고 존경하는 것은 인간으로서의 나 자신이 아니었다. 그것은 신의 창조물로서의 나 자신이었다. 다른 사람들과 마찬가지로 신이 만든 작품으로서 말이다. 나는 자신들의 고유한 신성을 부정하고 놀려 대는 사람들에 의해 내가 정신적으로 망가지도록 내버려두고 싶지 않았으니까.

이 오만함은, 지금도 가지고 있다. 나는 인간의 존엄성을 생각할 때 악하고 틀린 것을 사람들이 내게 충고하고 설득하지 않으면 좋겠다. 나는 오로지 내 신앙 안에서 고집스럽게 저항한다. 왜냐하면, 나는 성격적으로 그렇게 에너지가 넘치는 사람이 아니니까. 그러므로 신앙이란 때로는 좋은 것이다. 그것은 때로는 신체 조직이 가지지 못한 것을 대체해준다.

하지만 광적인 오만함도 있다. 사람들은 자신 안에서 그것을 한껏 누리다 신을 향해서까지 그 광기를 내뿜는다. 그래서 우리가 더 똑똑해졌다고 믿는 만큼 우리가 더 신과 닮아졌다고 믿는다. 우리의 비참함을 생각하면 그 믿음이 너무나 진실인 것 같아 우리의 야망은 그 정도 닮는 것으로 결코 만족하지 못한다. 우리는 하나님을 이해하길 원하고 하나님께 분명한 그의 비밀을 요구한다. 종교 교육에 의한 맹목적인 신앙이 우리에게 더는 충분치 않게 되고 권리와 의무를 스스로 이해하고 믿음에 도달하길 원하게 되자마자 우린 빠르게 달려간다. 특히 우리처럼 열정적이고 마치 무슨 축제처럼 하늘의 심판에 조급한 프랑스인들은 천천히 계획을 세워 인내심 있는 철학과 느린 연구의 날개 위로 조금씩 올라갈 줄 모른다. 우리는 부끄러운 줄도 모르고 은총, 곧 빛과 평안과 어느 것에도 흔들리지 않을 확신을 구한다. 그리고 연약한 우리가 조금이라도 예상치 못한 방해물을 만나게 되면 우리는 바로 흥분하고 절망한다.

이것이 바로 내 삶의 이야기이며 나의 진정한 이야기이다. 이 외에 다른 것들은 모두 겉으로 드러나는 사건일 뿐이다.

조금 후에 한 똑똑한 여자14 이야기를 하려고 하는데, 그녀는 생트뵈브에 대해 내게 이렇게 얘기한 적이 있다. 그는 항상 신성한 것들로 괴로워한다고. 이 말은 정말 아름답고 좋은 말이다. 이것이 바로 나의 고통을 요약하는 말이기도 하다. 그래 맞다! 보이지 않는 진리를 찾는 일은 정말 갈보리 길을 가는 고난의 길이다. 하지만 생트뵈브에게 그것은 내가 겪은 고통에 비해 아무것도 아니라고 말하고 싶다. 왜냐하면, 그는 현명한 사람이고 나는 그런 적이 없는 사람이니까. 나는 시간도 없었고 기억도 없었고 또 다른 사람들의 방식을 쉽게 이해

---

14 오르탕스 알라르 부인.

하지도 못했으니까. 그래서 인간적이고 학문적인 작업은 신성한 빛이 아니다. 그것은 단지 금방 사라지는 반사일 뿐이다. 하지만 그것은 내게 없었던 또 앞으로도 없을 듯한 안내 줄이다. 게다가 매일 글쓰기 작업을 하며 헉헉대며 살다 보니 그것을 깊이 묵상하고 읽으려면 적어도 몇 년은 걸려야 할 것이다.

하지만 그런 일은 내게 일어나지 않을 것이다.15 나는 나를 뒤덮고 나를 짓누르는 두꺼운 구름 속에서 죽게 될 것이다. 나는 공부가 아닌 순간적인 영감의 순간에 그것을 찢고 마치 태양을 감싸고 있는 타오르는 불꽃이 태양에게서 떨어져 나갔다 다시 태양을 붙잡을 때 천문학자가 태양의 실체를 알아보듯, 신성한 이상을 알아보았다. 그것은 어쩌면 모두의 진실을 위해서는 충분치 않은지 몰라도 내게는, 내 가없은 가슴이 만족하기에는 충분했다. 알 수 없는 휘황찬란함 뒤에서 하나님의 존재를 느끼고 사랑하기에는 충분했고 그 무한의 신비함 속으로 가끔 하나님이 내 안에 넣어주는, 그리고 바로 하나님 자신의 발현이라고 할 수 있는 어떤 무한한 열망을 던지기에는 충분했다. 나의 생각이 어떤 계시를 따라가든 이성을 따라가든 시적 감성을 따라가든 감정을 따라가든지 간에 그 끝은 항상 하나님이었고 늘 그와 연관된 것에 대한 생각으로 점철되었다.

도대체 신앙의 자매들이 내게 묻는다면 뭐라고 말할 수 있을까? 나는 사랑한다. 고로 나는 믿는다.

---

15 〔역주〕 학문적으로 깊이 묵상하는 일은 일어나지 않을 거라는 의미이다. 즉, 자신은 인간의 학문을 통해 진리를 밝히려 하지 않겠다는 뜻이다.

나는 라이프니츠가 유일한 참이지만, 이 땅에서는 충족될 수 없는 것이라고 했던 그 사심 없는 보편적 사랑으로 하나님을 사랑하는 것 같다. 우리는 행복하기 위해 우리가 선택한 사람들만 사랑하기 때문이다. 또 인간들을 마치 우리의 아이들을 사랑하듯, 그러니까 그들을 행복하게 하려고 사랑하는데, 이것 또한 근본적으로 그들의 행복이 우리의 행복을 위해 필요한 것이니 마찬가지로 이기적이다. 나는 나의 고통과 피곤함 따위로 만물을 창조한 창조주의 평강平康, 그 불변의 규칙을 변질시킬 수는 없다고 생각한다. 그러니까 내 느낌에 하나님이 나의 외적 상황에 의해 나의 평강을 빼앗으려 하는 것 같지는 않다는 것이다. 하지만 내가 내 안에 세속적인 즐거움을 탐하는 이기심을 버릴 때 천상의 기쁨이 나를 꿰뚫고, 절대적이고 감미로운 확신이 뭐라 표현할 수 없는 행복감으로 내 마음에 넘치는 것을 느낀다. 그러니 어떻게 믿지 않을 수가 있겠는가, 이렇게 느끼는데도?

하지만 내가 정말로 이 비밀스러운 기쁨을 맛본 것은 내 생애에 있어 두 시기뿐이다. 사춘기 때 가톨릭에 귀의했을 때와 어른이 되어 하나님 앞에서 진정으로 나의 이기심을 버렸을 때이다. 하지만 이것이, 분명코 말하지만, 끊임없이 하나님을 이해하기 위해 애쓰게 하기도 했지만 또 이해할 수 없을 때는 하나님을 부정하게 하기도 했다.

생각하며 사는 모든 사람들처럼 내 삶도 많은 변화를 겪고 이렇게도 살아 보고 저렇게도 살아 보았지만 그 깊은 내면은 늘 한결같았다. 즉, 믿음에 대한 필요성과 지식을 향한 갈증 그리고 사랑의 기쁨은 늘 그대로였다.

내가 정말로 진지하게 알고 있었던 가톨릭은 이 세 가지 중 하나가 다른 두 가지를 죽이게 될 거라고 늘 경고했다. 그러니까 지식을 향한 갈증은 믿음과 사랑의 욕구에 대한 적이며, 그것을 가차 없이 파괴할 거라는 거였다.

그 좋은 가톨릭 친구들의 말이 다 틀린 것은 아니다. 인간이 호기심의 문을 여는 순간 마음은 쓰라리게 흔들리고 오랫동안 괴로움 속에 남게 된다. 하지만 나는 여기에 대해 이렇게 말하고 싶다. 지식을 향한 갈증은 인간에게는 본능적인 것이며 신이 우리에게 준 하나의 능력이다. 그러니 그런 능력을 활용하지 않고 파괴하려는 것은 천륜天倫을 저버리는 것이다. 지적 능력 같은 것은 외면하는 순진한 신도들도 있다. 그들은 단지 마음만 가지고 하나님을 믿는다. 마치 오직 감각만을 가지고 애인을 사랑하는 연인들처럼 말이다. 그들은 오직 불완전한 사랑만을 알 뿐이다. 그들은 완전한 인간이라고 할 수 없다. 자신들의 장애에 대해 알지 못하니 죄가 있다고 할 수도 없다. 하지만 그들이 그것을 느끼거나 짐작하면서도 여전히 자신들은 그런 갈증이 없다고 고집한다면 그들은 죄인이 될 것이다.

가톨릭 쪽 사람들은 내가 암시적으로 말한 것을 아직도 "교만한 악마"라고 부를 것이다. 나는 그들에게 대답하고 싶다.

"그래요. 교만한 악마가 있지요. 당신들의 그 시적 언어에 따라 말하자면요. 그것은 당신에게도 또 내게도 있어요. 당신 안에서 그 악마는 당신의 감정이 너무나 크고 아름다워서 하나님이 당신의 이성 따위는 염려하지 않고 그 감정을 받아들일 거라고 당신을 설득하지요. 당신은 좀 더 깊은 연구를 하다가 어떤 의혹이라도 만나게 되면 괴로워하고 싶지 않아 그저 게으른 사람이지요. 그리고 당신은 교만하게도 하나님이 당신의 고통을 면해줄 거라고 믿지요. 당신이 하나님을 광적으로 숭배하게 하려고 말이지요. 이것은 자기 자신을 너무 과대평가하는 거지요. 하나님은 더 많은 걸 원하시는데 당신은 그저 자기 자신에게 만족하니까요.

교만의 악마! 매번 신비의 경지에서 쉽게 눈이 멀었다가 나오며 내가 받아들인 고통과 뒹굴 때마다 내 안에도 그 악마가 있지요. 특히 처음 연구를 시작할 때 그놈은 내 안에 있었고 몇 년간은 나를 회의적으로 만들었어요. 나의 교만의 악마는 바로 당신들 집에서 태어났지요. 그놈은 가톨릭의 가르침에서 왔으며 내가 이성을 사용하는 것을 경멸했어요. 그는 내게 말했지요. '오직 당신의 마음만이 의미가 있는 거지요. 왜 그 마음을 그늘지게 하려고 하세요.' 매번 내가 손을 뻗을 때마다 이렇게 내게 필요한 무기를 무디게 하면서 내 시야를 희미하게 하고 오직 나의 감정만을 믿으라고 설득하려고 했지요.

오, 가톨릭 신도들이여, 이렇게 당신들이 오만한 마음이라고 부르는 사람들은 그들의 이성을 그렇게 자랑스러워하지 않아요. 그런데 당신들은 당신들의 감정에 늘 너무 지나칠 정도로 교만하지요."

하지만 이성 없는 감정이란 너무나 고집불통이고 강압적이고 이기적이다. 이런 이성 없는 감정 때문에 15살에 나는 신을 원망했다. 신성모독적인 분노를 가지고 말이다. 나는 피곤하고 지루한 시간 동안 그가 은총을 거두어 갔다고 신을 원망했다. 또 30살에 내가 "하나님은 나를 사랑하지 않아. 나 같은 건 걱정하지도 않아. 나를 이렇게 약하고 무지하고 불행하게 이 땅에 내버려 두니 말이야."라며 죽고 싶게 한 것도 바로 그 이성 없는 감정이었다.

지금도 나는 여전히 무지하고 약하다. 하지만 이제는 불행하진 않
다. 왜냐하면, 지금은 전보다 덜 교만하기 때문이다. 나는 내가 아무
것도 아니라는 것을 알게 되었다. 이성이나 감정이나 본능 같은 것은
여전히 너무나 한계가 있고 그 행위도 한정적인 존재만을 만들기 때
문에 다음과 같이 말할 정도로 기독교적 겸손을 되찾아야 한다.

"분명하게 느끼거나 이해하는 것은 거의 없지만 나는 많이 사랑한다."

하지만 정통 가톨릭에서 "나는 느끼는 척하며 전혀 이해하지도 못
하지만 사랑한다."라고 말할 때는 가톨릭 교리를 떠나야만 한다. 그
렇게 하는 것은 충분히 가능한 일이다. 하지만 그것은 하나님의 의지
를 완성시키는 데는 충분치 못하다. 하나님은 인간이 그가 능력을 준
만큼 이해하길 원한다.

한마디로 말해 하나님을 이해하면서 하나님을 사랑하려고 애쓰는
것, 그리고 하나님을 사랑하면서 그를 이해하려고 애쓰는 것, 이해할
수 없는 것을 믿으려고 애쓰는 것이 그것이다. 하지만 더 잘 믿기 위해
이해하려고 애쓰는 것, 이것이 바로 라이프니츠이다. 이 사람이야말로
계몽의 시대에 가장 위대한 신학자이다. 지난 10년 동안 그의 책을 펼칠
때마다 그가 이해하기 쉽게 쓴 글들 속에서 나는 인간 정신의 성스러운
규칙들을 발견할 수 있었다. 그리고 나는 점점 더 그것을 따라 살 수 있
을 것처럼 느껴졌다.

이 이야기를 이렇게 길게 하는 것은 이런 종교적인 문제로 고민해
보지 않은 사람들에게는 너무나 죄송한 일이다. 아마도 그런 사람들
은 많을 것이다. 종교적 사상에 대한 나의 강요는 많은 사람을 지루하

게 할 것이다. 하지만 이 책의 처음부터 아마도 나는 그들을 이미 지루하게 했을 거라고 생각한다. 그래서 그런 사람들은 오래전에 이미 책을 놓아 버렸는지도 모른다.

책을 쓰면서 내 마음이 편했던 건 대중들에게 인기를 얻으려는 생각이 거의 없었다는 것이다. 여기서 대중이라는 말의 의미는 귀족 지식층을 말하는 것이 아니다. 나의 책들은 어떤 실증적인 것에만 정신이 팔려 있는 많은 예술가가 아니라, 이상을 향한 어떤 갈망이 있는 보통 서민들이 더 많이 읽고 더 잘 이해했다. 하지만 서민이건 귀족이건 아마도 내 책은 아주 적은 사람들에게만 만족스러웠을 것이다. 출판사 편집장들은 항상 그것이 불만이었다. 뷜로즈는 종종 내게 이렇게 말했다.

"세상에, 광신도 같은 얘기는 좀 그만해요!"

그래서 그 덕에 나는 나의 편집증적인 생각이 광신적인 것이란 걸 알게 되었다! 하지만 독자들은 대부분 그처럼 내가 점점 더 지루해진다고, 내가 문학의 영역을 벗어난다고, 단지 내 머릿속을 지배하고 있는 생각에만 집중할 뿐이라고 생각했다.

주변 사람들도 종종 나를 놀렸지만 할 수 없었다. 그런 것이 뭐가 중요한가? 나는 유쾌하게 지내는 것 또한 좋아했다. 그것은 가끔 공연 중 중간 휴식 시간에 혼자 놀기 위해 딴생각을 하면서 긴장된 정신을 푸는 것에 불과했다. 나는 어른이 되어서는 심각한 사람들보다 유쾌한 사람들과 더 잘 어울렸다. 그리고 나는 예술적인 사람들과 즉흥적이고 영악한 사람들을 좋아한다. 이들과 어울리는 것은 자기 생각을 고집하는 사람들과 어울리는 것보다 훨씬 더 좋았다. 나처럼 반쯤 광신적이고(빌로즈의 표현을 빌리자면 말이다), 반쯤 예술적인 사람은 순수하고 이성적인 사람들과는 함께 살 능력이 없다. 그러면 아마도 미쳐 버릴 것이다. 하지만 종교적인 것을 완전히 잊고 며칠 살다 보면 다시 1시간 정도는 그것을 듣고 읽을 시간도 필요하다.

바로 이런 이유로 나는 어떤 사람들은 좋아하고 어떤 사람들은 싫어하는 소설을 쓸 수밖에 없었다. 특히 《한 여행자의 편지》는 책에 나오는 실제 슬픈 사건들을 제외하고도 왜 그렇게나 우울하기도 하고 유쾌하기도 한지, 그 이유가 여기에 있다.

이제 나의 시선이 새로운 지경으로 열리는 순간이 가까워져 오고 있다. 바로 정치政治이다. 나는 다분히 감정적인 이유로 거기에 연루되었다.

그러니 이제 내가 쓰려는 3년 동안의 이야기는 바로 내가 느낀 감정에 관한 이야기이다. 9월에 노앙으로 돌아왔다가 다시 아이들과 파리로 가 1835년 1월 나는 다시 얼마간 나만의 집에서 지내게 되었다. 그때 쓴 것이 《한 여행자의 편지》제6권이다. 우울함은 좀 덜했지만, 여전히 너무나 슬퍼하고 있었다. 결국, 2월과 3월을 파리에서 보내고 나는 다시 노앙으로 갔다.

이렇게 왔다 갔다 하며 사는 것이 내 몸과 마음을 너무나 힘들게 했다. 나는 그 어느 곳에도 없었다. 그래도 내 영혼에는 좋은 것이 있었는데 그때 쓴 글들이 그것을 여실히 증명해준다. 하지만 노앙에서의 평온한 삶을 되찾으려고 무진 애를 썼는데도 나의 마음은 너무나 불안했고 알 수 없는 슬픔으로 찢어졌다. 그래서 나는 갑자기 어디론가 떠나고 싶었다. 그런데 어디로? 알지도 못했고 알고 싶지도 않았다. 그저 멀리, 될 수 있으면 아주 멀리 내가 나를 잊을 수 있는 곳이어야 했다. 나는 병든 것 같았고 죽을병에 걸린 것 같았다. 나는 잠을 자지도 못했고 때로는 나의 이성마저 나를 떠날 것만 같았다. 딸아이를 데려오겠다고 한 것은 정말 웃기지도 않은 소망이었다. 나는 그 아이를 나 혼자 키우고 싶다는 생각을 당분간은 포기했어야만 했다. 딸아이는 그 오빠와 성향이 완전히 달랐다. 아들아이는 집에만 있는 나의 생활을 좋아했지만, 딸아이는 못 견뎌 했다. 벌써 그 나이에 맞는 오락거리가 필요했고 뿜어 나오는 에너지를 감당하지 못했다. 나는 아이를 노앙에 데려가 자기 맘껏 충분히 놀도록 했다. 하지만 엉망진창이 돼서 함께 뛰어 놀던 시골아이들이 없는 파리의 작은 집으로 돌아오면 아이의 꾹꾹 눌린 사나운 기질은 결국 터져 나왔다. 아이는 정말 너무나 이상하고 거칠었다. 나의 친구들 때문에 더 버릇이 없어진 데다 나도 엄격하지 못해 어릴 때부터 맹목적으로 사랑만 주며 키우니 이제는 아이를 어떻게 다뤄야 할지 알 수 없었다.

나는 아이가 다른 아이들과 좀 더 얌전하고 행복하게 지내길 원했다. 규율 있는 공동생활이라면 그 아이 성향에 좀 더 나을 것 같았다. 그래서 나는 그 아이를 보종 구역에 있는 아주 예쁜 소규모 교육 기숙사 중 한 곳에 넣으려고 했다. 그 집은 마치 어린 소녀들만을 위한 것 같은 아주 조용하고 예쁜 정원 한가운데 있었다. 영국 수녀인 마틴 자매는 아이들에게 정말 엄마 같은 사람들이었다. 아이들은 모두 8살 정도였는데 그곳은 정말 이 아이들을 애지중지하며 잘 보살폈다.

나의 뚱보 딸은 새로운 환경을 아주 좋아했다. 살도 빠지고 친구들과도 얌전히 어울리기 시작했다. 하지만 그곳을 나오면 여전히 사나운 아이가 되었다. 특히 내 친구들과 있을 때 더 그랬는데 그들은 기꺼이 그 아이의 노예가 되기를 자처했다. 딸아이는 그들을 정말 괴상하고 웃긴 방식으로 대했다. 이 작은 파리 한 마리는 그들을 웃기면 그들이 무장을 해제한다는 것을 너무나 잘 알아 기쁜 마음으로 그것에 몰두했다. 특히 그 아이는 큰오빠 같은 에마뉘엘 아라고를 자기 오빠인 모리스보다 더 우습게 여겼다. 에마뉘엘 또한 상황을 주도하기보다는 여전히 어린아이 같은 사람이어서 아이의 특별한 희생물이 되었다.

하루는 딸아이가 그에게 아주 다정하게 굴며 그를 기숙사 정원 문까지 다시 배웅해주어서 그는 이렇게 말했다고 한다.

"솔랑주, 다음에는 뭘 가져올까?"

그러자 그녀는 "갖고 싶은 건 없어요. 그런데 나를 사랑한다면 이걸 해주면 너무 기쁠 것 같아요."

"뭔데?"

"이제 다시는 날 보러 오지 마세요."

한번은 집에 있을 때 아이가 병이 났는데 의사는 산책을 좀 하라고 했다. 그래서 아이는 에마뉘엘과 기분 좋게 마차를 타고 뤽상부르 공원을 향해 갔다. 그런데 가는 중에 아이는 이상한 공상에 빠져 산책을 걸어서 하기는 싫다는 소리를 했다. 내가 절대로 하자는 대로 해서는 안 된다고 신신당부해서 에마뉘엘은 내 말대로 뤽상부르 공원을 마차를 타고 산책하는 사람은 없으니 싫든 좋든 걸어서 산책해야 한다고 했다. 그녀는 듣는 척하고 있었다. 하지만 공원에 도착해서 그녀를 안아 내리려고 하니 그녀는 신발을 신고 있지 않았다. 도착하기 전에 재빠르게 신을 벗어 마차 밖으로 던져 버린 것이다. 그리고 그녀는 이렇게 말했다.

"이제 보세요. 나를 맨발로 걷게 할 수 있는지."

종종 딸아이와 외출할 때 아이는 갑자기 멈춰 서서는 걸으려고도 하지 않고 마차에 타지도 않겠다며 고집을 부려서 지나가던 사람들이 모여들고 한바탕 소동을 피우곤 했다. 7~8살이 돼서도 딸아이는 여전히 그랬다. 그러면 나는 그녀를 억지로 끌고 계단을 올라 1층부터 집까지 올라가야 했다. 그것은 정말 보통 일이 아니었다. 그런데 더 힘든 것은 왜 그렇게 하는지 이유를 알 수 없다는 거였다. 그럴 거라는 것을 미리 알 수도 예측할 수도 없었다. 지금도 그녀는 자기가 왜 그랬는지 모르겠다고 하니까. 이것은 그냥 다른 사람이 하라는 것에는 본능적으로 무조건 반항하는 선천적인 병 같았다. 그리고 나는 그 이해할 수 없는 반항을 엄격하게 꺾을 수도 없었다.

그래서 나는 딸아이와 얼마간 떨어져 있기로 했다. 그녀가 집 안에서보다 기숙사에서는 규율을 더 잘 지키고 행복하다는 것이 내게는 더 큰 슬픔이었다. 내가 그 아이를 행복하게 해줄 수 없다는 거였으니까. 그리고 아무리 굳은 결심을 해도 나는 계속 그 아이를 더 버릇없게 만들 뿐이었다.

반면에 모리스는 완전 반대였다. 아들아이는 오직 나와 사는 것밖에 모르고, 오로지 나와만 있고 싶어 했다. 나의 작은 집은 그 아이에게 꿈같은 천국이었다. 그래서 저녁때 다시 기숙사로 돌아가야 하면 다시 한바탕 눈물바다가 시작되고 나도 그 아이와 별반 다를 게 없었다.

친구들은 아이들에 대한 나의 지나친 연약함을 뭐라 했고 나 자신도 너무 과하다는 것을 알았다. 그냥 그러려니 할 수는 없었다. 가슴이 찢어지는 것처럼 괴로웠으니 말이다. 하지만 어떻게 해야 벗어날 수가 있을까? 예전에는 마음과 머리가 짓눌려 괴로워했다면 지금은 애간장이 타들어 가는 것 같았다.

플라네는 내게 큰마음을 먹고 적어도 1년 정도는 프랑스를 떠나 보라고 충고했다. 그는 내게 이렇게 말했다.

"전에 베네치아에 갔던 것이 아이들에게는 좋았어요. 모리스는 엄마가 멀리 있다고 느낄 때만 학교에서 공부에 집중할 수 있고 앞으로도 그럴 거예요. 그 아이는 여전히 연약한 아이예요. 솔랑주는 기질적으로 너무 강해서 성장통을 겪고 있는데 당신은 그것을 너무 고통스러워하지요. 그 애는 당신을 희생물로 삼으면서 엄마가 고통스러워하는 걸 보는 게 습관이 되어 있어요. 그것은 그 아이에게 아무 도움도 되지 않지요. 당신은 전혀 행복해 보이지 않아요. 노앙에서도 마치 손님처럼 지내고 있을 뿐이지요. 당신의 남편도 이제 당신의 존재를 버겁게 생각해요. 이제 곧 언젠가 그도 들고일어나겠지요. 당신은 슬픔 때문에 무슨 상상으로 생긴 병에 걸린 것 같아요. 당신의 글을 보면 당신 스스로 문제를 직시하지 않고 마치 무슨 운명적 상황처럼 과장하고 있는 것 같아요. 물론 좀 화가 나는 상황인 것은 맞지요. 하지만 당신의 의지로 극복할 수 없거나 해결할 수 없을 만큼 그렇게 예외적인 상황은 아니에요. 언젠가는 당신이 직시하게 될 날이 올 거예요. 하지만 그전에 당신은 점점 약해져 가는 몸과 마음의 건강을 되찾아야 해요. 당신을 괴롭게 하는 그 환경과 원인을 피해 좀 멀리 떠나야 해요. 이 권태와 절망의 악순환에서 좀 빠져나와야 해요.

아는 사람이 없는 아름다운 나라에 가서 글을 쓰세요. 여기서는 결코 당신이 좋아하는 고독을 찾을 수 없을 거예요. 당신의 작은 집에서 은둔자처럼 산다는 말은 말아요. 늘 사람들로 북적댈 테니까. 고독은 너무 오래되면 나쁘지만 잠깐은 필요한 거예요. 이제 당신에게 그것이 필요할 때인 것 같아요. 당신의 본능을 따르세요. 떠나요! 당신은 혼자 공상에 빠져 사는 대신 다시 신앙을 되찾을 테니까. 당신이 그렇게 되면 그런 다음 당신에게 답해줄게요."

플라네는 친구들에게는 항상 최고의 정신 치료자였다. 그는 주의 깊은 말로 우리를 설득했고 그의 충고는 우리의 문제를 정확히 짚어주었다. 많은 친구들은 자신들 생각에 따라 우리를 판단하는 우를 범하고 이미 정해진 답을 하면서 아무것도 해결해주지 못해 결국, 우리는 그 친구가 아무것도 이해하지 못하고 있다는 느낌을 받게 된다. 하지만 위로의 귀재인 플라네는 아주 세밀하게 묻고는 어떤 결론도 내지 않고 완전히 그와 내가 하나인 것처럼 느끼게 해준다. 그런 다음 그는 아주 분명하고 명확한 해결책을 제시해준다. 그를 그저 표면적으로 아는 사람들은 그저 단순하고 어쩌면 좀 바보 같은 사람으로 알테지만 우리에게 그는 그 마음도 생각도 정말 대단한 사람이다. 우리 중에서, 그러니까 늘 함께 붙어 다니는 우리 베리 고향 사람들 그룹에서 플라네에게서 아주 특별한 도움을 여러 번 받지 않은 사람은 하나도 없다. 처음에 우리 그룹에 들어왔을 때는 우리가 도와줘야 할 것처럼 보였던 플라네에게 말이다.

그래서 어느 화창한 아침 어느 정도 일들을 정리한 후에 나는 친구들에게 인사도 하지 않고 또 모리스에게도 내 계획을 말하지 않고 파리를 떠나기로 했다. 나는 친구들께 나의 부재不在를 고하고 혹시라도 여행 중 내가 죽게 되면 아이들을 부탁하기 위해 노앙으로 갔다. 나는 아주 먼 동양으로 갈 생각이었으니까.

물론 아이들이 어린 동안은 내 친구들이 아이들에게 대한 어떤 권한도 없는 걸 알고 있었지만 이 다음 크게 되면 아이들에게 좋은 영향을 줄 수 있을 테니까. 나는 데세르 부인이 딸아이의 진정한 엄마가 되어 주길 바랐고, 또 남편이 허락한다면 나의 저작권을 팔아 딸아이에게 교육을 위한 작은 연금을 주고 싶었다. 또 딸이 결혼할 때 지참금으로 가져갈 수도 있었다. 많은 것은 아니지만 좋은 여자 기숙사에서 교육받을 만큼은 되었다.

나는 내가 죽게 될 경우의 일이지만 이런 계획을 세우고 노앙으로 떠났다. 또 만약의 경우에 내 친구들이 모리스와 솔랑주 곁에 꼭 붙어서 아이들을 아버지처럼 돌봐주게 하려는 야심 찬 계획도 있었다.

그런데 그다음에 일어난 이야기를 하기 전에 나는 1835년 겨울에 일어난 이상한 일에 관해 이야기하고 싶다.

베리에서 나는 한 매력적인 친구를 알게 되었는데 그녀는 로잔 부르고앵 부인으로 그녀의 남편은 얼마 전에 라샤트르의 공무원이 된 참이었다. 그녀는 모든 면에서 아주 특출한 사람이었고 외모도 아름답고 성격도 너무나 사랑스러운 여자였다. 그녀는 바로 우리와 마치 처음부터 있었던 사람처럼 어울리게 되었다.

내가 막 노앙으로 돌아가려고 하던 순간에(아마도 1월이었던 것 같다), 파리에 일을 보러 온 그녀는 나의 제안으로 나의 작은 집에 있던 방 두 개중 하나에 보름 정도 머물게 되었다.

그녀는 어느 날 리옹에 살고 있는 그녀의 가족에게서 온 편지를 받고 내게 이렇게 말했다.

"정말 이상한 일을 떠맡게 됐어요. 아주 명망 있는 어떤 집에서 우리 가족에게 어떤 남자가 지금 파리에서 사람들과 뭘 하는지 알아봐 달라고 하는데, 그 사람은 나도 잘 모르고 그 가족조차도 어떻게 사는지 잘 모르는 사람이죠. 나는 정말 이 일을 어떻게 해야 할지 죽어도 모르겠네요. 내가 아는 건 그의 주소뿐인데."

결국, 그녀는 그가 자신을 만나러 오도록 하기로 했다. 그리고 그와 그의 가족에 대해 이야기해 보고 앞으로 그의 계획들과 그의 관심사들에 대해 들어 보기로 했다. 나도 그렇게 하라고 허락해주었다.

그를 만난 다음 그녀는 도통 자기도 알 수 없어서 나에게 그를 소개해주기 위해 다시 오라 했다고 말했다. 그녀는 내가 그와 좀 더 이야기가 잘 통할 거라고 생각했다. 그 생각이 너무 우스웠다. 세상에서 다른 사람들의 속마음을 끄집어내는 데 가장 무능력한 사람이 있다면 바로 나였으니까. 하지만 나는 로잔의 간청을 거절할 수 없었다. 그래서 나는 그 수수께끼 같은 남자의 방문을 받았다. 그녀는 우리가 둘만 있도록 잠시 자리를 비워주기까지 했다. 그가 자기보다 내게 더 속마음을 열어주길 내심 바라면서 말이다.

무슨 대화를 했는지는 하나도 기억나지 않는다. 그저 이런저런 세상 돌아가는 이야기를 한 것 같다. 구체적으로 이야기해 달라고 했던 로잔이 아니었다면 그에 대해서도 별생각을 하지 않았을 것이다. 하지만 그녀 덕분에 그가 떠난 뒤 그에 대해 내가 말한 인상을 아주 구체적으로 기억할 수 있다. 나는 이렇게 말했다.

"이 젊은이는 아주 매력적이네요. 아주 대단한 젊은이 같아요. 그의 정신상태도 아주 편안하고요. 만약 그가 여행을 한다면, 만약 온 세상을 다 돌아다닌다면 그것은 그저 평범하게 모험이나 즐기려는 것이 아니고 뭔가 정치적 목적을 가지고 하는 걸 거예요. 그는 보나파르트가의 재산에 관여하고 있고, 아직도 그 신성한 사람을 믿고 있어요. 지금 이 세상에서 뭔가 믿는 것이 있다니 그는 정말 행복한 사람이네요!"

내가 그를 잘못 본 것은 아니었다. 그 젊은이가 바로 피알랭 드페르시니 씨였으니까.16

노앙에 온 지 며칠 되지 않아 플라네가 살고 있는 부르주로 떠나려던(플라네는 그곳에서 반정부 신문을 만들고 있었다) 플뢰리가 내게 함께 가서 친한 친구들뿐 아니라 우리 모두의 친구였던 유명한 변호사 미셸 씨와 나의 현재 상황과 앞으로의 계획에 대해 의논해 보자고 했다.

이제 여러 가지로 너무나 고마웠던, 그리고 결코 쉬운 일은 아니었지만 어느 정도 잘 알고 있다고 생각하는 이 사람에 대해 이야기할 때가 된 것 같다. 그리고 보통 여자들은 잘 알 수 없는 종류의 일에 영향을 받기 시작한 것도 바로 이 즈음이었다. 그 경험은 이후 내게 아주 소중해졌지만 어느 순간 나는 갑자기 그 일을 완전히 그만둬 버렸다. 물론 우정까지 깨진 것은 아니지만 말이다.

---

16 〔역주〕 제정 시대에 의원, 장관, 대사, 상원의원을 지낸 중요 정치인을 말한다.

8. 에브라르

처음 미셸을 보고 충격받은 것은, 최근 내가 배운 골상학骨相學에 따르자면, 그의 이상한 골상이었다. 그것은 마치 두 개의 두개골을 붙여놓은 것 같아서 고귀한 영적 능력은 이 대단한 선박의 앞쪽에 돌출되어 있고, 일반적이고 본능적인 능력은 선미船尾에 있는 것 같았다. 지식과 열정과 섬세함과 박식함은 가족들과의 사랑, 우정, 따뜻한 가족사 그리고 육체적 용기와도 균형을 이루고 있었다. 에브라르는17 정말 대단히 균형 잡힌 사람이었다. 하지만 에브라르는 병이 있어서 그런 상태로는 오래 살아도 괴롭고 또 오래 살 수도 없었다.

폐와 위장과 간이 병들어 있었고 검소하고 간소한 생활에도 불구하고 몸이 허약했고 제각각 움직이는 비정상적인 신체적 기능들 때문에 그는 운명적으로 우리 인간에게 너무나 절실한 일반적인 건강 같은 건 바랄 수도 없었다.

처음에 나를 너무나 깊이 감동케 한 것은 육체적 삶의 완전한 결핍이었다. 그렇게나 아름다운 영혼이 어쩔 수 없이 점점 더 파괴되어 간다는 것에 동정심을 느끼지 않는 것은 불가능했다. 그러니까 그 뜨겁고 용기 있는 영혼이 매 순간 그의 병을 이겨 내고야 마는 것에 대해

---

17 나는 여기서 내가 《한 여행자의 편지》에서 그에게 붙여주었던 이름을 쓰고 싶다. 나는 종종 친구들에게 내 마음대로 이름을 지어주고는 했는데 무슨 근거로 이름을 붙였는지는 기억나지 않는다.

서 말이다. 에브라르는 37살에 불과했다. 하지만 그의 첫인상은 작고 호리호리하고 대머리에 등이 굽은 늙은이 같았다. 그에게는 다시 젊어지고 싶어서 가발을 쓰고 유행하는 옷을 입고 사교계에 가고 싶어하는 그런 시간 따위는 존재하지 않았다. 나는 그런 그의 모습을 본적이 없다. 그런 변신의 순간, 그러니까 모든 것을 벗어던지고 새로운 모습으로 변화하는 그런 순간은 결코 일어나지 않았다. 하지만 그런 것이 아쉽지는 않다. 나는 항상 그가 보여주는 그 엄숙하고 간편한 모습을 간직하고 싶으니까.

에브라르는 그러니까 처음에는 60살쯤 돼 보였고 실제로도 60살 노인이나 다름없었다. 하지만 동시에 그의 창백하고 아름다운 모습과 멋진 치아와 안경 너머로 보이는 부드럽고 순진스러운 근시안을 가만히 보고 있자면 그는 40살 정도로밖에 안 보였다. 이렇게 정말 특이한 외모를 가지고 있는 그는 동시에 늙은 것 같기도 하고 젊은 것 같기도 했다.

이런 문제들로 그의 정신상태 또한 매우 즉흥적이고 매우 모순돼 보였다. 그런 그는 누구와도 달랐다. 매 순간 죽어가면서도 항상 활력이 넘쳤고 그에게 경탄하며 매료당한 나 같은 사람에게조차도 때로는 지나치게 피곤할 정도로 강렬한 정신력의 소유자였다.

그의 외향적 기질이 보여주는 이중성 또한 그의 대조적인 모습만큼이나 충격적이었다. 농부로 태어난 그는 편하고 튼튼한 옷을 입고 있었다. 그는 집에서나 마을을 다닐 때나 편하고 두꺼운 외투를 입고 큰 나막신을 신었다. 그는 어느 계절에나 어느 장소에서나 추워했지만 예의 바르게 아파트 안에서는 모자를 벗었다. 단지 그는 '손수건'만은 허락해주길 바라서 그는 아무렇게나 묶은 서너 개의 손수건을 주머니에서 꺼내 땅에 떨어뜨렸다가는 다시 주워 모아 무심하게 다시 주머니에 쑤셔 넣었는데 그 모습은 자신은 모르겠지만 때로는 너무나 환상적이기도 하고 때로는 너무나 볼만한 눈요깃감이었다.

이런 기이한 옷차림 중에 그는 항상 희고 깨끗하고 아주 단아한 셔츠를 입었는데 그것은 다뉴브의 이 농부가 보여주던 미묘한 신비스러움과는 걸맞지 않은 것이었다. 지방의 어떤 민주주의자들은 이렇게 그가 은근히 감추고 있는 향락적 취향과 세심한 노력을 욕했지만 그들의 생각은 틀린 것이다. 청결함이야말로 인간이 인간을 향한 존경과 사교성을 보여주는 척도이며 증거이기 때문이다. 그래서 청결함이 너무 세련됐다고 배척해서도 안 된다. 청결함에 중간은 없으니까. 완전히 자기 자신을 포기하는 것, 냄새가 나고, 구토가 나올 것 같은 이빨, 더러운 머리 같은 것은 학자나 예술가나 애국 정치인 같은 사람들에게 어울리지 않는 습성이다. 그런 사람들일수록 우린 더 제대로 스스로를 관리하도록 요구해야 하고 그들은 그런 지적을 많이 받지 않도록 주의하며 그들의 매력과 대단한 생각으로 더 많은 사람을 설득해야 한다. 아무리 멋진 말이라도 구토가 나올 것 같은 입에서 그 말이 나오게 되면 그 값을 잃게 마련이다. 그래서 결국, 나는 육체에 대한 무관심은 정신에서의 무심함과도 일맥상통한다는 것에 주의하지 않으면 안 된다는 결론에 이르렀다.

에브라르가 아무 거리낌 없이 하는 충동적인 행동, 너무나 신랄한 솔직함은 단지 겉모습뿐이고 솔직히 그것은 싫어하는 사람들이나 싫어할 것 같은 사람들 앞에서 하는 꾸며 낸 행동이었다. 그는 천성적으로 부드럽고 친절하고 우아하기까지 한 사람이었다. 자기가 좋아하는 사람이 조금이라도 원하는 것이 있고 조금이라도 불편한 것이 있으면 세심하게 배려했고, 말은 세게 했지만 그의 논리적인 생각에 대한 절대적 권위에 반대하지 않으면 한없이 부드러웠다.

권위를 향한 그의 집착은 장난이 아니었다. 이것은 그의 근본적 성격이며 그의 오장육부 그 자체였다. 하지만 그런 것으로 그의 선량함이나 아버지 같은 너른 아량이 줄어들지는 않았다. 그는 노예를 필요로 했지만 그것은 그들을 행복하게 해주기 위해서였다. 그가 약한 사람들만 배려한다는 것은 정말 멋지고 자연스러운 그의 의지였다. 그는 그들을 강하게 만들고 싶었다. 그런데 그들은 자신들이 노예라고 느끼는 순간부터 행복하지 않은 것이다.

이런 단순한 논리가 그의 머릿속에서는 용납되지 않았다. 아무리 아름다운 지성이라고 해도 어떤 것을 향한 집념으로 빛을 잃게 되면 흔들리기 마련이니까.

부르주의 여관에 도착해서 나는 저녁부터 먹은 다음 플라네로 하여금 내가 거기 와 있다는 말을 에브라르에게 전하게 했고, 그는 달려왔다. 그는 막 나의 소설 《렐리아》를 읽고 그 책에 거의 '중독'되어 있었다. 나는 그에게 나의 모든 고민들, 슬픔들 그리고 내가 해결해야 할 일보다는 나의 생각에 대해 더 많은 의견을 물어보았다. 그의 생각이 터져 나오기 시작하자 우리는 저녁 7시부터 다음 날 새벽 4시까지 그의 말을 들었는데, 이것은 나와 나의 두 친구에게는 정말 놀라운 일이었다. 자정쯤 우리는 헤어지는 인사를 했지만 아름다운 봄날의 달빛이 너무 밝아 그는 우리에게 이 고귀하게 아름답고 고요한 도시를 산책하자고 제안했다. 이 도시는 그런 산책을 위해 만들어진 것 같았다. 그리고 우리는 그의 집까지 그를 데려다주었다.

하지만 그는 거기서도 우리와 헤어지고 싶지 않아 다시 자크 쾨르 호텔 앞을 지나 우리를 집까지 데려다주었다. 그 호텔은 아름다운 르네상스 양식의 건축물이었는데 그곳을 지날 때마다 우리는 한참을 쉬곤 했다. 그다음 그는 우리에게 다시 자신을 데려다 달라고 했다가 다시 우리와 함께 돌아오기를 반복하면서 날이 밝아 오기 시작할 즈음에야 우리를 들여보냈다. 우리는 9번이나 왔다 갔다 반복했는데, 이야기를 나누며 걷다가 쉬다가 하는 것은 하나도 피곤한 일이 아니었다. 그런데 그와 헤어진 후에야 우리는 피로감을 느끼기 시작했다.

밤을 새우며 걷는 동안 그는 우리에게 무슨 이야기를 한 걸까? 모든 것을 얘기한 것 같기도 하고 아무 얘기도 하지 않은 것 같기도 하다. 그는 우리가 말하도록 그저 내버려 두었고 우리는 오직 그의 대답을 듣기 위한 질문만 했다. 우리는 정말 그의 대답이 궁금했고 나중에는 대답이 듣고 싶어 안달이 날 정도였으니까. 그는 이 생각에서 저 생각으로 점점 범위를 넓혀가더니 나중에는 신성으로까지 날아올랐다. 그리고 그 모든 공간을 다 뛰어넘은 후에야 그는 진정으로 변모되었다. 내 생각에 지금껏 그보다 더한 웅변이 인간의 입에서 나오는 것을 들어본 적이 없는 것 같았다. 그의 대단한 말들은 너무나 단순했다. 그는 말이 좀 과해지겠다 싶으면 곧바로 자연스럽고 친숙한 표현으로 돌아왔다. 그것은 마치 생각으로 가득 찬 음악 같아서 우리의 생각을 하늘까지 끌어올리는 듯했다. 또 그의 논리적인 말들은 힘들이지 않고 너무나 자연스럽게 부드러운 음률을 따라 우리를 이 땅의 문제들과 자연의 숨결로 데려가는 것 같았다.

그가 우리에게 해준 이야기들을 다 기억해내려 하지는 않을 것이
다. 나의 글 《에브라르에게 쓴 편지들》(《한 여행자의 편지》 제 6권)
은 그의 설교에 즉각적으로 내가 느낀 것을 깊이 생각해 본 후에 쓴
답장과 같은 글인데, 이 글을 통해 대강 그가 한 말이 무엇인지 짐작
은 할 수 있을 것이다. 나는 그의 순진하고 열정적인 선포를 잘 들어
주는 편에 속했다. 플라네와 플뢰리는 내가 전에 했던 말을 그의 심판
법정에서18 인용해 내가 이 땅의 문제들에 대한 회의주의와 불쌍한
인간사를 다 잊고 광적으로 보이지 않는 완전함만을 숭배하고 싶은
열망을 고백한 것이라고 했다.

그런데 내가 느낀 것들은 내게 있어 이성적이라기보다는 다분히 감
성적이어서 나는 강하게 나를 방어할 수는 없었다. 나의 저항은 오히
려 내가 더 세뇌당하게 할 뿐이었다. 하지만 나는 그 대단한 가르침으
로 내가 높이 날아오르거나 생각을 더 진전시키려고 할 때 느끼게 되
는 심오한 모순들을 깨닫게 되었다. 하지만 아주 구체적인 문제들에
대해 올바르게 생각한 것을 능숙하게 말할 수 있다는 것은 너무나 매
력적이고, 그 매력에 그저 빠져드는 것은 달콤하고 자연스러운 것이
다. 더욱이 그의 결론에 반기를 들며 그의 말을 막으면 그의 적이 되어
버렸다. 나는 그럴 용기가 없었고 내 친구들, 천재 앞에서라도 완벽하
고 굳건한 자기만의 원칙을 가지고 있는 플라네나 논쟁에 있어 낭만적

---

18 〔역주〕상드가 남편을 상대로 제기한 이혼 재판 때를 말하는 것으로 이때 부르주
가 변호를 맡았다.

망상을 본능적으로 경멸하는 플뢰리도 마찬가지였다.

우리 세 사람 모두는 두 손 두 발을 다 들었다. 그리고 우리에게 말하는 사람의 신념이 어느 정도인지와 상관없이 그를 떠날 때 우리 모두는 뭔가 우리 자신보다 더 고양된 느낌이었다. 그래서 우리는 다소 의심스런 구석이 있다고 해도 그에 대한 경외심이나 감사의 마음을 버릴 수도 없고 버려서도 안 될 것 같았다.

플라네는 우리에게 말했다.

"나는 그의 그런 모습을 본 적이 없어요. 그를 안 지 1년이 되었지만 오늘 밤에야 그를 제대로 알게 된 것 같아요. 그가 당신 앞에서 자신의 모든 걸 다 보여준 것 같아요. 정말로 자신의 모든 지성과 감성을 다 쏟은 것 같아요. 어쩌면 방금 평생 처음으로 그 자신을 다 보여준 것인지도 모르지요. 또 어쩌면 그는 그동안 우리 사이에서 자신의 생각을 접고 완전히 포기하지는 않고 살아온 것인지도 모르겠네요."

당시 에브라르에 대한 플라네의 집착은 거의 편집광적인 수준이었다. 그 외에도 몇몇 사람들이 그동안 그의 마음에 의심을 품었다가 그가 내 앞에서 마음을 여는 것을 보고는 그를 신뢰하게 되었다. 그것은 분명 내가 의도한 것은 아니지만 에브라르의 정신적 삶과 그의 친구들과의 관계에서 나로 인해 일어난 변화임이 분명했다. 그것은 정말 그의 삶에 있어 진정한 따뜻함이었는데, 그것이 정말 좋은 것일까? 너무 맹목적으로 지나치게 사랑받는다는 것은 어느 사람에게도 좋은 것은 아니다.

조금 잠을 잔 후에 나는 나의 골루아 친구(플뢰리)를 보았는데 그 친구는 이상하게 괴로워하고 있었다. 무서운 꿈을 꾸었다는 것이다.

그리고 그의 이야기를 들으며 나 또한 소스라치게 놀랐다. 왜냐하면, 거의 흡사한 꿈을 나도 꾸었기 때문이다. 대체 어떻게 된 일인지 모르겠지만 그 꿈은 우리 머릿속에 있던 에브라르가 웃으며 어떤 말을 하는 꿈이었다. 정확히 말하자면 그가 말할 때는 그리 놀라지 않았던 말이었다. 어떤 말이 같은 생각을 일으키고 나와 내 친구에게 같은 상상을 하게 한다는 것은 너무나 자연스럽고 얼마든지 일어날 수 있는 일이다. 그런데 같은 시간에 같은 이미지를 동시에 꿈꾸었다는 것에 우리 두 사람은 놀랐다. 우리는 거의 우리의 이 예감이나 느낌을 마치 고대의 신앙 제식에 나오는 것처럼 생각할 뻔했다.

하지만 우리는 곧 우리의 선입견에 대해 웃어 버렸고 특히나 기요틴에 대한 인간적 논쟁에서 내가 에브라르에게 저항했던 그 순진한 행동에 웃을 수밖에 없었다. 그는 그가 무슨 말을 했는지도 생각하지 못했다. 그는 정치적 이유로 죽는 것을 두려워했다. 그는 자신의 논리로 말도 안 되는 정도까지 억지를 부렸다. 하지만 그는 자신의 행동을 부끄럽게 생각해야만 했다. 논쟁으로 모두를 다 이겼을 때 반대했던 사람들이 느낄 그 비참함도 생각해야만 했으니까!

에브라르가 자신의 유토피아를 위해 파리 한 마리 죽이지 못할 거라고 한 우리의 말은 사실이었다. 하지만 플뢰리는 그의 폭군적 성향에 적이 놀란 것 같았다. 그런 모습은 개인적 자유에 대한 이론으로 내가 그에게 대항했을 때 처음으로 보인 모습이었다.

그런데 이것은 우리 둘이 꾸었던 비슷한 꿈 때문이었을까? 아니면 따뜻한 우정의 배려심으로 내가 나쁜 영향을 받을까 두려워한 것이었을까? 사실 나는 치료를 받기 위해 이곳에 온 것이니 말이다. 어쨌든 골루아 친구는 갑자기 떠나고 싶어 했다. 그는 마차를 타며 같이 떠나자고 내게 약속했다. 하지만 부르주에 도착해 보니 마차가 떠날 준비를 빠르게 할 수가 없어서 그 약속은 지킬 수 없었다. 그는 에브라르가 우리를 다시 붙잡으러 올까 봐 두려워했다.

에브라르 쪽에서는 우리를 거기서 다시 볼 거라고 생각했는데 도망쳐 버린 것을 보고 놀랐다. 나는 그리 불안해하지는 않았지만 어쨌든 아침이 되면 가기로 했었기 때문에 정말 길을 떠나 나의 골루아 친구와 함께 그의 공화국에 대해 이야기하며 큰길을 갔다. 그리고 이 친구에게 나는 그 이상적인 생각을 아주 기꺼이 받아들일 거지만 좀 더 깊이 생각해 봐야겠고 숨도 못 쉬며 참고 듣는 것 같은 건 천성적으로 못하는 나로서는 그의 폭포수 같은 웅변에 지쳤으니 좀 쉬고 싶다는 것을 숨기지 않고 말했다.

하지만 사실 아침 공기와 꽃이 핀 사과나무의 향기를 맡는다는 것은 내게 달린 문제가 아니었다. 몽상 속에서 희열을 느끼는 것은 함께 여행하는 동반자의 취향이 아니었으니까. 그는 명상보다는 전투를 위한 사람이었다. 그는 투쟁과 인류에 대한 지속적인 해결책을 통해 자신의 신념을 발견하길 원했다. 그는 에브라르의 생각을 내게 설교하려고 하지는 않았다. 하지만 자기 생각을 강변하고 싶어 했다. 스승의 말에 토를 달고 자기가 보기에 맞고 틀린 말을 인정하기도 하고 거부하기도 했다. 그 자신도 뛰어난 지성의 소유자이며 진실한 사람이었기에 72킬로미터를 오는 내내 에브라르와 정치와 철학에 대해 말하지 않는 것은 불가능했다.

게다가 에브라르도 나를 숨막히게 했다. 나는 마차를 타고 돌아와 휴식을 좀 취하고 잠에서 깨자마자 또다시 선동적인 열정으로 불타오르는 그의 편지를 받았다. 지난밤 달빛에 하얗게 빛나던 거대한 건축물 사이로, 또 거대하고 오래된 도시에서 울리던 포석들 사이로 우리가 산책할 때 아직 다 소진해 버리지 못한 것이다. 처음 그것은 정말 알아볼 수 없는 문체였다. 말하고 싶은 조바심에 들떠 글씨들은 뒤틀린 것 같았다. 하지만 첫 단어를 읽고 나니 나머지는 저절로 읽혔다. 그의 말이 장황한 만큼 문체는 매우 간결했다. 그런데 너무 긴 편지에는 잘 이해하지 못할 부분도 많이 있어서 다 읽은 후에도 나는 온종일 그 내용을 생각해야만 했다.

그의 편지들은 나의 답장도 기다리지 않고 계속 왔다. 열정에 사로잡힌 그의 정신은 나를 삼켜 버리기로 작정한 것 같았다. 그는 그의 모든 재능을 총동원해 목표를 향해 나아갔다. 그만이 가지고 있는 독특한 능력인, 갑작스러운 결단과 섬세한 설득의 방법을 이리저리 구사하며 그는 대단한 능력으로 뜨겁게 날아올랐고 모든 난관을 헤쳐 나갔다. 상대를 배려하는 관습 따위는 발아래 짓밟아 버리고 마치 믿음의 사도使徒라도 된 듯이 타인의 영혼을 지배하는 그의 강압적이고 특이한 방식이 그래도 사람들의 비웃음을 받지 않고 웃음거리가 되지 않는 것은 그의 인간적인 순박함, 종교적 겸손함 그리고 그가 너무나 존경스러울 만큼 부드럽게 그의 고통과 분노를 호소하기 때문이었다.

그는 편하게 말을 놓으며 서정적인 감성으로 날아오르다가 다음과 같이 말했다.

"나는 잘 알아요. 당신 지성의 문제는 마음의 병에서 오는 거지요. 사랑이란 이기적 열정이지요. 그런데 그것은 이 세상에서는 결코 보상받을 수 없어요. 그러니 헌신적으로 타오르는 사랑을 고통으로 신음하는 온 인류에게로 넓혀 보세요. 한 인간에게만 그렇게 몰두하지 마시고요! 인간 중에 어느 사람도 혼자서 그런 사랑을 받을 자격이 없지요. 단지 영원한 창조주의 이름으로 우리 모두가 함께 사랑해야 합니다!"

요약하자면 그 긴 편지의 내용은 대충 이런 거였다. 나는 처음에는 좀 무시했지만 결론 부분에 가서는 완전히 동화되었다. 나는 이런 나의 감정에 완전히 몰입된 채 답장을 썼다. 《에브라르에게 쓴 편지들》은 그의 손을 거쳐 바로 대중에게 공개되었는데 그것은 갑작스러운 생각의 전환에 대한 빠른 스케치 정도로 불릴 수 있는 글이었다.

이러한 개종改宗은 어느 면에서는 절대적인 거였지만 또 다른 의미에서는 매우 불완전한 거였다. 나의 다음 이야기가 그것을 말해 줄 것이다.

프랑스는 대단히 동요하고 있었다. 왕국과 공화국이 '괴물 같은 정국'이란 말에 걸맞게 서로 끝장을 보려 하고 있었다. 하지만 정의롭지 못하고 위헌적인 권력은 그들이 만들 수 있고 만들어야만 하는 수준까지 이르지 못하고 있었다.

이제는 협력이나 결탁이 아닌 반대파에 대한 무조건적인 저항이 되어 버려 모두가 이 당 아니면 저 당에 몸을 던져 싸우는 이 거대한 전쟁터에서 중립으로 남아 있는 것도 불가능했다. 이 사건(리옹 사건)의[19] 원인은 보다 사회주의적 성격을 띠었고 그보다 먼저 일어난 파

---

19 〔역주〕 리옹의 견직물 생산자들이 대규모로 봉기한 사건이다. 며칠간 도시 점거

리 사건보다20 보편적인 목표를 향하고 있었다. 파리에서는 적어도 겉으로 보기에는 정부의 형태만을 바꾸려는 것 같았지만, 리옹에서는 노동 조직에 대한 문제가 임금 문제와 함께 거론되었고 그것은 모두의 관심사였다. 정치적 리더들에게 선동되어 이끌려 온 민중들이 리옹에서는 그 리더들을 더 끔찍한 싸움의 구렁텅이로 몰아넣었다.

리옹의 학살사건 이후 시가전은 더는 민주주의에 좋은 해결책이 될 수 없었다. 권력은 대포와 총을 가지고 있었다. 그러니 전투는 고통과 비참함과 함께 어떤 절망만을 가져다주었다. 사람들은 더욱 이성적으로 다른 투쟁, 곧 논리적 논쟁을 생각했다. 대중들의 말이 여론을 움직여야 했다. 이 가증스러운 권력, 루이 필리프에 의해 세워진 이 선동 시스템을 무너뜨릴 수 있는 건 프랑스 국민 전체의 여론이었다.

이것은 정말 해 볼만한 일이었다. 단순하지만 대대적인 이런 방식이 결국, 혁명에 이를 수 있었다. 그것은 적어도 귀족들의 퇴각을 각인시켜 그들 앞에 넘기 어려운 방해물을 놓을 수 있었다. 그런데 민주주의자들에 의한 정당은 그 역할을 잘 못하고 있었다. 퇴각을 각인시켜야 할 집단은 오히려 민주주의자들이었으며 거대한 벽이 세워진 것도 그들 앞이었다.

처음에 나라 곳곳에서 불려 온 능력 있는 사람들의 모임, 시골의

후 강제 진압으로 200여 명의 노동자가 사망했다. 이후 정부 일간지 〈Le journal des débats〉에서 리옹 봉기를 "자기 사회를 위협하는 야만인"으로 보도하여 지식층과 지배층 내부에서 프롤레타리아 문제가 제기되기 시작한다.

20 〔역주〕 왕정을 무너뜨리고 입헌 군주제를 세운 7월 혁명 사건을 말한다.

모든 지성을 대표하는 사람들의 모임은 대단한 저항을 불러올 것처럼 보였다. 처음에 이들은 꿈같은 엘리트 단체로, 도저히 질 수 없는 신성한 군대로 여겨졌다. 왜냐하면, 그들은 온전히 하나로 뭉친 집단이었으니까. 문제는 말하고 저항하는 거였는데, 모인 민주주의 투사들은 모두가 대단한 웅변가들이거나 대단한 논쟁가들이었다.

그런데 우리는 진정한 변호사들은 무엇보다 예술가들이어서, 어떤 형태의 규칙에 합의할 수는 있지만 본질적으로 내면적 영감이나 계시로 인해 근본적인 생각이 서로 다르다는 것을 생각하지 못했다. 처음에 사람들은 정치적 합의에는 동의한다고 생각했다. 하지만 그 방식에 대한 의견은 제각각이었다. 예술가들에게 규율을 적용하는 것은 총을 일일이 다 분해해서 다시 조립하여 장전하는 것만큼이나 힘들었다.

곧 순전히 정치적이고 사회주의적인 생각들이 민주주의 동지들 사이에 심연을 파 놓으며 서로를 찌르기 시작했다. 하지만 여전히 파리에서는 공동의 적을 향해 있었다. 그리고 오래전부터 있었던 이런 대치에는 의기투합할 수 있었다. 지방의 변호사 부대가 평등의 전선에 함께 자리했다. 대단한 민주주의 수호자들 가운데 열정이 뛰어나고 대단한 영감을 가지고 있으며 정치적으로나 철학적으로나 학문적으로나 문학적으로 뛰어난 뒤퐁, 마리, 가르니에 파제스, 르드뤼-롤랭, 아르망 카렐, 부오나로티, 부아이에 다르장송, 피에르 르루, 장 레이노, 라스파유, 카르노 같은 사람들, 또 이들 외에도 헌신적이고 재능 있는 사람들 주변에 존경심을 가지고 사람들이 모여들었다. 이렇게 이미 유명한 사람들 말고 아직 잘 알려지지 않았던 **바르베스** 같은 사람은 라므네나 장 레이노나 피에르 르루 못지않은 성스러운 역사적 의미를 이 특별한 모임에 부여했다. 대단한 바르베스는 학문적으로 대단한 사람은 아니지만 도덕적으로는 정말 보석처럼 빛나는 사람이었다.

처음에 사람들은 정말 화합했다고 말했었다. 나도 처음에는 에브라르와 의견이 같다고 믿었었다. 그리고 그의 친구들도 그와 같을 거라고 생각했다. 하지만 전혀 아니었다. 그가 지방에서 데려온 대부분의 사람은 자신을 산악파라고[21] 생각했지만, 대부분이 지롱드파였다.[22]

하지만 에브라르는 아직 다른 사람뿐 아니라 나에게도 자신의 신비주의적인 이론을 아직 다 드러내지 않고 있었다. 아무리 흥분해도 자신의 사상을 표현하는 데 있어 교묘할 정도로 신중함을 잃지 않고 있었다. 그는 자신의 신념을 믿었지만 그것이 자신의 추종자들의 혁명적 수준을 뛰어넘는다고 느끼고는 단지 그 정신만을 부드럽게 돌려 말할 뿐 문자 그대로 그것을 다 까발리지는 않았다.

그렇지만 나는 그가 뭔가를 숨기고 있다는 것에, 그의 말에 어떤 모순이 있다는 것에 충격받았고 그에게서 어떤 틈, 어떤 망설임이 있다는 것을 느꼈는데 그것은 다른 사람들은 몰라도 나를 고민스럽게 했다. 나는 플라네에게 말해 보았는데 내가 말하기 전까지는 별로 그런 것을 느끼지 못하고 있던 그는 틈만 나면 뜬금없이 "자 친구들, 이제 이 사회의 문제에 관해 얘기할 시간이네요!"라고 소리치곤 했다.

---

21 [역주] 매우 급진적인 혁명세력을 말한다.
22 [역주] 온건한 공화주의자를 의미한다.

이 재미난 친구 플라네는 그 말을 어찌나 웃기게 하던지 그 말을 듣는 사람들은 모두 웃었다. 우리는 그 말을 무슨 격언처럼 사용했다. 그래서 "이제 저녁 먹으러 갑시다!"라고 하는 대신 "이제 사회 문제에 관해 얘기해 봅시다!"라고 말하곤 했다. 그리고 어떤 말 많은 사람들이 우리를 지루하게 하면 우리는 그에게 사회주의적인 질문을 해서 그를 쫓아 버렸다.

그래도 플라네가 옳았다. 겉으로 너무 웃기게 구는 것 같지만 그는 늘 양식 있는 사람이었다.

마침내 우리가 테아트르 프랑세 극장에 갔던 어느 아름다운 날 밤 우리는 에브라르를 나의 집 가까이에 있던(그는 볼테르강 가에 살고 있었다) 그의 집까지 데려다주고 있었는데 드디어 우리 사회의 문제가 심각하게 거론되었다. 나는 항상 재산의 평등이랑 표현뿐 아니라 '재산의 분배'라는 표현까지도 받아들이고 있었다. 다른 더 함축적인 표현이 없었기 때문인데 이 말은 한참이 지난 후 유행하기 시작했다. 대중들은 너무 늦게 제대로 된 단어들을 알기 마련이니까. 그래서 사회주의란 표현은 그 이상을 표현할 적당한 말을 찾기 전에는 그저 농지법農地法의 부활 정도로 또 그로 인한 모든 폭력적 결과들을 원하는 사상으로 여겨지며 비난받을 뿐이었다.

나는 이 땅의 분배라는 말을 아주 은유적으로 이해했다. 나는 그것을 진짜로 모든 인간이 함께 행복을 공유하는 정도로 이해했다. 그래서 그것을 사유재산을 실제로 잘게 나누는 것으로는 생각하지 않았다. 그런 방식으로 인간을 행복하게 하는 것은 오직 폭력적 방식으로

만 가능하기 때문이다. 그래서 결국, 나의 질문과 또 더 직설적이고 더 부담스러운 플라네의 질문을 받고 궁지에 몰린 에브라르가 마침내 그의 이론들을 드러낼 수밖에 없었을 때 나는 얼마나 어안이 벙벙했는지!

우리는 생페르 다리 위에 멈춰 서 있었다. 궁에서는 무도회인지 공연인지가 열리고 있었고 튈르리 정원의 나무 위에는 불빛들이 반사되어 반짝이고 있었다. 우리는 악기 소리들이 봄 향기를 담고 공기 중으로 흩어지는 것을 들었다. 또 매 순간 카루젤 광장에는 마차들의 바퀴 소리가 들렸다. 다리 위에서 느끼는 아무도 없는 강가의 고요한 침묵과 마치 정지된 듯한 모습들은 그 웅성거림, 그 보이지 않는 움직임과 대조를 이루고 있었다. 나는 몽상에 빠졌다. 우리가 나누던 대화 따위는 들리지도 않았고 사회주의니 뭐니는 중요하지도 않았다. 나는 그 매혹적인 밤과 희미한 멜로디들 그리고 궁전의 파티를 비추는 은은한 달빛을 그저 즐기고 있었다.

그러다 플라네가 "그러니까 당신은 그 옛날 부오나로티한테 영향을 받고 바뵈프주의까지23 가겠다는 건가요?"라고 하는 말에 나는 몽상에서 깨어났다. 그래서 나는 너무 놀라 그들에게 말했다.

"뭐라고요? 그게 무슨 말이지요? 그 케케묵은 이론을 부활시키고 싶은 건가요? 우리 집에 당신이 두고 간 부오나로티 책을 읽었는데 아름다운 책이더군요. 하지만 경험을 통해 생각해 낸 그의 방식들은 로베스피에르의 몰락 이후 절망에 빠진 사람들에게는 설득력이 있을지

---

23 〔역주〕 평등주의적 코뮈니즘을 뜻한다.

모르지만 지금은 정신 나간 소리예요. 지금 같은 문명 시대에 그런 전철을 밟아서는 안 되지요."

이 말에 에브라르는 분노가 폭발해 지팡이로 다리의 난간을 후려치며 말했다.

"문명 시대라고요! 그래요! 그건 예술가들이나 하는 말이지요! 문명이라니! 내가 말하려는 것은 이 썩은 사회를 다시 새롭게 하고 다시 살아나게 하기 위해서는 저 아름다운 강이 피로 물들어야 하고 저 망할 궁전들이 재로 변해야 하고, 당신이 보고 있는 이 거대한 도시가 아무것도 없는 모래사장이 되어 가난한 사람들이 수레를 끌고 다니고 그들의 오두막을 지을 수 있어야 한다는 거지요!"

그리고 나의 변호사께서는 나의 비웃음에 더 격앙되어서 계속해서 부패한 궁전과 썩은 대도시들, 문란하고 무기력한 예술과 사치와 산업 등 한마디로 문명 그 자체에 대한 끔찍한 비판들을 퍼부었다. 그것은 칼과 횃불을 들라는 소리였다. 그것은 방탕한 예루살렘을 향한 저주이며 종말에 대한 예언이었다. 이런 끔찍한 장면들을 묘사한 후에 그는 자신이 지금 꿈꾸는 미래를 상기시켰다. 그것은 전원의 이상적생활, 황금시대의 관습들, 또 옛 세상의 무너진 연기 속에서 어떤 요정의 은혜로 꽃피는 이 땅의 천국이었다.

내가 아무 말도 하지 않고 들으니 그는 멈춰 서서 내게 물었다. 성의 시계는 새벽 2시를 알렸다. 나는 말했다.

"당신이 장장 2시간 동안 죽음을 변호하는 말을 했네요. 나는 지옥에서 돌아온 단테의 소리를 듣는 줄 알았어요. 지금 나는 당신의 전원교향곡을 무척 즐기고 있는데 왜 말을 멈춘 거지요?"

그는 화가 나서 소리쳤다.

"그러니까 당신은 내 말을 그저 즐기고 있었군요! 그저 그 문장들과 그 단어들과 그 이미지들만 즐겼던 거네요! 마치 무슨 시나 오케스트라 연주를 듣듯이 말이지요! 그 이상은 아무 생각이 없는 거네요!"

내 차례가 돼서 나는 나의 이야기를 허심탄회하게 했다. 문명의 존재 이유와 특히 예술의 존재 이유를 말하고, 그의 부당한 조롱에 나도 흥분해서 인류의 존재 이유를 변호하면서 나의 분노한 현학자님의 고매한 지성과 부드러운 본성과 따뜻한 감성에 호소했다. 나는 이미 마음이 얼마나 사랑스럽고 그가 얼마나 감동을 잘하는 사람인지 알고 있었으니까. 하지만 아무 소용이 없었다.

그는 결국, 눈 먼 말을 타고 지구의 종말을 향해 질주하는 어린아이 같았다. 그는 완전히 이성을 잃었다. 그는 소리를 지르며 강가를 내려오면서 루브르의 성벽을 쳐 지팡이를 부러뜨렸다. 그는 너무나 선동적인 말들을 소리쳐서 나는 그가 어떻게 아무런 방해도 받지 않고 경찰에 붙잡히지도 않는지 이해가 되지 않을 정도였다. 미친놈 취급을 받거나 비웃음을 받지 않고 그런 이상한 행동을 할 수 있는 사람은 이 지구상에 그 한 사람 뿐이었다.

어쨌든 나는 기분이 우울해져서 그에게 등을 돌리고 그가 혼자 말하게 내버려 두고는 플라네와 함께 우리 집 쪽을 향했다.

그는 다리 위에서 다시 만났다. 그는 나를 설득하지 못한 것에 화를 내면서도 한편으로는 매우 애석해했다. 그는 나의 집 문 앞까지 따라와 나에게 다시 한 번 자기 이야기를 들어 달라고 애원하면서 이렇게 자기와 헤어지면 다시는 나를 또 보지 않겠다고 협박하며 나를 들여보내지 않았다. 그 모습은 마치 사랑하는 연인들의 사랑싸움처럼 보였지만 우리의 주제는 바뵈프의 사회주의 이론이었다.

문제는 오직 그거였다! 하지만 그게 문제였다! 이제 그런 생각들은 분노의 교리를 넘어 한발 앞서가는 사람들을 웃게 했다. 하지만 세상에서는 여전히 그런 생각들이 사람들을 자극하고 있었다. 그 생각들은 보헤미안들을 얀 후스의[24] 이름으로 들고일어나게 했고 종종 장 자크 루소의 이상을 들먹이기도 했다. 그것은 지난 세기의 혁명의 폭풍을 통해 또다시 상상력을 자극하고 또 1848년의 지적知的 혁명 동안 독재 이론을 폈던 모임의 이론들을 다시 상기시켰다. 한마디로 그 생각들은 서로 다른 잔당들을 만들었는데, 모든 혁명 이론에는 다소나마 어떤 빛나는 진실과 이상을 향한 감동적 열망이 있게 마련이니 한 번은 실험해 볼만한 가치가 있었다. 그래서 그런 이론들은 사람들을 유혹하고 열성분자인 그라쿠스나[25] 금욕적인 다르테 같은 사람들을 교수대에 올리기도 했다.

1839년 바르베스를 변호했던 에마뉘엘 아라고는 "바르베스는 바부비스트입니다."라고[26] 말했었다. 하지만 이후 바르베스와 얘기해 보니 그는 1835년 에브라르가 말한 것 같은 주장을 하는 바부비스트가 결코 아니었다. 우리는 어떤 사람의 신념을 얘기할 때 쉽게 속을 수 있다. 그리고 우리는 그의 생각을 요약하고 정의하기 위해 그를 이전

---

24 〔역주〕교회와 기독교 교리에 저항한 프라하대학 총장을 말한다.
25 〔역주〕그라쿠스는 바뵈프의 별명이다.
26 〔역주〕초기 코뮈니즘 이론가인 바뵈프를 따르는 자들을 뜻한다.

누군가와 동일시하려고 하기 마련이다. 어쨌든 우리는 진실을 정확히 알 수 없다. 모든 이론은 받아들이는 사람들의 정신 속에서 빠르게 변화한다. 더욱이 제자가 선생보다 더 강할 경우에는 더 그렇다.

지금 여기서 바뵈프의 이론을 분석하거나 비판할 생각은 없다. 단지 그것이 야기할 수 있었던 결과만을 보여주고 싶다. 이 이론은 삶 전반에서 모든 천재 중 가장 비논리적이었지만 자기의 이론이나 신념에서는 누구도 대신할 수 없는 이론가였던 에브라르를 뭐라 말할 수 없는 엄청난 파괴적 망상 속으로 몰아넣었다.

그 전달에 나는 에브라르의 글을 읽고 그에게 편지를 써서 보냈는데, 그사이에 그를 만났을 때는 여러 질문을 하고 시간을 아끼기 위해 더 논쟁을 벌이지는 않았다. 그리고 나 혼자서 그의 신념의 건물을 세워 보려고 노력했다. 혹시라도 내가 그를 닮을 수 있을까 싶어서 말이다. 공화주의적인 생각과 새로운 생각에 동조했다고 하지만 나는 그 이전에도 그랬다는 것을 이제 모두 알 것이다. 어느 순간에는 정말 영감으로 번뜩이는 이 남자의 말을 들으며 나는 예전에 정치에 느꼈던 생생한 감정들을 다시 느낄 수 있었다. 나는 항상 냉정하게 현실을 바라보고 있었다. 나는 우리 시대에 일어나는 수천 개의 역사적 사건들을 장엄하고 격류를 일으키며 흘러가는 도도한 물결로 바라보았다. 그리고 나는 말했다.

"나는 이 물을 마시지 않을 거야!"

아마도 나는 나의 삶을 이 쓰디쓴 물결의 동요 속에 밀어 넣고 싶지 않았던 것 같다.

당시 아주 적당한 조롱과 이성적인 경고로 나에게 영향을 미쳤던 생트뵈브는 아마추어적 입장에서 또 비평가로서 그 모든 것들을 긍정적으로 바라보았다. 그의 입에서 나오는 비평들은 가장 이성적이고 평온한 정신의 소유자들에게는 매우 유혹적이었다. 세상 구석구석에서 오는 다양한 사람들은 마치 단테의 여러 세상들이 무너져 하나가 된 듯 했는데 그는 아주 편안한 마음으로 이 갑작스러운 혼란스러움을 미소 지으며 바라보고 있었다.

한번은 리스트가 라므네 씨와 발랑쉬 씨와 가수 누리 씨와 나를 저녁 식사에 초대한 적이 있었는데 그것은 생트뵈브에게는 정말 상상할 수 없이 희한한 일이었다. 그는 어떻게 그 5명이 모여 식사할 수 있었느냐고 물었다. 나는 나도 모르겠지만 라므네 씨는 발랑쉬 씨와 이야기했고 리스트는 누리와 이야기했고 나는 그 집 고양이와 얘기했다고 말해주었다.

어쨌든 루이 블랑의 대단한 이 글을 다시 한 번 읽어 보도록 하자.

이 놀라운 이론들이 사람들에게 미칠 영향을 어떻게 묘사할 수 있을까? 반역자들의 이름이 이 사람에게서 저 사람에게로 회자되고 있고 사람들은 그들의 몰락을 흥미진진하게 지켜보거나 여전히 살아 있음에 박수를 보낸다. 그리고 그들이 어디까지 그 대단한 결심을 밀어붙일 수 있을지 자문한다. 그들의 이론을 받아들일 수 없는 살롱에서조차 그들의 대담함은 여자들의 마음을 울린다. 죄인이지만 그들은 어쩔 수 없이 여론을 지배한다. 보이지 않지만 그들은 모든 생각 속에서 살아 있다. 놀랄 이유가 뭔가? 그들은 나라 전체에서 그들을 위한 모든 종류의 힘을 가지고 있다. 즉, 용기와 패배와 불행이라는. 폭풍 같던, 하지만 그리운 시절이여! 우리의 혈관 속에는 아직도 뜨거운 피가 힘차게 뛰고 있다! 우리는 아직도 살아 있다! 신이 만든 이 좋은 프랑스라는 나라는 그런 고귀한 감정을 잃어버린다면 아마도 어느 날 사라져버릴 것이다! 근시안적인 정치인들은 혈기 넘치는 사회에 경고한다. 그들도 옳다. 힘을 조정하려면 강해야만 한다. 그래서 별 볼 일 없는 정부 인사들이 대중들을 무기력하게 만들기 시작한다. 그들은 자기들 생긴 대로 그들을 몰아붙인다. 그렇지 않으면 그들은 민중을 통제할 수 없으니까. 하지만 진정으로 능력 있는 자들은 그렇게 하지 않는다. 그들은 절대로 위대한 민중의 열망을 꺼뜨리려고 하지 않는다. 왜냐하면, 그들은 그 열망을 더 풍성하게 해야 할 사람들이고 마비 상태야말로 앞으로 나아가야 할 사회에 있어 치명적인 병이니까.

이 글은 정말 나를 위해 쓴 글 같다. 내 마음에 있는 생각과 내 주변 사람들의 생각을 그대로 말해준 것 같으니까. 나는 지나가 버린 세상 속에 우물 안 개구리처럼 갇힌 존재였는데 한 천재가 갑작스러운 사상으로 숨 막혀 하는 내게 휴식과 행복을 주기는커녕 나를 인도하고 나를 감동시키려고 안달이 났으니 그는 바로 에브라르였다. 그야말로 그 자체가 열정과 사상과 순간적 실수의 전반적인 문제아였다.

파리에서 다시 만난 지 며칠 후 나의 인생은 송두리째 변화했다. 어쩌면 우리가 숨 쉬는 공기 중에 있던 어떤 동요가 그가 없이도 나의 이 작은 집에 쳐들어온 건지도 모르겠다. 그러한 동요는 그와 함께 큰 파도처럼 밀려 들어왔다. 그는 자기의 친한 친구들인 지레르(드느베르) 와 4월에 체포된 자들의 또 다른 변호인들을 소개해주었다. 그들은 우리 고향 근처에서 올라온 사람들이었다.

그의 친구들 중 또 한 사람인 우리 고향에서 온 드조르주(다라스) 와 플라네와 에마뉘엘 아라고와 두세 명의 다른 친구들도 모임에 합류했다. 낮에는 나의 다른 친구들을 불렀다. 그들은 대부분 에브라르를 몰랐고 그의 이론에도 동조하지 않는 친구들이었다. 하지만 여전히 바깥세상 일들이 시끄러웠고 세상의 사건들이 너무나 극렬해서 그 안에서 완전히 자신을 잊는다는 것은 불가능한 일이었다.

에브라르는 작은 식당에서 우리의 단골 피크닉 친구들과 함께 저녁을 먹기 위해 6시에 나를 보러 왔다. 우리는 저녁에 모두 함께 산책을 했다. 때로는 센강에서 배를 탔고 때로는 바스티유까지 긴 대로를 산책하기도 했다. 우리는 사람들의 대화 소리를 듣고 우리처럼 뭔가에 깊이 몰두해 있는 사람들의 움직임을 관찰했는데 시골에서 온 에브라르가 누구보다 그 일에 열심이었다.

남자들 사이에서 혼자만 여자인 것이 너무 눈에 띌 것 같아 나는 종종 다시 소년처럼 입었다. 그러면 5월 20일 뤽상부르의 그 유명한 모임에 아무도 모르게 들어갈 수 있었다.

저녁 산책 동안 에브라르는 걸어가며 열에 들떠서 이야기했다. 우리 중 누구도 그를 진정시킬 수 없었다. 집에 들어가서 그의 상태가 좋지 않으면 우리는 그 곁에서 밤 시간을 보내곤 했다. 플라네와 나는 죽을 것처럼 힘들어하는 그가 회복하도록 도왔다. 그는 음울한 환영幻影에 시달렸다. 악에는 용맹했지만 자기 안에서 일어나는 망상에 대해서는 약했다. 그는 자신을 유령하고만 남겨 두지 말라고 애원했다. 나는 조금 무서웠지만 플라네는 그런 모습에 익숙해서 걱정하지 않았다. 플라네는 에브라르가 잠이 든 것 같으면 침대에 누이고 선잠이 든 그를 깨우지 않기 위해 옆방으로 와 나와 이야기를 나누었다. 그리고 그가 완전히 잠들었다고 생각되면 나를 데려다주었다. 3~4시간 후에 에브라르는 매일 더 활기차고 더 쌩쌩하고 더 열정적이 되어서 깨어났지만 그 자신 육신의 병에는 속수무책이었다. 아무리 노력해도 그 일은 계속됐으니까.

그는 체포된 사람들을 열렬히 변호하는 사람들의 모임에 달려가곤 했고 열띤 논쟁을 벌인 후에는 저녁도 먹기 전에 거의 기절해서 집에 오거나 아니면 거의 마차에서부터 기절한 그를 데려오곤 했다. 하지만 그것도 잠시뿐 잠깐 동안 얼굴이 좀 창백하고 신음소리를 내다가는 기적적으로인지 자기 의지로인지 모르겠지만 다시 살아나 우리와 다시 웃고 떠들었다. 아무튼 흥분했다 쓰러졌다 반복하며 그는 마치 아이처럼 아무 생각 없이 순진하게 우리와 함께 어울렸다.

참으로 나와 너무나 다른 그에게 나는 감동했고 또 나 자신의 생각에서 벗어날 수 있었다. 내면적으로는 그 누구와도 닮지 않았지만 아주 작은 보살핌과 배려에도 너무나 큰 감사를 표하는 그 사람에게 친근감을 느꼈다. 사람들 말소리에 극도로 피로감을 느끼는 나도 그가 하는 매력적인 말에는 몇 시간이고 빠져들었다. 그리고 나는 그의 열정적인 정치적 견해와 구원에 대한 신앙과 새로운 세상을 열고 싶은 뜨거운 열망에 압도되었다. 그것은 우리 중 가장 얌전한 사람까지도 사도로 만들어 버리는 것 같았다.

하지만 생페르 다리에서의 대화 이후 또 그가 내게 쏟아 냈던 반사회적이고 반인륜적인 선포를 들은 후에 나는 하늘에서 땅으로 곤두박질친 기분이었다. 그래서 꿈에서 깬 나는 어깨를 한 번 으쓱하고는 이집트나 페르시아로 꽃이랑 나비를 보러 가기로 결심했다.

그렇게 깊이 생각하지도 않고 또 어떤 감동에 이끌리지 않아도 나는 그저 순간적으로 혼자 있고 싶은 생각이 들어 외국으로 나갈 여권을 찾으러 갈 참이었다. 그런데 집으로 들어왔을 때 에브라르가 나를 기다리고 있었다. 그는 소리쳤다.

"무슨 일이에요? 평소 차분한 표정이 아닌데요?"

나는 대답했다.

"여행을 떠날 사람의 표정이지요. 정말 떠날 거예요. 화내지 마세요. 당신은 위선적으로 예의를 차리는 사람이 아니니. 이제 당신들의 공화국 얘기는 신물 나게 들었어요. 당신들이 꿈꾸는 세상은 내게도 또 다른 사람들에게도 너무 생소한 세상이네요. 이번에는 아무 도움도 줄 수 없을 것 같아요. 내가 좋은 때에 다시 당신을 격려하고 치켜세워주러 올게요. 당신이 그 유토피아들에 진력이 나서 다시 성스러운 생각을 하게 되면 말이지요."

그의 대답은 폭풍 같았다. 그는 나의 경솔함과 냉정함을 욕했다. 너무 나를 몰아붙여서 나는 대강 다음과 같이 말했다.

어째서 그렇게 나의 신념을 지배하고 다른 신념을 갖게 강요하려는 미친 생각을 가지고 있는 것인가? 왜 그리고 어떻게 한 사람의 말을 아무런 논쟁도 없이 다 듣고 진심으로 대단하다고 생각했지만, 거기에 대해 나 나름대로 신중히 생각하고 쓴 답장에 이런 결론을 낼 수 있는가? 나의 경의는 완전했고 진심이었지만 그렇다고 나의 생각과 본능과 내 능력까지 다 포기한 건 아니다. 그러니까 우리는 서로를 완전히 모르고 있었던 거였고 앞으로도 이해할 수 없을 거다. 당신은 자기가 찾았다고 생각하는 신앙적 해결책을 말해주기 위해 너무나 멀리서 왔지만, 그 해결책이라는 것, 당신은 그것을 내게 주지 않았다. 사실 당신은 그 해결책을 가지고 있지도 않았다. 그리고 나는 당신을 비난할 수도 없는데 당신은 어떻게 내가 자기 생각에 동조하지 않는 것을 마치 당신에게 잘못했다는 듯이 그렇게 폭군처럼 흥분할 수 있는가?

그리고 나는 계속했다.

"내가 당신에게 하는 말을 당신은 마치 선생님 수업에 열심인 학생의 말처럼 들으며 당신이 내 아버지나 되는 것처럼 생각하고 있어요. 당신은 나를 당신의 '사랑하는 아들'이나 '우리 막내'라고 부르지요. 당신은 무슨 시를 쓰고 있거나 종교적 선포를 하고 있는 거예요. 나는 당신의 말을 무슨 꿈처럼 들었지요. 그 말들을 생각하면 항상 어떤 위대함과 천상의 순수함이 나를 매료시킬 거예요. 실제 삶이 없다면 우리는 리라처럼 노래하겠지요. 하나님의 다스림과 인간의 행복을 조금도 진전시키지 못하면서 말이지요. 나는 이 행복을 행동보다는 지혜라고 생각하기로 했어요. 이 생에서 내가 원하는 것, 내가 요구하는 것은 오직 하나. 하나님을 믿고 인간을 사랑할 수 있는 방법이지요.

나는 병들었고, 염세주의자였어요. 당신은 정말 나를 고쳐주었지요. 나를 유연한 사람으로 만들어주었다는 것에는 동의해요. 당신은 엄중하게 내 안의 악한 오만함을 쳐부수고 형제애의 이상을 보게 해서 내 마음의 얼음을 녹여 버렸지요. 그런 점에서 당신은 진정한 크리스천이에요. 당신이 감성적으로 나를 개종시켰지요. 당신은 내가 굵은 눈물을 뚝뚝 흘리게 했어요. 내가 몽상 중에 갑자기 즉흥적으로 마음이 유해져서 독실한 신자가 됐던 때처럼 말이지요. 그렇게 모든 것이 불확실하고 그렇게 정신적으로 무력했던 나로서는 그런 생생한 눈물의 원천을 나 자신 안에서는 찾을 수 없었을 거예요. 당신의 웅변과 설득이 내가 바라던 기적을 행한 거예요. 그러니 이제 축복해주고 후회 없이 내가 떠나도록 해주세요. 이제 당신이 여기에서 찾고 있는 것에 대해 생각하러 가게 해주세요. 모든 인간의 마음과 정신에 적용될 수 있는 원칙들을 찾도록 말이지요. 그리고 당신이 그것들을 찾았다는 말도 당신 손 안에 그것을 쥐고 있다고도 하지 마세요. 그렇지 않아요. 당신은 아무것도 쥔 것이 없고 찾고 있을 뿐이지요! 당신은 나보다 훌륭하지만 나보다 더 많이 모르니까."

하지만 나의 솔직한 마음에 그가 동의하지 못하는 것 같아 나는 다시 말했다.

"당신은 진정한 예술가예요. 당신은 오직 마음과 상상력으로만 살지요. 당신의 멋진 말들은 운명적으로 당신을 논쟁 속으로 끌어들이는 능력을 가지고 있지요. 당신의 정신은 당신의 말을 황홀하게 듣고 있는 사람들에게 아직 이성적으로 무르익지 못한 믿음을 강요하려고 하지요. 그래서 현실적인 것에 사로잡혀 당신으로부터 멀어지는 거예요. 그 모든 시적인 마음, 그 모든 영혼의 숨결들이 모두 궤변이 되어 버려요. 그 말들은 정말이지 내가 듣고 싶지 않고 또 들으면 화가 나는 것들이에요.

나의 아버지여! 제발 들어 보세요. 우리는 미쳤어요. 세상 사람들, 세상의 이성적인 사람들은 우리의 행동이나 생각을 괴이하다고 하면서 우리를 몽상가로 치부하지요. 그들 생각이 맞아요, 거기에 화내지 맙시다. 그런 경멸쯤 받아들여요. 그들은 우리가 우리만을 위한 것이 아닌 그런 목표를 꿈꾸고 열망한다는 것을 이해하지 못하지요. 그들 또한 그들 나름 미쳤어요. 우리 눈에는 그들이 완전히 미친 것처럼 보이지요. 우리는 손끝으로라도 만지고 싶지 않은 그런 돈과 쾌락만을 추구하며 사니까요. 이 세상이 존재하는 한 우리 머리 위에 하늘이 있다는 것은 의심하지도 않은 채 오직 땅만 보며 사는 미친 사람들이나 너무 하늘만 봐서 오로지 발끝만 보고 사는 사람들은 생각지도 못하는 그런 미친 사람들이 있겠지요. 그러니까 모든 인간은 모르는 어떤 지혜, 무한한 시각과 우리가 사는 현실적 시간을 모두 어우르는 그런 지혜가 있겠지요. 그런 것을 계산적으로만 사는 사람들께 묻지 맙시다. 또 그것을 찾기 전에 그들에게 그런 지혜를 주는 듯이 생각하지도 말아요.

이 지혜를 정치가 몰라서는 안 되지요. 그렇지 않으면 당신들이 하는 모든 행위는 결국, 악몽이나 파국에 이르게 될 뿐이에요. 그런데 당신은 너무나 열정적이라 도저히 당신을 설득할 수는 없을 것 같네요. 하지만 어쨌든 그 신비한 구름에 덮인 듯한 당신의 생각을 따를 수도 없고 무슨 도움을 줄 수도 없어 그것에서 도피하고 싶은 제 심정만은 이해해주세요."

내가 말을 마쳤을 때 내 말을 다 듣기 위해 무진 애를 쓰며 참았던 에브라르는 다시 기운을 차리고 확신에 차서 말했다. 그는 자신의 이

야기를 했는데 그 말들은 너무나 설득력이 있었다. 그 내용은 다음과
같다.

"어느 것도 오직 자기만의 빛을 혼자 발견할 수는 없지요. 진리는
산 위에서 내려간 사람에게는 더는 보이지 않아요. 또 수많은 생각의
산봉우리에 있는 수도원 같은 곳에 은둔한 사람들에게도 보이지 않아요.
그것은 공들여 만들어 가는 것 그 이상도 이하도 아니지요. 제때 이 사회
에 적용할 수 있는 진리를 찾기 위해서는 모든 의견을 듣고 서로서로 대
화하고 토론하고 상의해서 그런대로 미약하나마 어떤 결론에 이르러야
하지요. 그것은 오직 신만이 알 수 있는 그런 절대적 진리는 될 수 없지
만 진리를 추구하는 인간의 열망에 대한 최상의 답이 되겠지요. 그래서
나는 열정을 품고, 그래서 나는 나를 감동시키는 모든 사상을 흉내 내려
고 하고 진이 빠지도록 횡설수설 내 말들을 떠벌리는 거지요. 왜냐하면,
말한다는 것, 그것은 생각을 서로 고양시킨다는 것이고 그렇게 생각을
고양시키면 혼자, 바닥을 기며 생각하는 것보다 더 빨리 결론에 도달할
수 있으니까요. 그리고 내 말을 듣는 사람들, 누구보다 당신처럼 다른 사
람보다 더 주의 깊게 내 말을 듣는 사람들은 내 머릿속을 섬광처럼 지나
치는 진리의 빛에 너무 큰 기대를 하지요. 당신들은 내 말을 들을 때
마치 길을 속속들이 다 알지는 못하지만 저 멀리 목표 지점만은 잘 알
고 있는 그런 용기 있고 열성적인 안내원을 따라가듯 그렇게 나를 따
르지는 않지요. 내게 방해물이 있다는 것을 경고해줘야 할 사람은 당
신들이고 내가 너무 상상력과 호기심에만 이끌리면 내 길을 다시 돌
이켜야 할 사람들은 당신이에요. 그러니까 그렇게 빨리 나를 벗어나
려고 안달한다면, 길도 잘 모르는 안내원을 따라가기에 지쳤다면 더

좋은 사람을 찾으세요. 하지만 그가 신이 아니라고 경멸하지는 마세요. 또 당신이 오르길 원하는 곳으로 데려간다고 하면서 새로운 강가로 당신을 인도한다고 나무라지 마세요.

당신을 보자면 당신은 고집 세고, 불공평하고 생각도 없는 어린 학생 같아요! 당신은 아무것도 모른다고 하면서 배우고 싶지도 않다고 소리치지요. 그러다 갑자기 배움의 열기에 사로잡히면 온종일 인간의 학문과 절대적 진리에 대해 묻지요. 빨리 빨리요. 조르주 상드 씨는 기다릴 수 없으니 하나님의 비밀을 알려주세요!"

그는 평소 그가 즐겨 사용하는, 마치 달리면서 파리를 잡는 듯한 그런 신랄함 없이 장난처럼 이런 말을 한 후 다시 덧붙였다.

"내가 발견한 것이 하나 있는데 영혼에도 성性이 있다는 거지요. 그런데 당신은 영락없는 여자예요. 내가 이미 그런 생각을 했다는 걸 못 믿겠지요. 《렐리아》나 처음에 쓴 《한 여행자의 편지》를 읽을 때 나는 당신을 젊은 청년이나 어린 시인이라고 생각하며 마치 내 아들처럼 상상했었지요. 아이를 갖지 못하는 절망감 속에 아내가 첫 번째 결혼에서 낳은 자식들을 사랑과 절망이 엇갈린 마음으로 키우는 나로서는 말이지요. 그런데 당신을 실제로 처음 봤을 때 나는 솔직히 당신이 드레스를 입고 실제로는 여자 이름을 가지고 있다는 것을 사람들이 미리 내게 말해주지 않았다는 것에 놀랐지요. 나는 여전히 꿈을 꾸고 싶었어요. 당신을 그저 '조르주'라고만 부르고 싶었지요. 베르길리우스풍의 목가적 풍경에 나오듯 당신과 친구처럼 소곤거리고 싶었어요. 그리고 환한 햇빛 속에서는 당신을 보지 않고 오직 당신의 생각이 궁금할 때만 당신을 보았지요. 사실 나는 당신의 음성과 목소리만을 알 뿐이에요. 그리고 그것은 여자들의 플루트 같은 멜로디는 아니었지요. 나는 항상 당신을 철학이나 역사책을 읽는 남자아이처럼 생각하며 대화했어요.

이제 당신을 제대로 보니 당신은 고집스럽고 무지한 야망을 가지고 있네요. 순수한 감정과 순수한 상상력을 지닌 존재, 그러니까 천생 여자네요. 고백하건대 당신의 감정은 마치 성급한 이론가처럼 철학적 논리들이 즉시 당신의 모든 느낌에 답하고, 또 감정적인 모든 것을 섬세하게 만족시키길 바라는군요. 하지만 순수한 감정적 논리는 정치에는 맞지 않아요. 당신은 행동의 필요성과 감수성의 고양 사이의 완전한 일치를 바라지만 그것은 불가능한 일이지요. 그것은 이상이고 이 땅에서 실현 불가능한 일이지요. 그런데 당신은 그것이 자기 발로 나올 때까지 팔짱을 끼고 기다릴 셈인가 보네요.

그럼 팔짱이나 끼고 꺼져 버려요! 당신 마음대로지요. 하지만 자기 자신의 양심을 잘 들여다보면 그렇게는 하지 못할 거예요. 당신의 감정을 요구할 권리는 내게 없지요. 그래서 나의 것을 주고 싶었어요. 애석한 일이지만 이제 당신이 그것을 필요 없다 거부하니 이제부터 내 이야기는 하지 않기로 하지요. 하지만 당신 스스로에 대해 그리고 당신보다 더 중요한 의무에 관해 이야기하지요.

당신은 일반적인 의무와 양립할 수 없는 당신의 개인적 자유를 꿈꾸지요. 당신은 당신만의 자유를 얻기 위해 무진 노력을 했지요. 그래서 이 땅의 사랑에 마음을 쏟았지만 그것은 당신을 만족시키지 못했고 오히려 당신의 자유를 잃어버렸지요. 그리고 이제 당신은 내가 주장하고 좋아하는 진정한 삶을 살려고 하지요. 하지만 당신은 그것을 당신의 의지와 지성과 관련된 모든 행위에 적용시키려는 잘못을 범하고 있어요. 당신은 당신 자신 것이며 당신 영혼도 마찬가지라고 말하는군요. 그런데! 그것은 당신이 내게 비난하는 모든 것보다 더 끔찍한 궤변이고 더 위험한 말이지요. 왜냐하면, 당신이 당신 삶의 주인이라고 믿으니까요. 하지만 나의 삶은 기적 없이는 실현될 수 없지요.

잘 생각해 보세요. 만약 절대적 진리를 찾는 모든 사람이 당신처럼 자신들의 조국과 형제와 임무를 저버린다면 절대적 진리는커녕 상대적 진리라 해도 한 명의 추종자도 갖지 못할 거예요. 왜냐하면, 진리는 도망자의 엉덩이 위에 올라타 그들과 함께 달리지 않으니까요. 그것은 당신처럼 혼자 외롭게 꿈꾸는 자들과 함께 있지 않아요! 그것은 식물들이나 새들 사이에서 말하지 않지요. 아니면 그것은 인간이 알아듣기에는 너무나 신비한 목소리예요. 당신이 사랑하는 그 신성한 철학자도 이것을 너무나 잘 알고 있었기에 제자들에게 이렇게 말한 거지요. '너희가 내 이름으로 두셋이 모이면 내가 너희와 함께하리라.'[27]

그러니 우리는 모두 함께 진리를 찾고 기도해야 해요. 서로가 함께 찾은 것은 아무리 작아도 뭔가 실재하는 것이지만 혼자 찾은 것은 오직 자기 자신만을 위해 존재하는 것이니 존재하지 않는다고 할 수 있지요. 그러니 그 헛된 것이나 쫓아가세요. 나는 다른 사람들이나 어쩌면 나의 많은 실수에도 불구하고 뭔가 이롭고 진정한 것을 찾아가고 있다는 것을 위로 삼으며 당신을 떠나보내겠어요."

이런 말을 하고 그는 나가 버렸는데, 나는 그가 방금 한 말로 너무

---

27 〔역주〕 마태복음, 18장 20절.

깊은 생각에 잠겨 있어서 그가 나갔는지도 모르고 있었다. 그가 한 말들은 글로는 그 느낌을 다 표현하기 힘든 말들이었다.

나는 그가 옆방에 있다고 생각하고, 그에게 대답하려고 갔다. 그는 종종 완전히 지쳤을 때 그 방에 가서 5분 정도 휴식을 취하곤 했기 때문이다. 그런데 그는 이미 떠나고 없었고 게다가 문을 잠그고 열쇠까지 가져가 버렸다는 것을 알았다. 나는 여기저기 열쇠를 찾아 헤맸지만 그가 주머니에 넣은 채 나가 버렸고, 또 다른 여분의 아파트 열쇠를 가지고 있는 일하는 아줌마도 그날은 오지 말라고 했었다. 나는 에브라르의 부주의 때문이라고 생각하고 다시 혼자 조용히 명상에 빠졌다. 그리고 3시간 뒤 그가 돌아왔을 때 그의 부주의함을 지적하니 그는 웃으며 내게 말했다.

"아니에요. 일부러 그랬어요. 모임에 가야만 했는데 당신이 아직 내 말에 설득된 것 같지 않아 당신을 가두고 생각하게 했지요. 난 당신이 무작정 오늘 저녁 파리에서 사라질까 두려웠어요. 이제 당신도 생각할 시간이 있었으니 자 여기 열쇠를 줄게요! 그럼 이제 작별인사를 하고 당신도 없이 혼자 저녁을 먹으러 가야겠군요!"

나는 대답했다.

"아니에요, 내가 잘못했어요. 떠나지 않겠어요. 같이 저녁 먹으며 바뵈프보다 우리 정신에 더 영양분이 될 만한 이야기를 찾아보지요."

이렇게 긴 대화를 옮기는 이유는 이 이야기가 당시 나의 삶과 다른 혁명가들의 이야기이기 때문이다. 4월의 재판 동안 우리 수준에서 별별 말도 안 되는 주장들을 했는데, 때로 그런 노력은 지혜롭고 의미

있는 것이기도 했지만 때로는 너무 순진하고 야만적인 것이기도 했다. 그때 생각을 다시 해 보면 어떻게 그런 생각을 그 짧은 시간에 했으며 또 그다음 그 과정이 일으킬 어마어마한 결과에 어떻게 그리 걱정 없이 태평스러웠는지 의아할 뿐이다.

이 사회적이고 철학적인 주장들의 온상은 바로 감옥이었다. 우리의 감정을 너무나 잘 표현해주는 역사가 루이 블랑은 이렇게 말했다.

감옥에서는 끔찍스러운 죽음의 위협을 받는 이들이 갑자기 모든 위험과 더 어려운 난제를 푸는 데 자신을 바치려는 열망으로 비상飛翔하는 것을 보았다. 파리 방위위원회는 당의 가장 능력 있는 위원들에게 지배 이론의 중요한 부분을 배분했다. 어떤 이들에게는 종교적이고 철학적인 부분을, 또 다른 사람들에게는 행정적인 부분, 어떤 사람에겐 경제 분야를, 또 다른 사람에겐 예술 분야를. 그런데 그것은 우리 모두에게 가장 용기를 주는 가장 열정적인 연구 과제였다. 하지만 이 지적인 연구 과정에서 모두의 의견이 일치하지는 않았다. 서로 다른 이론들이 나왔다. 뜨거운 논쟁이 일어났다.

그리고 비록 육체적으로 수감자는 간수의 감시하에 있지만 길들일 수 없고 그들의 정신은 자유롭게 비상해 아무런 제약 없이 생각의 영역들을 날아올랐다. 감옥 그 깊은 구석에서 그들은 민중의 미래를 걱정하고 하나님과 대화했다. 그리고 단두대로 가는 길 위에서 그들은 흥분하고 희망에 취해 있었다. 마치 그들이 세상을 정복한 것처럼 말이다. 감동적이면서도 기이한 풍경이다. 그 기억은 오래 간직해야만 한다!

그런데 이런 움직임에 위대하지 않은 고정관념들도 섞여 들었다. 때로는 경쟁심이 쓸데없는 혹은 증오심에 찬 그런 라이벌 의식을 심어주기도 하고 벌 받기를 두려워하는 너무 약한 사람들은 꿈같은 소리를 하며 헤매기도 한다는 것을 부정할 수는 없다. 하지만 인간의 약한 본성으로 인해 나타나는 이런 피할 수 없는 현상들로 우리가 방금 이루어냈던 도도하고 압도적인 흐름을 막을 수는 없었다. 28

만약 4월 사건을 제대로 된 생각을 가지고 다시 판단해 보고 싶다면 이 너무나 짧지만 너무나 알찬 《10년의 역사》 책을 다시 읽어야 한다. 사람들과 사건들이 아주 정확하게 기술되어 있는데, 역사가들은 결코 그런 진실을 자기 입맛대로 수정하거나 부드럽게 고쳐서는 안 될 것이다. 대신에 그들 안의 정신이 더욱더 확실히 구체화할 수 있는 그런 위대한 공평성을 가져야 할 것이다. 그러니까 사건들과 거기에 관련된 잡다한 인간들이 보여주는 수많은 모순적인 겉모습에서 진정한 역사의 진실을 가려내야 한다는 것이다.

나는 그 사건에 대해 이야기하지는 않을 것이다. 소용없는 일이 될 테니까. 이 책에서 그 사건은 내 생각과 내 기억과 내 의식과 내 경험과 너무나 똑같이 기술되어 있어서 내가 덧붙일 게 아무것도 없다.

드라마 속에서 사라지고 잊혔지만 여전히 그 드라마 속에서 숨 쉬고 살아 있는 배우, 나는 여기에서 이 드라마의 주역을, 이렇게 말해

---

28 《10년의 역사》(*Histoire de dix ans*), 제 4권.

야 한다면, 겉으로 보기에 아주 문제적 역할을 맡았던 한 남자의 전기 작가일 뿐이다. 왜냐하면 그 남자는 정치인이라기보다는 예술가로 모든 것이 분명치 않고, 감동만 앞서는 사람이었으니까.

변호인들 사이에서 큰 논쟁이 있었다는 것은 이미 말한 바이다. 상원에서 일을 빠르게 처리해 버릴까 하는 조바심에 논쟁은 더 뜨거워졌고, 풀리지도 않았다. 수감자들의 일부는 그들의 변호인들과 함께 변호를 받지 않기로 합의를 보았다. 재판에서 이기는 게 문제가 아니었다. 또 권력으로부터 무죄판결을 받는 게 중요한 것이 아니었다. 실제적 권력, 더 큰 권리 앞에서 민중의 성스러운 권리를 열렬히 변호하며 여론 속에 승리를 쟁취해야 했다. 또 리옹의 수감자들처럼 또 다른 수감자들은 변호받기를 원했는데, 그들이 그 사건에 참여하지 않았다는 것을 주장하기 위한 것이 아니라, 프랑스 전체로 하여금 리옹에서 무슨 일이 일어났으며, 어떤 방식으로 권력자들이 민중을 선동했으며, 어떤 방식으로 잡힌 자들을 다뤘으며, 어떤 방식으로 수감자들 자신들이 내전을 미리 경고하기 위해 그리고 비참한 결과를 막고 사건을 조용히 끝내기 위해 인간적으로 할 수 있는 모든 방법을 모색했는지를 알게 하기 위해서였다.

그러니까 혹시 힘 있는 자들이 따로 혹은 돈을 주고 진압 세력을 충동질할 권리가 있었는지를 따져 보자는 거였다. 그러니까 저항도 할 수 없는 민중들에게 군대를 보낼 권리가 있었는지를 묻자는 거였다. 사람들은 증거를 가지고 있었고 그것을 말하고 싶어 했다. 내 생각에 진정한 이유는 거기에 있었다. 배신당하고 상처받은 민중들을 변호하기에는 모든 것이 충분했지만 자유롭게 해방된 자들을 위해서는 충분하지 못했다.

그래서 나는 비밀회의에서 에브라르의 반대편에 섰던 쥘 파브르 씨 편에 동조했다. 파브르 씨는 에브라르의 맞수가 될 만한 사람이었다. 나는 쥘 파브르 씨를 몰랐고 본 적도 없고 들은 적도 없었다. 하지만 에브라르가 격렬하게 논쟁한 후 내게 말해주러 왔을 때 나는 파브르 씨 편의 사람들이 옳다고 했다. 에브라르도 잘 알다시피 그것은 그에 게 반대하거나 그를 화나게 하려고 그런 것은 아니었다. 하지만 그는 시무룩했고 내가 그의 유토피아 이론을 대중들에게 말하는 것을 꺼리 는 듯하자 그는 이렇게 소리쳤다.

"아! 그 망할 놈의 생페르 다리, 그리고 이놈의 정치문제라니!"

9. 라므네, 르루

그런데 문제는 적은 숫자이기는 하지만 점점 약해지려는 수감자들이 용기를 잃지 않게 하는 것이었다. 이 점에 있어 나는 에브라르와 생각이 같았다. 그래서 동기나 변호 내용에서 의견이 다르다 해도 어떤 수감자들에게도 두려움이나 무기력감을 보여서는 안 되었다. 그는 내게 편지를 한 통 쓰게 했다. 저 괴상한 재판에 새로운 전환을 줄 수 있는 대단한 편지를. 그의 목적은 고발 시스템 자체를 무너뜨리자는 거였다. 그 생각은 잠깐 아르망 카렐을 웃게 했고 다른 사람들은 신중하라고 경고했다. 하지만 에브라르는 그것을 빠르게 추진해 나갔다. 하지만 조금만 생각할 시간을 갖게 되면 다음 날에 바로 그 생각을 던져 버릴 것을 알았다. 어쨌든 그는 나의 글이 너무 감상적이라며 고쳤다. 그는 내게 이렇게 말했다.

"지금 믿음이 약한 사람에게 무슨 성경 말씀으로 설교하라는 게 아니에요. 사람들은 이상 같은 건 몰라요. 그들은 분노와 격분으로 일어나기 마련이지요. 나는 수감자들을 격분시키기 위해 귀족들을 무자비하게 공격할 거예요. 또한 모든 공화주의자도 문제 삼을 거예요."

나는 그에게 공화주의자들은 내 편지글을 받아들이고 당신이 쓴 편지를 보고는 뒷걸음칠 거라고 했다. 그는 대답했다.

"모두가 찬성해야 할 거예요. 아니면 다 무시하고 갈 테니까."

실제로 많은 사람을 잃었고 많은 사람을 탈당하게 했는데, 그것은 큰 잘못이었다. 에브라르 눈에 보인 것처럼 그렇게 모두가 잘못이 있는 것은 아니었다. 어떤 사람들은 진짜 혁명을 하려고 온 것이 아니고 머릿속 이상을 위해 뭔가 공헌을 하기 위해 왔고, 어떤 이득이나 영예도 바라지 않았다. 하지만 의무감에서 한 행동이 가져올 결과를 그들은 받아들일 수 없었다. 어떤 사람들의 기권 이유를 들었을 때 나는 그들을 비난할 수가 없었다.

그 편지의 결과가 어땠는지는 다들 아는 바다. 엄청난 혼란을 가져왔으니 그것이 당에는 치명적이었다. 에브라르에게도 그것은 치명적이었다. 당에서 그에 대해 아주 큰 논쟁을 하게 됐으니 말이다. 대부분이 상원 재판소의[29] 비난을 그의 탓으로 생각했다. 만약 트렐라가 희생양이 되지 않았다면 그에게 그렇게 했을 거였다. 하지만 트렐라는 법원에서 영웅적인 행위를 보인 반면, 에브라르는 같은 재판에서 대조적으로 그의 직업적 신앙을 유포했다. 루이 블랑의 말을 들어보자.

… 미셸 드부르주 씨는 앞으로 나왔다. 모두들 이미 그가 어떤 말을 할 것인지 알고 숨죽여 기다리고 있었다. 그는 간결하고 엄숙한 목소리로 말하기 시작했다. 몸을 구부려 난간에 반쯤 기대서 때로는 격렬한 손의 움직임으로 난간을 흔들기도 하고 때로는 격렬한 움직임으로 끝에서 끝까지 왔다 갔다 했다. 그 모습은 마치 가이우스 그라쿠스와[30] 흡사했는데 웅변이 너무 격해지면 플루트 연주자가 그를 진정시켜야만 했다. 미셸 드부르주 씨는 그래도 트렐라 씨만큼 과감하고 끔

---

29 〔역주〕 la cour des pairs. 주로 국가에 대한 반역죄인들을 다루는 법정이다.
30 〔역주〕 기원전 150년경 귀족에 대항했던 평민을 말한다.

찍하지는 않았다. 그는 트렐라 씨는 도저히 할 수 없는 방식으로 자신의 변론을 이어갔다. 또 그가 상원에 가한 공격도 완전히 통제를 잃었던 것은 아니었다. 편지의 정신을 유지하면서 말은 좀 부드럽게 하는 것 같았다. 그는 3일 전부터 직접 본 바에 따라 상원 재판이 그들의 제도보다 낫다고 깨닫고 있었다. 그 외에 재판의 본질적인 문제에 있어 그는 완강했다.

이 대단한 칭송에서 한 단어만 지적하자면 내 생각에 에브라르는 원래 자기 방식으로 변론한 것이 아니다. 그가 선동적인 말을 좀 부드럽게 한 것이 내가 그것을 비난했기 때문일 거라고 생각하면 아직도 괴롭다. 그에게 얘기한 것처럼 내 생각에 그의 편에서 가장 결정적인 미숙함은 거친 언어로 논쟁할 때 서로 비꼬는 말투로 한다는 것이다. 사람들은 대혁명 당시의 그 기분 나쁜 어휘들을 다시 사용하고 있다. 사람들은 그 시대의 강한 표현들이 40년 뒤 상대적으로 유해진 지금은 매우 격렬하게 들릴 거라는 것도 생각을 못한 채 당시를 흉내 내고 있다. 나는 에브라르의 독창적인 말에 대해서는 감탄한다. 그 말에는 나름의 색깔이 있고 과거에 대한 새로운 해석이 있었다. 그는 거기에 그의 힘이 있다는 것을 알았다. 그래서 그는 구태의연한 표현이나 평범한 표현들은 온 마음으로 거부했다. 하지만 글을 쓸 때는 아무 생각 없이 다시 그런 표현으로 돌아갔다. 그래서 내가 지적하면 그는 순순히 동의했다. 하지만 이 점에 있어 편지를 고치며 우리는 의견의 일치를 보지 못했다. 그는 자신의 표현들을 지키고 유지했다.

하지만 이후 다른 사람들의 비난을 듣고 그것이 너무 혐오스러워

가끔은 한 사람의 당원이기보다는 한 사람의 예술가가 되는 그는, 그렇게 문제를 일으키는 글이 멋지고 웅변적인 걸작이 되길 바랐던 것 같다. 사실 그랬다면 사람들은 그를 비난하지 않았을 것이고 그랬다면 그의 목적도 이루어지지 않았을 것이다.

사실 그 이후 상황도 그에게 좋지 않게 돌아가 그는 편지의 모든 표현을 다 조목조목 변론할 필요는 없었다. 모든 당원이 다 찬성하는 것도 아니어서 그것은 오직 그의 개인 의견이 될 뿐이니 모른 척하는 게 더 낫다고 믿었던 것 같다.

나는 그 변론을 듣지 못했다. 나는 5월 20일 재판에만 참석했다. 속기록처럼 무의미한 것도 없다. 단어들을 적지만 그 안에 뉘앙스는 하나도 보존하지 못한다. 매 순간마다 사태에 대한 즉각적인 그의 생각이 보여준 뉘앙스를 이해하려면 말하는 사람의 억양도 적고 그 모습도 함께 남겨야 한다. 에브라르는 정치적으로 아무것도 준비하지 않았다. 그는 순간순간 영감을 받고 어떤 정신적 흥분 상태 속에 함몰되어 재능은 유지했지만 자기의 말을 항상 제어하지 못했다. 그의 즉흥적인 생각이 비난받은 것도, 사람들이 그의 생각을 그가 가지고 있는 진짜 생각보다 더 의미 있고 결정적인 것으로 받아들인 것도 그때 한 번뿐이 아니었다.

어쨌든 이 변론을 끝내고 그는 갑작스러운 기관지염 발작으로 집에 가야 했지만 그와 뜻을 같이했던 많은 종교인들은 그에게 등을 돌렸다. 에브라르는 당내에서 폭풍 같은 논쟁으로 당원들의 믿음과 자존심에 큰 상처를 입혔다. 당은 그에게 깊은 원한과 편견 없는 가혹함을 보였다. 사람들은 말했다.

"그렇다면 그렇게도 격렬하게 변론 시스템을 갖추자는 사람들의 의견과 싸울 필요가 없다는 말인가요? 결국, 집단적인 일에 자기 혼자서만 변호를 하고 있으니 말이에요."

하지만 사실을 구체적으로 말한다면 이 사건이 에브라르가 운명적으로 끌려 들어가 최선을 다해 싸울 만큼 집단적 의미를 가지지 못한 것은 아닐까? 그것에 대해 그는 너무 순진하고 위대한 생각을 겸손하게 하면서 결국, 자기는 어떤 원한이나 어떤 개인적 증오도 없다고 고백한 것이 아닐까? 그리고 다음과 같이 소리칠 때 그의 장황설은 정말 우유부단해 보였다.

"내게 벌금 명령이 떨어지면 나는 세무서에 내 재산을 내놓을 겁니다. 수감자들 변호에 내 직업으로 번 돈을 줄 수 있다는 것을 행복하게 생각하면서 말이지요. 감옥에 가는 일이라면 나는 유티크에서 죽고 싶어 했던 한 공화주의자의 말이 생각나는군요. '세자르 네 곁에 있으니 나는 차라리 감옥에 가겠다!'"

트렐라는 3년형을 받았고 미셸은 1개월을 받았는데 이것은 적대감을 더 키웠다. 미셸은 트렐라의 명예가 회복된 것이 아니라 그의 감옥행을 부러워했다. 미셸은 트렐라의 고매한 성격을 사랑했다. 또 한쪽이 더 좋아하기는 했지만 둘의 관계에 있어 트렐라 또한 미셸에게 애정과 존경을 가지고 있었다. 에브라르는 말했다.

"트렐라는 성자예요. 나는 발끝에도 못 미치지요."

그 말은 사실이었다. 하지만 그런 상황에서 그런 말을 진지하게 할 수 있는 것을 보면 그 또한 매우 위대한 사람임이 분명했다.

에브라르는 정말 아팠다. 정적政敵들이 떠들어대는 것처럼 상원 재판소가 그를 별로 달갑게 여기지 않는다는 증거는 법원이 막무가내로 그가 죽든 말든 법을 집행하고 있다는 것을 보면 알 수 있었다. 나는 그가 모르게 그를 위해 파스키에 씨에게 청원을 넣었다. 그는 확실한 진단을 위해 의사를 보내고 싶어 했다.

이 의사는 에브라르를 진단하는 과정에서 그에게 상처를 주었다. 병을 꾀병으로 생각하고 내가 뒤늦게 한 요구를 위험한 것으로 간주했다. 자칫하면 에브라르가 일을 망칠 뻔했는데 거만한 의사가 오는 것을 보자마자 에브라르는 갑자기 자신이 아프지 않으며 진단도 필요 없다고 한 것이다. 하지만 나는 맥박을 재 보아야 한다고 고집했고 열도 너무 높다고 주장했다. 그러자 이 공화국의 에스쿨라페 신께서는[31] 이유도 없이 또 생각 없이 그런 모욕을 준 것을 부끄러워하는 듯 태도가 부드러워졌다. 그러니까, 기껏 한 달 형을 받은 수감자가 뭐하러 도망가려고 하겠는가?

이 작은 일로도 나는 사람들이 얼마나 아무것도 아닌 일로도 공화주의자들을 화나게 하는지 알게 되었다. 그리고 나는 교도소의 이런 시스템이 더욱더 그런 분노와 반발심을 키우고 권력자들은 그런 것을 통해 이들을 벌주는 쾌락을 즐긴다는 생각이 들었다.

에브라르가 회복되자마자 나는 딸을 데리고 노앙으로 갔다. 어떤 이유로 에브라르의 형이 그다음 달인 11월에 집행됐는지는 모르겠다. 이렇게 연기된 것은 아마 그의 고객들의 이익을 위해서였을 것이다.

---

31 〔역주〕 그리스 신화에서 죽을병에 걸린 사람도 살리는 의사를 말한다.

이번에 집에 머무는 것은 불편할 뿐 아니라 힘들었다. 상황을 악화시키지 않기 위해 단단히 마음을 먹어야 했다. 내가 집에 있는 것은 확실히 모두를 불편하게 했다. 친구들도 그것을 느끼고 힘들어했고 내 일상생활을 망치는 데 일조했던 오빠와 또 다른 사람도 내가 계속 이렇게 생활할 수 없을 것 같은 상황이라고 느끼고 있었다. 그들은 그래서 내게 뭔가 조정할 것을 충고하고 싶어 했다.

나는 딸과 나를 위해 3천 프랑의 연금을 받고 있었다. 이것은 아주 많이 모자랐다. 내 일도 그리 돈이 되지 않았고 그때그때 인간적 상황, 그러니까 내 건강 상태에 따라 달라졌다. 하지만 만약 내가 1년 중 6개월을 집에 머물면 나는 아이들 교육을 위해 1,500프랑을 남겨 놓을 수 있었다. 그러니 만일 집에 못 오게 된다면 내 상황은 매우 위태로웠다. 그리고 남편의 심기는 만족스러울 수도 없었고 만족할 리도 없었다.

남편도 내 상황을 알고 있었다. 오빠는 그에게 1년에 6천 프랑의 연금을 내게 주라고 압박했다. 그러면 남편에게는 대강 1만 프랑 정도가 남을 것이다. 그 돈으로 노앙에서 혼자 사는 것, 이것은 남편도 원하는 바였다. 뒤드방 씨는 이 충고를 받아들이고 내 연금을 두 배로 올리기로 했다. 하지만 막상 그렇게 되자 그는 남은 돈으로는 노앙에서 살 수 없다고 선언했다. 그가 저지른 경제적 문제에 대한 설명을 들어야 했고 내가 그를 대신해서 서명해야 할 것이 있었다. 그는 그가 받은 유산을 잘 관리하지 못해서 아무것도 가지고 있지 않았다. 그는 땅을 샀지만 대금을 지불할 능력도 없었다. 그래서 그는 불안해하고 괴로워하고 있었다. 내가 서명해주었지만 그의 말에 따르면 상황은 좋아지지 않았다. 그는 몇 년 전 내게 해결하라고 했던 문제를 해결하지 못했다. 그러니까 그의 지출은 우리의 수입을 넘어서고 있었다. 포도주 지하 창고에만 엄청난 돈이 들어갔고 그 나머지는 자기들 마음대로 하도록 내버려 둔 관리인들에 의해 사라지고 있었다. 나는 그에게 도움이 될까 싶어 몇 번이나 너무도 뻔한 하인들의 도둑질에 대해 그에게 설명했지만 그는 오히려 내게 화만 냈다. 프레드릭 대왕처럼 그의 주변에 약탈자들을 내버려 두고 있었다. 그는 내게 자기 일에 관여하지 말라고 했고, 자기가 하는 집안 경영에 비난하지도 말고 사람들에게 명령도 하지 말라고 했다. 하지만 모두 내게 속한 것들이었다. 그에게 남은 것은 아무것도 없었으니까. 하지만 어쨌든 나는 입을 다물고 그가 눈을 뜨길 기다릴 뿐이었다.

얼마 되지 않아 그도 주변 일들에 진절머리가 나서 노앙이 자신을 파산시킬 거라며 거기서 자신이 너무 괴롭고 뭘 해도 지루하니 내게 모든 소유권과 관리를 맡기겠다고 했다. 그는 약 7천 프랑 되는 남은 수입을 가지고 파리나 남프랑스에 가서 살고 싶다고 했다. 나는 받아들였다. 그는 문서를 만들고 나는 아무 다툼도 없이 서명했다. 하지만 다음 날 그는 자기에게 모든 힘든 일을 내맡기고 나는 파리에 가서 다시 글 쓰는 일을 하는 것이 한탄스럽고 싫다고 했다.

이 일이 일어난 것은 4월인데 6월에 갔을 때도 달라진 것은 없었다. 뒤드방 씨는 계속 노앙을 떠나자고 고집했는데 내가 돌아갔을 때는 전보다 더했다. 하지만 여전히 뭔가를 애석해해서 나는 아무 말 없이 떠나 버렸다.

에브라르는 부르주로 돌아갔다. 얼마 동안 나는 파리에 칩거하며 살았다. 나는 소설을 하나 쓰고 있었는데 말라케 강변의 지붕 밑 방이 너무나 더웠다. 나는 일을 하기 위해 아주 이상스러운 장소를 하나 발견했다. 건물의 1층은 수리 중이었다. 그런데 무슨 이유인지 수리가 중단되어 있었다. 그 넓은 공간이 돌과 나무로 가득 차 있었다. 황량한 정원도 재정비될 참이어서 문도 없었고 외부인들도 들어올 수 없었다. 그래서 나는 거기서 완전히 혼자, 그늘 아래서 신선한 공기를 마음껏 마시며 있을 수 있었다. 나는 목수의 작업장을 서재처럼 사용했는데 그곳은 내 물건을 놓고 사용하기에 충분했다. 그리고 나는 그곳에서 결코 즐길 수 없었을 그런 고요한 시간을 온종일 보냈다. 왜냐하면, 이 세상에 누구도 내가 거기 있는 것을 몰랐고, 아는 사람은 오직 내게 열쇠를 준 문지기와 내게 편지와 점심을 가져다주는 가정부뿐이었기 때문이다. 나는 그 은둔처에서 각각 다른 기숙사에 있는 아이들을 만날 때 말고는 나오지 않았다. 나는 솔랑주도 마틴 자매가 하는 어린이집에 맡기고 있었다.

내 생각에 모든 것이 우리에게 완벽한 고요함을 선사하는 그 드물고 짧은 순간을 누구라도 좋아할 거란 생각이 든다. 그 작은 구석은 자연스러운 감옥이 되어 내 눈에 모든 것이 아주 감미롭게만 보였는데 그것은 마치 시간과 침묵과 우리 자신까지도 정복하고 이겨낸 것 같은 감정이었다. 이 공허하고 황량한 곳의 모든 것은 다 내 것이었다. 곧 금장식이나 실크로 덮이겠지만 아무도 이곳을 지금의 나만큼 즐기지는 못할 것 같았다. 적어도 미래 이곳에 살 사람들은 그때 내가 매일 아침부터 저녁까지 맛봤던 확실한 여유와 완벽한 몽상을 1시간도 즐기지 못할 것이다.

이곳에서 모든 것은 내 것이었다. 판자 더미들은 나의 의자며 간이 침대가 되었고, 이 기둥에서 저 기둥까지 너무나 과학적으로 잘 설계된 큰 줄을 치고 있는 근면한 거미들, 대팻밥 속에서 뭐가 그리 바쁜지 열심히 이리저리 촐랑대는 알 수 없는 생쥐들, 무례하게 문턱에 올라 나를 바라보다가 갑자기 움직이지 않고 경계하고는 갑자기 뭔가가 두려운 듯 이상한 음조로 태평스레 빈정거리듯 부르던 노래를 멈추는 티티새.

가끔 나는 밤에도 그곳에 가곤 했다. 글을 쓰기 위해서가 아니라 신선한 공기를 마시고 현관 앞 계단에서 명상에 잠기기 위해서였다. 엉겅퀴와 모예화가 돌 틈으로 뻗어 나와 있었고, 나 때문에 잠에서 깬 참새들이 고요함을 방해받고 숲속의 나뭇잎들을 흔들어 댔다. 나에게까지 들리는 마차 소리와 사람들 외침 소리가 이곳에서의 나의 자유와 휴식의 달콤함을 더 값지게 느끼게 해주었다.

책을 다 끝냈을 때 나는 다시 친구들에게 우리 집을 개방했다. 그리고 아주 대단하고 고매한 성격의 샤를 다라공과 아주 똑똑하고 정말 사랑스러운 아르토 씨를 만난 것도 이때쯤인 것 같다. 나의 다른 친구들은 공화주의자들이었다. 당시 정치적 상황이 아주 시끄러웠지만 어떤 정치적 논쟁도 우리의 즐거운 교제, 이 지붕 밑 방의 따뜻한 만남을 방해하지 못했다.

하루는 나와 친했던 쥘리 본이라는 아주 아량이 넓은 여자가 나를 보러 왔다. 그녀는 내게 "지금 파리에 난리가 났어요. 루이 필리프 왕이 방금 저격당했어요!"라고 말했다. 바로 피쉬32 암살 미수 사건이었다. 나는 너무나 걱정이 됐다. 모리스가 왕이 지나가는 것을 보러 샤를 다라공과 함께 몽티조 백작 부인의 집에 갔기 때문이었다. 나는 돌아오는 길에 그들이 무슨 변이라도 당할까 두려웠다. 그런데 내가 막 나가려던 참에 다라공이 나의 중학생 아들을 아주 멀쩡하게 아무 일 없이 데려왔다. 내가 다라공에게 무슨 일인지 물어보려고 하는데 아들아이는 함께 정치 이야기를 했다는 어떤 예쁜 여자아이 얘기를 했다. 그녀는 미래에 프랑스 황후가 될 여자애였다.

이 말은 또 다른 기억을 떠오르게 한다. 모리스는 1년 뒤 이런 편지를 했다.

"몽팡시에(어린 왕자도[33] 앙리 IV 중학교에 다니고 있었다)가 나를 무도회에 초대했어요. '저의 정치적 견해에도 불구하고' 말이지요. 정말 즐거웠어요. 그는 우리 모두가 근위대 머리 위에 침을 뱉게 했지요."[34]

내가 우리 시대의 가장 위대한 지성인 두 사람을 접하게 된 것도 바로 이 시기였다. 바로 라므네 씨와 르루 씨이다. 나는 이 두 대단한 사람에게 한 챕터를 할애해서 쓰고 싶었다. 하지만 책 분량의 한계 때문에 내 마음대로 할 수가 없었다. 또 나는 그들이 가지고 있는 역사철학과 사상적 소명이란 이 거대한 두 주제를 대충 설명하고 싶지도

---

32 〔역주〕1835년 루이 필리프왕 암살 미수 사건의 범인을 말한다.
33 〔역주〕루이 필리프의 아들을 뜻한다.
34 이런 장난을 칠 때 어린 왕자와 그의 초대받은 친구들이 있던 갤러리 아래에는 근위대들이 지나가고 있었다.

않다. 이 두 주제는 앞으로 나올 작품의 서문에서 아주 길고 자세하게 기술하려고 한다. 그리고 거기에서는 나의 개인적인 이야기를 일일이 세세하게 쓸 필요가 없으니 나는 나의 이야기보다 더 흥미롭고 중요한 그들의 이야기를 하게 될 것이다.

그래서 여기에서 나는 단지 이 자서전에서 언급한 기간 동안 내가 본 그들의 특징적인 모습들 그리고 거기서 받은 나의 인상만을 적도록 하겠다.

그러니까 나는 종교적 진리와 사회적 진리를 하나의 같은 진리로 찾아 나아가고 있었다. 그리고 에브라르 덕분으로 이 두 진리는 분리될 수 없는 것이며 서로서로가 함께할 때 완벽해진다는 것을 깨달았다. 하지만 나는 여전히 그가 내 눈에 보여준 빛으로 영롱해진 짙은 안개 속에 있는 기분이었다.

어느 날 그 괴상한 재판을 하는 중에 리스트는 친구인 라므네에게 시인의 다락방, 곧 나의 다락방에 가자고 청했다. 그리고 리스트의 제자며 나중에 에르만이란 본명으로 음악가로 활동했지만 요즈음은 오귀스틴 신부란 이름의 카르멜 수도사가 된 유태인 푸치도 그들과 함께 왔다.

작고 마르고 허약해 보이는 라므네 씨는 가슴을 헐떡이며 올라왔다. 하지만 얼굴은 얼마나 총기 있던지! 그의 코는 작은 키와 작은 얼굴에 비해 너무 컸다. 그렇게 코가 크지 않았다면 그는 미남자였을 것 같았다. 맑은 두 눈에서는 광채가 났다. 반듯하고 의지가 강한 사람처럼 큰 주름이 깊게 잡힌 이마, 그리고 미소 짓고 있는 입, 그리고 조금 근엄한 태도 아래 생동감 있는 표정을 한 그 모습은 어떤 내려놓음과 명상과 전도의 삶을 사는 사람만이 보일 수 있는 모습이었다.

그의 모든 됨됨이, 가식 없는 태도, 즉흥적인 움직임, 어색한 몸짓, 솔직한 쾌활함, 우직스러운 고집, 즉각적인 친절, 그리고 깨끗하지만 초라하고 두꺼운 옷과 푸른 양말까지 그는 영락없는 영국 수사修士의 모습이었다.

얼마 지나지 않아 나는 곧 이 용감하고 순진한 영혼에게 존경과 애정을 품게 되었다. 그는 즉시 자신의 모든 마음을 열어 보였는데 너무나 자연스러운 그의 마음은 반짝이는 금 그 자체였다.

내가 그를 처음 보았던 그 며칠 동안, 그는 파리에 와서, 지난날 그렇게도 많은 우여곡절로 반세기가 넘도록 고통받았음에도 불구하고 프랑스의 미래에 대한 어린아이 같은 환상을 품고 정치계에 다시 등장했다. 그는 많은 공부를 하고 많은 논쟁과 투쟁을 거친 후 최종적으로 브르타뉴를 떠나 이 소요의 중심이며 돌파구인 파리에서 죽기 위해 여기로 왔다. 그리고 그는 자신의 영광스럽고 비장한 캠페인을 4월의 폭동 가담자들을 변호하는 것으로 시작했다.

그것은 정말 아름답고 용기 있는 행동이었다. 그는 신앙심으로 가득 찼고 자신의 신앙을 아주 분명하고 확실하고 열정적으로 내보였다. 그의 말은 아름다웠고 그의 결론은 활기찼으며 그의 얼굴은 빛났다. 그리고 매 순간 그가 갈망하는 여러 지평들 중 하나에 도달할 때마다 그의 과거, 현재, 미래, 그의 머리와 가슴, 그의 육체와 그가 가지고 있는 모든 것이 그 안에 다 존재하는 것 같았다. 그것은 말할 수 없이 순진하고 용기 있는 모습이었다. 한마디로 그의 모습은 그 안에 숨겨져 있던 것들이 폭발하는 듯했는데 그의 천성적인 쾌활함으로 그것을 다소 억누르는 듯했다. 만약 그가 그런 자기 생각 속에 깊이 빠져 있는 모습을 본 사람은 그의 파랗게 빛나는, 때로는 초점 잃은 눈빛과 마치 칼처럼 뾰족하고 큰 코만 볼 테니 그에 대해 두려움만 갖게 될 것이고, 그를 악마 같다고 말할 것이다. 하지만 그를 조금만 더 바라보고 그와 조금만 더 이야기를 나누게 되면 그들은 그의 강한 힘 앞에서 떨며 그의 선함을 사랑하게 될 것이고 그는 분노와 따뜻함과 고통과 즐거움과 너그러움 같은 모든 감정을 극단으로 쏟아붓는 사람이라는 것을 알게 될 것이다.

사람들은 그에 대해 모두가 다 그렇게 말했고, 그가 죽은 다음 날에도, 생각이 공정하고 올바른 사람들은 그가 이룬 그 빛나는 업적과 그의 고통을 통해 그를 더욱 더 이해하게 되면서 그를 더 칭송했다. 35 그러니 앞으로 그를 알게 될 사람들도 다 그렇게 이야기하게 될 것이다.

그러니 라므네의 여전히 따뜻한 무덤에서 그를 생각하고 부를 수

---

35 살아 있는 동안 너무나 많은 오해를 사고 중상모략을 당했으며 죽은 임종의 순간까지 비방꾼들에게 모욕을 당했던 이 대단한 사람은 헌병들의 감시를 받으며 공동묘지로 향했다. 마치 민중의 눈물이 그의 시체를 살리기라도 할까 두려운 듯이, 하지만 60년 동안 십자가형을 받았던 이 진정한 신의 사도는 명망 있는 언론사 필진들의 존경 속에 명예를 회복하였다. 만약 내게 이들이 쓴 글보다 더 완벽한 글을 쓸 수 있는 기회를 영광스럽게 얻게 된다고 해도 분명코 나는 폴린 리메이락 씨나 앞서 그가 죽기 얼마 전 알렉산드르 뒤마가 쓴 글보다 더 잘 쓸 수는 없을 것이다. 《앙토니》의 작가에 대한 이 회고록은 대단하면서도 감탄을 자아내는 글이다. 이 글은 천재는 모름지기 모든 자질을 다 갖추고 있다는 것을 말해준다. 그러니까 알렉상드르 뒤마 안에 있던 그 모든 인간이 다시 말해 풍부한 소설가, 극적이고 서정적인 시인, 유쾌한 비평가, 환상과 즉흥성으로 가득 찬 예술가로서의 그 모든 자질이 그의 철학적 자질과 함께 적당한 때 실력 발휘를 하고 있었다.

있다는 것은 큰 영광이 아닐 수 없다. 이 대단한 사상가는 완벽하지는 않았지만 적어도 아주 대단할 만큼 자기 자신과 모든 발전 단계에서 논리적이었다. 놀라운 시간들 속에서, 진지하기는 하지만 너무 식견이 옹졸한 다른 비평가들이 천재의 진화 단계라고 부르는 것이 그에게는 지성의 신성한 진보였을 뿐이다. 그것은 과거의 신앙에서 발현되었지만 수천 번의 고뇌를 통해 학교에서 가르치는 이론보다 더 강한 논리, 곧 감정의 논리에 따라 운명적으로 과거의 신앙을 넓히고 부숴야만 하도록 저주받은 것이다.

그래서 특히 나는 그가 15분 정도의 짧은 시간 동안 자신의 생각을 순진하고 대단하게 요약했을 때 충격을 받았고 놀랐다. 생트뵈브가 편지로 《무관심에 대한 에세이》의[36] 작가가 보이는 모순에 대해 아무리 매력적이고 영적인 글로 열심히 나를 설득하려고 해도 소용없었다. 생트뵈브는 확실히 자기가 사는 시대에 대한 통찰력이 없었다. 하지만 생트뵈브는 라므네의 길을 따라왔고 〈미래〉의[37] 투쟁까지 따라왔다. 그런데 정치에 발을 디디면서 자신의 신념이나 생각과 반대되는 많은 사람과 그 이름이 뒤섞이는 것을 보고는 큰 충격을 받았다.

생트뵈브는 라므네의 비범하지 못한 재능과 모순된 측면을 내게 보여주며 비난했다. 하지만 그것이 단지 외양에 불과하다는 것은 그와 얼굴을 맞대고 그 영혼의 눈을 보며 참나무 숲의 은둔자가 하는 말을 전심으로 듣게 되면 금세 알 수 있었다.

---

36 〔역주〕 라므네의 수필 *Essai sur l'indifference*를 말한다.
37 〔역주〕 라므네가 참여한 일간 신문인 *L'Avenir*를 의미한다.

그의 정직한 영혼이 즉시 내뱉는 것들을 사람들은 솔직하게 느낄 수 있었다. 그의 마음은 정의와 진리라는 하나의 열정에 사로잡혀 있었다. 절대적 논리와 뜨거운 감성의 소유자인 라므네 씨는 교만이나 어떤 변덕 혹은 호기심으로 그 세계를 빠져나간 것이 **결코** 아니었다. 38 그는 상처 입은 사람의 따뜻함과 불타는 동정심, 그리고 분노한 감정들이 복받쳐 그곳에서 내쳐진 거였다.

그의 마음은 아마도 자신의 이성에게 이렇게 말했으리라.

"너는 진리 속에 거하는 줄 알았겠지. 너는 너의 성소를 발견하고는 항상 그곳에 있다고 믿었겠지. 너는 그 너머에 뭐가 있는지 느낄 수도 없었겠지. 너는 커튼을 치고 문을 닫고 네 자리를 지키고 있었지. 너는 진지했고 네가 결정적으로 옳다고 믿는 것을 더욱 견고하게 만들기 위해 마치 성채를 세우듯 너의 문 입구에 네 논리를 굳게 하는 모든 논쟁과 학문을 쌓아 두었지.

그런데 너는 틀린 거야! 왜냐하면, 너도 모르게 뱀들도 너와 함께 있었으니까. 차가운 그들은 네 제단 아래를 조용히 미끄러져 다니고 있었지. 그리고 몸을 데운 그들은 머리를 들고 소리를 내고 있어. 도망치자. 그곳은 저주받은 곳이고 그곳의 진리는 더럽혀졌어. 우리의 수호신을 옮기자. 우리의 작업과 우리의 발견과 우리의 신앙을, 하지만 좀 더 멀리, 좀 더 높이 올라가자. 그들의 쇠창살을 부수고 올라가는 이 정신들을 따라가자. 새로운 제단을 세우기 위해 그들을 따르자. 신성한 이상을 보존하기 위해 그들이 질질 끌고 가는 그 구속에서

---

38 〔역주〕 그는 파문당한 가톨릭 사제였다.

벗어나게 돕고 그 끔찍한 감옥에서 그들을 죽이는 독에서 구하면서."

그 위대한 마음과 관대한 이성은 늘 서로서로 양보하며 함께했다. 그들은 함께 새로운 교회를 세웠다. 아름답고 지혜롭고 모든 철학적 규칙 위에 세워진 모습을, 그리고 영감을 받은 건축가가 예전의 믿음의 글들을 새로운 계시의 정신 속에 미끄러지게 하는 것을 보는 것은 정말 놀라운 일이다. 바뀐 것은 무엇인가? 그에 따르면 아무것도 바뀐 것은 없다. 나는 그가 자신의 인생의 많은 시기들에 대해 천진하게 말하는 것을 들었다.

"내가 《무관심에 대한 에세이》를 쓸 때만큼 가톨릭 신앙이 없다고 하는 말은 말도 안 되는 소리예요."

그리고 그의 말은 맞았다. 그 책을 쓸 당시 그는 차르 옆에서 희생자들을 축복하는 교황을 보기 전이었다. 만약 그가 그것을 보았다면 교황의 무능력에 저항했을 것이고 종교에 있어 교회의 무관심을 욕했을 것이다. 그의 내면에, 그의 신앙에 있어 변한 것이 있을까? 전혀, 정말 아무것도 없다. 그는 그의 원칙을 결코 버린 적이 없었다. 하지만 이 원칙에 따라 강요된 운명적인 결과에 대해서는 포기할 수밖에 없었다.

이제 그가 사람들과 매일 맺는 관계에서 보여 준 열정과 믿음 그리고 갑작스러운 경멸과 즉흥적인 복귀에 어떤 모순이 있었다고 말할 수 있을까? 아니다, 때로 자신들의 허영심이나 원한 때문에 그의 애정을 이용하는 사람들에게서도 쉽게 영향받는 것 때문에 우리에게 고통을 주기도 했지만 말이다. 우리는 그가 실제로 모순된 사람이었다고는 말하지 않을 것이다. 그런 모순들은 그의 감정의 심연에서 출발한 것은 아니다. 그런 것은 그의 허약한 건강 상태에 따른 감정의 표면일 뿐이다. 신경이 예민하고 성마른 성격으로 그는 생각하기 전에 화를 냈고 그의 유일한 약점은 깊이 생각해 보지도 않고 잘못된 생각들을 성급하게 믿어 버린다는 거였다. 하지만 고백건대 나와의 관계에서는 비록 불미스러운 일이 없지 않아 있기는 했지만 그에 대해 조금이라도 화가 나는 것은 있을 수 없는 일이었다.

솔직히 다 말하자면 나는 마치 교회의 신부님 중 한 명처럼 그에게 고마워하면서 내 영혼 깊은 곳으로부터 존경하는 이 노인네에게 모성애 같은 약점을 가지고 있었다. 그는 빛나는 천재성과 덕목들로 내 머리 위 하늘에서 빛나고 있었다. 그의 허약한 기질적 장애나 그의 분노, 그의 화, 그의 의혹들이 내 눈에는 마치 보통 아이처럼 보였다. 하지만 가끔 "조심하세요. 공평치 못할 수 있어요. 그러니 제발 눈을 뜨세요!"라고 말해줘야 할 아이였다.

그리고 내가 어떤 남자에게 이 '아이'란 단어를 사용한다면 그 단어를 내뱉는 것은 나의 초라한 이성 저 높은 곳에서가 아니고 내 가슴속 깊은 곳에 있는, 그가 죽은 후까지 계속될 연민과 충성심과 우정 때문이다. 이렇게 천재인 데다 착하고 박식한 사람이 비교할 수 없는 겸손함 덕분에 성격적으로 성숙하지 못하다는 것보다 더 감동적인 것이 있을까? 아틀라스의 사자가 우리 안의 작은 개에게 지배되어 그 말을 따르는 것을 보면 감동하지 않는가? 라므네는 자신의 힘을 모르는 것 같았다. 내가 보기에 그는 자신이 동시대 사람들이나 후대 사람들에게 어떤 사람인지 전혀 모르는 것 같았다.

그는 자신의 의무와 소명과 이상에 대한 개념을 가진 만큼, 자신의 내면적이고 개인적인 삶의 중요성은 간과했다. 그는 자신의 삶을 아무것도 아니라고 생각했고, 자신의 개인적인 삶 같은 것은 그때그때의 사람들이나 주위 환경에 내맡겼다. 뭘 좀 안다는 허풍쟁이도 그를 감동시키거나 화나게 하거나 그를 쥐고 흔들 수 있었고 필요에 따라서는 그를 설득해서 행동하게 하거나 가장 순수한 그의 취향이나 가장 겸손한 그의 생활 습성까지 삼가게 할 수 있었다. 그는 감히 모든 사람에게 대답했고 마지막 사람들에게 자문을 구했으며, 그들과 논쟁을 벌이고 때로는 마치 선생님 앞의 학생처럼 순진한 존경심을 가지고 그들의 말을 들었다.

이런 감동적인 약함과 극단적인 겸허함은 진정한 친구들에게 고통을 주는 오해를 불러일으켰다. 나로 말하자면 라므네의 개인적 위대성이 충돌하는 것은 나라는 사람이 아니라 나의 사회주의적 성향이었다. 나를 앞으로 나가도록 한 후에 그는 내가 너무 빨리 간다고 생각했고, 나는 그가 너무 나보다 늦게 온다고 생각했다. 우리는 둘 다 맞았다. 단지 나는 작은 구름 속에 있었고 그는 불타는 태양 속에 있었을 뿐이다. 감히 말하건대 순진함이나 선한 의지에 있어 우리는 같은 사람들이었기 때문이다. 이 같은 땅에서 하나님은 모든 사람이 모두 하나가 되도록 하셨다.

나는 다른 곳에서 그와 있었던 견해차에 관해 이야기할 것이다. 그것은 나에 대해 이야기하기 위해서가 아니라 그의 사도적 엄격함, 혹은 갑작스럽게 너무나 공평한 태도로 너무나 선해지는 그의 매혹적인 성향을 설명하기 위해서이다. 지금은 아주 짧지만 알찬 대화를 통해 그가 종교철학적 방법론에 대한 나의 눈을 열었으며 그것은 내게 깊은 인상을 주었고 큰 도움이 되었으며 동시에 그의 멋진 저술들은 나의 희망에 곧 꺼질 불꽃을 지폈다는 말을 하는 것으로 충분할 것 같다.

이제 나는 같은 이유로 피에르 르루 씨에 대해 말하려고 한다. 그러니까 대충 말하지 않기 위해 나는 여기에서는 아주 조금, 단지 나와 관련된 얘기만 하려고 한다.

4월의 그 재판 몇 주 전인가 후였을 것이다. 여전히 파리에서 사회주의적인 문제에 골몰해 있으면서 재미있는 언변으로 주변 사람들을 웃게 하고 있던 플라네는 나를 따로 불러 아주 진지하고 진솔하게 자신의 문제를 해결해 달라고 부탁했다. 그는 시대와 사건들과 사람들, 그러니까 그의 사랑하는 스승 에브라르까지도 어떻게 판단해야 할지 알고 싶어 했다. 그는 그 자신의 행위와 본능에 대해 알고 싶어 했다. 한마디로 그는 지금 자신이 어디로 가고 있는지 알고 싶어 했다. 어느 날 오랜 대화를 나누던 중에 나는 그가 내게 물은 것을 다시 그에게 자세히 물었는데, 우리 두 사람은 모두 우리가 하고 싶은 혁명과 실제 일어난 혁명이 어떤 관계가 있는 것인지 알 수가 없었다. 이때 갑자기 내게 어떤 생각이 떠올랐다. 나는 그에게 말했다.

"생트뵈브에게서 들은 말인데 나의 갈망에 답하고 나의 의혹과 불안을 잠재우고 이 문제를 특별히 밝히고 파헤쳐줄 대단한 지성이 두 명 있다고 했지요. 그들은 물질의 힘과 시대적 법칙을 아우르며 라므네 씨보다 더 진보적인 사람들인데 라므네 씨처럼 가톨릭의 방해로 발목 잡히지 않기 때문이지요. 이들은 신앙의 본질적인 점에서 동의하면서 하나의 유파를 형성하고 있고 열렬히 그들을 떠받치고 있지요.

상드와 교류했던 사상가
피에르 르루.

이 두 사람은 바로 피에르 르루 씨와 장 레이노예요. 내가 《렐리아》의
절망으로 고통스러워하는 것을 본 생트뵈브가 그들에게서 빛을 찾으
라고 했고 이 지성의 현명한 의사들을 내게 데려오라고 충고했었지요.
하지만 나는 감히 그럴 수 없어서 원치 않았어요. 그들을 이해하기에
나는 너무 무지했고 그들을 판단하기에 나는 너무 우물 안 개구리였으
며 내 안의 의혹들을 드러내기에 나는 너무 소심했지요. 그런데 내가
보기에 피에르 르루 씨도 나처럼 소심해서 뭔가 시도해 볼 수 있겠다
싶었지요. 하지만 어떻게 그에게 접근해서 어떻게 몇 시간을 붙잡아
둘 수 있을까요? 만약 사회적 문제들을 제시한다면 그도 다른 사람들
처럼 우리를 비웃지 않을까요?"

플라네는 말했다.

"그건 제가 책임지지요. 모든 것을 감당하겠어요. 그가 비웃는다

해도 가르침을 받을 수만 있다면 상관없어요. 그에게 편지로 부탁해 보세요. 당신의 친구 중 한 방앗간 주인, 한 선한 농부를 위해 한두 시간 교리 공부를 부탁해 보세요. 나는 주눅 들지 않을 것이고 당신도 열심히 듣도록 하세요."

나는 이런 식의 편지를 썼고 피에르 르루는 우리 두 사람과 나의 다락방에 저녁을 먹으러 왔다. 그는 처음에 매우 어색해했고 아주 예민한 사람이라 내가 그에게 친 순진한 함정을 금방 알아봤다. 그는 자신의 생각을 표현하기 전에 얼마 동안은 더듬거렸다. 그는 라므네 씨보다 더 겸손하지는 않았지만 소심했다. 라므네 씨는 그렇지는 않았다. 하지만 사람 좋은 플라네 씨가 그에게 단도직입적인 질문을 하자 르루 씨의 생각을 들으려는 그의 열의와 또 그가 자신의 생각을 잘 이해하고 있다는 사실이 르루 씨를 편하게 만들었다. 그리고 그는 늘 하는 버릇처럼 문제 주변을 좀 맴돌다가는 결국, 아주 명확하고 확실한 결론을 정말 웅변적으로 생생하게 말해주었다. 그것은 마치 거대한 구름 속에서 비치는 한 줄기의 광명이었다. 어떤 이론도 그의 생각처럼 대단한 것은 없어 보였다. 그가 확신을 가지고 있지 않은 것을 논리적으로 말하라고 그를 닦달하지만 않는다면 말이다.

그는 잘생기고 온화한 모습이었고 눈은 순수하고 꿰뚫는 듯했으며 사랑이 넘치는 미소와 듣기 좋은 목소리, 그리고 그가 하는 말의 억양과 모습이 보여주는 순진스러움과 선함이 어떤 이성적 논리보다 그의 말을 설득력 있게 했다. 그때부터 그는 역사철학적 방면에서 더없이 위대한 비평가가 되었고 비록 과거를 명확히 보여주지는 못한다 해도 우리가 가야 할 미래의 모든 길 위로 아주 아름다운 산책을 했다. 그것은 마치 눈을 가리고 손을 묶고 있던 가리개가 벗겨지는 것만 같았다.

그가 자신의 머릿속에서 문제 삼고 있는, 그래서 늘 글을 통해 밝히고 있는 '작업 도구에 대한 소유권'을 말할 때 내 머릿속에서는 모든 것이 분명하진 않았다. 철학적 표현들이 내게는 너무 모호했다. 나는 그저 단어들이 함의하는 모든 문제를 파악할 수 없었다. 하지만 그의 말을 들으며 신의 섭리에 대한 이론을 깨달을 수 있었다. 그 또한 대단한 거였다. 그것은 내 명상의 밭에서 나에게 던져진 생각의 자리였다. 나는 인간의 역사를 공부하겠다고 약속하고는 그렇게 하지 못했는데 이 대단하고 고귀한 사람 덕분으로 얼마 뒤 나는 확신을 얻게 되었다.

그와 처음 만날 때 나의 삶은 너무 어지러웠다. 나는 쉴 새 없이 글을 써야만 했다. 어떤 철학적이고 역사적인 생각 없이 내게서 쉴 새 없이 글을 뽑아내야만 했다. 모두 딸의 교육비를 마련하고 또 내가 도와야 할 다른 사람들 그리고 나 자신이 살기 위해서였다. 나는 내가 책임져야 할 이 모든 것에 공포감을 느끼고 있었다. 난 한순간도 쉴 수도 없었고 내 작품을 다시 읽어볼 틈도 없었고 영감이 떠오르길 기다릴 수도 없었다. 나는 너무나 하찮은 것들을 쓰고 있는 이 작업에 깊은 회한을 느꼈다. 내 머리는 어떤 인류 구원에 대해 몽상을 하고 싶은데 말이다.

할 일이 아무것도 없고 또 예술가들이 쉽게 작업하는 것을 보는 사람들은 아마도 예술가들이 자기 자신을 위해서는 잠시도 시간을 낼 수 없다는 것에 놀랄 것이다. 그들은 이렇게 기계처럼 상상력을 만들어내는 일이, 만약 건강을 위협하지 않는다면, 적어도 우리의 뇌세포들을 흥분시켜 어떤 장면들에 계속 사로잡히게 해서 정신적 무력감에 빠져 다른 일은 하지 못하게 만든다는 것을 모른다.

나는 내가 읽고 싶은 진지한 저술들에 관해 사람들이 이야기하는 것을 들으며, 혹은 나 자신이 보고 싶은 일들에 관한 이야기를 들으며 하루에도 10번씩 내 직업에 환멸을 느꼈다. 게다가 아이들과 함께 있을 때 나는 오직 그들만을 위하고 싶었고 또 그들과 함께 있길 원했었다. 또 친구들이 오면 그들을 잘 맞이하지 못하는 것을 자책하고 그들과 있으면서도 다른 것에 골몰하는 것을 자책했다. 그것은 마치 내 앞에 실제 삶이 흘러가고 있는데 그것들은 마치 꿈같고 반면 내가 소설 속에서 상상하는 세계가 정말 살아 있는 세계처럼 나를 짓누르는 것 같았다.

그래서 나는 노앙을 그리워하게 되었다. 나의 약함으로 인해 내가 나 자신을 추방시키고 나의 잘못으로 내 스스로에게 문을 닫아 버린 그곳을 말이다. 왜 수입의 반을 확보할 수 있는 계약을 내가 찢어 버렸던가? 그것으로 적어도 나는 내 집에서 멀지 않은 곳에 작은 집을 얻어 모리스 방학 때 1년의 반은 내 딸과 함께 지낼 수 있었을 텐데 말이다. 그곳에서 어린 시절 바라보던 그 지평선을 바라보며 어린 시절 친구들과 함께 쉴 수 있었을 텐데 말이다. 멀리서 할머니가 심은 나무들 아래 일어나는 집안사들을 방해하지 않고 그 나무들 위로 노앙의 굴뚝에서 연기가 나는 것을 볼 수 있을 것이고 여전히 그곳에 가서 책을 읽으며 자유롭게 꿈꿀 수 있다는 생각을 할 수 있을 만큼 그곳에 가깝게 있을 수 있었을 텐데 말이다.

나의 이런 고향에 대한 향수와 파리 생활에 대한 혐오스러움을 들은 에브라르는 부르주나 그 근처에 와서 살라고 충고했다. 그래서 나는 짧은 여행을 했다. 에브라르의 친구 중 한 명이 자신의 빈 집을 빌려주었다. 나는 그곳에서 며칠 동안 도서관에서 찾은 라바터의 작품들을 읽으며 혼자 지냈다. 그리고 그에게 애정을 가지고 글을 하나 쓰기도 했다. 황량한 마을 한가운데서 시상으로 가득한 버려진 집에서의 이 고독은 너무나 감미로웠다. 에브라르와 플라네와 이 집의 정말 괜찮은 여주인은 온갖 정성으로 나를 보살피며 저녁나절 한두 시간만 나를 보러왔다. 그러면 밤 시간의 반을 나는 꽃이 만발한 작은 안마당에서 달빛 아래, 여름의 달콤한 향기를 맡으며 꿈같은 고요 속에 혼자 머물 수 있었다. 그것은 정말 혼신의 힘을 다해 얻은 고요였다. 근처 식당에서 내 이름을 모르는 사람이 바구니에 식사를 가져다주면 나는 창을 통해 그것을 받았다. 다시 한 번 나는 세상에서 완전히 잊힌 것이고 나의 진짜 삶을 송두리째 잊은 채 지내고 있었다.

하지만 이 달콤한 칩거는 오래갈 수 없었다. 나는 너무나 조용한 곳에 외떨어져 있는 이 집, 좀 버려진 듯한 것이 편안함으로 느껴지는, 어쩌면 마을 전체에서 내가 유일하게 만족할 만한 이 매혹적인 집을 차지할 수가 없었다. 게다가 아이들도 함께 생활해야만 했다. 이런 외딴 곳은 그들에게 좋지 않을 것이 분명했다. 내가 부르주에 발을 디디면 바로 모든 도시 사람들이 다 나를 알아보았는데 나는 시골에서 사람들과 관계 맺고 살고 싶은 생각은 추호도 없었다. 나는 그런 상황을 이미 겪었고 아주 잘 처신하고 있었다.

에브라르의 강권에도 불구하고 나는 이곳에 정착하려는 생각을 접었다. 이 지방은 너무 싫었다. 여기저기 늪지가 있고 나무도 없는 헐벗은 평원이 마치 로마의 시골처럼 마을을 둘러싸고 있었다. 숲이나 샘물을 보려면 멀리 가야만 했다. 그리고 굳이 말할 필요가 있을까?

에브라르는 플라네와 또 한두 명 다른 친구들과 즐거운 대화를 나누고 있었다. 머리를 맞대고 이야기하는 그는 너무나 똑똑했는데 그게 나를 피곤하게 했다. 그는 그의 말을 듣고 그에게 반응을 보일 누군가가 필요했다. 다른 사람들이 그 역할을 했고 나는 잠자코 듣고만 있었다. 그런데 우리 둘만 있게 되면 나의 침묵에 그는 화를 냈다. 그는 내가 자신의 생각과 정치적 열망을 경멸하거나 아니면 자기에게 무관심하다고 했다. 나와 함께 있을 때 지배하고 싶어 하는 그의 정신 때문에 그는 이상하게 더 힘들어했는데 나라는 사람은 사람들의 말을 잘 듣기는 했지만 결코 지배당하지는 않는 사람이었기 때문이다. 특히 그와 있을 때 나의 의식은 본능적으로 아무도 침범할 수 없는 성소 속으로 숨어들었는데 이곳은 헛되고 소란스러운 세상사들과 완전히 동떨어진 세계였다. 그가 인간 행동에 있어 복잡한 이론적 논쟁으로 나를 몰아넣거나 내가 어떤 대단히 모범적인 행동을 좇게 하려고 할 때 혹은 내게는 유치하고 범죄처럼 생각되는 그런 정치적 행동의 필요성을 강변할 때 나는 할 수 없이 그에게 대답할 수밖에 없게 되었다.

논쟁하는 것은 내 천성에 맞지 않고, 또 그랬다가는 내가 사랑하는 사람과 불화하게 되니 내가 그런 대답을 즉시 분명하게 할 때는 나 자신도 놀라 마치 내가 무슨 꿈속에서 말을 한 듯 두려워하며 그의 반응을 살피게 되었다. 나의 대꾸들은 그에게 너무 큰 충격을 주었고, 그는 자신의 존재에 대한 깊은 혐오감 속으로 빠져들었다. 그는 미래에 대한 용기도 잃고 신념조차 잃은 것 같았다. 이것은 강하고 자기 통제력이 있는 사람에게는 좋을지도 모르지만 쉽게 흥분해서 바로 극단적이 되는 사람에게는 좋지 않았다.

그는 내가 나 자신에게도 너무 가혹한 진실을 말한다고 소리치면서 내가 자기보다 더 철학자이며 선각자라 하고 자신은 망상에 빠진 불행한 시인이라고 절규했다. 정말 나도 모를 일이었다. 교만으로 오만하고 궤변적이기까지 하면서도 한편으로는 한없이 겸손하고 순진하며 오리무중인 그의 머릿속은 어떤 경우라도 중간을 모르고 극단적이었다. 그는 자신의 정치적 활동과 직업과 일들을 중단하고 자신의 작은 집에 칩거하며 버드나무 그늘 아래 샘물 소리를 들으며 시인들이나 철학가들의 글이나 읽겠다고 했다.

그러면 나는 그의 용기를 북돋아 주기 위해 그가 너무 강하게 나를 밀어붙여 내가 어이없는 말을 했으며 그가 나를 무기력에서 끄집어내기 위해 했던 그 모든 아름답고 멋진 말들을 상기시켜 주었다는 말을 해주었다. 그의 이론들에 내가 설득되었으며 이후 나는 혁명적인 소명과 민주적인 생각 없이는 결코 아무 말도 할 수 없었다는 말도.

우리는 바부비즘에 대해서는 더는 싸우지 않았다. 그는 다른 이론에 빠져 이 시스템을 잊었다. 그는 다시 몽테스키외를 읽었고 잠깐은 정치적으로 온건한 태도를 취했다. 내가 알기로 그는 항상 읽은 책이나 만나는 사람에게 영향을 받았기 때문이다. 얼마 후 그는 세낭쿠르의 《오베르망》을 읽고는 석 달 동안 광야에 은둔하겠다는 말을 했었다. 그다음에는 종교적인 생각에 빠져 수도승이 되길 꿈꾸기도 했다. 그다음은 플라톤주의자가 되고 그다음에는 아리스토텔레스주의자가 되었다. 그리고 마침내 그의 행적을 내가 놓친 사이에 그는 다시 몽테스키외로 돌아갔다. 이 모든 것에 열광적으로 빠져드는 그는 대단한 시인이자 이론가이며 대단한 예술가였다. 그의 정신은 모든 것을 아우르고 모든 것을 넘어섰다. 저항할 때는 물론이고 자신의 행동거지에서도 늘 도를 넘는 그에게 스토이즘적인 시기가 있었다. 이때 그는 우리에게 에너지를 잘 조절해야 한다는 말을 했는데 그 말은 감동적이기도 하고 코믹하기도 했다.

일반적인 사상을 우리에게 가르칠 때 우리는 그의 이야기를 듣느라 지루할 틈이 없었다. 하지만 이 사상에 대한 개인적인 토론을 벌이기라도 하면 친할수록 그의 감정은 더 폭풍이 되었다. 물론 그것은 분명 위대하고 너그럽고 진지한 폭풍이기는 했지만 그는 지루하고 오랜 논쟁을 견뎌내는 나와는 달랐다. 그의 삶은 늘 그렇게 독수리처럼 휘몰아쳤다. 그는 폭풍 속을 날아다녔다. 그런 삶은 내게는 죽음이었다. 나는 아주 작은 날개를 단 새였으니까.

특히 그에게는 내가 도저히 동의할 수 없는 것이 있는데 바로 즉흥적이라는 거였다. 그는 저녁때 어떤 생각에 대해 조용히 인정하고 갔다가는 다음 날 완전히 달라져서 나타나 전날 조용히 지나갔던 것에 격분했다. 그는 자신을 욕하고 아주 편협한 말을 받아들였던 자신의 야망을 토로하고 나의 양심의 한계를 조롱하며 정치적 복수에 대해 말하고 증오심과 원한을 자기 탓으로 돌리고 자신을 모든 악의 중심으로 만들었는데, 그 안에는 그런 악함이란 없었고 존재할 수도 없었다. 그런 과장된 모습을 보는 것이 좀 지겹기도 했지만 그는 곧 어떤 결론에 도달했다. 그는 항상 어떤 결론에 도달했는데 놀랍게도 그의 생각은 갑작스럽게 완전하게 진화했고 그는 그가 방금 떠올리고 크게 떠들었던 모든 생각을 완전히 잊어버린 것 같았다. 그것은 좀 걱정스럽기도 했지만 나는 예전에 이미 인정했던 것을 인정할 수밖에 없었다. 즉 빛나는 천재들은 때때로 운명적으로 정신이상자처럼 보인다는 것을. 만약 에브라르가 밥을 먹을 때조차도 늘 설탕물만 마시는 것을 몰랐다면 여러 번 나는 그가 취했다고 생각했을 것이다.

나는 이 모든 것을 기분 나쁘지 않게 잘 견딜 만큼 이미 그에게 익숙해져 있었고 그가 위기의 순간을 맞았을 때도 잘 처리해 나갈 수 있었다. 여자의 우정이란 특히나 모성애적이기 마련이다. 그리고 이런 모성애적 감정은 내 삶 속에서 내가 원하는 것보다 더 많은 부분을 차지하고 있었다. 나는 파리에서 에브라르가 심하게 아플 때 그를 돌봐주었었다. 그는 굉장히 아팠는데 그때 나는 매 순간 아주 작은 것에도 따뜻한 배려를 참을성 있게 해주었다. 그리고 그런 일들로 아주 돈독한 우정 관계가 만들어지는 법이다. 이후 그는 나에게 매우 큰 고마움을 지니게 되었고 나는 그를 어린애처럼 애지중지하는 것이 습관이 되었다. 나는 플라네와 며칠 밤 그 곁을 지키면서 열에 들떠 사경을 헤매는 그에게 다정한 말을 해주면서 이겨 내게 했는데 이런 말들은 이 너무나 지적인 사람에게 의사의 약보다 더 큰 효과를 주었다. 나는 그의 헛소리들에 대답하면서 그의 불안을 진정시키고 그의 편지들을 써주고 그의 친구들을 불러오고 그를 난처하게 할 상황들을 피할 수 있게 했다. 모리스도 외출을 나오게 되면 마치 무슨 할아버지에게 하듯 그를 애지중지하며 돌봤다. 그는 나의 아이들을 사랑했고 나의 아이들도 본능적으로 그를 좋아했다.

이런 것으로 우리 사이에는 따뜻한 정이 흘렀고 우리 애정의 순수함은 그것을 더욱 값지게 했다. 나로 말할 것 같으면 그가 내게 너무 무관심해서 사람들은 우리의 관계를 오해할 수도 있었다. 하지만 우리의 친구들은 우리 관계를 잘 알고 있고 모두가 늘 함께하는 것이 더더욱 그 모든 것을 증명하고 있었다. 그런데 나는 완전히 형제 같은 관계를 맺으면 천사처럼 고요한 사이가 될 거라는 착각을 하고 있었던 것 같다. 에브라르는 롤리나처럼 평온한 사람이 아니었다. 순결한 그의 감정은 평온을 몰랐다. 그는 영혼을 독점하고 싶어 했고 이러한 소유에 마치 정부情夫나 남편처럼 질투를 했다. 그래서 그의 폭군 같은 면을 사람들은 비웃었고 그는 그것을 견디고 방어해야만 했다.

나는 3년 동안 이랬다저랬다 하며 지냈다. 그의 영향이 너무 지나치면 나의 이성은 항상 움츠러들었다. 하지만 나의 가슴은 그의 매력적인 우정의 무게를 때로는 즐겁게 때로는 괴롭게 견뎌냈다. 그의 우정은 우리를 행복하게 하고 그런 우정의 대상이 된다는 것을 자랑스럽게 만드는 그런 선한 보물이었다. 그의 성격은 늘 호방해서 사소한 것에 매이지 못했다. 하지만 그의 뇌는 질풍 같아서 그가 괴로워하는 것을 봐야 하고 또 그의 고통을 덜어줄 수도 없다는 사실은 사람들을 잔인하게 괴롭혔다.

이 3년 동안 이런 일은 비록 조금씩 줄어들기는 했지만 여러 번 반복되었다. 그러나 나는 우리의 이러한 견해 차이에 대해서는 그만 이야기하려고 한다. 에브라르는 심한 정신적 동요와 매우 모순된 사상 가운데 여전히 야망이라는 벌레에 좀먹고 있었다. 그는 돈과 어떤 영향력을 사랑하는 것처럼 보였다. 그가 근본적으로 옹졸하거나 추한 생각을 가지고 있다고는 결코 생각하지 않았다. 그가 돈을 잃어 괴로워하거나 혹은 돈을 버는 데 성공한 것으로 크게 기뻐했다면 그것은 힘이 없어 일도 못 하고 자기가 해야 할 의무를 다하지 못할까 두려워하는 환자가 용기를 얻은 당연한 모습일 뿐이었다.

　가난하고 빚투성이였던 그는 부자와 결혼했다. 그것이 잘못은 아니지만 그를 불행하게 했다. 부인에게는 아이들이 있었는데 자신의 개인적 필요로 그들의 재산을 축내는 것을 에브라르는 끔찍하게 생각했다. 그래서 그는 돈에 목말라 있었다. 그들에게 결코 의지하지 않겠다는 생각에서뿐 아니라 데려온 자식들을 처음보다 더 부자가 되게 하겠다는 그런 애정과 자부심 때문인데 그것은 충분히 이해할 수 있는 감정이었다. 일에 대한 열정, 빚에 대한 걱정, 그리고 자기가 흘린 땀으로 재산을 만들겠다는 조바심이 그가 돈을 벌어야 한다고 늘 마음을 짓누르는 진짜 이유였다. 그러니까 이것은 야망과는 거리가 멀었다. 그런데 남자가 정치에 발을 디디게 되면 그는 재산 같은 것은 잊어야 한다. 그렇게 할 수 없는 사람은 그렇지 못한 것을 늘 비난받기 마련이다.

　에브라르의 탐욕은 보다 고차원적인 것이었다. 그는 권력에 목말랐다. 왜일까? 이것은 뭐라 설명할 수 없는, 그라는 인간이 가지고 있는 어떤 욕구 그 이상도 이하도 아니었다. 그는 낭비벽이 있는 사람도, 허풍쟁이도 무슨 복수심이 있는 사람도 아니었다. 권력을 가지고 그는 단지 행동하고 명령하는 데 기쁨을 느꼈다. 그는 자신을 위해 권력을 사용하는 것은 알지도 못했다. 그는 본격적으로 정치 활동을 하기 시작하자마자 자기가 하는 일의 중압감을 못 견뎌 하고 혐오스러워했다. 사람들이 맹목적으로 자기를 따르자 그는 그 광신자들을 불쌍하게 생각했다. 그러니까 결국, 그는 모든 것에 있어서 정신을 잃고 추구하다가는 목표점에 이르면 그것을 다시 넘어서 버리는 것이다.

　하지만 그는 정치가로 사는 것을 만족스럽게 생각했다. 일 처리에서 늘 대장인 것에 익숙하고 자기가 공부하지 않은 분야에서도 본능적으로 어떤 능력을 발휘하고 여러 가지 잡다한 것들을 빠르게 하나로 모으는 능력이 있었다. 피에르 르루만큼이나 기가 막힌 기억력을 타고난 그는 어떤 결론을 끄집어내거나 사실들을 논리적으로 설명하는 데는 이길 자가 없었으니, 항상 자신의 대단한 능력이 목까지 차올라 도저히 행동하지 않고는 견딜 수 없었다. 그는 단조로움을 참지 못했다. 그리고 그런 무기력함 속에 있을 수밖에 없게 되면 결국, 그는 건강을 해쳤다. 그래서 그는 혁명을 성도聖徒가 하늘을 꿈꾸듯 그렇게 꿈꾸었다. 그는 자신을 이런 열망에 사로잡히도록 내버려 두면 그의 영혼은 지쳐 아주 작은 문제와 아주 조금 힘든 일에도 자기 자신조차 통제할 수 없게 된다는 것을 생각하지 못했다.

나는 그의 그런 숙명적인 야망을 좀 죽이고 진정시키려고 해 봤지만 소용없었다. 그 야망에는 분명 좋은 측면도 있을 것이다. 만약 행운이 따라준다면 그것은 수많은 경험과 본능의 도가니 속에서 순수하게 정제될 수 있었을 테니까. 하지만 그의 영혼은 제때 먹이를 찾지 못하고 늘 나동그라졌다. 그러면 혁명적인 것과는 아무 상관없이 그의 영혼은 그를 송두리째 갉아먹어 버렸다.

그는 더 높은 세상을 꿈꾸며, 그의 위대한 욕망에 걸맞은 그런 대단한 삶을 헛되게 갈망하며 이 땅에서 마치 실성한 영혼처럼 살았다. 다른 사람들을 분명히 도취시켰을 그런 명예 같은 것도 그는 경멸했다. 끝없는 능력을 다 사용할 수 없다는 점은 그의 거대한 꿈을 만족시키지 못했다. 이것은 정말 용서할 수 있는 일이니 우리 모두 그를 용서하면 좋겠다. 하지만 그를 우리 가운데 붙잡아 두기 위한 우리의 모든 노력이 허사였던 것은 애석하게 생각하지 않을 수 없다.

게다가 내가 계속 그에게 주의를 기울이라고 한 것은 그의 휴식과 건강만이 아니었다. 정의와 지혜에 대한 그 자신만의 이상에 대한 것도 그랬다. 그것은 내 눈에 그의 본능과 원칙이 타협한 결과로 보였다. 그는 인류의 정신적 진보에 의해 새로워진 신세계를 마음에 품고 있었지만 동시에 이른바 순수한 정무적 감각에 의한 필요성이라 부르는 논리도 수용하고 있었다. 그러니까 어떤 계략이나 협잡이나 심지어 거짓말, 또 진정성 없는 인가나 신의 없는 연합 그리고 가짜 약속 같은 것들 말이다. 그는 여전히 목적을 위해 뭐든 해도 된다는 식의 사람들 중 하나였다. 내 생각에 그는 결코 당의 그런 한탄스러운 결정에 따라 행동하지는 않았다 해도 적어도 그것을 용인하고 어쩔 수 없는 것으로 받아들였는데 그것이 내 마음을 아프게 했다.

얼마 후 불화가 심해지고 서로의 이상도 달라졌다. 나는 사회주의자가 되었고 에브라르는 더는 사회주의자도 아니었다. 그의 사상은 2월 혁명 후 수정되었는데 그것은 그를 때아니게 약간 독재적으로 만들었다. 그런데 지금은 너무 이른 죽음으로 너무나 빨리 끝나 버린 그의 이야기를 계속할 때가 아닌 것 같다. 나는 나 자신이 겪었던 삶의 우여곡절 이야기로 다시 돌아가야 할 것 같다.

결국 나는 그의 행동을 슬퍼하며 부르주를 떠났다. 마음은 그에게서 달아나야겠다는 생각과 그를 괴로운 처지에 내버려 두는 것에 대한 회한으로 왔다 갔다 했다. 하지만 내게도 해야 할 일이 있었고 그것은 그도 잘 알고 있었다.

10. 이 혼

어떻게 될지는 나도 알 수 없었다. 파리로 돌아가는 것은 끔찍했고 아이들과 오래 떨어져 있는 것도 불가능했다. 내가 멀리 여행을 떠나며 아이들에게서 멀리 떠나려던 계획을 포기한 후 이상하게도 나는 단 하루도 아이들과 떨어져 있을 수 없었다. 내 머리가 사회주의적 사상으로 깨어남과 동시에 슬픔으로 마비되었던 내 가슴도 깨어난 것 같았다. 나의 정신 상태가 정상으로 돌아온 것을 느낄 수 있었다. 나는 내가 정말 원하는 것이 뭔지를 느낄 수가 있었다.

하지만 파리에서는 더는 일할 수 없었고 아팠다. 인부들이 건물 1층을 차지하고 있었고 무례하게 호기심으로 찾아오는 사람들과 친구들 때문에 글을 쓸 시간을 방해받았다. 피쉬의 암살 음모로 다시 긴장 국면으로 들어선 정치는 생각할수록 암담한 현실이었다. 사람들은 암살 사건을 빌미로 우리 시대의 가장 순수한 사람인 아르망 카렐을 체포했다. 모두 9월의 법령을 향해 큰 걸음으로 다가가고 있었고 민중들도 그저 지켜보고만 있었다. 나는 4월 재판 동안 그리 큰 희망을 가지고 있지 않았다. 하지만 아무리 모두가 그렇게 이성적이고 염세적이었다고 해도 그 순간 공기 중에는 뭔지 모를 생명의 숨결이 죽음의 차가운 숨결 속으로 떨어져 나가는 것을 느낄 수 있었다. 공화국은 새로운 때를 위해 지평선으로 도망치고 있었다.

라므네가 라슈네에 와서 며칠 있다 가라고 나를 초대했다. 나는 출발했지만 가다가 곧 멈춰 섰다. 도대체 이렇게 서툴고 이렇게 말도 없고 이렇게 데면데면한 내가 가서 대체 뭘 할 수 있을 것인가! 그는 너무 바빠서 감히 1시간도 함께하자고 하기 힘들 것이었다. 파리에서는 그래도 몇 번 시간을 내준 적이 있었지만 며칠 동안을 함께한다는 것은 감히 나도 받아들일 수 없는 일이었다. 하지만 이런 내 생각은 틀린 생각이었다.

이후에 알게 되었지만 당시 나는 그가 얼마나 친절한 사람인지를 잘 모르고 있었다. 나는 내가 따라갈 수도 없는 대단한 사람과 함께해야 하는 것을 두려워하고 있었다. 그의 가장 별 볼 일 없는 제자도 나보다는 더 깊은 대화를 나눌 수 있었으니까. 그런데 나는 그가 치열한 지적知的 싸움에서 휴식을 원한다는 것을 몰랐다. 모두가 모든 것에 결코 포기를 모르고 열심히 이야기했다. 게다가 이 위대한 인물은 대화하는 사람들에게 너무 쉬운 상대였다. 사람들은 아무것도 아닌 것을 가지고 그를 놀려댔다. 그리고 그는 얼마나 잘 웃는지! 그는 에브라르처럼 웃었다. 그러니까 너무 웃어서 배가 아플 정도로 말이다. 하지만 그보다 더 자주 그리고 더 쉽게 웃었다. 그는 어디선가 눈물은 천사의 것이고 웃음은 악마의 것이라고 쓴 적이 있다. 그 글 안에서는 아름다운 표현이었지만 실제 우리 삶에서 웃음은 마치 마음의 노래와 같다. 정말 기쁜 사람은 늘 좋은 사람이다. 그리고 그가 그것을 증명해주고 있었다.

그래서 나는 라슈네에 가지 않았다. 나는 가다가 돌아와 파리로 가서 노앙으로 가라는 오빠 편지를 받았다. 오빠는 내 편에 서서 남편에게 내 집과 내 땅을 포기하게 하려고 작정하고 있었다. 오빠는 이렇게 말했다.

"카지미르는 영지와 그것에 들어가는 비용 때문에 골머리를 썩고 있어. 그는 어찌할 바를 모르고 있다. 너라면, 네 일도 하면서 문제를 해결할 수 있을 거야. 그는 파리나 미디에 있는 새엄마 집에 가서 살길 원한다. 아마도 그는 너희들 수입의 반을 가지고 네 집에서는 즐길 수 없는 화려한 싱글의 삶을 더 잘 즐길 수 있을 거다…."

오빠는 얼마 후에 남편 편을 들며 내 반대편에 서긴 했지만 이때는 아주 스스럼없이 엄하게 "너는 이렇게 너의 이익을 포기해서는 안 된다. 아이들을 위해서도 그래서는 안 되지." 등의 말을 하며 내가 없는 동안 노앙이 어땠는지 설명해주었다.

당시 오빠는 더 이상 노앙에 살지 않고 여러 나라를 돌아다녔다.

나는 오빠의 충고를 따라야 한다고 생각했고 사실 뒤드방 씨도 베리를 떠나기로 마음먹고 있었고, 내 영지의 관리와 수입금을 내게 넘기려 하고 있었다. 그런데 그런 결심을 하면서 그는 너무나 분통스러워해서 나는 강요하지 않았고 다시 집을 떠나 버렸다. 돈 문제로 싸울 자신이 없어서 말이다. 하지만 그런 싸움은 필요했고 몇 주 후에는 도저히 피할 수 없었다. 싸워야 할 더 심각한 이유가 생겼고 또 무엇보다 아이들을 위해 또 그다음으로는 내 친구들과 이웃들을 위해 그리고 어쩌면 할머니에 대한 추억을 위해서도 꼭 해야만 하는 싸움이었다. 할머니가 나의 삶을 보호하기 위해 피난처로 준 이 집은 할머니가 마지막까지 그렇게 애를 쓰며 지키려 했던 할머니의 생각을 완전히 무너뜨리고 있었으니까.

1835년 10월 19일, 모리스의 방학이 끝나갈 무렵 노앙에 있을 때였다. 내가 무슨 말이나 혹은 표정조차 짓지 않았는데 한바탕 폭풍이 일고 나는 내 작은 방에 칩거해 버렸다. 모리스는 울면서 나를 따라왔다. 나는 다시는 이런 일이 없을 거라며 아이를 진정시켰다. 별 뜻도 없는 약속이지만 아이는 이 말에 진정되었다. 하지만 내 생각에 이 말은 결정적이고 확고한 결심이었다. 나는 아이들이 그때까지 몰랐던 그런 싸움을 다시 보게 하고 싶지 않았다. 그런 싸움으로 결국, 아이들이 자기들 아버지와 혹은 나에게까지 존경심을 잃을 것 같았다.

며칠 전, 남편은 다음 달 11월 11일부터 내 수입의 반 이상을 그에게 양도하는 계약서에 사인했다. 이 집과 딸의 양육권을 나에게 주는 이 계약은 그가 마음을 바꿔도 달리 어떻게 할 수가 없었다. 그동안 그의 행동이나 그가 내뱉은 말들을 생각해 보면 그는 두 번이나 약속했던 것들을 헌신짝처럼 무시했었다. 그것이 그의 권리였고 결혼했으니 당연하다는 식이었다. 우리 법에 의하면 남편은 주인이고 주인은 뭐든 다 할 수 있어야 했으니까.

모리스가 잠이 들었을 때 뒤테이유가 내 곁으로 와서 내 생각을 물었다. 그는 드러내 놓고 남편의 그런 행동을 비난했다. 그가 어떤 타협안을 제시했지만 우리 둘 다 받아들이지 않았다. 나는 그의 관심에 고마움을 표했지만 방금 내가 했던 결심에 대해서는 의논하지 않았다. 나는 롤리나의 생각을 들어야만 했다.

나는 밤새 생각에 골몰했다. 나의 권리에 대한 생각으로 머리가 꽉 차 있다 보니 나의 의무들이 너무 가혹하게 느껴졌다. 나는 너무나 오랫동안 너무나 나약했고 나 자신의 삶에 대해 생각하지 않고 살았다. 이것이 아이들 정신 교육과 아무 상관없이 단지 나만의 개인적 문제라면 나는 나 자신을 희생하고 내가 결코 만족시킬 수 없는 사람을 마음대로 살게 내버려 두면서 어떤 만족감을 느꼈을지도 모른다. 13년 동안 그는 내게 속한 부를 즐기며 살았고 나는 그를 즐겁게 하기 위해 손을 댈 수도 없었다. 나는 평생 그에게 그것을 줄 수도 있을 것이고 그는 그것을 즐길 수도 있을 것이다. 어젯밤에만 해도 그가 걱정하는 것을 보고 나는 이렇게 말했다.

"여기를 관리하는 게 진짜 싫다고 당신은 말했지만 정작 노앙을 떠나기가 아쉬운가 보네요. 당신을 거기서 해방시키는 것이 다 좋자고 하는 일 아닌가요? 이곳의 문이 당신에게 항상 닫혀 있을 거라고 생각하세요?"

그러자 그는 대답했다.

"나는 내가 주인이 아닌 이곳에는 다시는 한 발도 들여놓지 않을 거야."

그리고 바로 다음 날부터 그는 자신만이 이곳의 주인이 되고 싶어 했다. 더는 그를 믿을 수도 없었고 믿어서도 안 되었다. 나는 그에게 어떤 원한도 없었다. 그는 되는대로 행동하며 사는 것 같았다. 나는 나의 운명을 그와 분리해야만 했다. 아니면 지금까지보다 더 희생해야만 했다. 그러니까 아이들 앞에서의 품위도 포기하고 나 자신, 그리 중요하게 생각하지는 않았지만 어쨌든 아이들 덕분으로 살고 있는 나의 삶도 더 희생해야만 했다.

아침부터 뒤드방 씨는 라샤트르로 갔다. 그는 더는 예전처럼 집에만 붙어 있지 않았다. 그는 일주일 내내 낮에 집을 비웠다. 적어도 모리스 방학 동안 내가 집과 아이들을 돌보기 위해 그곳에 있는 것을 그렇게 싫어해서는 안 될 터였다. 나는 하인들을 통해 그의 계획이 바꿔지는 않았다는 것은 알고 있었다. 그는 다음 날인 21일 파리로 돌아가 모리스는 학교에, 솔랑주는 어린이집에 보낼 예정이었다. 그것은 이미 얘기가 된 일이었다. 그리고 나는 며칠 후 그들과 합류하기로 되어 있었다. 그런데 새로운 상황으로 나는 생각을 바꾸게 되었다. 나는 남편을 파리에서도 노앙에서도 보지 않기로 결심했다. 그리고 그가 떠나기 전에도 그를 노앙에서 다시 보지 않기로 했다. 만약 모리스와 방학의 마지막 날을 함께 보내려는 생각이 없었다면 나는 즉시 집을 나갔을 것이다. 나는 작은 말과 허름한 마차에 아이들을 싣고 바브레이 숲으로 갔다. 하인들도 없이. 그곳은 아주 아름다웠는데 늙은 전나무 그늘 아래 이끼 위에 앉아 눈으로 누아르 계곡의 슬프고 심오한 지평선을 바라보고 있었다.

날씨는 너무 좋았다. 모리스는 나를 도와 우리 곁에서 풀을 뜯는 작은 말을 풀어주었다. 가을의 따뜻한 해가 수풀을 빛나게 하고 있었다. 칼과 바구니를 가지고 우리는 이끼들과 망울이끼목들을 모았다. 그것은 말가쉬가 자기는 먼 곳까지 다 가볼 수가 없으니 혹시 보게 되면 채집해 달라고 부탁한 것이었다.

그래서 우리는 보이는 걸 다 모았다. 아이들 중 한 명은 어젯밤 그 폭풍 같던 싸움을 보지 못했고 다른 하나는 아직 어려 벌써 그것을 다 잊어버렸는지 모두 소리치고 달리고 웃으며 잡목림 사이를 뛰어다녔다. 뭔가를 열심히 찾아다니던 그 즐거움, 그 기쁨은 예전에 엄마 곁에서 우리의 그 작은 동굴을 장식하기 위해 뛰어다녔던 그때를 회상케 했다. 그런데 세상에! 이로부터 20년 후 힘이 넘치고 행복하고 아름다움으로 빛나던 또 다른 아이 하나가 나무의 이끼 위를 뛰어다니며 자기 엄마가 예전에 한 것처럼 또 내가 했던 것처럼 치마의 주름 속에 이끼를 주워 담으며 내 곁에 있었다. 똑같은 장소에서 똑같은 놀이를 하며 같은 동화 속 환상을 꿈꾸며 말이다! 그 아이는 지금 할머니와 아버지 사이에 잠들어 있다!39 지금 이 순간에도40 나는 글을 쓰기가 힘들다. 이 세 명에 대한 기억은 내 가슴을 짓누르고 나를 숨 막히게 한다.

우리는 작은 바구니를 들고 간식을 먹기 위해 나무 그늘로 갔다. 우리는 밤이 다 돼서야 돌아왔다. 다음 날 아이들은 뒤드방 씨와 출발했는데 그는 라샤트르에서 밤을 새우고 와서는 나를 보려고도 하지 않았다.

나는 아무런 설명도 하지 않기로 결심했다. 하지만 어떻게 이 피할 수 없는 논쟁을 피할 수 있을지 그 방법을 알 수 없었다. 어릴 적 친구인 귀스타브 파페가 나를 찾아왔다. 나는 그에게 이 사건에 대해 이야기하고 함께 샤토루로 떠났다.

롤리나는 내게 말했다.

"이 상황에서는 재판에 의한 별거 외에는 어떤 해결방식이 있는지 모르겠어. 그것은 의심의 여지가 없는 일인데, 네게 그런 용기가 있는지 모르겠네. 재판은 아주 야만적이야. 그런데 너처럼 약해 빠진 사람이라면 상대를 상처 주고 공격해야만 하는 일에서 뒷걸음질 칠 테지."

---

39 〔역주〕 1855년 6월에 죽은 손녀딸 잔을 말한다.
40 1855년 6월.

나는 그런 스캔들을 피할 방법은 없는지 물었다. 그리고 그다음 단계에 대해 말해 달라고 했다. 그가 말을 마쳤을 때 우리는 남편이 자기 마음대로 정해놓은 그의 지위를 변함없이 인정해 주면 그가 변호사도 공개 변론도 없이 그냥 판결을 받아들일 거라고 생각했다. 그리고 그렇게 우리 사이의 계약을 법적으로, 그러니까 현실적으로 하려는 것이 나의 의도이기도 했다.

그런데 이 모든 문제에 롤리나는 에브라르에게 자문을 구하고 싶어 했다. 그래서 우리는 같은 날 노앙으로 돌아왔다. 그리고 저녁만 먹고 같은 역마차를 타고 부르주로 떠났다.

에브라르는 상원에 벌금을 내고 감옥에 있었다. 이 도시의 감옥은 부르고뉴 공작들의 오래된 성이었다. 밤에 그늘진 그 성은 아주 침통해 보였다. 우리는 간수를 매수했고 그는 우리가 벽 틈을 거쳐 어둠 속에서 갤러리를 지나 이상한 계단까지 가게 했다. 그리고 보초 소리가 나자 그는 나를 열린 문 쪽으로 밀어 넣고 문을 닫아 버렸고 롤리나도 어딘가에 쑤셔 박아 버렸다. 그리고 상관이 지나가기를 기다렸다.

나는 주머니에서 담배를 피우기 위해 가지고 있던 성냥개비 하나를 꺼냈다. 그리고 내가 있는 곳이 어딘지 둘러보았다. 그리고 탑의 아래 아주 음산한 감옥 속에 있는 것을 알았다. 두 걸음 떨어진 곳에는 땅에 닿을 듯 말 듯한 지하 계단이 감옥 깊숙이 내려가고 있었다. 나는 들킬까 봐 급히 성냥을 끄고 가만히 있었다. 이 이상한 곳에서 손을 더듬어 걷는 것이 얼마나 위험한지를 알았기 때문에.

나는 거기에 15분 정도 있었는데 그 시간은 너무 길게 느껴졌다. 마침내 남자가 와서 나를 나오게 하고는 에브라르가 있는 곳으로 데려다줬다. 그곳에서 미리 귀스타브에게 이야기를 들은 에브라르는 새벽 2시까지 충고를 해주었다.

그는 아주 빠르고 모호하게 자신이 깊이 생각해 온 것을 말해주었다. 만약 성공할 수 없다면 뒤드방 씨와 사이가 좋은 친구들은 이 일을 모르는 것이 좋았다. 에브라르는 나의 결혼 생활에 대한 이야기를 다 들었다. 그리고 그동안 내가 무슨 생각을 하고 견뎌왔는지를 알고 나서는 그도 롤리나처럼 법적인 별거를 해결책으로 제시했다. 심사숙고 끝에 나의 행동 방침이 결정되었다. 먼저 법원 판사의 청원서를 남편에게 급하게 보내야 했다. 이렇게 일단 일을 진척시켜 그가 어쩔 수 없이 그 결과를 받아들일 수 있게 하기 위해서였다. 내가 왜 그런 결정을 하게 됐는지 그 이유를 만천하가 다 알게 되는 것을 피하기 위해 그가 변론 없이 그것을 받아들일 거라는 데에는 모두 의심의 여지가 없었다. 그리고 재판 후에 뒤드방 씨가 분명히 듣게 될 다른 나쁜 충고들도 피할 수가 있을 거라고 생각했다.

나는 고소인의 권리로 부부가 함께 사는 거처에는 들어가지 말아야 했다. 그리고 판사가 내 임시 거처를 정해줄 때까지 라샤트르의 친구들 중 한 명 집에 가 있어야 했다. 제일 나이가 많은 사람은 뒤테이유였다. 하지만 남편의 친구였던 뒤테이유가 이런 상황에 나를 받아들여 줄까? 그의 부인과 여동생의 경우에는 의심의 여지가 없었지만 남자의 경우에는 시도해 봐야 알 일이었다.

간수가 와서 이제 날이 밝으니 우리가 나가야 한다고 했다. 이렇게 몰래 들어와 밤새도록 있는 것은 감옥 규정에 어긋나는 일이니까. 나오는 것은 쉽게 나왔다. 우리는 다시 역마차를 타고 라샤트르의 뒤테이유를 급습했다. 30시간 동안 우리는 216킬로미터를 거의 낡아 부서진 역마차를 타고 달린 것이다. 한순간도 정신 줄을 놓지 않고 말이다. 나는 뒤테이유에게 말했다.

"나 여기서 좀 지내려고 왔어요. 당신이 쫓아내지 않는다면 말이에요. 뒤드방 씨에 대해 나쁜 얘기는 하지 않아도 돼요. 당신 친구이기도 하니까요. 당신을 증인으로 부르지도 않을게요. 판결이 나는 대로 당신에게 우리 사이의 중개자 역할을 맡길게요. 그러니까 남편에게 내 쪽에서 가능한 가장 좋은 조건을 약속할게요. 당신이 그런 역할을 할 거라는 것을 지금 당장 그에게 말해도 좋아요. 그것은 명예롭고 쉬운 일이니까요."

어떤 경우라도 솔직한 뒤테이유는 말했다.

"여기 있어도 좋아요. 나를 다른 친구들보다 먼저 생각해주니 고맙네요. 무슨 일이 있든 나를 믿어도 좋아요. 재판에 관해서는 얘기를 들어봅시다."

나는 대답했다.

"먼저 저녁 좀 줘요. 배가 고파 죽을 지경이니까. 그리고 노앙으로 내 슬리퍼와 서류들을 찾으러 가야겠어요."

그는 말했다.

"내가 데려다줄게요. 가면서 이야기합시다."

저녁으로 좀 기력을 차린 나는 그와 함께 멋진 마차를 타고 갔다가 2시간 후에는 다시 그의 집으로 돌아왔다. 그는 조용히 내 말을 들었다. 재판의 이런저런 경우에 대한 심각한 질문 외에는 아무것도 묻지 않고 자신의 의견도 말하지 않았다. 마침내 마을로 들어서는 포플러 나무 길에 이르러 그는 이렇게 사태를 요약했다.

"나는 당신 남편과 오빠의 유쾌한 동료이며 친구였지요. 하지만 당신과 함께 있을 때 나는 내가 당신 집에 있다는 것을 절대 잊지 않았고 또 엄마처럼 대해주던 당신에게 끝없는 존경심을 품고 있었지요. 때때로 나는 저녁 먹고 당신이 글을 쓰는 동안 시끄럽게 떠들며 당신을 정신없게 하기도 했지요. 그것은 정말 나도 어쩔 수 없는 일이었는데, 정말 기적처럼 당신이 뭐라고 한 마디만 하면 술이 다 깨고 정신을 차렸지요. 당신 잘못은 너무 착해서 나를 버릇 나쁘게 한 거예요. 그래서 어떻게 됐는지 알아요? 12시간 동안 신나게 당신 남편과 떠들며 즐기다가 갑자기 내가 당신 친구란 생각이 들며 슬퍼졌었지요. 내 아내와 아이들 다음으로 당신은 내가 세상에서 제일 사랑하는 사람이에요. 지금 2시간 동안 내가 내 생각을 말하지 않은 것은 당신이 법정싸움을 시작하며 너무 힘들고 슬플까 봐 그런 거였지요. 하지만 어쩌면 그냥 조용히 우리 마을을 벗어나지 않고 끝날 수도 있지요. 카지미르가 내 충고를 듣는다면 말이지요. 누군가 그에게 이로운 쪽으로 말을 해줘야 할 것 같은데 내가 그를 잘 설득할 수 있을 것 같아요."

그리고 우리가 마을 입구에 이르러 노새 등을 타고 작은 다리를 건널 때 그는 말에 채찍을 때리며 아주 유쾌한 소리로 "가자! 에르미온을 처리해 버리자고!"라고[41] 소리쳤다.

그래서 나는 몇 주간 그의 집에 머물렀다. 라샤트르의 한복판에서

---

41 〔역주〕 라신의 희곡 《앙드로마크》 3막 1장에 나오는 문구이다.

사람들이 다 보는 가운데 있어야 할 것 같은 생각이 들어서였다. 그리고 나의 이상스러운 성격에 대해 사람들이 얘기했던 모든 이야기를 잠재워야 했다. 이 대단한 이야기들은 내가 파리에서 작가로 살면서부터 엄청나게 부풀려졌다. 내가 아무것도 숨기는 것이 없고 가식적이지도 않다는 것을 사람들이 알게 하는 것은 쉬웠다. 그 유명한 노래에42 대한 원한들도 있었고, 남편의 권위에 대한 광적인 주장들도 얼마간 내게 불리하게 작용하기는 했었다. 하지만 대체적으로 모든 편견이 사라졌고 만약 아이들과 함께 있었다면 그 시간들은 내 평생 가장 즐거웠던 순간들 중 하나가 되었을 것이다. 나는 그들을 위해 싸웠으니 인내할 수 있었다.

뒤테이유 가족은 바로 내 편이 되었다. 그의 아내인 예쁘고 매력적인 아가스타와 시누이인 멋진 펠리시, 너무나 똑똑하고 마음도 따뜻한 두 사람은 내게 자매 같은 사람들이었다. 드사쥐 부부가(부인은 뒤테이유의 여동생) 같은 집 1층에 머물고 있었다. 우리는 저녁마다 14명이 모였는데 그중 아이들이 7명이었다.43 샤를과 외제니 뒤베르네, 알퐁스와 로르 플뢰리, 플라네가 라샤트르에 있었다. 귀스타브 파페도 파리에서 왔을 때, 또 다른 몇몇 뒤테이유 가족들이 우리를 자주 찾아왔다. 우리는 아이들을 위해 수수께끼 같은 놀이를 하고, 가장 놀이와 춤과 아이들이 할 수 있는 게임을 했는데, 이것은 아이들을 너무나 행복하게 했다. 아! 이 행복한 아이들의 끝없는 웃음소리들은 얼마나

---

42 〔역주〕 앞서 라샤트르의 귀족들을 흥보며 친구들과 지은 노래를 말한다.
43 이 아이들 중 한 명인 뢱 드사쥐는 피에르 르루의 제자이며 사위가 되었다.

좋은지! 얼마나 온 마음을 다해 놀던지! 나도 덩달아 아이가 되었고 그들의 마음을 사로잡았다. 아! 그래! 이것이 나의 제국이었고 나의 소명이었다. 나는 아이들 보모나 학교 선생님이 되었어야 했다.

10시에 아이들은 자러 갔다. 11시에 다른 가족들은 헤어졌다. 내게 천사 같은 펠리시는 나의 작업 테이블과 야참을 준비했다. 그리고 자매인 아가스타를 재우러 갔다. 아가스타는 아주 심각한 신경병을 앓고 있었는데 아이들과 흥분해서 논 다음에는 거의 죽은 듯 기절했다. 우리는 그녀를 재우기 위해 잠시 이야기를 나누거나 혹은 그녀가 혼자 잠을 청할 것 같으면 뒤테이유와 플라네와 이야기를 나누었다. 이들은 너무나 이야기하기를 좋아해서 또 밤을 새우지 않기 위해서는 보내 버려야만 했다. 자정이 되면 나는 날이 밝을 때까지 글을 썼다. 때로는 어떤 이상한 짐승들 울음소리가 날 흔들기도 했다.

내 창 앞의 좁고 험하고 더러운 골목 안에는 아주 옛날부터 'A la Boutaille'라는 간판이 있었다. 뒤테이유는 이 간판을 읽으며 만약 이 잘못된 철자가44 고쳐지는 때는 베리의 모든 것이 다 변했을 테니 이제 자기는 죽을 일만 남았을 거라고 말했다.

부타유Boutaille 여관은 밤에만 오는 어떤 늙은 무당이 운영했는데 이 지저분한 집은 원래 유랑 요술단들이나 수상한 보부상들이나 동물 조련사들이 머무는 곳이었다. 마르모트나 춤추는 개들, 털 빠진 원숭이, 특히 재갈을 물린 곰들이 길 쪽으로 난 지하실에서 훈련을 받고

---

44 〔역주〕간판의 'boutaille'는 술병을 뜻하는 'bouteille'의 오자이다.

있었다. 이 불쌍한 동물들은 긴 여행에 지치고 매를 많이 맞아서, 밤에는 괜찮다가도 날이 밝기 시작하면 배고프고 힘들어 이리저리 움직이고 서로 싸우고 환기창으로 기어올라 신음소리를 내며 아주 괴상한 소리들을 질러냈다.

그다음 장면들은 너무나 신기해서 나는 가끔 내 들창을 통해 그들을 보며 즐기기도 했다. 부타유 여관의 주인인 고드롱 부인은 손님들이 어떤 사람들인지 잘 알아서 그들이 출발하는 것을 보기 위해 제일 처음 아주 조용히 일어났다. 그들 쪽에서 보자면 그들은 돈을 안 내고 출발하기 위해 더듬더듬 준비를 했고 그들 중 한 명은 짐승 쪽으로 내려가 놈들이 소리 지르도록 흥분시켰다. 동료들이 도망가는 소리를 듣지 못하게 말이다.

이들의 민첩함은 상상을 초월했다. 대체 어떤 자물쇠 구멍으로 그들이 도망갔는지는 몰라도 그렇게 지키고 소리를 감시해도 결국, 어떤 한 아이가 울면서 남아 짐승들과 함께 버림받았으며 여관비를 낼 돈도 없다는 소리를 듣는 경우가 허다했다. 그럼 어쩌겠는가? 동물들을 동물 우리에 넣고 경찰이 범인들을 잡을 때까지 먹여야 하나? 그건 더 손해 보는 짓이니 그 가짜로 버림받았다는 아이와 배고프다고 울부짖는 동물들을 다 내보낼 수밖에 없는 것이다.

그들이 정직하게 돈을 지불한 경우 늙은 여관 주인은 또 다른 걱정거리가 생긴다. 그녀는 특히 젠틀맨인 체하는 사람들과 물건을 팔고 사는 걸 경멸하는 인간들을 더 믿지 못한다. 그래서 그녀는 그들의 짐 주변을 샅샅이 뒤지고 자기의 놋수저들과 옷가지들을 세고 또 센다. 만약 당나귀라도 타고 온 손님이라면 당나귀의 짐이 제일 큰 걱정거리인데, 떠나기 직전 무슨 핑계를 대든 나귀의 짐 아래로 손을 넣어 확인해 보아야만 했다. 하지만 아무리 조심하고 조심해도 그녀가 물건을 잃어버렸다고 손님을 욕하지 않고 지나가는 날은 거의 없었다.

희미한 달빛 아래, 혹은 겨울 새벽의 어스름한 여명 속에서 삭풍에 100년도 더 된 간판이 삐꺽거리고 유령처럼 창백한 보헤미안들이 눈으로 덮인 길로 나설 때 얼마나 아름다운 드캉프의 작품과 얼마나 환상적인 칼로의45 작품들을 그곳에서 보았던지! 때로는 더러운 색색가지의 누더기를 입은 검게 탄 여자가 길에서 훔쳤는지 아니면 샀는지 발그스름하고 불쌍한 아이를 손에 안고 있었고, 때로는 자기 원숭이보다 더 못생긴 작은 사보이 지방 사람도 있었고, 때로는 이륜마차 같은 것에 마누라와 여러 가족을 태우고 가는 사거리 장사도 있었다.

모두가 무섭고 흉측했지만 종종 아주 흥미로운 모습도 가끔 있었다. 프레데릭 르메트르가 아름답게 이상화시킨 것 같은 슬프고 지친 어릿광대, 또 거장처럼 바이올린 줄을 거칠게 연주하는 늙은 거지 연주자, 15살의 애인 품에 안겨 봄과 사랑을 노래하며 웃는 마르고 창백한 어린 서커스단 소녀들. 그들은 얼마나 비참하게 하지만 얼마나 무사태평하게 울며 노래하며 그 먼 길 때로는 언 길을 가는지, 그 길 끝에는 자선 시설조차 없는 그 길을 말이다!

1836년 2월 16일, 법원은 내 편을 들어 별거하라고 판결했다. 뒤드방 씨는 이의가 없었다. 그래서 우리 모두는 그가 이 해결책을 받아

---

45 〔역주〕 보헤미안들을 그린 화가와 조각가의 이름이다.

들였다고 믿었다. 이제 나는 노앙의 집을 합법적으로 소유할 수 있게 되었다. 법원은 집과 아이들 교육을 내게 맡겼다.

나는 일을 좀 더 진전시켜야 한다고 생각했다. 남편은 뒤테이유에게 갈 수 있다는 듯이 편지를 썼다. 나는 정리하고 처리하기 위해 그가 오는 것을 기다리며 몇 주를 노앙에서 보냈다. 뒤테이유는 내 편에서 가능한 모든 것을 맡아서 했다. 나는 만나서 싸우는 것을 피하기 위해 뒤드방 씨가 라샤트르에 오자마자 파리로 가 버렸다.

그래서 겨울 어느 맑은 날 나는 노앙에 가서 할머니가 돌아가시고 처음으로 더는 어떤 불협화음으로도 방해받지 않는 달콤한 귀향을 맛보았다. 나는 일을 제대로 하기 위해서보다는 돈을 아끼기 위해 내 대신 명령하고 살던 하인들을 모두 내보냈다. 그리고 오로지 할머니 때부터 뜰 안 쪽 정자에서 아내와 살던 늙은 정원지기 한 명만 남겨 두었다. 그러니까 이 고요한 집에는 완전히 나 혼자였다. 나는 라샤트르의 친구들도 부르지 않았다. 어떤 불미스러운 일도 피하고 싶어서였다. 우리 지방에서 말하듯 집들이를 하고 보란 듯이 승리의 파티를 벌이는 것이 그리 좋아 보이지는 않았다.

그러니까 이것은 완전한 고독이었다. 평생 처음으로 '아무도 없는 집'이 되어 버린 노앙에서 살고 있는 거였다. 아무도 없는 집은 오랜 나의 꿈이었다. 어떤 불안함도 없이 가정의 따뜻함이란 것을 맛볼 수 있을 때까지 나는 어디 모르는 곳으로 도망가 다 허물어져 가는 집이든 오두막이든 간에 집을 하나 얻어 사람 소리를 듣지 않고 일할 수 있기를 꿈꿔 왔었다.

그런데 바로 그때 그 순간만큼은 노앙이 그런 곳이었다. 왜냐하면,

이때도 내 삶의 모든 짧았던 휴식들처럼 아주 짧은 순간에 지나지 않았기 때문이다. 내게 환상적인 이상이었던 그 시간이 말이다. 나는 그곳을 정리하며, 그러니까 내 마음대로 어지러뜨리는 것을 즐겼다. 나는 힘든 추억을 떠올리게 하는 모든 것을 치우고 모든 가구를 어린 시절 보던 그 자리로 옮겼다. 정원지기 부인은 내 방을 정리하고 저녁을 가져다줄 때만 들어왔다. 저녁을 가지고 가면 나는 밖으로 난 문을 모두 잠그고 집 안의 모든 문을 열어 놓았다. 나는 많은 초들을 켜고 1층의 이어진 큰 방을 걸어 다녔다. 내가 항상 자던 작은 구석방부터 큰 벽난로가 있는 큰 살롱까지. 그다음 나는 모든 불을 끄고 거의 꺼져 가는 불을 들고 걸으며 젊은 시절의 재미있고 달콤했던 추억을 떠올리기도 하고, 또 신비하고 멜랑콜리한 생각으로 가득 찬 어두움이 주는 감정을 즐기기도 했다. 또 시간이 흘러 흐려진 거울들 앞에서 마치 유령처럼 무서운 표정을 지어 보기도 했는데, 텅 빈 공간에서 울리는 내 발걸음 소리는 마치 데샤르트르의 그림자가 내 뒤에 있는 듯 으스스하기도 했다.

나는 아마도 3월쯤 파리로 간 것 같다. 뒤드방 씨는 법원 판결문보다 훨씬 자기 쪽에 유리하게 작성된 합의문을 받으러 라샤트르로 왔다. 그런데 사인을 하려다가도 그는 다시 생각해 봐야겠다며 거부했다. 그는 일처리를 아주 잘못하고 있었다. 그는 나의 오빠란 작자가 해준 한심스러운 충고로 화가 나 있었는데, 오빠는 변덕이 죽 끓듯 해서 처음에는 내가 싸움에서 이길 수 있도록 모든 조심을 다하게 하더니 그다음에는 나에게 등을 돌렸다. 남편의 새엄마인 뒤드방 부인도

싸움을 계속해 나가는 데 빼놓을 수 없는 원인이었다. 왜 그런지 이유는 알 수 없지만 그녀는 나를 죽어라 혐오했다. 아마도 죽어가면서 그녀는 누군가를 미워해야만 할 필요가 있었는지도 모르고, 또 그녀가 죽을 때 모두를 특히 제일 먼저 내 남편을 미워하기 위해 필요했던 것인지도 모르겠다. 어쨌든 사람들이 말하기를 그녀는 전처소생 아들이 나와 화해하지 않을 때에만 유산을 상속한다는 조건을 붙였다고 한다.

남편은 다시 말하지만 일처리를 아주 잘못했다. 별거를 거부하면서 내게 쫓겨난 것이 분명한 2명의 하녀들이 써준 청원서를 법정에 제출하려 했고 한 유명한 변호사는 그것을 증거자료로 쓰려고 했었다. 그 변호사의 충고는 때때로 아주 끔찍한 결과를 가져오기도 했는데 그의 명예도 손상시키고 내 가슴도 갈가리 찢어 놓았던 최근의 상황이 그것을 잔인하게 증명해주었다. 46

부부 사이의 일에 끼어든 그의 변론은 쉽게 끝날 수 있을 일을 아주 지저분하게 만들었다. 그 사람은 판사들에게 너무나 지나치게 어필했다. 재판관들은 그렇게도 내가 남편에게나 나 자신에게나 이상스러운 사람임에도 왜 남편이 나 같은 사람과 헤어지고 싶어 하지 않는지 이해하지 못했다. 그들은 너무나 끔찍한 험담을 들은 후 처음 했던 판결의 이유를 지워 버리고 1836년 처음과 같은 내용으로 더 확고한 판결을 내렸다.

---

46 〔역주〕이 글을 쓸 당시 딸 솔랑주 부부와 상드가 금전과 관련해서 했던 소송에서도 이 변호사가 변론을 맡았었는데 이 변호사의 충고는 솔랑주의 딸인 잔의 죽음에 간접적인, 아니 거의 확실한 원인이 되었다. 손녀딸 잔의 죽음은 상드의 가슴을 갈가리 찢어 놓았다.

나는 라샤트르의 뒤테이유 집에 돌아와 밤새도록 계획을 짜고 도망갈 준비를 했었다. 내 생각에 만일 그 말도 안 되는 청원서가 인정된다면 1만 프랑 정도를 빌려 아이들을 데리고 미국으로 갈 수 있겠다고 확신했다. 지금 나는 솔직히 법의 판결에조차 저항하려고 했던 나의 확고한 의지를 고백할 수 있다. 그리고 지금 감히 대놓고 말하지만 이혼 법은 지금도 양심에 비추어 너무나 문제가 많은 법이다. 그래서 미래에는 반드시 지혜롭게 다시 재고해야 할 제일 첫 번째 법일 것이다.

이 법이 악법인 제일 중요한 이유는 이혼 사유가 만천하에 공개되어야 한다는 것이다. 이 법은 부부 중 더 불만족스럽고 더 상처받은 한 명으로 하여금 끔찍한 삶을 그저 감내하게 만들거나 아니면 자신의 영혼의 상처를 다 까발리도록 한다. 상처 입힌 사람의 잘못들을 만천하에 공표하지 않고 법정에서 자신의 상처들을 내보이면 재판장은 그 비밀을 지켜주는 것으로도 충분하지 않을까?

사람들은 증인을 세우라 하고 증인 심문을 한다. 또 그것을 적어 특별한 잘못을 게시한다. 그리 크지도 않았을 아이들에 대한 영향을 없앤다는 이유로 한쪽은 다른 한쪽에게 돌이킬 수 없는 비수를 꽂아야 한다. 그런데 그것은 이 싸움의 끔찍한 진면목에 비하면 아직 아무것도 아니다. 만약 상대가 반대 의견을 가지고 나오게 되면 변론으로 싸움이 시작되면서 신문 스캔들의 주인공이 된다. 이렇게 어리숙하고 별생각 없던 부인은 이제 남편을 포기하거나 아니면 아이들을 포기해야 한다. 그녀의 인간적 의무가 서로 대립하게 되는 것이다. 그런데 만약 모성애를 포기한다면 사람들은 그것을 사회적 도덕관념이나 가정의 신성함을 위해 아이들의 미래를 희생시켰다고 말할 수 있을까? 이것은 정말 받아들이기 힘든 궤변이다. 만약 엄마로서의 의무가 아내로서의 의무보다 더 크지는 않다고 해도 적어도 동등하다고는 말해야 할 것이다.

그리고 만약 이혼을 요구하는 것이 남편이라면 그의 의무란 더 끔찍하지 않을까? 여자는 자기에게 이름을 준 남자에게 그리 불명예스러운 존재가 되지 않고도 관계를 깨기 위해 충분한 그런 이유들을 둘러댈 수 있다. 그러니까 결혼의 의무를 위반한 남편과 살아야 하는 그녀를 그 불행에서 구하기 위해서는 그저 늘 싸움으로 시끄러운 그들의 결혼 생활이나 남편의 행동들이나 남편의 애인들 이야기를 하는 것만으로도 충분할 것이다. 하지만 그것으로 남편이 사회적으로 씻을 수 없는 오물을 덮어쓰지는 않는다. 또 우리 사회에서는 우리의 편견 속에는 남자가 돈이 많으면 많을수록, 그의 편에서 웃어주는 사람들이 더 많은 법이다. 특히 시골에서는 잘 노는 바람둥이가 더 즐거운 공범자로 추앙받는 법이다. 그저 합법적인 아내의 자존심을 좀 건드렸다는 것만을 조금 욕할 뿐이다. 아내에게 화를 낸 것은 잘못이라고 생각한다. 하지만 집에서 절대적 권위를 갖는 것은 남편으로서의 권리이니 그것을 행사하는 것에 대해서는 남녀 모두가 공인하는 바이다. 그리고 사실 가끔 과격한 면이 있다가도 또 다른 면에서는 아주 다정할 수도 있으니 말이다.

하지만 간통姦通으로 고소당한 여자의 경우는 다르다. 사람들이 아내에게 요구하는 명예는 오직 하나니까. 남편에 대한 정절을 지키지 못한 여자는 치욕스럽고 비열하고 아이들의 눈에도 불명예스럽고, 아주 치욕적인 벌을 받고 감옥에 가야 한다. 어떤 분노한 남편이 아이들에게 상처를 주지 않으면서 이혼 재판을 하려고 한다고 해 보자. 그는 아내로부터 당한 모욕감이나 아내의 잘못된 언행을 고발할 수도 없다. 그는 더 힘이 세고 때릴 수 있는 권리도 가지고 있는 사람이니 만약 맞았다고 하면 사람들이 그를 비웃을 것이 뻔하다. 그러니 어쩔 수 없이 간통 행위를 고발해야 하고 자신이 이름을 준 여자를 정신적으로 죽일 수밖에 없다. 법이 그에게 그런 아내를 죽여도 좋다고 용인하는 것은 어쩌면 이런 정신적 죽음을 피할 수 있게 해주기 위해서인지도 모르겠다.

가정의 불행이 어떻게 이렇게 끝이 날 수가 있단 말인가? 이것은 너무나 야만적이고 그동안 부모들의 싸움을 그저 지켜볼 수밖에 없었던 혹은 그 결말을 두려워하던 아이들의 영혼을 죽이는 것이다.

하지만 이것도 다가 아니다. 남자에게는 또 다른 권리가 있다. 그는 여자를 불명예스럽게 하고 감옥에 넣은 후 여자는 그 아래 종속되어 그의 용서와 애무를 받아들여야 하는 천형天刑을 받게 된다! 이 마지막 모욕이 없다면 더 끔찍한 것은 그녀는 평생 한 맺힌 원통한 삶을 살 수밖에 없게 되며 남편은 평생 자신의 모든 잘못들을 그녀 탓으로 돌리고 영원히 그녀를 노예 같은 굴욕감 속에 협박하며 살게 된다.

이와 같은 남편의 오만한 긍휼矜恤 아래 사는 한 가정의 엄마의 역할을 상상해 보자! 어쩔 수 없이 엄마를 부끄러워하도록 벌을 받은 아이들의 태도를 보자. 혹은 그 벌의 당사자를 혐오하면서도 어쩔 수 없이 용서해야만 하는 아이들을 보자! 그들의 부모들과 친구들과 하인들의 태도를 보자! 무자비한 남편과 양심을 품은 아내, 그것은 비극일 것이고! 변덕스럽고 허허실실한 남편과 기억도 기품도 없는 여자라면 그것도 웃기는 가정일 것이다.

하지만 결코 진짜 관대하게 명예롭게 처벌하고 신앙적으로 용서하는 그런 정신세계를 가진 남편은 없다. 이런 남자는 자신의 엄격함과 관대함을 아무도 모르게 행사한다. 그런 사람은 자신이 없앨 수 없는 모욕을 공개적으로 가하기 위해 법의 힘을 빌리지 않는다.

남편은 이런 법적 원리들에 관한 충고를 받아들였고, 한 용감한 시골 변호사가 남편의 변론을 맡았다. 그는 재능이 없지는 않았지만 부도덕하고 거부감을 일으키는 시스템의 무게를 견디지 못하고 우스꽝스러워질 수밖에 없었다. 내 기억에 신앙과 권위와 원칙이란 이름으로 변론하면서 또 그리스도의 복음적 자비 같은 것을 상기시키면서 그는 남편을 무슨 철학자나 선지자처럼 만들었는데, 그의 웅변적인 몸짓은 그를 신으로까지 승화시키지 못했다.

내가 생각하기에 용서 이전의 복수에 신의 승인까지 적용한다는 것은 일종의 신성모독이었다. 이른바 이런 합법적인 복수는 보통 병적인 흥분상태에서 받아들인 끔찍한 중상모략에 기반을 둔 것이다. 아첨꾼들의 원한은 하지도 않은 행동을 괴물 같은 사실로 만들어 버린다. 증거를 대고 치욕을 받아들여야 하는 남편은 자신의 명예 아니면 이성까지 위태롭게 할 수 있다.

아니, 마음이 부서진 부부관계는 인간의 손으로 다시 이어질 수 없다. 사랑과 신앙, 존중과 용서는 너무나 내면적이고 너무나 성스러운 것이라 오직 신만이 증인이 되고 이해하기 힘든 신앙만이 그것을 보장할 수 있다. 결혼 관계는 어느 한쪽에게 끔찍해지면 끊어지기 마련이다. 가정적으로나 사법적으로 어떤 충고를 구할 필요가 있다. 불만의 이유를 알리라는 것이 아니라 현실 상황을, 그러니까 불화의 정도와 지속성을 알리라는 것이다. 얼마나 오랜 시간이 걸리든 변덕스러운 관계와 가끔 터져 나오는 불화를 지혜롭게 늦출 수만 있다면 한 가정의 운명을 결정짓는 데 지나친 신중함이란 있을 수 없다.

그리고 판사의 생각에 도저히 함께 살 수 없다는 생각이 들 때에만 판결을 내려야만 한다. 법적인 용어로 매우 모호하게 대중들은 알 수 없도록. 그러면 더는 증오나 복수심을 위해 변론하지 않게 될 것이고 훨씬 적게 변호하게 될 것이다.

굴레에서 해방되는 길을 평탄하게 하면 할수록 파탄 난 결혼이란 배를 포기하기 전에 배를 구하기 위해 무진 노력을 해 보게 될 것이다. 만약 법의 정신이 주장하듯 그것이 성스러운 방주方舟라면 태풍속에 침몰하지 않게 해야 할 것이고, 피곤한 항해사들이 진흙 속에 처박히지 않게 해야 할 것이다. 체면을 지키기 위해 헤어져야만 하는 부부가 그들의 관계를 존경하고 그들의 아이들로 하여금 엄마, 아버지를 존경하게 해야 할 것이다.

나의 운명이 결정되기 전날 밤, 나는 이런 상념에 골몰했었다. 법정에서 드러난 이유를 듣고 화가 난 남편은 변론의 가혹함과 무자비함을 나와 내 변호인 탓으로 돌리며 오직 복수할 생각만 했다. 분노로 눈이 먼 남편은 그의 유일한 적이 이 사회인 것을 몰랐다. 그는 내가 꼭 필요한 사실만 언급한 것을 생각하지 않았다. 단지 법이 원하는 엄중한 증거만 들고 있다는 것을. 그는 법을 나보다 더 잘 알았다. 그도 변호사 일을 한 적도 있었다. 하지만 권위를 벗어던지지 못하는 그의 생각은 법의 정신을 비판하는 데까지는 고양되지 못했고 그 결과 복수의 끔찍한 결과도 예견하지 못했다.

그래서 그는 남 탓만 하면서 자기 자랑을 늘어놓을 수 있는 질문에만 대답했다. 그의 변명들은 생각해 볼 가치도 없는 것들이었다. 그의 소송대리인은 변론문 읽기를 거부했는데 판사도 아마 듣기를 거부했을 것이다. 그러니까 그는 법의 정신을 지나쳤다. 법은 비난으로 모욕당한 남편이 야비하고 거칠게 아내를 욕하는 것을 용인했다. 그런데 남편이 자기 이익을 위해 이혼을 요구하는 재판에서 사용되는 이런 공격은 남편이 이혼을 거부하는 법정 싸움에서는 단지 복수하려는 것으로밖에는 받아들여지지 않았다. 그것은 상처받았다고 하는 부인 쪽에 더 유리하게 작용하는 만큼 이것은 가장 최악의 공격이었다. 일은 그렇게 된 거였다.

이 싸움이 시작될 때 나는 마음이 편치 않았다. 나는 그러니까 나로 말하자면 처음 격앙된 순간에 판사가 남편에게 불만을 말하도록 했으면 좋겠다는 생각을 했다. 나를 위해 변론해야 했던 에브라르는 그런 논쟁을 하는 걸 거부했다. 그가 옳았지만 나의 자존심은 솔직히 고백하건대 판사가 조금이라도 의심쩍어 하는 것조차 견딜 수가 없었다. 나는 말했다.

"그런 의심은 이혼이란 말과 동시에 판사들이 나의 아들에 대한 양육권도 가져가게 할 수 있을 것 같아요."

하지만 깊이 생각해 보니 내 상황에 그럴 위험은 없어 보였다. 결과가 어떻게 되건 말이다. 조금의 의심도 재판장의 마음에 일어날 수가 없었다. 너무나 말도 안 되는 것을 고발하고 있으니 말이다.

그래서 나는 깊이 잤다. 나는 생각을 너무 깊이 하느라 매우 피곤했다. 처음으로 나는 결혼이라는 것에 아주 명확한 생각을 갖게 되었다. 나는 너무나 명확하게 결혼 제도의 신성함과 나 자신의 상황 속에서 또 우리 관습 속에서 그것이 얼마나 깨지기 쉬운지 그 이유를 알 것 같았다. 그래서 마침내 나는 아주 마음이 평안해졌다. 나는 내 생각이 옳았으며 나의 이성이 순수하다는 것을 확신했다. 나는 나의 개인적 고통을 겪는 동안 진리에 대한 개념과 사랑이 변질되지 않게 간직할 수 있도록 해준 하나님께 감사했다.

오후 1시에 펠리시가 내 방으로 들어왔다.

"세상에! 잠을 잘 수 있으셨어요? 그럼 말씀드릴게요. 이제 재판이 끝났고 당신이 이겼어요. 이제 모리스와 솔랑주를 키울 수 있어요. 이제 빨리 일어나셔서 온 마을에 감동의 눈물을 흘리게 한 에브라르 씨에게 감사하세요."

내가 파리로 돌아간 사이에 뒤드방 씨와 다시 합의를 시도한 적이 있었다. 하지만 그의 충고자들은 그런 걸 들을 여유도 주지 않았다. 그는 부르주 법원에 소송을 제기했고 나는 다시 라샤트르로 돌아갔다.

뒤테이유 가족과 함께 지내는 것이 아무리 행복하고 소중한 시간이었다 해도 내가 잠자리에 드는 시간에 일어나 떠드는 아이들 소리는 나를 괴롭게 했다. 또 좁은 길과 작은 집의 열기는 나를 숨 막히게 했다. 여름을 도시에서 보내는 것은 정말이지 잔인한 일이었다. 바라볼 푸른 나뭇가지 하나 없었다. 로잔 부르고앵이 자기 집의 방을 하나 쓰라고 했고 두 가족은 매일 저녁 만나기로 했다.

부르고앵 부부는 로잔만큼이나 아름다운 그녀의 여동생을 자식처럼 생각하며 함께 절벽 위 세워진 정원이 있는 예쁜 집에 살고 있었다. 이곳은 이 도시의 옛 성채였던 곳이었는데 그곳에서는 들판이 보였다. 앵드르강이 멋지게 늘어선 나무들 사이로 우울하고 고적하게 흘러 아름다운 계곡을 따라 푸르른 녹음 속으로 사라졌다. 내 앞에 강의 이쪽에는 태곳적부터 있었던 바위들이 드문드문 솟아 있고 100년도 더 된 호두나무로 그늘진 로샤유 언덕이 있었다. 말가쉬의 하얀 집과 갈대 오두막들이 보였고, 조금 더 멀리에는 오래된 롱보성의 커다란 사각 탑이 아래를 내려다보고 있었다.

꽃으로 가득한 우리의 정원은 감미로운 향기로 가득했다. 도시의 소음도 가깝게 들리지 않았다. 우리는 밖에서 인동덩굴로 뒤덮인 박공 아래서 작은 회랑에 있는 타일 위에 발을 올려놓고 저녁을 먹었는데 제비꽃이 드문드문 박혀 있었다. 친구들은 테라스 난간에서 꾀꼬리 소리와 강가의 방앗간 돌아가는 소리를 들으며 커피를 마시러 오곤 했다. 나의 밤 시간도 아주 감미로웠다. 나는 1층의 큰 방을 사용하고 있었다. 프레임이 쇠로 된 작은 침대가 있었고 의자와 테이블이 있었다. 친구들이 돌아가고 문이 잠기면 다른 사람들이 자는 것을 방해하지 않으면서 요새처럼 가파른 정원을 산책하다가 들어와 1시간 동안 글을 쓰면서 왔다 갔다 하다가 지는 별을 세어 보고 떠오르는 태양에 인사하기도 했다. 한눈에 멀리 지평선과 들판들을 다 바라보며 오로지 새들과 올빼미 소리를 듣자면 나는 마침내 내가 꿈에 그리던 빈 집에 와 있는 것만 같았다. 거기서 나는 《렐리아》의 마지막 부분을 다시 다듬었고 그것을 두 권의 책으로 늘리기도 했다. 아마도 그곳은 객관적으로도 그런지 아닌지는 몰라도 내게 가장 시적이라고 생각되는 장소였을 것이다.

가끔 내가 부르주에 가거나 에브라르가 라샤트르로 오곤 했다. 재판 과정에 대해 의논하기 위해서였지만 사실 재판 얘기는 그리 많이 하지 않았다. 내 머릿속은 작품 생각으로 가득했고, 에브라르는 정치 문제로 가득했고, 플라네는 사회주의로 머리가 가득했다. 뒤테이유와 말가쉬는 이 모든 상상과 생각과 잡담과 농담을 한 그릇에 다 뒤섞어 버렸다. 플뢰리는 실증적이기도 하고 낭만적이기도 한 그의 머릿속에서 싸우는 상식과 열정이 뒤엉킨 생각들을 가지고 토론을 벌였다. 우리는 서로를 너무 아껴서 아주 격렬하게 싸울 수밖에 없었는데 얼마나 건설적인 격렬함이었는지! 싸움은 가끔 따뜻한 애정이나 웃음으로 중단되곤 했다. 우리는 헤어질 수가 없어서 자는 것도 잊었다. 이른바 이런 휴식의 날들은 우리를 피곤으로 지치게 했지만 혼자 있을 때 우리 속에 쌓여 있던 머리가 터질 듯한 상상들과 공화주의적 열망에서 우리가 좀 가벼워질 수 있게 해주었다.

결국, 나의 참을 수 없는 재판이 부르주에서 열렸다. 7월 초 나는 파리에서 솔랑주를 데려온 다음 다시 그곳에 갔다. 만약 재판에서 질 경우 아이를 데리고 도망갈 셈이었다. 모리스는 조금 뒤 데려갈 만반의 준비를 해 두었다. 나는 항상 공개적으로 법정 싸움을 하면서도 속으로는 법을 어길 궁리만 하고 있었다. 그것은 정말 비논리적이었다. 하지만 법은 나보다 더 비논리적이었다. 내게서 엄마로서의 권리를 박탈하거나 다시 부여하거나 하기 위해서 나로 하여금 결혼 생활의 모든 좋았던 추억들을 다 잊게 만들었다. 혹은 남편의 마음속에서 이 추억들이 모두 모욕당하고 잊히게 만들었다. 엄마로서의 권리를 사회는 없앨 수 있었고 일반적으로 말해서 아버지의 권리가 그것을 능가할 수도 있게 할 수 있었다. 하지만 천성은 그런 것을 용납하지 않았고 결코 한 엄마에게 그녀의 아이들이 더는 아버지의 것이 아니듯 당신 것도 아니라고 설득할 수 없었다. 아이들도 그것에 속을 리가 없었다.

나는 부르주의 판사들이 나에 대해 적대적 편견을 가지고 있다는 것을 알고 있었고, 또 내가 이 이상한 재판 시스템에 농락당하고 있다는 것도 알고 있었다. 그래서 내가 다른 사람들처럼 입고 도시에 나타났을 때 나를 본 적이 없는 부르주아들은 다른 사람들에게 내가 붉은 바지를 입고 허리에 권총을 차고 다닌 게 정말 사실이냐고 물어봤다.

뒤드방 씨는 자신이 청원을 한 것이 실수였다는 것을 알았다. 사람들은 그에게 사랑과 질투로 큰 상처를 입은 남편처럼 보여야 한다고 충고했다. 그런데 내 생각에 그는 자연스럽게 자신의 성실함을 보여야 하는 연기를 잘하지 못했다. 사람들은 남편에게 저녁에 내 창문과 내 방문 앞까지 와서 비밀스러운 만남을 구하는 척하라고 그에게 강요했다. 하지만 그는 양심상 차마 그런 코미디를 할 수 없었다. 그래서 길에서 멀리 떨어져 잠시 산책한 후 어깨를 으쓱하고 웃으며 돌아가는 것을 보았다. 그게 제대로 된 그의 모습이었다.

나는 투랑쟁 가족과 친하게 지냈는데 이 집안은 그 도시에서 가장 명망 있는 집안 중 하나였다. 펠릭스 투랑쟁은 돈 많은 사업가이고 뒤테이유 가족의 가까운 친척이었다. 이들에게는 두 딸이 있었는데 하나는 결혼했고 다른 한 명도 다 큰 어른이었다. 또 네 명의 아들들은 모두 아직 어렸다. 아가스타와 그녀의 남편이 나와 동행했고 롤리나와 플라네 그리고 파페가 우리를 따라왔다. 다른 사람들도 곧 우리와 합류했다. 그러니까 베리의 모든 친구가 나를 둘러싸고 있었는데 나는 그 순간부터 투랑쟁 가족과 마치 평생을 함께해 온 것처럼 붙어 있어야 했다. 아버지 펠릭스는 나를 딸이라고 불렀다. 천사처럼 착하고 너무나 훌륭하고 매력적인 여성인 엘리자는 나를 자매로 생각했다. 나는 그녀와 함께 어린 남자 형제들의 엄마처럼 행동했다.

그들의 다른 친척들도 가끔 우리를 보러 와서 따뜻한 마음을 보여 주었다. 그중 시장인 마테르 씨도 있었다. 또 재판 날 당일에는 에밀 르뇨가 왔고 남자 형제처럼 좋아했지만 나도 모르는 이유로 내게 척을 지고 결혼한 상세루아도 있었다. 그는 내게 내가 기억하지 못하는 그 잘못에 대해 명예로운 보상을 요구했다.

남편 측 변호사는 재판 시스템에 따라 먼저 말했던 것처럼 남편의 사랑을 변호했다. 또 나의 죄들을 소리 높여 나열하면서 나를 모욕한 후 용서를 제안했다. 에브라르는 대단히 웅변적인 변론으로 결혼에 대한 그런 괴상한 철학이 일관성 없음을 부각했다. 만약 내가 죄가 있다면 먼저 나를 버렸어야 할 것이다. 그리고 만약 내가 죄가 없다면 용서 같은 것도 할 필요가 없는 것이다. 어떤 경우라도 복수 후에 그런 너그러운 관대함을 제시한다는 것은 받아들이기 힘든 것이었다. 또 남편의 사랑이란 것이 증거들 앞에서는 다 무너져 버렸다. 에브라르는 1831년 뒤드방이 내게 쓴 편지를 읽었다.

"나는 파리에 갈 거예요. 당신 집에는 들르지 않을게요. 당신을 방해하고 싶지도 또 당신에게 방해받고 싶지도 않으니까.”

다른 변호사는 남편이 나의 부재를 얼마나 편하게 생각했는지를 증명해주는 편지를 읽었다. 그래서 사후에 지금 표현하는 남편의 사랑 같은 건 별반 효과가 없었다. 왜 뒤드방 씨는 나를 사랑하지 않았던 것을 인정하고 변호하지 않았을까? 그가 나에 대해 욕을 하면 할수록 나의 죄는 더 사해졌다. 하지만 동시에 그런 애정과 나를 분노하게 하는 그런 가짜 이유를 주장한다는 것은 머릿속에 별 효용도 없을 치밀한 계산을 의심케 했다.

남편도 그걸 느끼는 것 같았다. 그래서 판결도 기다리지 않고 그는 청원을 철회해 버렸다. 그래서 그것을 철회하면서 법정이 내린 라샤트르의 판결이 이후 내 삶에 결정적인 영향을 미쳤다.

그래서 우리는 노앙에서 그가 했던 계약, 그의 불행한 우유부단으로 내용을 바꾸려고 하지 않았다면 지난 1년 동안 끔찍한 재판을 통해 인정하게 할 필요도 없었을 계약을 다시 보았다.

새로운 계약의 기본이 될 이 오래된 계약은 그가 모리스의 교육을 담당하고 교육비를 지불하도록 되어 있었다. 여기에 다시 합의하게 되면 더는 나의 아들과 헤어질 것을 두려워할 이유가 없었다. 하지만 중학교에 대한 모리스의 혐오가 다시 문제될 수 있었다. 나는 힘들게 그것을 받아들였다. 에브라르와 뒤테이유 그리고 롤리나는 모든 계약이 마음과 정신의 화해를 동반해야 한다고 상기시켰다. 그래서 내가 아들의 교육을 위해 지불하라고 요구했던 수입의 일부를 남편이 사용하는 것을 허락해야 했다. 모리스는 잘 견디고 웬만큼 공부해서 학교 교육에 적응하는 듯 보인다고 했다. 아이는 벌써 12살이고 이제 몇 년만 지나면 그의 생각을 이끌어주는 것과 직업을 선택하는 것은 거의 부모에게 달린 문제가 아니고 그 자신이 선택할 문제라고 했다. 어떤 경우라도 나를 향한 아이의 사랑은 어떤 불안함도 보이지 않을 것이고 뒤드방 부인, 곧 남작 부인은 내게서 자신의 심장과 자부심을 빼앗아 가지는 못할 것이라고 했다.

좋은 이유들이었지만 나는 회한悔恨을 안고 받아들일 수밖에 없었다. 나는 또 새로운 투쟁을 예감했다. 사람들이 공공 교육은 필요하며 몸과 정신을 강인하게 해준다고 아무리 말해도 소용없었다. 그것은 모리스에게 맞을 것 같지 않았고 내 생각이 틀리지 않았다. 하지만 한편으로는 모성적 본능으로 내가 애지중지하는 자식을 위약危弱하게 하는 것은 아닐까 하는 두려움 때문에 양보했다. 뒤드방 씨는 방학과 관련해서는 어떤 반대도 하지 않는 것 같았다. 그는 방학하자마자 내게 모리스를 보낸다는 약속을 지켰다.

그리고 멋진 엘리자와 그녀의 가족과도 알게 되었는데 그들도 나를 보자마자 너무나 나를 사랑해주었다. 아가스타는 재판 날 아침 나를 위해 미사를 드려 주었고, 예쁜 아이들과 나를 둘러싼 용감한 친구들은 형제 같은 마음으로 나를 둘러싸고 있었다. 나는 노앙을 향해 출발했고 마을의 수호 여신인 성 안나 축일에 솔랑주와 완전히 그곳에 안착하게 되었다. 사람들은 커다란 느릅나무 아래서 춤을 추었고 백파이프의 시끄러운 소리는 어릴 적부터 들어온 사람들에게는 너무나 사랑스럽게 들려서 마치 행운의 징조처럼 느껴졌다.

11. 엄마의 마지막 숨

하지만 삶은 하나도 쉽지 않았다. 쉽기는커녕 솔직히 말하자면 나는 아주 난처한 상황에 부닥치게 되었다. 집안 관리방식도 바꿔야만 하는 데다 당장의 상황도 이해하지 않은 채 내게 빚을 갚으라고 하는 사람들도 있었다. 하지만 나는 나의 추억이 서려 있고 아이들 미래의 추억이 담길 집이 있었다. 자신이 사는 곳을 재미있고 괴기스러운 수많은 그림으로 채우고 당신 자신의 이야기로 채우고 모든 벽에 이상하고 알 수 없는 글씨가 가득하고, 영혼이 방황할 때마다 그것들이 당신에게 깊은 감정이나 유치한 미신 같은 생각을 주는 것이 정상적인지는 모르겠다. 하지만 우리 모두는 그렇게 살아왔다. 인생은 너무 짧아서 그 삶을 진지하게 받아들이기 위해서는 우리 안에 그런 개념을 이중 삼중으로 해야 했다. 그러니까 생각을 통해 우리의 존재를 우리보다 먼저 살았던 부모님이나 우리의 뒤를 따라올 아이들과 결합하는 것이다.

그리고 나는 노앙을 마치 최후의 오아시스처럼 생각하며 들어간 것은 아니다. 나는 그곳을 조금은 심란한 마음으로 또 글에 대한 생각에 머리가 가득 찬 채로 들어가게 될 것을 느끼고 있었다.

리스트가 스위스에 있으면서 내게 자기가 소개해준 여자 옆에서 좀 지내다 가라고 했다. 그녀는 그가 제네바에서 자주 보던 사람인데 얼마 동안 제네바에서 살았었다. 그녀는 다구 백작 부인이었다. 그녀는 아름답고 우아하고 영적이고 게다가 대단한 지성의 소유자였다. 그녀

또한 너무나 다정하게 나를 초대했다. 나도 이 여행이 방금 전까지 지나치게 계산적인 삶 때문에 혐오감에 빠져 있던 내 정신에 도움이 되는 시간일 거라고 생각했다. 그것은 아이들에게도 아주 좋은 나들이였고 아이들이 새로운 환경에 많이 놀라지 않게 할 수 있는 대비책이기도 했다. 이런 지저분한 가정사 후에 사람들이 하는 반응들과 쑥덕공론으로부터 멀리 있을 수 있으니까. 방학 때 모리스를 데려오자마자 나는 아이와 여동생과 위르쉴을 데리고 제네바로 갔다.

제네바의 친구들과 아주 재미있고 흥미로운 시간을 두 달 동안 보낸 후 우리는 모두 파리로 돌아왔다. 그곳에서 나는 잠깐 호텔 생활을 했다. 말라케 강변의 지붕 밑 방은 거의 무너져서 주인은 갑자기 수리를 하게 되었다며 세입자들을 내보냈다. 나는 실망스러운 꿈과 깊은 슬픔으로 가득한 이 사랑스러운 지붕 밑 방을 떠났다. 또 아쉽게도 나의 고독한 작업실이었으며 건축 자재들 더미에서 호화로운 집으로 변신한 1층의 아파트에는 아주 아름답고 멋진 캘뤼스 백작 부인이 살게되었다. 두 번째 결혼에서 루이 드로슈뮈르 씨와 결혼한 여자다. 이들은 아주 예쁜 두 딸이 있었고 아이들이 있는 집은 금방 나의 관심을 끌었다. 그들은 오갈 데 없는 나에 대해 진정한 연민의 마음을 가지고 그들 집에 자주 머물게 했다. 그래서 나는 그들을 아주 많이 보았다. 그들과 이웃하는 것은 움직이기 싫어하는 나의 습관과 잘 맞았다. 그저 계단만 하나 내려가면 됐다. 처음 라마르틴 씨를 본 것도 그 집에서였다. 또 베리에 씨도 거기서 만났다.

다구 부인이 내가 자기 가까이 살도록 한 프랑스의 호텔에서 며칠 동안은 아주 멋진 나날들을 보냈다. 그녀는 많은 작가와 예술가와 지성인들을 초대했다. 그녀 집에서 나는 그녀의 소개로 외젠 쉬와 엑스타인 남작과 쇼팽과 미키에비치와 누리와 빅토르 쉴셰르 같은 사람들을 만났다. 내 친구들도 또 그들의 친구가 되었다. 그녀는 나를 통해 라므네와 피에르 르루와 헨리 하이네 같은 사람들을 알게 되었다. 숙소에서 갑작스럽게 열린 그녀의 살롱은 그러니까 엘리트들의 모임이었는데, 그녀는 이 모임을 아주 대단히 우아하게 이끌고 있었다. 그리고 그곳에서 그녀는 해박한 지성과 시적이고 진지한 능력으로 모든 전문가들과 같은 경지에서 모든 것을 논하고 있었다.

그곳에서 대단한 곡이 연주되었고 또 중간 휴식시간에는 대화를 통해 많은 것을 배웠다. 그녀는 우리가 함께 아는 마를리아니 부인도 초대했다. 그녀는 열정적인 머리와 어머니 같은 마음을 가졌지만 불행한 운명의 여자였다. 왜냐하면, 이상이 너무 높고 감성이 너무 풍부해 현실의 삶에 적응하고 살기에 너무 힘든 사람이었기 때문이다.

이때부터 내가 조금씩 알게 된 최고의 지성인들에 대해 지금 여기서 자세하게 설명할 때는 아닌 것 같다. 이들에 대해서는 총체적으로 설명해야 할 텐데 그러려면 내 이야기에서 너무 벗어날 것 같다. 어쩌면 이 이야기는 분명히 나에게나 다른 사람에게나 훨씬 재미있는 이야기가 될 수도 있을 것이다. 하지만 여기 내가 써야 할 글의 한계가 있고 또 하나님이 허락하신 이 삶에서 미래를 위한 그리고 어쩌면 더 좋은 책을 위한 다른 여러 주제들이 남아 있는 것 같다.

나는 파리에서 살 여유도 없었고 그렇게 시끄러운 삶을 살 생각도 없었다. 하지만 겨울은 그곳에서 지낼 수밖에 없었다. 모리스가 병에 걸렸다. 학교의 엄격한 규율에 1년 동안은 적응해 보려고 무진 애를 썼지만 그는 갑자기 그 규율들을 치명적으로 견딜 수 없게 되었다. 그리고 이런저런 작은 증상들을 보고 의사들은 그것이 심장비대증 초기 증상인 것으로 진단했다. 나는 급히 그를 집으로 데려왔고 그를 노앙으로 데려가고 싶었다. 파리에 있던 뒤드방 씨는 반대했다. 내게도 권한이 있긴 했지만 나는 아버지의 권위를 무시하고 싸우고 싶지 않았다. 무엇보다 아들아이에게 그런 반항을 가르쳐서는 안 되는 거였다. 나는 부드럽게 남편을 설득하고 싶었고 그가 증거들을 보길 원했다. 하지만 그에게 증거를 보이는 일은 너무 힘들었고 내게는 끔찍하게 고통스러운 일이었다. 너무나 건강한 사람들은 자신들이 모르는 병들을 쉽게 믿지 못한다.

나는 뒤드방 씨에게 편지를 쓰고 그를 만나고 그의 집에 가고 가끔 모리스를 데리고 있게 하면서 그가 아이의 병을 알게 하려고 했다. 하지만 그는 아무것도 듣지 않으려 했다. 그는 나를 마치 지나친 애정으로 허약하고 게으른 아이를 감싸려는 엄마 정도로 여기는 것 같았다. 그는 정말 끔찍한 착각을 하는 거였다. 나는 모리스가 우는데도 불구하고, 또 나 자신이 너무나 고통스러움에도 불구하고 가능한 모든 노력을 했다. 내가 보기에 그의 말을 들으면 아이는 죽을 것 같았다. 게다가 교장은 그를 다시 받게 되면 책임지지 않겠다고 했다.

아이 아버지의 무심함이 모리스의 병을 더 키웠다. 결코 거짓말을 해 본 적이 없는 아이가 가장 민감하게 반응하는 부분은 거짓말쟁이라고 의심받는다는 사실이었다. 그의 소심함에 대해 야단맞을 때마다, 자신의 병에 대해 의심받을 때마다 이 가엾은 아픈 가슴에는 대못이 박혔다. 병은 점점 더 악화하였고 더는 잠도 자지 못했다. 어느 때는 너무 약해져서 내가 아이를 품에 안고 재워야 할 정도였다. 앙리 IV의 의사인 르브로나 고베르나 마르졸랭이나 게르상(마지막 두 사람은 나도 모르는 사람이었으니 나를 위해 그런 진단을 내렸을 리 없다)의 진단도 뒤드방 씨를 설득할 수 없었다. 마침내 울고불고하는 끔찍한 몇 주가 흐른 후 늘 그랬던 것처럼 우리는, 그러니까 아이와 나는 둘만 있었는데 뒤드방 씨가 아이를 밤새도록 그의 집에 데리고 있으면서 아이가 열에 들떠 헛소리를 하는 것을 보겠다고 했다. 그리고 아침이 되자마자 그는 너무 놀라서는 내게 급히 와 달라는 쪽지를 보냈다. 나는 달려갔다. 모리스는 나를 보자 소리를 지르며 맨발로 타일 위로 뛰어올라 내게 매달렸다. 아이는 옷도 입지 않은 채 가고 싶어 했다.

열이 좀 내린 후 우리는 노앙으로 출발했다. 나는 하루에 3번씩 왕진을 오는 고베르 의사의 치료를 받지 못하는 것이 두려웠지만 고베르는 내게 아이를 데려가라고 주장했다. 아이는 향수병을 앓고 있었다. 열에 들떠서 아이는 가슴이 찢어지게 "노앙! 노앙!" 하고 소리 질렀다. 아이는 그 생각만 하는 것 같았다. 아이는 거기에 있지 않으면 아버지가 데려갈 거라고 생각하는 것 같았다. 고베르는 내게 이렇게 말했다.

"이 아이는 엄마의 숨결로만 살 수 있어요. 당신이 그 아이의 생명나무예요. 그 아이에게 필요한 의사는 바로 당신이에요."

우리는 낮 동안 솔랑주와 함께 역마차를 타고 여행했다. 모리스는 곧 잠과 식욕을 회복했다. 하지만 온몸을 찌르는 듯한 류머티즘과 극심한 두통이 가끔 그를 괴롭혔다. 그는 남은 겨울을 내 방에서 보냈다. 6개월 동안 우리는 단 1시간도 떨어지지 않았다. 아이의 기본 교육은 멈출 수밖에 없었다. 그의 머리가 깨질 것 같아 그를 다시 학교에 넣을 수는 없었다.

다구 부인이 얼마 동안 우리 집에 와서 머물렀다. 우리는 멋진 여름을 함께 보냈고 대단한 피아노 연주자의 연주가 우리에게 감미로움을 더했다. 하지만 이렇게 태양이 빛나고 평화롭게 글을 쓰고 달콤하게 휴식을 취하는 시간이 지나자 고통스러운 날들이 시작됐다.

어느 날 저녁을 먹는데 피에레에게서 편지 한 통을 받았다.

"당신의 어머니가 위중한 병에 걸리셨어요. 그녀도 그것을 느끼고 죽음에 대한 두려움으로 병은 더 깊어 갑니다. 며칠 동안은 오지 마세요. 어머니도 이 병에 좀 더 적응하고 당신을 맞을 준비를 할 시간이 필요하니까요. 당신이 아무것도 모르는 것처럼 편지해주세요. 파리에 올 핑계를 대고 와주세요."

다음 날 그는 다시 편지했다.

"조금만 더 늦게 와주세요. 그녀가 의심할 것 같아요. 그녀를 구할 희망이 없는 것은 아니에요."

다구 부인은 이탈리아로 떠났다. 나는 모리스를 노앙에서 2킬로미터 정도 떨어진 곳에 사는 귀스타브 파페에게 맡겼다. 솔랑주는 노앙에서 공부 중인 롤리나 양에게 맡겼다. 그리고 엄마에게 달려갔다.

결혼 후부터 나는 엄마와 더는 다툴 일이 없었다. 하지만 엄마의 불같은 성격은 늘 나를 괴롭혔다. 엄마는 노앙에 와서 가장 순한 사람들에게 성질을 부리고 말도 안 되는 의심을 해댔다. 하지만 이때부터 진지한 설명을 한 후 마침내 나는 엄마를 지배할 수 있게 되었다. 게다가 나는 본능적으로 항상 엄마를 사랑하고 있었다. 엄마를 향한 나의 불평이 아무리 정당하다 해도 그 사랑을 없앨 수는 없었다.

나의 문학적인 성공으로 엄마는 이상하게 두 가지 감정을 왔다 갔다 했다. 즉, 기쁨과 분노이다. 그녀는 먼저 어떤 신문에 나오는 나에 대한 비판적인 비평들과 나의 삶의 원칙과 도덕성에 대해 나쁘게 말하는 글들을 읽었다. 그리고 그런 말들이 옳다는 생각이 들면 엄마는 나에게 편지를 하거나 내게 달려와 별별 욕을 다하면서 비난을 퍼부었다. 그런 욕은 엄마가 아니면 결코 내 귀에까지 들리지 않을 그런 욕들이었다.

그래서 나는 엄마에게 사람들이 그렇게 욕하는 내 책을 읽은 적이 있느냐고 물었다. 엄마는 작품을 읽기도 전에 욕하기부터 했다. 그리고 절대로 책을 열어 보지 않겠다고 다짐을 몇 번씩 하고 난 후에야 읽기 시작했다. 그러다가 곧 엄마는 엄마들이 늘 그렇듯 맹목적으로 내 작품에 빠져들면서 작품이 멋지다며 혹평들을 비난했다. 그리고 이런 일이 매번 반복되었다.

이런 것은 내 삶의 모든 순간에서 벌어졌다. 여행 중이거나 혹시 잠시 머물 때 엄마는 내 집에서 만나는 사람들은 남녀노소를 불문하고 욕을 했다. 내가 무슨 모자를 쓰건 무슨 신발을 신었건 무조건 욕부터 하고 끝없이 투덜거리다가 급기야 심각하고 격렬한 싸움이 되었다. 결국 나는 엄마를 위해 계획들을 바꾸고 사람들을 안 만나고 옷을 바꿔 입겠다고 해야만 했다. 하지만 정말로 그렇게 할 필요는 없었다. 다음 날이면 엄마는 다 잊을 테니까. 하지만 계속 그렇게 언제 당할지 모를 그런 순간들을 마주해야만 하는 일이 너무 힘겨웠다. 나는 인내심이 있었지만 그런 계속되는 폭풍들로 엄마의 다정했던 마음과 따뜻한 사랑을 다시 느낄 수 없다는 것이 죽을 듯이 슬펐다.

엄마는 몇 년 전부터 푸아소니에르가 6번지에 있는 작은 집에서 살았다. 그 집은 철교 위 건물을 짓기 위해 지금은 사라졌다. 엄마는 그곳에서 거의 혼자 살았다. 하녀는 일주일이 멀다하고 바뀌었으니까. 엄마는 작은 아파트를 혼자 정리하고 아주 세심하게 쓸고 닦고 꽃으로 장식해서 늘 반짝거렸다. 그 집은 정남향이었는데 여름에는 창문을 활짝 열고 열기와 먼지와 길의 소음이 들어오게 하며 파리라는 도시를 흠뻑 즐겼다. 엄마는 말했다.

"나는 영혼부터 파리지엔이야. 다른 사람들이 파리에 대해 싫어하는 것이 나는 좋고 내게는 그게 필요해. 나는 이곳이 그렇게 덥지도 그렇게 춥지도 않아. 나는 사람들이 무서워하는 너희들 숲이나 빠져 죽을지도 모르는 너희들의 강들보다 대로의 먼지 나는 나무들과 그 나무들을 적시는 시커먼 강물이 더 좋아. 난 정원들도 더는 좋지 않아. 무덤을 생각나게 하거든. 시골의 정적은 나를 두렵게 하고 권태롭게 해. 파리에서는 늘 축제 같지. 그렇게 즐겁게 움직이다 보면 나 자신에게서 벗어날 수 있거든. 내가 생각하게 되는 날이 오면 내가 죽을 거라는 걸 너희들은 잘 알지!"

몇몇 친구들은 엄마의 행동과 나에 대한 적개심을 알고 내가 엄마에게 너무 무르다고 나무라지만, 나는 매번 엄마를 만날 때마다 가엾다는 생각을 금할 수가 없었다. 때로는 엄마 창문 아래를 지나며 엄마에게 올라갈지 말지 안절부절못하기도 했다. 그러다 나는 또 내게 화를 낼 것이 두려워 올라가길 그만두기도 했다. 하지만 항상 죽을 듯이 괴로워했고 엄마를 안 보고 일주일 정도 독한 마음으로 참았다가 결국, 나도 알 수 없는 조급한 마음으로 엄마를 찾았다.

나는 내 안에 엄마 집 문을 볼 때 본능적으로 느끼게 되는 이상한 답답함의 느낌을 알고 있었다. 그것은 내려가는 계단을 향해 있는 작은 철문이었다. 아래쪽에는 급수 담당관이 살았는데 그는 문지기 일도 하는 것 같았다. 왜냐하면, 가게 쪽에서 항상 "있으니 올라가요!" 같은 소리가 들렸기 때문이다. 작은 뜰을 지나 계단을 올라 복도를 따라간 다음 또 3개의 계단을 올라가야 했다. 그러는 동안 생각을 하게 되고 그 어두운 복도에서 나는 항상 이런 생각을 했다.

'자, 저 위에서 어떤 표정이 나를 기다리고 있을까? 좋은 표정, 나쁜 표정? 웃는 모습, 화난 모습? 오늘은 무슨 말도 안 되는 일로 내게 화를 내시려나?'

하지만 엄마가 기분 좋을 때 내가 갑자기 엄마를 찾으면 엄마가 반갑게 맞아준 기억도 떠올랐다. 엄마는 얼마나 내게 다정하게 입맞춤하며 반짝이는 눈으로 나를 바라보고 즐거운 비명을 질렀던지! 그런 비명, 그런 눈빛, 그런 입맞춤을 위해서라면 나는 쓰디쓴 2시간 정도는 버틸 수 있었다. 그런 생각이 들면 갑자기 마음이 조급해져서 계단도 성큼성큼 빠르게 올라 숨이 가빠서라기보다는 마음이 감동해서 심장이 터질 듯이 뛰는 상태로 초인종 줄을 당겼다. 문을 통해 들리는 소리는 벌써 나의 운명을 말해주었다. 왜냐하면, 엄마는 기분이 좋을 때는 내가 줄을 당기는 방식을 알고 있어서 문을 열며 "아! 나의 오로르구나!" 하고 소리치는 것을 듣게 되기 때문이다. 하지만 엄마가 우울할 때는 내 소리를 알아듣지 못하거나, 아니면 못 들은 척하며 "누구세요?"라고 소리쳤다.

이 "누구세요?"라는 말은 내 가슴을 돌처럼 짓눌렀다. 때로는 엄마가 상황을 설명하고 진정할 때까지 시간이 좀 걸리기도 했다. 그리고 마침내 내가 엄마를 웃게 하거나 피에레가 와서 내 역할을 하게 되면 폭풍 같던 엄마의 설명은 기쁨으로 바뀌고 나는 엄마를 데리고 레스토랑에 저녁을 먹으러 가거나 공연을 보러 갔다. 엄마는 이것을 즐거운 삶의 시간이라 부르며 마치 젊은 날처럼 즐겼다. 모든 것을 다 잊어버리기에 엄마는 여전히 매력적이었다.

하지만 어느 때는 이해가 불가능한 때도 있었다. 초인종 소리에 아주 즐거워져서 크게 웃으며 나를 맞이했다가는 머릿속에 나를 놀릴 생각이 들어 나는 곧 폭풍이 칠 것 같은 예감에 겁에 질려 올라갈 때만큼이나 성급하게 그 모든 계단을 성큼성큼 뛰어내려온 적도 있었다. 엄마의 이상한 생각들은 다음 이야기를 하는 것으로 충분할 것이다. 이 이야기는 그 어떤 다른 이야기보다 엄마의 마음이 이상한 상상으로 가득한 것을 알게 해줄 것이다.

나는 모리스의 머리카락으로 만든 팔찌를 하고 있었다. 부드러운 금발인 그 머리카락들은 누가 봐도 어린아이의 것이란 걸 의심할 수 없었다. 그런데 당시는 알리보가[47] 막 처형된 후였는데, 엄마는 그가 긴 머리를 하고 있었다는 것을 들었다. 나는 알리보를 본 적도 없었는

---

47 〔역주〕 루이 필리프왕 암살 미수범을 말한다.

데 사람들은 그의 머리가 갈색이라고 했다. 하지만 그 이야기로 온통 머릿속이 꽉 찬 나의 가엾은 엄마는 이 팔찌가 그의 머리카락이라고 생각했다! 엄마는 "그 증거로 네 친구 샤를 르드뤼가 그 살인범을 변호했으니까 말이야."라고 말했다. 당시 나는 샤를 르드뤼란 사람을 본 적도 없었지만 엄마를 설득할 방법은 없었다. 엄마는 그 팔찌를 불에 던지길 바랐다. 그것은 모리스가 한 살 때의 금빛 솜털이었고 엄마는 그전에도 10번도 더 넘게 본 적도 있었다.

나는 엄마에게 뺏기지 않기 위해 도망쳐야만 했다. 때때로 나는 웃으며 도망쳤다. 하지만 웃으면서도 나는 내 뺨에 눈물이 흐르는 것을 느꼈다. 나는 내가 엄마에게 온 마음으로 다가갔을 때 엄마가 화를 내거나 불행한 것을 견딜 수가 없었다. 내 가슴은 엄마가 이해하지 못할 비밀스러운 혐오감으로 슬퍼질 때가 있었다. 하지만 엄마의 사랑 한 시간이면 그것들을 사라지게 할 수 있었다.

남편과 법적으로 싸우기로 결심하고 처음 편지를 쓴 것은 엄마에게였다. 나에 대한 엄마의 반응은 항상 솔직하고 완전하고 반박할 수 없었다. 이 법정 다툼 동안 파리에 갔을 때 엄마는 항상 완벽했다. 그러니까 나의 가엾은 엄마가 나의 어린 시절처럼 대했던 것이 거의 2년 전이다. 엄마는 모리스에게 짓궂게 했다. 아마도 엄마는 그 아이를 지배하고 싶었던 것 같았는데 모리스는 내 생각보다 더 반항적이었다. 하지만 엄마는 아이를 정말 좋아했다. 또 모리스에게 짓궂게 하는 그 모습을 보고 내가 보기에 갑자기 순해진 엄마에 대한 걱정을 하지 않기도 했다. 때로는 피에레에게 이렇게 물은 적도 있었다.

"지금 엄마는 너무 좋지만 활기도 기쁨도 없는 것 같아요. 정말 어디가 아픈 것은 아니지요?"

그는 대답했다.

"아니에요. 반대로 더 건강해졌어요. 마침내 갱년기가 지나 이제는 마치 젊은 시절처럼 너무나 사랑스럽게 아름답기까지 해요."

그것은 사실이었다. 엄마가 조금만 치장을 하고 멋지게 옷을 차려입어도 사람들은 길에서 그녀를 쳐다보면서 나이를 짐작하지 못했고 엄마의 완벽한 자태에 놀라움을 금치 못했다.

7월 말 임종이 가깝다는 끔찍한 소식을 듣고 파리에 갔을 때 마지막 서신들은 그래도 내게 큰 희망을 주었었다. 나는 뛰어서 대로의 계단을 내려갔는데 급수 담당관의 소리에 발길을 멈췄다. 그는 "뒤팽 부인은 더는 여기 계시지 않아요!"라고 소리쳤다. 나는 그것이 엄마의 죽음을 알리는 말이라고 생각했다. 좋은 징조라고 생각했던 열린 창문은 영원히 떠났다는 의미였다. 그런데 그는 다시 말했다.

"진정하세요. 더 나빠지지는 않았어요. 그녀는 요양원에 가길 원했지요. 덜 시끄럽고 정원이 있는 곳이요. 피에레 씨가 편지를 했을 텐데요."

피에레의 편지는 아직 받지 못했다. 나는 받은 주소를 찾아갔고 엄마가 정원의 기쁨을 찾았다니 회복 중일 것으로 생각했다.

엄마는 환기도 안 되는 형편없는 작은 방에 초라한 침대 위에 누워 있었다. 너무 변해서 알아볼 수도 없었다. 100살 할머니가 된 것 같았다. 엄마는 팔로 내 목을 안으며 말했다.

"아! 이제 살았다. 너 때문에 살았어!"

엄마 곁에 있던 언니는 낮은 목소리로 이 끔찍한 병실에 온 것은 엄마가 원해서였다고 말했다. 가엾은 엄마는 열에 들떠 도둑들이 주변에 있다고 상상하며 지갑을 베개 아래 숨기기도 하고 그 도둑들에게 자신의 재산을 들킬까 봐 좋은 방에 있기를 원치 않았다고 했다.

잠시 엄마의 상상 속에 함께해야 했지만 결국은 내가 이겼다. 요양원은 아름답고 넓었다. 나는 정원 쪽으로 난 제일 좋은 방을 빌렸고 다음 날부터 그 방으로 가는 것을 엄마도 동의했다. 나는 엄마에게 고베르 선생님을 데려갔고 그의 부드럽고 편한 태도는 엄마를 만족시켰다. 그리고 결국, 그는 엄마가 그의 처방대로 따르도록 설득했다. 하지만 그는 곧 나를 데리고 정원에 나가 이렇게 말했다.

"안심하지 마세요. 회복될 수는 없어요. 간이 끔찍하게 부었어요. 극심한 고통은 지나갔어요. 이제 고통 없이 돌아가실 거예요. 단지 정신적으로 잠시 운명의 시간을 지연시킬 수 있을 뿐이지요. 그녀가 원하는 대로 다 해주세요. 그녀는 이제 자기에게 해가 될 것을 바랄 힘도 없을 테니까요. 나로서는 그저 아무 의미 없는 처방을 하면서 효과가 있는 듯이 하는 것뿐이지요. 그녀는 아이처럼 감수성이 예민하네요. 그녀가 곧 나을 거라는 희망을 주세요. 그녀는 조용히 아무 생각 없이 떠날 거예요."

분명히 죽음으로 충격받았고 죽음이란 것을 너무나 잘 알고 있던 그였지만 친구에 대한 숙연한 마음을 평소처럼 조용히 말했다.

"죽음은 나쁜 게 아니에요!"

나는 언니에게 이 말을 전했다. 그리고 우리는 가엾은 환자의 환각들을 잠재우고 즐겁게 해주는 것 말고는 아무 생각도 나지 않았다. 엄마는 일어나서 나가고 싶어 했다. 고베르는 말했다.

"그것은 위험해요. 어머니는 당신 품에서 숨을 거둘 수도 있어요. 하지만 그녀가 싫어하는 무기력함 속에 놔 두는 것은 더 위험할 수도 있으니 그녀가 원하는 대로 해주세요."

우리는 엄마 옷을 입히고 전세 마차에 태웠다. 엄마는 샹젤리제에 가고 싶어 했다. 거기서 엄마는 생동감 넘치는 거리를 보고 잠시 활력을 되찾았다. 엄마는 말했다.

"얼마나 아름다우니, 시끄러운 마차들, 달리는 말들, 화장한 여자들, 태양, 금빛 먼지들! 아니! 파리에서 사람들은 죽지 않아!"

엄마의 눈빛은 여전히 빛났고 목소리도 힘찼다. 하지만 개선문 가까이 갔을 때 엄마는 죽은 사람처럼 창백해져서 말했다.

"나는 저기까지는 안 갈 거야. 이제 됐어."

우리는 두려웠다. 엄마는 마지막 숨을 내쉬려는 듯했다. 나는 마차를 세웠다. 엄마는 다시 활력을 찾으며 말했다.

"돌아가자, 다음에는 불로뉴 숲까지 가자꾸나."

엄마는 이후에도 몇 번 외출을 했다. 엄마는 눈에 띄게 약해졌다. 하지만 죽음의 공포는 사라지고 있었다. 밤에는 열과 헛소리를 내며 상태가 좋지 않았다. 하지만 낮에는 다시 살아나는 듯했다. 엄마는 뭐든 다 먹고 싶어 했다. 언니는 엄마의 환각 상태를 걱정하며 뭐든 원하는 걸 다 갖다주는 나를 나무랐다. 나는 엄마 요구에 반대하기만 하는 언니를 뭐라 했다. 언니는 엄마가 과일과 과자들에 둘러싸여 그것들을 보고 만지기만 하면서 "곧 먹어 볼 거야."라고 하면서 즐거워하는 것을 보고는 마음을 놓았다. 엄마는 그것을 맛볼 수도 없었다. 그저 눈으로만 즐길 뿐이었다.

햇빛이 내리쬐는 날 우리는 엄마를 정원으로 데려갔고 정원의 의자에서 엄마는 몽상에 어쩌면 명상에 빠졌다. 엄마는 나와 둘만 있게 되었을 때 무슨 생각을 하는지를 말해주었다.

"네 언니는 독실한 신도지, 나는 이제 죽을 것 같다는 예감이 든 이후로 더는 신앙은 믿지 않았다. 나는 신부 얼굴은 보고 싶지 않아, 알아들었니? 만약 죽게 된다면 내 주위의 모든 사람이 웃으면 좋겠다. 어쨌든 무엇 때문에 내가 하나님 앞에 서는 걸 두려워해야 하는 거지? 나는 항상 하나님을 사랑했어."

그리고 엄마는 아주 유쾌하게 말했다.

"하나님은 마음대로 나를 야단치실 수 있지. 하지만 하나님을 사랑하지 않았다는 것에는 결코 동의할 수 없어!"

죽어 가는 엄마를 돌보고 위로하는 동안에 또 다른 갈등과 다른 문제들이 있었다. 세상에 그 누구보다 이상하고 괴상하게 행동하는 오빠는 내게 이렇게 편지했다.

"네 남편 모르게 말해주는데, 네 남편이 모리스를 네게서 뺏으려고 노앙으로 갈 거다. 하지만 네게 그런 그의 계획을 알려줘야 할 것 같구나. 내 말을 믿어라, 이걸 알면 그와의 관계도 끝일 거야. 네 아들이 정말 학교에 들어가지 못할 정도로 그렇게 약한지 너는 알고 있으니 말이야."

분명코 모리스는 학교로 돌아갈 상태는 아니었다. 예민한 아이가 아버지의 완강함에 놀라 고통스러워하지 않을까 두려웠다.

하지만 엄마를 떠날 수도 없었다. 친구들 중 한 명이 역마차를 타고 아르까지 가서 모리스를 퐁텐블로까지 데려왔다. 그리고 나는 익

명으로 어떤 여관에 묵을 생각이었다. 아이를 데려와준 친구는 내가 엄마 옆에 있는 동안 모리스 곁에 있고 싶어 했다.

나는 아침 7시에 요양병원에 도착했다. 나는 시간을 벌기 위해 밤중에 출발했다. 나는 창문이 열려 있는 것을 보았다. 나는 대로변으로 나 있던 창문을 떠올렸고 모든 것이 끝났다고 느꼈다. 나는 그 전날 엄마에게 마지막 키스를 했었다. 그리고 엄마는 내게 이렇게 말했다.

"기분이 아주 좋아, 이제 나는 내 인생에서 가장 즐거웠던 것들을 생각할 거야. 이제는 견딜 수 없었던 시골도 사랑하기 시작했어. 마지막 순간에 그런 생각이 들었단다. 재미로 석판들을 색칠하면서 말이야. 그것은 나무와 산과 오두막과 소들과 절벽들이 있는 아름다운 스위스 풍경이었어. 그 장면이 머릿속을 떠나지 않았고 실제보다도 더 아름답게 상상했지. 실제 자연보다 더 아름답게 보였어. 눈을 감았을 때 너는 생각할 수도 없는 그래서 그릴 수도 없는 그런 풍경들이 떠올랐지. 그것은 너무나 아름다웠고 너무나 웅장했어! 그리고 매 순간마다 더 아름다워졌단다. 노앙에 가서 작은 숲에 동굴들과 폭포수들을 만들어야겠어. 지금 노앙을 소유한 것은 너뿐이니 가서 즐겨야지. 너는 보름 후 떠날 거지? 그럼 나도 같이 가자."

그날은 열기로 뜨거웠다. 고베르는 우리에게 말했다.

"비가 오지 않는 한 마차에서 나오지 않도록 조심하세요."

열기는 더해 갔다. 나는 마차를 부르러 가는 척했고 돌아와 마차를 찾을 수 없다고 했다. 엄마는 말했다.

"사실 다 마찬가지야. 지금 너무 좋으니 움직이고 싶지도 않다. 모리스를 보러 가렴. 네가 돌아오면 더 좋아져 있을 테니."

다음 날 엄마는 아주 조용했다. 오후 5시, 엄마는 언니에게 말했다. "머리를 만져주렴, 머리를 예쁘게 하고 싶어."

엄마는 거울을 보며 웃었다. 엄마의 손은 거울을 다시 떨어뜨리고 엄마의 영혼은 떠나가 버렸다. 고베르는 즉시 내게 편지했다. 하지만 엄마에게로 가는 나와 엇갈렸다. 정말로 나는 '더 좋아진' 엄마를 보았다. 이 세상에 살기 위한 그 끔찍한 피곤함과 잔인한 노력들로부터 벗어난 엄마의 모습을 말이다.

피에레는 울지 않았다. 돌아가신 할머니 침대 옆에서 데샤르트르가 그랬던 것처럼 그는 영원히 헤어진다는 것을 이해하지 못했다. 다음 날 그는 묘지까지 따라갔다가 환하게 웃으며 돌아왔다. 그리고는 갑자기 웃음을 멈추고 눈물을 펑펑 쏟았다.

가엾고 대단한 피에레! 그는 결코 위로받을 수 없었다. 그는 다시 슈발블랑과 맥주와 파이프의 생활로 돌아갔다. 그는 항상 유쾌했고 어수선했고 산만했고 시끄러웠다. 다음 해 그는 노앙으로 나를 보러 왔다. 겉으로는 한결같은 피에레였다. 하지만 갑자기 그는 내게 이렇게 말했다.

"엄마에 대해 좀 말해 보지요! 기억나지요…."

그리고 그는 엄마와 살았던 세세한 추억들과 이상한 성격들 또 그가 놀림감이 되었던 엄마의 그 유쾌한 장난들을 회상하고 엄마가 쓰던 말들을 흉내 내고 엄마의 목소리를 흉내 내면서 온 마음으로 웃었다. 그 다음에는 모자를 쓰고 농담을 하며 나가 버렸다. 그가 너무 흥분한 것 같아 그를 따라가 보면 그는 정원 한구석에서 흐느끼고 있었다.

엄마가 돌아가신 후 나는 즉시 퐁텐블로로 돌아가서 모리스와 며칠을 보냈다. 그는 건강했고 열기도 류머티즘도 사라졌다. 모리스를 보러온 고베르는 그래도 나은 것이 아니라고 보았다. 심장이 아직도 불규칙하게 뛰고 있었다. 아이는 치료와 운동을 계속해야 했고 조금도 정신적 스트레스를 받아서는 안 되었다. 우리는 둘이서만 새벽에 일어나 빌린 말을 타고 저녁까지 이 멋진 숲을 탐험했다. 이곳은 멋진 장소들과 다채로운 식물들과 멋진 꽃들 그리고 나의 어린 자연주의 학자에게는 경이롭고 굉장한 나비들로 가득했다. 아이는 공부하기 전 먼저 그것들을 관찰하고 쫓아다녀 볼 수 있었다. 아이는 그런 것을 좋아했고 또 날 때부터 그림 그리기를 좋아했다. 이미 자연을 즐길 줄 아는 아이에게 이렇게 자연을 즐기는 시간은 무기력하게 지낼 수밖에 없는 시간을 견딜 수 있게 해주었다.

하지만 나를 뒤흔들던 위기에서 겨우 빠져나오자마자 새로운 문제가 닥쳤다. 뒤드방 씨가 베리에 왔었는데 모리스가 없는 것을 보고 솔랑주를 데려가 버렸다.

어떻게 그가 짐작이라도 했겠는가, 내가 그의 엉큼한 계획을 알고 모리스를 빼내올 것을? 나는 오빠가 내게 미리 알려준 것 때문에 난처한 상황에 빠질까 얼마간 그 사실을 숨겼다. 나는 단지 그와 우리 아들의 건강과 공부에 필요한 것, 보다 좋은 것이 무엇인지를 합의하고 싶었다. 내가 없는 동안 몰래 베리에 아이를 찾으러 가는 대신에 그는 내게 공개적으로 아이를 요구할 수도 있었고 그러면 나는 그가 선택한 의사의 진찰을 그 앞에서 받게 하고, 그러면 그는 아이를 다시 학교에 넣을 수 없다는 것을 알게 됐을 것이다.

어쨌든 그는 법적인 복수를 했다고 생각하는 것 같았는데 그것은 내게 참을 수 없는 불안감을 주었다. 그리고 그것은 그의 눈에는 그를 상처 주려는 것으로만 보였던 것 같다. 영혼이 날카로워지면 모든 것을 남 탓으로 돌리게 마련이니까.

뒤드방 씨는 결코 솔랑주를 곁에 두려는 생각을 말한 적이 없었다. 그는 늘 이렇게 말했다.

"나는 여자애들 교육엔 상관하고 싶지 않아요. 아는 것도 없고요."

그렇다면 남자애들 교육에 대해서는 알고 있었을까? 아니다, 그는 너무나 강해서 아이들의 쉴 새 없는 변덕과 그들을 보살필 때의 그 지루함을 견디지 못했다. 그는 논리적이지 못한 것을 결코 참지 못했는데 아버지의 모든 생각과 예측들을 다 벗어나는 비논리적인 존재들이 바로 아이들이 아닐까? 게다가 그의 군인 정신은 엄마들이 견뎌내는 것처럼 아이들의 그 지루함과 성급함을 참아 내지 못했다.

그는 모리스를 학교에 넣고 그다음에는 군인으로 만들겠다는 계획을 가지고 있었다. 그리고 솔랑주를 데려간 이유는, 그가 나중에 내게 말한 것처럼, 오직 내가 그 아이를 찾으러 오게 하기 위한 것뿐이었다.

나는 그렇게 나 자신을 설득하고 진정해야만 했다. 하지만 이렇게 아이를 데려가는 것은 내 머리를 쭈뼛 서게 했다. 실제로 당시 상황이 더 극적이었다. 가정교사가 맞았고 두려움에 떠는 아이는 소리를 지르며 억지로 끌려가고 온 집안이 난리가 났다. 솔랑주는 남편이 짐작하는 것과는 다르게 그동안 나로부터 아빠에 대해 나쁜 소리는 들어 본 적이 없었다. 마리 루이즈 롤리나와 그녀의 어머니인 롤리나 부인과 실랑이하는 동안 솔랑주는 아버지 무릎에 몸을 던지며 이렇게 소리 질렀다.

"아빠 사랑해요, 사랑해요, 아빠, 나를 데려가지 마세요!"

가엾은 아이는 아무것도 모르고 아무것도 이해할 수 없었다.

이런 상황을 편지로 알게 된 나는 열이 올랐다. 나는 파리로 달려가 모리스를 친구인 루이 비아르도에게 맡기고 공사를 찾아가 일을 해결하기 시작했다. 나는 다른 친구 하나와 나의 소송대리인의 서기장인 뱅상 씨도 대동했다. 그는 대단한 젊은이로 감성이 풍부하고 열정이 대단한 청년이었는데 지금은 변호사가 되었다. 나는 역마차를 타고 이틀을 밤낮을 달려 기유리로 갔다. 이 이틀 동안 바르트 공사는 전보를 쳤다. 나는 딸이 어디에 있는지를 알고 있었다.

뒤드방 부인은 한 달 전에 죽었다. 그녀는 내 남편에게서 그의 아버지의 유산들을 갈취할 수 없었다. 그녀는 그에게 12번쯤 소송할 수 있는 비용과 이미 그의 소유였던 기유리의 땅을 남겨주었다. 이제 그 불행했던 여자에게 하나님이 평안을 주시길! 그녀는 정말이지 내가 말할 수 있는 것보다 훨씬 더 내게 나쁜 짓을 많이 했다. 하지만 죽은 자들에게 너그럽기로 하자! 그들이 더 좋은 세상에서는 더 좋아지기를 바라며 말이다. 천국이 그들이 오는 것을 늦췄을 수도 있겠지만 오래전에 나는 "하나님! 그들에게 문을 열어주소서"라고 소리쳤었다.

죽은 후의 회개에 대해 우린 뭘 알고 있을까? 교회에서는 한순간의 진정한 회개가 그의 모든 죄를 천국 문 앞에서라도 다 씻어준다고 한다. 나도 그것을 믿는다. 하지만 어째서 그들은 영혼과 육체가 떨어지자마자 죄의 고통, 그 엄청난 속죄의 가능성이 사라져 버리길 바라는 것일까? 그들 말에 따르면 하나님이 그들을 심판하기 위해 부르는 법정을 향해 올라갈 때 영혼은 그 빛과 생명을 잃어버리는 것일까? 또 울고 회개하고 기도해서 죄를 정화시킬 수 있는 그런 곳이 있다는 점을 인정하면서 이 생의 비참한 시련을 결정적인 것으로 생각하는 교회의 논리는 일관적이지 못하다.

나는 네라크에 도착해서 부시장 집, 그러니까 현재는 라센의 시장인 오스만 씨 집으로 달려갔다. 나는 그가 나의 진정한 친구인 아르토 씨의 매형인 것을 기억하지 못했다. 아르토 씨가 그의 누이와 결혼한 것이다. 어쨌든 나는 오스만 씨에게 가서 도움과 보호를 청해야겠다는 생각을 했다. 그러자 그는 즉시 내 마차에 올라 기유리로 달려가 조용히 싸우지도 않고 내 딸을 내게 데려오고 우리 일행 모두를 부시장실 관사로 데려갔다.

오스만 씨는 우리에게 이틀 동안 휴식을 취하게 하면서 여관에 가지도, 또 떠나가지도 못하게 했다. 그래서 플로레트와 앙리 4세의 젊은 날의 사랑이 담긴 베즈강과 그 강가를 평화롭게 산책하지 못했다. 그는 예전 친구들과 다시 반갑게 저녁을 먹게 했고 내 기억에 정치적인 도시들, 그러니까 젊은 공무원들이 우리와 생각이 다른 그런 도시와 비교했을 때 비교적 중립적인 지방에서 우리는 많은 철학적 이야기를 나누었던 것 같다. 그들은 진지했고 일상의 문제들을 깊이 파고들었다. 하지만 사는 문제들에 발목 잡혀 더 고양된 문제들에 대해 이야기할 수는 없었다.

그리고 당시 나는 현대 철학에 대해서는 잘 몰랐던 것 같다. 그래서 나는 아무 말도 못하고 듣고만 있었다. 그리고 돌아오는 길에 나는 나의 길동무에게 말했다.

"오스만 씨와 나눈 대화에 대해 저는 아무것도 알 수가 없었어요. 현재에 대해 저는 느낌과 본능만 가지고 있지요. 새로운 이론들은 제게 너무 생소해서 결코 배우지 못할 것 같아요. 이제는 너무 늦었지요. 정신적으로 저는 이미 지나간 세상에 속한 것 같아요."

그는 내 생각이 틀렸다며 나를 안심시켰고 내가 어떤 토론에 발을 담그게 되면 그곳에서 벗어날 수 없을 거라고 했다. 그의 생각도 전적으로 맞는 것은 아니었다. 하지만 그의 말대로 얼마 지나지 않아 나는 현재의 문제들에 많은 관심을 가져야만 했다.

이런 공부를 조용히 하게 될 때까지 또다시 8개월쯤이 흘렀다.

뒤드방 씨가 그의 말대로 수입이 1만 2천 프랑이 되고 또 곧 그 두 배로 올리게 될 거라고 하면서 내 수입의 반을 계속 차지하는 것은 정당하지 못한 것 같았다. 그런데 그의 생각은 달라서 다시 얘기해야 했다. 아이들 교육비가 충분했다면 나는 그렇게 돈 문제로 고민하지는 않았을 것이다. 하지만 글을 쓰는 것은 너무나 불안정해서 나는 아이들의 삶을 내 직업의 운에 맡길 수는 없었다. 편집장이 파산할 수도 있고 내 성공이 혹은 내 건강이 몰락할 수도 있었다.

나는 남편이 더는 모리스를 양육하지 않기를 바랐다. 그리고 그도 그런 것 같았다. 왜냐하면, 내 도움 없이 아이를 부양하는 것은 그로서도 힘든 일이었기 때문이다. 그래서 나는 나 혼자서 아이를 감당하겠다고 제안했고 결국, 그는 1838년 계약을 통해 이 해결책을 받아들였다. 그는 내게 5만 프랑을 요구했고 나의 아버지의 유산인 나르본 호텔의 소유권을 내게 주고 두 아이를 내가 양육하기로 했다. 나는 엄마의 연금이 일부 포함된 연금배당권을 팔았고 우리는 이 거래에 사인하고 둘 다 우리의 몫에 만족했었다. **48**

돈으로 말하자면 내게 배당된 것은 현재로 봐서 큰돈이 아니었다. 나르본의 호텔, 그 너무나 낡은 역사적 건물은 너무나 관리가 안 되고 수리도 안 되어 있어서 그곳을 제대로 고치는 데 거의 10만 프랑이 들었다. 나는 이 빚을 갚고 또 이 집을 내 딸의 결혼 지참금으로 주기 위해 10년간 일을 해야 했다.

하지만 내 작은 소유지들로 인한 크고 작은 문제들이 많아도 나는 결코 용기를 잃지 않았다. 나는 집안의 엄마이며 아버지 노릇을 해야 했다. 받은 유산이 충분하지 않을 때 그것은 정말 피곤하고 괴로운 임무였다. 그것은 마치 대중들을 위해 글을 쓰는 것 같은 집중력과 사업 능력을 발휘해야만 했다. 모든 일에 대한 집중력과 함께 항상 나를 되살려주는 글쓰기를 향한 사랑이 없었다면 어떻게 됐을지 알 수 없었다. 이제 글쓰기가 개인적인 필요일 뿐 아니라 내게 있어 하나의 엄중한 의무가 되자 그때부터 나는 이 일을 사랑하기 시작했다. 글 쓰는 일은 나를 위로했을 뿐만 아니라 많은 괴로움을 달래주었고 많은 잡념들로부터 나를 구해주었다.

하지만 여러 생각을 하지 못하는 머리를 가진 나에게 얼마나 잡다한 일들이 많았던지, 작은 테두리 안에 살던 내가 얼마나 극과 극으로

---

48 이때부터 함께하지 않으면서 좋은 관계를 유지했다. 그는 딸아이 결혼 때 노앙에 왔다.

다른 일들을 동시에 했어야만 했는지! 예술을 향한 존경과 명예를 위한 의무들, 또 쉬지도 못한 채 몸과 마음으로 돌봐야 하는 아이들, 집안의 자질구레한 일들, 친구들에 대한 의무, 참석해야 하는 일들, 베풀어야 할 일들! 나는 겉으로 보이는 것보다 10배는 더, 아니 100배는 더 힘들었다. 몇 년 동안 나는 4시간밖에 자지 못했고 또 오랫동안 나는 끔찍한 두통에 시달려서 글도 쓰지 못할 정도인 적도 있었다. 또 그렇게 열심히 온 마음과 몸으로 헌신했건만 결과도 그리 신통치 않았다.

그래서 나는 결혼이란 것이 가능하면 깨지지 말아야 한다는 결론에 이르렀다. 왜냐하면, 우리 사회 같은 이런 거친 풍파 위에서 가족의 안위만큼이나 깨지기 쉬운 그런 배를 조종하려면 한 남자와 한 여자가, 한 아버지와 한 엄마가 함께 각자의 능력에 따라 일을 나눠야 하는 것이 백번 맞는 말 같았다.

하지만 결혼이 유지되는 것은 각자의 합의하에 지속되어야 하는 것이고, 합의를 하기 위해서는 그것을 가능하게 해야만 한다. 만약 이 악순환에서 빠져나오기 위한 방법으로 성경에서 말하는 남녀 간의 평등한 권리 말고 다른 것이 있을 수 있다면 그것은 정말 대단한 발견일 것이다.

12. 쇼팽

지금 내 이야기를 하는 중에 두 개의 사건이 일어났으므로 나의 관심은 우리 시대에 가장 주목할 만한 두 사람의 이야기로 돌아가야겠다. 그것은 1836년 부르주에서의 내 재판과 같은 날 죽은 카렐과 나의 사생활과 관련하여 방금 얘기했던 결혼에 대한 문제이다. 문제는 에밀 드지라르댕 씨였는데 그를 언론인이라 해야 할지, 법학자라고 해야 할지 정치가라 해야 할지 아니면 철학자라 해야 할지 모르겠다. '언론인'이라고 하는 것이 다른 모든 것을 다 아우를 수 있는 호칭인 것 같다.

그때까지 19세기에는 두 명의 위대한 언론인이 있었는데 바로 아르망 카렐과 에밀 드지라르댕이다. 그런데 참으로 이상하고 가슴 아픈 운명으로 한 사람은 다른 사람을 결투로 죽이게 된다. 그리고 더 충격적인 것은 더 젊고 자신이 죽인 자보다 능력 면에서도 열등해 보였던 이 한탄스러운 싸움의 승자는 이후에 자신 안에 진보에 대한 생각이 완성됐을 때 자기가 죽인 사람보다 진보의 차원에서 훨씬 앞서게 되었다는 것이다. 만약 카렐이 살았다면 그는 진보의 규칙을 감내할 수 있었을까? 하지만 선입견은 갖지 말도록 하자. 솔직히 고백건대 그가 죽음 직전의 모습을 고수한다면, 나와 같은 생각을 하는 사람들에게 말하는데, 그는 이상하게 고리타분한 사람으로 보였을 것이다.

에밀 드지라르댕은 걸음을 멈추지 않았다. 비록 그가 내려받았던 신조와는 다른 그런 흐름에 밀려가는 듯이 보였고 또 실제로 그랬다고 해도.

어떤 큰 잘못이나 모순에 대해 언급하지 않아도 우리는 이 모든 것이 정말 알 수 없는 운명의 장난임을 알 수 있었다. 그것은 너무나 고통스럽고 너무나 안타까운 카렐의 죽음 때문이 아니라 그를 죽인 경악스러운 그의 적수가 너무나 똑같이 그의 천재성을 이어받은 것 때문이다.

1848년 카렐의 역할은 뭐였을까? 이것은 당시 우리 머릿속에 자주 떠올리던 문제였다. 내 기억 속에서 그는 천성적으로 타고난 사회주의의 적이었다. 내 친구들의 기억은 나와는 달랐다. 그래서 결국, 우리는 그는 위대한 정신의 소유자로 대단한 계몽의 빛을 비췄을 거라고 결론 내렸다.

하지만 분명한 것은 1847년 에밀 드지라르댕은 지난 10년간 사람들의 생각과 그 자신의 생각 속에 완성된 움직임을 볼 때 10년 전의 아르망 카렐이었다.

이후 그는 상대적으로 그리고 실제적으로 그를 뛰어넘은 것이다. 그는 그를 엄청나게 뛰어넘었다. 천성적으로 성격이 너무나 다르고, 행위에 있어서도 너무나 다른 능력의 소유자들을 여기에서 평행 비교한다는 것은 의미 있는 일일 것이다. 내게 충격을 주는, 종종 내게 충격을 주었던 것은 그들의 가까움이었다. 그것은 운명적 상황에 의한 것처럼 보였다.

카렐은 달라지지 않고 그대로였다면 공화국에서 스스로 대통령으로 나섰을 것이다! 그리고 아마도 카렐은 공화국의 대통령이 되었을 것이다. 지라르댕 씨는 아마도 다른 후보를 지지했을 것이고. 하지만 그들을 나누는 것은 제도의 문제가 아니다. 그때까지 지라르댕 씨는 카렐 씨보다 더 진보적이지는 않아 보였었다. 하지만 우리 중 아무도 실제로는 카렐이 지라르댕 씨보다 더 진보적이지 못했다는 것을 아는 사람은 없었다.

나는 카렐 씨를 특별히 잘 알지는 못했다. 나는 그를 자주 보기는 했지만 한 번도 말을 걸어본 적은 없었다. 하지만 나는 평생 그가 에브라르와 했던 1시간 동안의 대화를 잊지 못할 것이다. 그는 나를 보지 못했지만 나는 그 대화를 듣고 있었다. 나는 창틀에 앉아 책을 읽고 있었는데 그가 들어올 때 내 위로 커튼이 드리워졌다. 그들은 민중에 대해 이야기했는데 나는 어처구니가 없었다. 카렐은 진보적 개념에 대해서는 아무것도 몰랐다! 그들은 서로 동의하지 못했다. 에브라르는 그에게 영향을 주었는데 그다음은 그의 차례로 카렐에게 설득당했다. 가장 약한 자가 가장 강한 자를 끌어들인 것인데 그런 일은 자주 일어나는 것이다.

이날 이후부터 수많은 지평들을 다 섭렵한 후에 에브라르는 1847년 카렐의 세상 속으로 다시 칩거해 버렸다. 위대한 정신들의 변심을 보면서 빨치산들은 경계하고 놀라고 분개했다. 성질 급한 사람들은 이들을 변절자며 배신자라 불렀다. 카렐의 마지막 날들은 이렇게 부당한 것들로 공격받고 있었다. 에브라르는 대항했고 그런 쓰디쓴 의혹과 맞서 싸웠다. 더 비난받고 더 모욕당하고 모든 당에서 더 증오의 대상이었던 지라르댕 씨만이 홀로 서 있었다. 그런데 오늘날 그는 자유에 대해 가장 대담하고 가장 보편적인 이론의 챔피언이 되어 있다. 이렇게 그에게 그의 적수들보다 더 우월한 능력을 준 건 운명의 뜻이었다.

우리의 정치적 관습에서 선입견이나 조급함이나 분노 같은 것을 사라지게 해야만 한다. 우리가 추구하는 사상들은 오직 공평과 관대함 속에서 승리할 수 있을 것이다. 카렐 같은 사람이 모욕당하고 비난과 위협의 불경건한 편지들로 괴롭힘을 당하고 또 그처럼 순수한 사람들이 야망의 탐욕가로 아니면 비겁자로 비난받는 것은 격하게 넘치는 열정의 파도 위에 있는 거품과 같은 것이었다. 사람들은 자기 입장을 분명히 해야만 한다고 했고 모든 혁명은 이런 쓰디쓴 값을 요구했다.

그러니, 이제 그만 당 같은 것은 정하지 말기로 하자. 지난날의 어쩔 수 없었던 방황들을 사죄하고 미래에는 더는 그런 일이 없도록 하자. 어떤 당도, 우리의 당조차 증오와 폭력과 모욕으로는 오래 지배할 수 없을 거라고 단호히 말하자. 공화국들은 모두를 의심하고 폭군들은 모두에게 복수하는 것을 더는 용인하지 말자. 서로 의심하고 서로 채찍질하며 진보를 이룰 거라고는 꿈도 꾸지 말자. 이제 그런 어두움, 그런 분노, 그런 저질스러운 것들은 모두 과거로 돌려 버리자. 위대한 것을 행하는 사람들은 혹은 그저 위대한 사상이나 위대한 심성을 가진 사람들은 사소한 것을 가지고 비난받아서는 안 되며 늘 어떤 정도를 넘어서면 안 된다는 것을 인정하자. 역사 전체를 조망하며 이 사람들의 업적을 지혜롭게 인정하자.

그러니까 그들의 능력과 함께 그들이 천성적으로 타고난 운명적인 한계를 보자. 한 인간이 전 인생의 모든 순간마다 그런 이상적 삶을 살기를 바라는 것은 부족하고 한계 있는 인간을 만든 신을 비난하는 것과 같은 것이다. 자유로운 정부에서 우리가 어느 순간 약해지고 우유부단하고 갈피를 못 잡는 그런 사람을 선거에서 선택하지 않는 것은 우리의 권리이다. 하지만 그를 우리의 길에서 잠시 멀리 있게 하더라도 어쩌면 내일이면 우리는 어쩔 수 없이 조심스럽거나 혹은 신중한 사람이 필요해질 수 있다는 생각으로 그에게 여전히 존경을 보내자. **49**

우리의 정치가 이런 식의 진보를 이루게 되고 대중들의 싸움에서 그들이 더는 모욕과 배은망덕과 중상모략을 무기로 사용하지 않을 때 우리는 더는 탈퇴자를 보지 않게 될 것을 확신하자. 탈퇴는 거의 항상 자존심이 상처받은 사람들의 저항이며 원통함의 표현이다. 아! 나는 그런 것을 백 번도 넘게 보았다. 존경받을 만한 성품으로 옳은 길을 가던 사람이 상처받는 말 한 마디로 공동체와 격하게 결별하고, 누구보다도 훌륭한 인품을 가진 사람이라도 명예를 훼손당하거나 자신의 지식에 대한 비판으로 상처받게 되면 견딜 수 없어 하는 것을 말이다. 나는 너무 가까운 예를 들 수 없지만 어떤 환경에 있는 사람들이건 모두가 이런 예들을 보았을 것이다. 당신 앞에 있는 썩은 동아줄을 잡는 끔찍한 결론을 내려야만 하는 상황 말이다!

이런 것은 인간의 본성이 아닐까? 사람들은 자기도 모르게 자기의 적이라고 대놓고 말하는 사람의 적이 되기 마련이다. 아무리 인내심 있는 사람이라도 상대가 당신을 계속 물어뜯고 부당하게 막무가내로 나오게 되면 그가 그런 사람이라고 믿게 된다. 그의 사상조차 그가 하는 말처럼 역겨워지기 시작한다. 처음에는 몇 가지 점에서 반대했지만 그가 당신의 생각을 부정하거나 비판하는 것 같은 논리라도 사람들에게 펼치게 되면 당신은 그동안 함께했던 신념마저 의심스러워하

---

49 라마르틴 씨도 이런 식으로 판단해야만 한다.

게 된다. 그러면 당신은 농담으로 시작하지만 결국은 피를 보게 되는 것으로 끝이 난다. 결투에는 종종 다른 이유가 없다. 이편과 저편이 싸우다가 광장을 피로 물들이는 것이다.

이 끔찍하고 기막힌 사건에서 누가 가장 잘못한 것일까? 자기 형제에게 '멍청이'라고 먼저 말한 사람이다. 만약 카인에게 이 말을 먼저 한 사람이 아벨이라면 하나님이 인류 최초의 살인자로 벌 줘야 할 사람은 바로 아벨이다.

카렐의 죽음과 에브라르의 괴로움과 지라르댕을 향한 우리 편의 증오심을 떠올릴 때 내게 든 생각도 이거였다. 만약 우리가 정당했더라면, 만약 사건을 면밀히 잘 살펴보고 지라르댕 씨가 카렐과 심각하게 결투하는 것을 거절할 수 없었을 거라는 것을 인정했더라면 만약 카렐을 비겁자며 겁쟁이라고 몰아세워 놓고는 그의 반대자는 또 자객이나 암살범으로 취급하지 않았다면 우리의 정당한 재산, 그러니까 에밀 드지라르댕이 우리와 같은 목표를 향해 가면서 오로지 그 혼자만이 감당해야 했던 그 거대한 힘과 그 찬란한 빛의 구원을 얻기까지 20년을 기다리지 않아도 됐을 것이다.

그에게 우리는 얼마나 많은 경멸과 선입견을 가지고 있었던지! 나 역시도 그런 것들을 견뎌야 했다. 물론 결투로 상처 입는 것은 아니었지만 어쩌면 더 치명적이고 회복될 수 없는 상처를 받았다. 사람들이 "어쨌든 카렐을 죽이면 안 되지요! 카렐을 죽여서는 안 됐어요!"라고 소리치며 내 주위에서 비난의 소리들이 높아졌을 때 나는 지라르댕 씨가 드구브-드닝크 씨에게 저격당하면서도 그를 겨냥하기를 거부했던 것을 기억했다. 그러자 정치적 적수의 이런 행동은 기사도적이었던 카렐에게는 당연하게도 모욕으로 생각되었던 것이다. 결투의 이유에 대해서는 카렐이 고집스럽게 그것을 강요한 것인지 증인들의 말도 충분하지가 않다. 분명한 것은 카렐은 분노했고 상황을 수습하기보다는 모욕을 참을 수 없었을 것이다. 어쩌면 모든 것이 그의 상상이었는지도 모르지만. 결투의 결과는 지라르댕 씨에게는 가슴 아프면서 명예로운 거였다. 그는 카렐의 친구로부터 모욕당했고 그 복수로 카렐의 죽음을 가져온 것이니까.

그런데 우리가 반감을 갖게 된 것은 결투 때문이 아니다. 카렐을 너무나 아끼던 에브라르도 이성을 되찾았을 때는 울면서 결투를 벌였던 상대의 정당성을 인정해주었으니까. 하지만 자신을 드러내기 시작한 이 천재에게서 우리는 우리의 유토피아를 본능적으로 거부하는 적을 본 것만 같았다. 그리고 우리가 틀린 것은 아니었다. 하나의 심연이 우리를 갈라놓았다. 여전히 그럴까? 그렇다, 감정적인 문제에서, 우리가 꿈꾸는 이상에서 여전히 그렇다. 그리고 결혼 문제에 관해서 깊이 고민해 본 나로서는 망설이지 않고 이렇게 말할 수 있다.

"사회주의자인 지라르댕 씨! 그러니까 정치나 입법 정신에 대해 경탄할 만한 글을 쓴 책에서 가정에서의 생생한 문제를 다룬 당신은 이 사랑과 모성애라는 위대한 교리를 그저 어둠과 암흑 속으로 던져 버리셨군요."

그는 가정이라는 구성에 엄마와 아이들만을 집어넣었다. 나는 항상 아버지와 엄마가 있어야 한다고 소리 높여 외쳐 왔고 앞으로도 어느 때건 어디에서든 이렇게 외칠 것이다.

그런데 우리는 주제에서 너무 멀리 온 것 같다. 내 이야기에서 너무 많이 벗어난 것 같다. 하지만 나는 후회하지 않고 빼 버리지도 않을 것이다. 그렇지만 잠시 나의 이야기에 끼어든 이 새로운 역사적 사건에 대해 결론적으로 몇 마디 요약을 해야 할 것 같다.

카렐은 운명적으로 사라져 버렸지만 적에 의해 희생된 것은 아니다. 어떤 통찰력으로 혹은 천재성으로 매일 자기 시대의 이야기를 과거와 미래 속에서 해석해 낼 수 있는 위대한 언론인이었던 그는 적과 자신의 피로 얼룩진 횃불을 떨어뜨린 것이다. 적은 그 피를 자신의 눈물로 씻고 그 횃불을 다시 집어 들었다. 그런 비극적 사건 후에 횃불을 다시 들어 올리는 것은 쉽지 않았다. 그의 방황하는 손에서 빛은 오래도록 흔들렸다. 열정적 숨결이 그 빛을 어둡게 하거나 길을 벗어나게 하기도 했다. 하지만 그것은 살아나야만 했고 우리는 조금 더 일찍 그것을 알아봤어야만 했다. 우리는 그렇게 하지 못했지만 그 빛은 어쨌든 살아남았다.

카렐의 유산을 이어받은 자의 소명은 태풍 속에서 고귀해졌다. 대참사의 날들에 그 소명은 더 고귀하고 용감했다. 어느 순간 그 혼자만이 프랑스에서 아마도 카렐이 마음속에 억누르고 있었을 그런 용기와 신념을 보여주고 있었다. 왜냐하면, 카렐도 그런 기회가 왔을 때 자신의 의무를 저버리지 못하고 온 힘을 발휘했을 테니까. 지라르댕 씨는 그런 일에 구애받지 않을 수 있는 그런 귀한 행운을 타고난 사람이다. 때로 그것은 아주 큰 영예이기도 하다. [50]

---

[50] 이 글을 고치는 중에 너무나 슬프고 충격적인 소식을 들었다. 지라르댕 부인이 죽었다. 한 달 전에 아픈 그녀를 보았는데 그때도 그녀는 여전히 반짝반짝 빛나고 재

에브라르 이야기로 돌아와 보자. 에브라르가 내게 깊은 정신적 영향을 준 지도 3년이 흘렀다. 그런데 어느 날 그전까지는 전혀 예상치도 못했던 이유로 그는 나에 대한 영향력을 잃어버렸고 그날부터 나는 그를 잊기로 했다. 잊는다는 것은 사실 말로만 그렇다는 것이다. 왜냐하면, 정확히 표현하자면 그날부터 원한을 품게 되었다고 할 수 있으니까. 나는 대강 그 이유들이 여러 가지 속성을 가지고 있다는 것을 안다. 그중 하나는 그의 욕망을 향한 갈망인데, 그는 자신의 강렬하고 순간적인 행동하려는 욕구를 이렇게 표현하곤 했다. 또 다른 이유는 너무 반복되는 그의 성질머리이다. 그는 무력함이나 실망감으로 종종 신경이 곤두섰다.

국무위원 자리에 앉거나 거기에서 어떤 영향력을 행사하려는 순진한 욕망에 대해서는 나도 뭐라 하고 싶은 마음이 없다. 하지만 솔직히 말해 그런 야망은 나의 친애하는 에브라르를 조금 망쳤다고 생각한다. 왜냐하면, 그의 모습이 60살 먹은 할아버지처럼 변화하면 나는 거의 자식처럼 그를 사랑해주었는데 그는 그 순간만큼은 부드럽고, 진실하고, 단순하고, 순수하고 하늘의 이상으로 가득 차 있었기 때문

기 있고 우아하고 심성이 고왔다. 그녀는 정말 선량하고 좋은 사람이었다! 모든 사람이 그녀의 천재성을 알고 있었다. 하지만 그녀의 연극 작품에 최근에 보여준 그 섬세한 감정, 그 절절한 모성애를 오직 친구들은 이미 알고 있었다. 나 또한 그녀를 깊이 인정하고 있었다. 그녀는 우리와 함께 가장 고통스러웠던 이별, 그러니까 사랑했던 아이와의 이별을 함께 울어주었다. 정말로 순수하게 정말로 가슴 아파하면서! 그녀에게는 아이도 없었는데 말이다. 하지만 여자에게 엄마의 고통을 알게 하는 것은 지식이 아니다. 그것은 가슴이며, 타고난 따뜻한 마음이다. 지라르댕 부인은 그런 심성을 가지고 있는 사람이었다.

이다. 그가 정말 같은 사람이었을까? 나는 정말 알 수가 없다. 그는 분명 모든 면에서 진지했다. 하지만 그의 육신이 늘 한결같았다면 그의 진짜 본성은 어떤 사람이었을까? 그러니까 만성적인 병으로 그가 계속적으로 열과 무기력 상태를 왔다 갔다 하지 않았다면 말이다. 그가 병적인 흥분 상태를 보이면 나는 그에게, 반감이라고까지는 할 수 없지만, 이상한 기분을 느꼈다. 그는 젊어지고, 활기차고, 실제 정치 활동에서 작은 일에도 불같이 싸우려고 들어서 나는 무조건 그에게서 좀 멀어지고만 싶었다.

자신이 그렇게도 관심 있어 하는 것에 대한 나의 이 같은 무관심에 대해 그는 화를 내고 야단을 쳐야만 직성이 풀렸다. 이런 싸움을 피하기 위해 나는 그의 편지도 그의 방문도 되도록 받지 않으려고 했다. 그래서 점점 더 그런 것들은 줄어들었다. 그는 의원으로 선출되었다. 의회에 처음 참석했을 때 그는 나도 잘 기억이 나지 않지만 사유재산에 대한 문제를 다루었던 것 같다. 그는 능력 있는 정치적 웅변가라기보다는 능력 있는 이론가로 첫선을 보였다. 내 생각에 거기에서 그의 역할은 없었다.

나는 그를 괴롭히고 싶지 않았다. 그와 같은 남자에게서 우리는 걱정 없이 깨어나기를 기대할 수 있다. 우리는 몇 달 동안 보지도 않고 편지를 주고받지도 않았다. 나는 노앙에 칩거하고 있었고 그는 2월 혁명 때까지 이곳저곳에서 멀리 지나다니기만 했다. 마지막 만남에서 우리는 더는 근본적으로 생각이 일치하지 않았다. 나는 나의 이상에 대해 조금 연구하고 생각해 보았는데 그것은 그의 이상에게서 떨어져 다시 대혁명보다 더 한 세기 전으로 돌아가는 것처럼 보였다. 그에게 굳이 생페르 다리를 회상케 할 필요는 없었다. 그는 분명 맹세코 내가 플라네처럼 꿈을 꾸고 있다고 단언할 테니까. 그에게 "내 감정은 여전하고 점점 더 분명해지고 있고 그의 감정은 더 퇴보하고 희미해져 가는 것 같다."고 말하면 그는 흥분해서 화를 냈다. 그는 나의 사회주의를 신랄하게 비웃었다가도 곧 따뜻한 아버지처럼 행동했다. 그래서 나는 언젠가 그는 다시 사회주의자가 될 것이며 나보다 더 앞서서 나의 온건주의를 나무랄 것이라고 단언했다. 그가 살아 있기만 하다면 분명 그런 일이 벌어졌을 것이다.

헤어짐이나 죽음이 깊은 우정을 파괴하는 것은 아니다. 그를 향한 나의 우정은 여전했고 그의 우정도 어떤 일에도 불구하고 여전했다. 나는 그와 결코 결별한 적이 없었지만 그는 죽기 전 몇 년 동안 나와 결별했다. 그 이유를 말하자면 다음과 같다.

그는 임시정부 동안 부르주의 경찰서장이 되고 싶어 했다. 하지만 되지 못했고 그것을 내 탓으로 돌렸다. 그는 내가 내무부 장관과 가까워 그에게 영향력이 있다고 생각했지만 사실은 그렇지 못했다. 르드뤼 롤랭 씨는 정치적 결정에 있어 나와 의논하지 않았다. 어떤 사람들은 그런 소리를 했지만 그것은 아주 나쁜 소문이었다. 에브라르는 순진하게도 그런 시골 사람들의 소문들을 믿었다.

하지만 진실로 정직하게 말하지만 설사 내가 그런 영향력이 있고 또 내게 자문했다고 해도 아니면 더 정확히 말해 설사 내가 장관이었다고 해도 나는 이 장관이 한 것과 다르게 생각하거나 행동하지 않았을 것이라는 것을 그에게 솔직히 말해야만 했다. 나는 더 정직하게 그에게 말하길, "르드뤼 롤랭 씨가 이런 결정을 하고 그것을 발표할 때 그 자리에 나도 있었는데 그가 말한 선택의 이유가 내게는 아주 진지하고 공평해 보였다."고 했다. 에브라르는 내가 전에도 이미 말했고 또 그에게 직접 말하기도 했지만, 공화국이 공화국을 살릴, 공화국을 살려야만 할 그런 생각에 대해 등을 돌리는 것을 놀라워했다.

어쩌면 그는 미래의 주인공이 될 수도 있었을 것이다. 그는 세태에 따른 전환이 빠르고 진지한 사람이니 다시 등장한다 해도 부담스러워할 필요는 없을 것이다. 그리고 어떤 경우에도 그와 같은 힘으로는 미래를 위태롭게 하지 않아도 되었을 것이다. 하지만 분명히 말하지만 그는 당시에, 그러니까 완전한 신념과 원칙을 향한 절대적 열망을 바랐던 우리 시대에 적합한 사람은 아니었다. 그는 바로 직전에 그런 원칙을 던져 버린 사람이니 말이다.

내 생각이 틀리지 않았다. 주변 환경으로 압박받자 그는 산의 최고 봉우리 중 하나에 올랐고 격렬한 사건들은 그를 끌어내렸고 다시 오를 희망은 없었다. 잔인한 죽음이 그를 기다리고 있었으니까. 사람들은 그가 나를 결코 용서하지 않았다고 한다. 하지만 나는 그 반대라고 생각한다. 내 생각에 정직한 그의 마음과 명료한 그의 정신이 돌아왔을 때 그만이 깨달았을 것 같다. 오늘 그의 영혼과 마주하면서 나는 정말 평온하다.

그의 영혼은 정말 남달랐다. 근본적으로 누구보다 아름답고 순수했지만 세상 속에서 그 누구보다 아프고 고통받았다. 지금 나는 죽은 사람들과 더 평온한 마음으로 이야기를 나누며 이 땅의 빛보다 더 밝고 더 신성한 빛 가운데 서로 모든 것을 알아볼 수 있는 그런 더 좋은 세상을 기다리는 마음이다.

이제 나는 왕정복고 시대 동안 노앙에서 칩거했던 지난 8년간 함께했던 쇼팽에 대해 이야기하려고 한다.

1838년 모리스가 완전히 내게 오자마자 나는 겨울 동안 아이를 데리고 더 따뜻한 곳으로 가기로 결정했다. 그러면 지난해에 그가 겪었던 끔찍한 류머티즘을 다시 겪지 않을 수 있을 것 같아서였다. 또 동시에 나는 그 애와 딸아이가 조용히 공부도 할 수 있고 또 나도 쉬면서 글을 쓸 수 있는 곳을 원했다. 사람들을 만나지 않으면 시간이 많아지고 많은 일들에 시달리지 않아도 되니까.

이렇게 계획을 세우고 떠날 준비를 하는 중에 당시 내가 매일 보면서 그 천재성과 성품을 좋아하던 쇼팽은 만약 자기도 모리스처럼 할 수 있다면 자신도 병이 나을 수 있겠다는 말을 여러 번 했다. 나는 그 말을 믿었지만 내 생각은 달랐다. 나는 여행에 있어 그를 모리스와 똑같이 생각하지는 못했다. 단지 그 곁에 있는 사람으로 생각했을 뿐. 그의 친구들은 오래전부터 유럽의 남쪽으로 가서 얼마간 지내라고 성화였다. 사람들은 그가 폐결핵이라고 생각했다. 하지만 그를 진단한 고베르는 맹세코 그렇지 않다고 말했다. 하지만 그는 내게 말했다.

"사실 그에게 좋은 공기를 마시고 산책하고 휴식을 취하게 한다면 당신은 그를 살릴 수 있을 거예요."

또 쇼팽이 자기가 정말 사랑하고 자신에게 헌신적인 사람이 데려가지 않는 한 결코 사교계와 파리 생활을 떠나지 않으리라는 것을 이미 알고 있는 다른 사람들은 쇼팽이 너무나 노골적으로 지금까지 한 번도 취해 본 적 없는 태도로 자신이 원하는 것을 말하는 걸 보고는 내게 그것을 거부하지 말라고 압박했다.

상드가 그린 쇼팽의 초상(1842년).

　그들의 바람대로, 또 나 스스로도 쇼팽을 배려하려는 마음으로 함께 떠나자는 생각을 받아들인 것은 잘못이었다. 이미 병자인 한 아이와 너무나 건강해서 온통 난리법석인 아이, 이 두 아이를 데리고 외국에 가는 것만도 이미 버거운 일이었다. 내 마음의 고통과 의사로서 해야 할 책임 같은 건 생각지 않더라도 말이다.

　하지만 쇼팽은 당시에는 건강했기에 모든 사람을 안심시켰다. 쉽게 속지 않는 그지말라Grzymala를 제외하고 우리 모두는 그의 건강을 믿었다. 하지만 나는 쇼팽에게 정말 자신이 있는지 다시 생각해 보라고 했다. 왜냐하면, 지난 몇 년간 그가 함께했던 파리와 그의 주치의

와 친지들과 그의 아파트와 그의 피아노까지 그 모든 것을 떠난다는
것은 그에게 거의 공포에 가까운 일이었으니 말이다. 그는 절대적으
로 정해진 대로만 사는 사람이었다. 그 어떤 작은 변화도 그에게는 끔
찍한 사건이었다.

나는 아이들과 떠났다. 그리고 그에게는 페르피냥에서 며칠 머물
예정이며 그가 그곳에 며칠 안에 오지 않으면 스페인으로 가겠다고
했다. 나는 마요르카섬으로 가기로 했다. 그곳의 기후나 환경을 잘
안다고 생각하는 어떤 사람의 말을 믿고 말이다. 하지만 그는 아무것
도 모르는 사람이었다.

멘디자발은 우리가 둘 다 아는 친구였는데 그는 유명할 뿐 아니라
아주 훌륭한 사람이었다. 만약 쇼팽이 여행의 꿈을 저버리지 않는다
면 그가 마드리드까지 와서 쇼팽을 데리고 국경까지 갈 예정이었다.

그래서 나는 아이들과 하녀 한 명을 데리고 11월 중순에 길을 떠났
다. 첫날 밤은 플레시에서 보냈다. 그곳에서 나는 앙젤 부인과 다른
부인들 그리고 15년 전 나를 환대해주었던 가족들을 반갑게 만났다.
나는 딸들이 아름답게 성장해서 결혼한 것을 보았다. 내가 제일 좋아
하는 토닌은 정말 멋지고 매력적이었다. 사랑하는 아버지 제임스는
통풍을 앓으셔서 목발을 짚고 걸으셨다. 나는 아버지와 딸과 포옹했
는데 그것이 마지막이었다. 토닌은 첫 아이를 낳다 죽었고 그의 아버
지도 비슷한 시기에 죽었다.

우리는 여행을 위해 여기저기를 돌아서 갔다. 리옹에서는 우리의
대단한 예술가 친구인 몽골피에 부인과 테오도르 드센 등을 만났다.
그리고 아비뇽까지 론강을 타고 내려와서 세상에서 가장 아름다운 보

274

클뤼즈 쪽으로 달려갔는데 그곳은 페트라르카가 너무나 사랑해서 그의 시들 덕분에 불멸의 장소가 된 곳이다. 그곳에서 남프랑스를 가로지르며 퐁뒤가르를 잠깐 들렀다가 우리는 님에 며칠 머물면서 가정교사였던 친구 부쿠아랑을 만나고 도리보 부인과도 인사를 나누었다. 그녀는 계속 친구로 남고 싶을 만큼 매력적인 여자였다.

그다음 페르피냥에 갔는데 다음 날 쇼팽이 도착했다. 그는 여행을 잘 견뎌냈고 바르셀로나까지 또 바르셀로나에서 팔마까지의 항해를 다 견뎌냈다. 날씨는 좋았고 바다도 잔잔했다. 시간이 지나며 점점 더 더워지는 것을 느낄 수 있었다. 모리스도 나만큼이나 바다를 잘 견뎠는데 솔랑주는 그리 좋아하지 않았다. 하지만 섬의 가파른 절벽들과 아침 햇살로 인해 알로에와 야자수로 그늘진 섬을 보자 갑판 위를 아침처럼 즐겁고 상쾌하게 뛰어다녔다.

이 여행에 대해 이미 책 한 권을 썼기 때문에 마요르카에 대해서는 여기서 많이 이야기하지 않겠다. 그 책에서 나는 함께 여행하는 환자에 대한 나의 괴로움을 많이 이야기했다. 겨울이 되자 엄청난 폭우가 쏟아졌다. 쇼팽도 갑자기 모든 폐질환적 증상을 다 보이기 시작했다. 만약 모리스마저 류머티즘 증상을 보였다면 내가 어떻게 됐을지 모르겠다. 우리에게는 우리를 안심시켜줄 어떤 의사도 없었고 기본적 처방도 받을 길이 없었다. 설탕조차 매우 질이 나빠 먹으면 아프기도 했다.

하늘에 감사하게도 모리스는 여동생과 함께 아침저녁으로 비와 바람을 맞으면서도 아주 건강해졌다. 솔랑주도 나도 물이 넘치는 길이나 폭우를 두려워하지 않았다. 우리는 버려지고 폐허가 된 수도원에서 살 만하고 경치도 좋은 장소를 하나 발견하였다. 나는 오전에 아이들을 가르치고, 오후가 되면 내가 글을 쓰는 동안 아이들은 온종일 뛰어다녔다. 밤이 되면 우리는 달빛 아래 수도원 안을 뛰어다니거나 작은 방에서 책을 읽었다. 이 지방이 너무 야만적이고 동네 사람들이 물건들을 훔쳐가기도 했지만, 이 낭만적인 고독한 삶은 만약 우리의 동행자가 고통스러워하는 모습을 보지 않을 수 있었다면, 또 혹시 그가 죽을지도 모른다는 심각한 걱정으로 며칠 동안 여행의 즐거움과 기쁨을 다 잃어버리는 일만 없었다면 꽤 괜찮았을 것이다.

가엾은 천재 예술가는 끔찍하게 아팠다. 내가 충분히 고려하지는 못했지만 어렴풋이 두려워했던 일들이 불행하게도 현실이 되었다. 그는 완전히 정신 줄을 놓았다. 육신적 고통은 잘 참아냈지만 환각幻覺으로 인한 불안감을 이기지 못했다. 그에게 수도원은 몸 상태가 좋을 때조차도 공포와 유령들로 가득 찬 장소였다. 그는 그런 말을 하지는 않았지만 내가 알아서 짐작해야만 했다. 아이들과 저녁 산책을 하고 돌아오면 나는 밤 10시에 그가 피아노 앞에 창백하게 앉아 초점 잃은 눈과 흐트러진 머리를 하고 있는 모습을 보곤 했다. 그는 얼마 후에야 우리를 알아봤다.

그는 웃으려고 노력하면서 방금 작곡한 대단한 곡을 들려주었는데 그 곡은 다른 말로 더 잘 표현하자면 방금 전 고독과 슬픔과 두려움의 시간 동안 자신도 모르게 사로잡혔던, 그 끔찍하게 가슴을 찢었던 생각들이었다.

여기에서 그는 스스로 겸손하게 '전주곡'이라 이름 붙인 곡들 중 가장 아름다운 곡들을 작곡했다. 그 곡들은 모두 걸작이었다. 그중 몇 곡은 죽은 수도사들의 환영과 그들을 둘러싼 죽음의 노래에 대한 생각을 담고 있었다. 다른 몇몇의 곡들은 슬프고 감미로웠는데 그런 곡들은 해가 나고 건강이 좋을 때, 창문 아래 아이들의 웃음소리를 들으며 멀리서 들리는 기타 소리를 들을 때, 젖은 나뭇잎 아래 새들의 노래 소리에, 눈 위에서 시든 창백한 작은 장미를 보며 만든 곡들이었다.

또 침울하고 슬픈 곡들은 당신의 귀를 감미롭게 하면서 가슴을 후벼 파는 곡이었다. 어떤 곡은 음울하게 비가 내리던 저녁에 만든 곡인데, 빗소리는 그의 영혼을 두려움에 떨게 했다. 그날 모리스와 나는 그를 내버려 두고 팔마에 필요한 물건들을 사러 갔다. 그때 비가 와서 개천이 범람해 버렸다. 우리는 물이 넘친 개천 한가운데로 돌아오기 위해 6시간 동안 12킬로미터를 걸어 신발도 다 벗겨진 채 밤늦게 도착했다. 너무나 위험한 곳을 통과하느라 전세 마차꾼도 도망가 버렸다. 51

우리는 우리 환자가 불안해할까 봐 서둘렀다. 실제로 그는 불안해했던 게 사실이지만 울면서 전주곡을 연주하는 그의 모습은 마치 절망적 체념 상태로 굳어 버린 것 같았다. 우리가 들어오는 것을 보며 그는 일어나 비명 소리를 지르며 넋이 나간 듯이 이상한 목소리로 말했다.

"아! 나도 잘 알고 있어요. 당신들이 죽었다는 것을!"

그가 정신을 차리고 우리를 제대로 알아봤을 때 그는 우리가 위험했던 이야기들을 들으며 아파했다. 그런데 그는 말하길 우리를 기다리며 그 장면들이 떠올렸으며 그런 환상과 현실을 구별하지 못하고 그는 마치 자는 듯 평온하게 피아노를 연주하고 있었다. 그 자신도 죽

---

51 〔원주〕 〈유럽 미디 지방의 어느 겨울〉(Un hiver dans le midi de l'Europe)을 볼 것.

었다고 착각하면서 말이다. 그는 자신이 호수에 빠져 죽은 모습을 보았다. 무겁고 얼음 같은 물방울이 그의 가슴 위로 떨어진다고 생각했는데 내가 그것은 지붕 위로 떨어지는 빗소리라고 하자 그는 그것을 부인했다. 내가 그 소리를 흉내 내니 화를 내기까지 했다.

그는 온 힘을 다해 그런 유치한 흉내 내기를 제지했는데 그것은 그가 옳은 것이었다. 그의 천재성은 자연의 신비한 화음들로 가득 차 있었는데 그 화음들은 그저 밖으로 소리를 내는 것이 아니라52 자신 안에 있는 음악적으로 숭고한 생각들에 의해 해석된 것이었다. 그날 저녁 그가 작곡한 곡은 샤르트뢰즈의 지붕 위에서 울리는 빗방울 소리로 가득 차 있었다. 하지만 그것들은 그의 상상 속에서 재해석된 것이며 하늘에서 그의 가슴으로 떨어지는 눈물로 노래된 것이었다.

쇼팽의 천재성은 이 세상에 존재하는 그 어떤 것보다 깊은 감수성으로 가득 차 있다는 것이었다. 그는 단 하나의 악기로 무한의 언어를 이야기하게 했다. 어느 때는 아이도 연주할 수 있는 10줄의 악보에 무한한 승천昇天의 시와 그 어느 것과도 견줄 수 없는 역동적인 드라마를 담아낼 수 있었다.

그는 자신의 천재성을 표현하는데 그 어떤 대단한 악기들도 필요로 하지 않았다. 그는 영혼의 두려움을 연주하기 위해 색소폰도 오피클레이드도 필요치 않았고 신앙적 열정을 위해 교회의 오르간이나 사람의 목소리도 필요치 않았다. 대중들은 그를 알아보지 못했고 지금도

---

52 나는 《콩수엘로》(*Consuelo*)에서 이런 음악적 차이에 정의 내렸는데 그는 이것을 매우 만족스럽게 생각했었다. 그러니 이것은 분명하다.

그것은 마찬가지다. 예술이나 지적 취향은 좀 많이 발전될 필요가 있다. 그래서 그의 작품들이 좀 더 대중화될 수 있도록 말이다.

언젠가는 그의 피아노 연주 부분을 바꾸지 않고 그의 음악을 오케스트라로 바꿀 날이 오게 될 것이다. 또 모든 사람은 대단한 거장들보다 더 광대하고 더 완벽하고 더 똑똑한 이 천재가 제바스티안 바흐보다 더 개성 있고 베토벤보다 더 힘차고 베버보다 더 극적이란 것을 알게 될 것이다. 그는 그 세 사람을 다 합친 사람이며 또 그 자신이기도 하다. 그러니까 취향이 더 섬세하고 더 엄숙하며 더 고통스럽게 가슴을 찢는다. 그를 능가하는 사람은 오직 모차르트뿐이다. 모차르트만이 건강한 평온함 그러니까 충만한 생명력을 가지고 있기 때문이다.

쇼팽은 그의 힘과 약점을 알고 있었다. 그의 약점은 바로 그 자신이 조절할 수 없는 지나친 힘이었다. 그는 모차르트처럼(오직 모차르트만이 그것을 할 수 있는데) 아주 평이한 것을 가지고 걸작을 만들어낼 수 없었다. 그의 음악은 전체적으로 즉흥적이며 묘한 분위기를 자아냈다. 때때로 아주 드물기는 하지만 이상하고 신비스럽고 고통스러운 때도 있었다. 그의 공포심이 이해할 수 없을 때도 있었지만 어쨌든 그의 지나친 감수성은 그도 모르게 그를 오직 그만이 알고 있는 곳으로 데려갔다. 나는 분명 그에게는 좋은 충고자가 아니었을 것이다(마치 몰리에르가 자신의 하인에게 충고를 구하듯 그렇게 내게 했으니 말이다). 왜냐하면, 그를 알게 되면서 나는 그의 모든 떨림들을 함께 느낄 수 있었으니까.

8년 동안 매일 그의 비밀스러운 영감이나 음악적 명상에 함께 동화되다 보니 피아노 연주를 들으면 그의 생각이 어디로 끌려가는지, 그가 뭘 불편해하는지, 무엇을 이겼고 무엇을 괴로워하는지를 알 수 있었다. 그러니까 나는 마치 그가 자기 자신을 아는 것처럼 그렇게 그를 알게 된 것이다. 그러니까 아마도 그를 잘 알지 못하는 사람이 모든 점에서 그에게 더 실제적인 충고를 해줄 수 있었을 것이다.

때때로 그는 젊은 시절의 부드럽고 재미있는 생각들을 떠올리곤 했다. 그러면 그는 폴란드 민요나 순박하고 사랑스럽고 부드러운 로망스를 만들었지만 발표되지는 않았다. 마지막 작품 중 몇몇은 마치 밝은 태양이 비치는 수정 같은 샘 같은 곡들이다. 하지만 그런 곡들은 얼마나 드물고 짧은지, 그의 명상 속의 그 고요한 황홀경의 순간들이 말이다! 하늘의 제비들의 노랫소리나 고요한 물 위에서 헤엄치는 백조들의 감미로운 모습들은 그에게 고요 속의 반짝이는 아름다움 같았다. 마요르카 바위 위의 허기진 독수리의 외침 소리, 휘몰아치는 북풍의 바람 소리, 눈으로 덮인 주목들의 음울한 모습 등은 오랫동안 그를 슬프게 했고 오렌지 나무의 향기나 포도나무 가지의 우아함이나 노동자들의 무어 양식의 애가哀歌가 주는 즐거움보다 훨씬 오래 살아 있었다.

그는 모든 점에 있어서 이랬다. 한순간 따뜻함과 애정과 운명의 미소에 화답하는 듯싶다가도 며칠 동안 혹은 한 주 내내 이상하게 모든 것에 무관심한 채 혹은 실제 삶에 적응하지 못한 채 지냈다. 그런데 이상한 것은 진짜 고통보다 아주 사소한 것으로 더 부서졌다는 것이다. 그는 먼저 이해한 다음 느끼는 그런 능력이 없는 것 같았다. 그의 감정 기복이 무엇 때문인지는 알 수 없었다. 그는 자신의 한탄스러운 건강 상태도 정말 위험할 때는 영웅적으로 잘 참아냈다. 하지만 평소와 별로 크게 다르지 않을 때 정말 비참하게 괴로워했다. 이것은 뇌 시스템이 지나치게 발달한 사람들의 이야기이며 운명이었다.

이렇게 작은 것을 부풀리고 비참한 상황을 끔찍스럽게 생각하며 보다 풍요롭고 우아한 생활을 바라니 며칠 지나지 않아 그는 자연스럽게 마요르카를 끔찍한 곳으로 여기게 되었다. 하지만 그의 건강 상태가 너무 좋지 않아 바로 떠날 수 없었다. 또 그가 좀 좋아졌을 때는 바람이 반대로 불어 3주 동안 배가 항구를 뜰 수 없었다. 항구는 오직 하나뿐이었다.

발데모사의 샤르트뢰즈 수도원은 그에게는 하나의 시련이었고 내게는 고통이었다. 사교계에서는 너무나 부드럽고 유쾌하고 매력적이었던 쇼팽은 환자가 되어서는 고독 속에 절망적이 되어 갔다. 어느 누구도 그만큼 고상하고 섬세하고 공명정대하지 않을 것이다. 그와의 거래는 늘 정직하고 성실하며 그처럼 빛나고 유쾌한 사람도 없을 것이며 자기 분야에서 그렇게 똑똑하고 진지하고 완벽한 사람도 없을 것이다. 하지만 반대로 세상에! 그처럼 변덕이 심하고, 어둡고 이상한 환상에 사로잡히고, 작은 의혹으로 불같이 화를 내며 어떤 무엇으로도 만족하지 못하는 사람은 없을 것이다. 하지만 그 모든 것은 그의 잘못이 아니라 그의 병 때문이다. 그의 정신은 산 채로 벗겨지고 있었다. 장미꽃잎의 주름, 파리의 그림자가 그의 마음에 피를 흘리게 했다. 그는 나와 나의 아이들을 제외하면 스페인의 모든 것을 싫어했고 불쾌해했다. 그는 그곳에서 사는 불편함뿐 아니라 빨리 떠날 수 없는 것으로 죽어 가고 있었다.

마침내 겨울이 끝나갈 무렵 우리는 바르셀로나를 거쳐 배를 타고 마르세유로 왔다. 샤르트뢰즈를 떠나는 것은 좋기도 하고 슬프기도 했다. 아이들과만 있었다면 나는 그곳에서 2~3년은 잘 지냈을 것이다. 우리는 기본적으로 좋은 책들을 한 트렁크 가지고 왔고 그것을 아이들에게 설명해줄 여유도 있었다. 하늘은 점점 멋지게 변하고 섬은 즐거운 곳이었다. 낭만적인 우리의 거처는 우리를 매혹시켰다. 모리스의 시력도 좋아지고 부족한 것들도 웃어넘길 수 있었다. 나도 방해받지 않고 글을 쓸 수 있었을 것이다. 나는 환자를 돌보지 않을 때는 철학이나 역사책을 읽었다.

만약 쇼팽도 건강이 좋았다면 그곳에서의 생활이 무척 좋았을 것이다. 그렇게 고통스러운 와중에도 그의 음악은 이 성스러운 곳을 얼마나 아름다운 시로 가득 채웠던지! 샤르트뢰즈는 담쟁이 넝쿨과 계곡에 피어 있는 화려한 꽃들과 산 위의 너무나 맑은 공기와 수평선까지 펼쳐진 푸른 바다로 너무나 아름다웠다! 그곳은 내가 살았던 곳 중에 가장 아름다운 곳이었고, 내가 본 중에 가장 아름다운 곳이었다. 하지만 거의 즐길 수가 없었다! 환자를 떠날 수가 없어서 아이들과 매일 잠깐씩밖에는 외출할 수 없었고 어느 때는 아예 나가지 못하는 날도 있었다. 나 또한 피로와 칩거 생활로 매우 아팠다.

마르세유에서는 잠시 머물러야 했다. 나는 쇼팽을 유명한 코비에르 박사에게 진찰받게 했는데 그는 처음에는 병이 심각하다고 했지만 쇼팽이 빠르게 회복되는 것을 보고는 희망을 갖게 되었다. 그는 극진히 잘 돌보면 쇼팽이 오래 살 수 있다고 했고 그 자신부터 그를 극진히 치료해 주었다. 이 품위 있고 사랑스러운 의사 선생님은 프랑스에서 제일가는 의사들 중 한 명이었는데, 그중에서도 가장 매력적이고 가장 믿을 만하고 가장 헌신적인 사람이었다. 그는 마르세유에서 행복한 사람들과 불행한 사람들의 구세주였다. 신념에 찬 진보주의자였던 그는 나이가 들었음에도 여전히 영혼과 또 얼굴이 아름다운 사람이었다. 그는 부드러우면서도 동시에 힘이 넘치는 모습으로 늘 환하게 웃음 지으며 반짝이는 눈동자로 우릴 바라보았는데, 그런 그에게 우린 존경과 우정을 함께 보내지 않을 수 없었다. 그는 정말 그 누구보다 가장 아름다운 사람 중 하나였는데 그에게는 결점도 없고 활기차고 몸과 마음이 젊고 착하면서도 빛나며 최고의 지성을 갖춘 엘리트였다.

그는 우리에게 아버지와 같았다. 끊임없이 우리를 즐겁게 하기 위해 애를 쓰면서 환자를 돌보고 산책을 하고 아이들의 어리광을 들어주고 나와도 함께 시간을 보내면서 휴식까지는 아니지만 어떤 소망과 확신과 지적인 즐거움을 갖게 했다.

올해 마르세유에서 나는 그를 다시 만났다. 그러니까 15년이 지난후에 말이다. 그는 믿을 수 없을 정도로 내가 그를 마지막으로 보았을때보다 더 젊고 더 사랑스러웠다. 그동안 콜레라를 이겨낸 그는 젊은시절 가졌던 생각들을 여전히 믿으며 이 시대의 아이들은 더는 믿지않는 프랑스와 미래와 진리를 믿었다. 그것은 정말 고귀한 노년의 모습이었고 존경받을 만한 삶의 모습이었다!

봄이 오고 쇼팽이 다시 살아나 거의 약물치료도 받지 않게 되자 그는 우리에게 제노바에 가서 며칠 지내고 오라고 했다. 모리스와 그 멋진 도시의 아름다운 건축물들과 아름다운 그림들을 다시 볼 수 있다는 것은 큰 기쁨이었다.

돌아오는 길에 우리는 바다에서 거친 바람을 맞았고 쇼팽이 다시 아프게 되는 바람에 우리는 의사 선생님 집에 며칠 머물 수밖에 없었다.

마르세유는 처음엔 불쾌한 날씨와 무뚝뚝한 주민들 때문에 거부감이 들었지만 대단한 도시였다. 사실 알고 보면 날씨도 건강에 좋고 주민들도 좋은 사람이었다. 화려한 도시에서 모든 종류의 문명의 이기를 다 찾을 수 있고, 어떤 거리의 진열대들이 이탈리아의 그 멋진 장소들만큼이나 이국적이고 아름다운 것을 볼 때 거센 북풍이나 거센 바다, 또 불타는 뜨거운 태양쯤은 다 견딜 수 있다.

나는 큰 문제없이 건강해진 모리스와 회복 중에 있는 쇼팽을 데리고 노앙으로 돌아왔다. 그런데 며칠 뒤 둘 중 모리스가 더 아픈 환자가 되었다. 긴장이 완전히 풀린 탓인 것 같았다. 대단한 의사지만 돈은 필요치 않아 친구들이나 가난한 사람들을 치료하는 의사 친구 파페는 모리스의 식단을 완전히 바꿨다. 2년 전부터 모리스는 흰 살코기와 약간의 적포도주를 탄 물만 먹었었다. 그런데 이제 빠르게 성장하게 되니 더 많은 영양을 필요로 한다고 진단하고 모리스에게 사혈瀉血을 해 본 후에 완전히 반대의 처방을 내리게 되었다. 나는 그를 전적으로 믿었기에 그대로 실행했다. 이때부터 모리스는 병이 나아서 아주 좋은 건강 상태를 유지하게 되었다.

쇼팽에게서는 폐와 관련된 증상은 더 발견하지 못했지만 후두에 가벼운 증상이 있었는데 그리 심각한 것은 아니었다. **53**

이 다음으로 나가기 전에 나는 1839년 5월 12일 내가 제노바에 있는 동안 프랑스에서 일어났던 정치적 사건과 우리 시대 제일의 인물이라고 말할 수 있는, 하지만 당시에는 알지 못했고 한참 후에야 알게 된 아르망 바르베스에 대해 이야기해야만 할 것 같다.

처음에 그는 깊이 생각해 보지도 않은 채 어떤 애국심에서 충동적으로 시작했을 것이다. 그리고 5월 12일 사태에 대해 나는 루이 블랑과 그를 비난하고 싶다. 나는 또 감히 "성공이 모든 것을 정당화한다."는 이 슬픈 정의가 어떤 운명적 경구보다 더 심각한 결과를 야기한다고 말하고 싶다. 만약 그것이 원칙적으로 인류를 위한 거라면, 또 그것이 세상을 이끌어 나가는 데 기여할 수 있다면 몇 사람쯤은 희생되어야 한다고 생각하는 사람에게 이 말은 맞는 말인지도 모르겠다. 그런데 만약 용기 있고 헌신적인 노력이 아무 결말도 가져오지 못하고 또 어떤 조건이나 상황 속에서 실패해서 인류 구원의 시간을 늦

---

53 이 시기에 나는 천사 같던 친구 고베르를 잃었다. 1837년에 이미 나는 고귀하고 따뜻한 뒤리 뒤프렌을 이미 잃었었다. 그것도 아주 비극적이고 고통스럽게. 그는 그 전날 나의 남편과 저녁을 먹었었다.

"그는 10월 29일 오전 11시쯤 샤토루의 친구를 만났지요. 그는 매우 즐거워했는데 곧 할아버지가 될 거였습니다. 그는 약을 사러 갔는데 그 이후로는 행적을 알 수 없었는데 그의 시체가 센강에서 발견됐습니다. 그는 암살된 것일까? 그것은 알 수 없습니다. 강도를 당한 것도 아니었지요. 금으로 된 귀걸이도 그대로 있었으니까요."(1837년 말가쉬의 편지)

이 한탄스러운 사건은 여전히 의문으로 남아 있다. 이틀 전 뒤리를 본 오빠는 당시 정치 상황을 보며 그가 "다 끝났어. 다 잃어버린 거야!"라고 말하는 것을 들었다고 했다. 그는 매우 절망했던 것 같다. 하지만 부산스럽고 혈기왕성하고 힘이 넘치는 그는 잠시 뒤에는 다시 유쾌함을 되찾았었다.

추게 된다면 그의 의도는 순수한 것으로 인정받지 못하고 실제로 그는 죄인이 되는 것이다. 그 정의는 이긴 쪽에게는 힘을 실어주지만 실패한 쪽은 신념을 잃게 한다. 그는 죄 없는 피, 즉 그 일에 가담한 사람들의 소중한 피를 아무런 이유 없이 흘리게 한 것이다. 이제 대중들은 경계심을 갖게 되고 너무나 바보 같은 테러를 당해 이제 그들을 다시 돌아오게 하거나 설득하는 것은 불가능해진다.

성공은 하나님께 달린 비밀이란 것을 나는 안다. 만일 옛날처럼 믿을 수 있는 예언을 듣고 전진하는 것이 아니라면 사람들은 자신의 재산과 자유와 생명을 보존할 명분이 없는 것이다. 게다가 현대의 예언자는 바로 민중이다.

"민중의 소리가 신의 소리다!"

그런데 그 소리는 모호하고 맞지도 않는다. 민중들은 종종 자기 자신도 모르고 자신들의 생각이 어디에서 어디로 나타나는지도 모른다. 하지만 아무리 모호하다 해도 천재적인 음모자라면 그 예언이 어떤 의미인지 확신이 있어야 한다.

그러니까 일을 기획하는 자에게 지혜와 혜안慧眼과 그 일에 대한 필연성을 알 수 있는 특별한 능력이 없을 때 그는 그 소명의 제일 높은 곳에 있는 것이 아니다. 단 몇 명의 사람이라도 민중을 혁명의 피바람 부는 경기장 안으로 내모는 것은 너무나 심각한 일이어서 어떤 본능적 희생을 향한 열망이나, 순교자적 열정, 가장 순수하고 가장 숭고한 신앙에 대한 환상을 이유로 그런 일을 자초해서는 안 되는 것이다.

신앙은 신앙의 영역에 있어야 하는 것이다. 신앙이 만들어내는 기적은 그 영역을 벗어나서는 안 된다. 만약 그것을 현실적인 것에 적용하려고 한다면 신비스러운 믿음의 상태에만 머무는 것으로는 충분치 못하다. 신앙심은 실제로 타오르는 빛을 밝혀야 하고 그 특별한 빛은 실제적인 지식과 이론을 주어야만 한다. 신앙은 학문이 되어야 한다. 마치 나폴레옹이 전쟁터에서 했던 것만큼이나 정교해야만 한다.

이것이 바로 '계절사'의54 리더들이 했던 실수였다. 이들은 신앙심에 의한 기적을 믿었다. 이런 일에서는 필연적으로 또 다른 빛이 있어야 한다는 것을 모르고 말이다. 그들은 인간 정신이란 어떤 것인가를 알지 못했고 저항의 방식을 몰랐다. 그들은 쿠르티우스처럼55 심연 속으로 뛰어들었지만 민중들은 무기력하거나 불신앙의 상태 둘 중 하나인 것을 생각지 못했다. 그런 속에서 그들에 대한 사랑으로, 그들의 미래, 어쩌면 그들의 내일에 대한 존경심으로 비겁한 행동이나 무신론적 행동을 보여서는 안 되었다.

성공은 모든 것을 정당화하지 않는다. 단지 그 일을 해야만 했던 이유를 위대하게 해주고 어떤 점에서 인간적으로 나쁜 것을 강요하게 만든다. 이런 경우 민중의 개입은 방해물이 되기도 해서 과감히 떨치고 일어나 때를 기다려야 할 필요도 있다. 분노에 찬 고상한 영혼은 역사의 순간을 포착할 줄 알아야 한다. 신성한 불꽃으로 위대한 불길이 타오르게 할 순간을 감지할 수 있어야 한다. 그래서 어떤 집단이 민중과 함께 위험을 감수하며 때로는 민중의 운명을 바꾸기 위해 제

---

54 〔역주〕Société des saisons. 1837년에 세워진 과격한 공화주의자들의 모임을 말한다.
55 〔역주〕BC 362년 로마의 광장에 깊이 팬 구덩이 속으로 말을 타고 뛰어든 시민, 이후 이 구덩이는 즉시로 메워졌다는 로마 전설이다.

일 앞에 나서서 지혜롭게 준비하고 슬기롭게 모든 노력을 했음에도 적에게 완전히 패배당하며, 한마디로 행위를 통해 거대하고 뜨거운 저항을 보여주었다면 그들의 노력은 헛되지 않고 그들을 따르는 자들은 언젠가는 열매를 거두게 될 것이다. 그런 경우 사람들은 실패한 자들을 여전히 축복하게 된다. 사람들은 자신들을 위험에 빠뜨렸던 불행들을 용서할 수 있기 때문이다. 사람들은 그들이 우연히 행동한 것이 아니며 그들의 신념은 실패했지만 그들이 미리 다 계획한 것에 따른 거라고 생각한다. 이런 식으로 사람들은 어떤 능력 있는 장군이 승리를 위해 싸우다가 전군을 잃더라도 그를 용서하지만, 아무 소용없는 작은 호위대를 혼자 가서 무찌른 영웅은 욕하게 되는 것이다.

맹목적으로 자신들의 용맹한 본성에 따라 생명 같은 것을 우습게 여기고 오직 명예만을 이기적으로 추구하며 자신들을 희생한 바르베스와 마르탱 베르나르와 또 다른 일련의 순교자들을 비난하는 것을 하나님은 기뻐하지 않으시리라! 아니! 그들은 사려 깊고 깊이 생각하며 겸손한 사람들이다. 하지만 그들은 젊었고 종교적 의무로 타올랐을 뿐이며 그들은 자신들의 죽음으로 뭔가를 이룰 것으로 생각했다. 그들은 인간 본성의 위대함을 너무 과신했다. 그들은 모두가 자기들 같은 줄로 생각했다. 아! 나의 친구들이여. 잘못이라곤 차가운 이성으로 인간의 영혼이 가질 수 있는 가장 고상한 감정을 탓해야만 했으니 당신들의 삶은 아름다웠다!

하지만 바르베스의 가장 진정한 위대함은 판사 앞에서 그의 태도였으며, 감옥에서 그의 순교자적인 모습은 그 위대함의 완성이었다. 그곳에서 그의 영혼은 거의 성스러움 그 자체였다. 가장 웅변적이고 가장 순수한 가르침이 나온 것은 그 겸손하고 신앙적으로 깊은 영혼의 침묵으로부터였다. 그 침묵에서 느껴지는 그와 같은 절대적인 희생과 조용하고 부드러운 용기와 고통 속에 상처 입은 마음을 그 스스로 위로하는 따뜻한 위로에는 어떤 실수도 어떤 실패도 없었다. 바르베스가 친구들에게 보낸 편지들은 가장 아름다운 신념의 순간들을 보여주었다. 깊은 통찰을 통해 그는 가장 위대한 철학자의 반열에 섰지만 그저 가르치고 강의하는 그런 철학자들보다 위대해서 그는 철학적 힘을 진정한 기독교인의 겸손한 부드러움과 동일시할 수 있었다. 그렇게 해서 그는 어떤 새로운 사상을 창조하지 않으면서도 동시대의 가장 위대한 사상가와 어깨를 나란히 하게 된다. 그를 통해 다른 사람들의 말과 생각은 더욱더 풍성해진다. 그 생각들은 너무나 순수하고 비옥한 가슴속에서 싹을 틔워 그 가슴은 진리를 보여주는 하나의 거울이며 섬세한 의식을 위한 시금석이 되며 부패한 시대와 도당들의 불공평함과 시련과 박해의 날들 속에서 투쟁을 두려워하는 모든 사람을 위로해줄 수 있는 아주 드물고 진실한 무엇이 된다.

13. 달콤한 고통의 나날

마요르카 여행 후 나는 어떻게 하면 모리스가 맑은 공기도 마시고 즐겁게 뛰어놀면서 공부도 할 수 있게 도울 수 있을까 하는 어려운 문제를 해결하기로 했다. 노앙에서는 그것이 가능했다. 우리는 독서를 통해 학교에서 배우는 역사, 철학, 그리스와 라틴 문학을 대신할 수 있었다.

하지만 모리스는 그림 그리기를 좋아했는데 나는 그것을 가르칠 수 없었다. 또 내일 가르쳐야 할 것을 그 전날 내가 미리 공부하고 준비하고 하려니 더는 많은 것을 가르칠 수 없었다. 나는 교육 방법 같은 것을 몰랐기 때문에 나는 배워야 할 것을 습득하면서 모리스에게 적합한 방법론도 만들어내야만 했다. 또 솔랑주를 위해서도 동시에 또 다른 교육 방법을 모색해야 했다. 그 애는 또 자기 또래 아이들과는 전혀 다른 방식으로 교육시켜야만 했다.

나의 글쓰기를 포기하지 않는 한 이것은 내 능력 밖의 일이었다. 나는 이 문제에 대해 심각하게 고민하기 시작했다. 1년 내내 시골에 칩거하면서 나는 노앙 생활을 즐기며 내 영혼에 있는 지식들로 아이들을 가르치는 데 기여하면서 만족스럽게 살 수도 있었다. 하지만 곧 나는 가르치는 것이 적성에 맞지 않는다는 것을 깨달았다. 아니 더 정확히 말하자면 가르치는 데 필요한 특별한 소임을 수행하기에는 역부족이었다. 일단 하나님은 내게 좋은 언변을 주시지 않았다. 나는 정확하고 분명하게 표현하지는 못했다. 게다가 15분만 지나면 목소리도 나오지 않았다. 또 나의 아이들을 가르치기에는 인내심이 부족해서 차라리 다른 아이들을 가르치는 것이 더 나을 것 같았다. 학생을 너무 열정적으로 사랑해도 안 될 일이다.

나는 너무 과욕을 부리다 종종 아이들의 저항 때문에 절망하곤 했다. 젊은 엄마는 아이의 권태로움과 아이가 몰두하는 것이 뭔지를 잘 알지 못했다. 나 자신의 어린 시절을 회상해 보았지만 만약 그때 억지로 나를 공부시키지 않았다면 나는 바보가 되었거나 미쳤을 거란 생각이 들어 아이들의 반항을 꺾어 버리지도 못한 채 그것에 지쳐 죽어가고 있었다.

얼마 후 손녀에게 읽는 것을 가르쳤을 때는 마찬가지로 뜨겁게 사랑했지만 나는 인내심을 가지고 가르칠 수 있었다. 하지만 그러기까지 얼마나 많은 세월이 흘러야 했는지!

아이들을 위해 나의 삶을 어떻게 해야 할지 결정하지 못하면서 나는 내 마음속에 있는 어떤 질문에 대해 진지하게 생각해 보았다. 내 곁에서 함께 살겠다는 쇼팽을 받아들여야만 할까 하는 것이었다. 만약 은퇴 생활과 시골에서의 건전한 생활이 그의 정신적이고 육체적인 건강에 좋았던 그 시간이 얼마나 잠시 잠깐이었는지를 알았더라면 나는 망설이지 않고 안 된다고 했을 것이다. 나는 그가 마요르카에서 절망하고 두려워했던 것이 열에 들뜬 것 같은 독특한 지방색 때문이라고 생각했다. 그래서 좀 더 온화하고, 더 자연스럽고 좋은 주변 환경이 필요하다거나, 아픈 경우를 생각했을 때도 노앙은 좋을 거라고 생각했다. 명석한 의사 파페는 그를 애정을 다해 보살필 테니까 말이다. 플뢰리와 뒤테이유, 뒤베르네와 그들의 가족들, 플라네, 특히 롤리나는 처음 보자마자 그를 좋아했다. 모두가 나와 마찬가지로 그를 좋아했고 나와 함께 그의 버릇을 나쁘게 할 만반의 준비를 하고 있는 듯했다.

오빠는 다시 베리에 와서 살기 시작했다. 오빠는 올케가 상속받았고 우리 집에서 2킬로미터 정도 떨어진 몽지브레 지역에 자리 잡았다. 오빠는 내게 너무나 이상하고 미친 사람처럼 행동해서 내가 좀 심하게 대해도 상관없었다. 하지만 내게 너무나 잘하는 올케 언니와 또 내가 내 친딸처럼, 모리스만큼이나 정성들여 키웠던 조카딸에게는 그럴 수 없었다. 그런데 오빠는 자기 잘못을 뉘우칠 때는 얼마나 진정으로 얼마나 웃기게 얼마나 전심을 다해 울며불며 다시는 그러지 않겠다고 수백 번 맹세하며 뉘우치는지, 결국, 1시간도 안되어 나는 화를 풀어 버릴 수밖에 없었다. 그런 오빠가 아니었다면 과거는 결코 용서될 수 없었을 것이다. 그런데 또 그 오빠는 금방 견딜 수 없게 돼 버렸다. 대체 누가 그러는 걸까? 바로 그 오빠 자신이었다! 오빠는 내 어린 시절 친구였다. 행복하게 태어난 사생아, 그러니까 우리 집에서 버르장머리 없이 자란 아이였다.

이폴리트는 '앙토니' 역은[56] 잘 하지 못했을 것이다. 앙토니는 어떤 가족의 편견을 생각하면 진실한 면도 있다. 게다가 아름다운 것은 항상 얼마간 옳은 것이다. 하지만 앙토니와 반대되는 인물도 생각해 볼 수 있다. 이 비극의 작가는 그런 인물 또한 진실하고 똑같이 아름답게 만들 수 있을 것이다. 어떤 환경에서는 사랑으로 태어난 아이는 많은

---

56 〔역주〕 알렉상드르 뒤마의 희곡 〈앙토니〉의 주인공, 고아이며 애정과 질투와 분노의 화신이다.

관심 속에서 가정의 왕이 아니면 적어도 가정에서 가장 적극적이고 독립적인 아이가 돼서 뭐든 하고 싶은 것을 다 하고 또 사람들은 모든 것을 용납해 준다. 왜냐하면, 사회로부터 외면되는 것에 보상해줘야 한다는 생각을 하기 때문이다.

이런 생각 때문에 공식적인 직함 하나 없이 우리 가정에서 어떤 법적인 관계도 없었던 이폴리트는 변덕스러운 성격과 착한 심성 그리고 나쁜 머리로 집안을 지배하려 들었다. 그는 나를 그곳에서 내쫓아 버렸는데 그것은 단지 내가 그를 내쫓고 싶어 하지 않았기 때문이었다. 그는 항상 신경이 곤두서서 나를 그 싸움 속으로 항상 끌어들이고는 자신도 그 안에 합세해서 아버지의 집 입구에 그가 쏟는 눈물로 용서받고 사람들은 그를 안아주었다. 이렇게 또 한 번의 뉘우침과 용서의 드라마가 반복되는 것이다.

그의 원기 왕성함, 시들지 않는 유쾌함, 아무도 흉내 낼 수 없는 재치, 쇼팽의 천재성에 대한 순수하고 열정적인 감탄, 늘 그렇듯 술에 쩐 그 끔찍한 상태에서조차 오직 쇼팽에게만 보이는 존경에 찬 공경심은 뼛속까지 귀족적인 예술가의 호감을 샀다. 그러니까 처음에는 모든 것이 아주 좋았다. 그래서 나는 쇼팽이 우리와 함께 여름 동안 잘 쉬면서 건강을 되찾고 겨울에는 자연히 파리로 불려 가게 될 것으로 생각했다.

그래도 내 인생에서 이 새로운 친구와 함께 가족으로 얽힌다는 것은 깊이 생각해 봐야 할 문제였다. 나는 내가 해야 할 의무들이 두려웠고 또 스페인 여행에서 느꼈던 것처럼 내 삶에 지워야 할 어떤 한계들이 두려웠다. 만약 모리스가 다시 안 좋아져 내가 정신을 못 차리고 공부고 글쓰기고 다 포기해야 할 때 내 삶에 남은 약간의 평온하고 생기 있는 시간을 나는 또 다른 환자, 어쩌면 모리스보다 더 간호하기 힘들고 달래기 힘든 다른 환자에게 써야만 하는 걸까?

그런 새로운 의무 앞에서 어떤 공포감이 내 마음을 사로잡았다. 나는 열정을 향한 환상 같은 것은 없었다. 나는 쇼팽에게 정말 뜨겁고 진실하며 모성애적인 존경을 가지고 있었다. 그렇다고 해서 그 감정이 육적인 사랑, 그러니까 정열을 불러일으킬 수 있는 순수한 감정과 갈등을 일으키지는 않았다.

나는 사랑에, 그러니까 정확히 말하자면 열정에 대항하기에는 아직 여전히 젊었다. 젊은 나이와 나의 상황과 여성 예술가, 특히 잠깐의 기분 전환 같은 것은 끔찍하게 생각하는 여성 예술가의 운명을 타고난 사람의 충동은 나를 매우 두렵게 했다. 내가 아이들에게 소홀해지는 것은 결코 용인하지 말자는 결심을 하니 나는 쇼팽에게 느끼는 따뜻한 우정조차도 작지만 매우 위험한 것으로 여겨졌다.

그런데 좀 더 깊이 생각해 보니 이 위험은 사라졌고 그 반대로 생각되기도 했다. 그러니까 더는 알고 싶지 않은 그 감정들을 오히려 보호해줄 수 있는 것으로 말이다. 이미 너무나 고통스럽고 너무나 힘든 내 삶에서 또 다른 의무는 또 한 번 내게 종교적인 열정을 느끼게 해줄 기회로 여겨졌다.

만약 내가 계획에 따라 1년 내내 노앙에 칩거하며 글쓰기도 포기하고 아이들을 가르치면 어쩌면 나도 모르게 쇼팽을 그를 위협하는 위험에서 구해 낼 수 있을지도 몰랐다. 그러니까 너무 절대적으로 내게 집착하는 위험에서 말이다. 그는 다른 것을 생각할 수 없을 만큼 나를 사랑하지는 않았다. 그의 애정은 아직 그렇게 절대적이지 않았다. 그는 내게 폴란드에서의 낭만적인 사랑과 파리에서 겪었던 따뜻했던 관계들에 대해 특히 그가 살면서 유일하게 열정적으로 사랑했지만 멀리 떨어져 살아가야만 하는 그의 엄마에 대해 얘기해주었다. 연주를 위해 나를 떠날 수밖에 없게 되면 슬픈 일이기는 하겠지만 그는 오직 연주만을 위해 사는 사람이기 때문에 며칠 아프고 울면서 파리에서 6개월쯤 살게 되면 결국, 그는 본연의 우아함과 짜릿한 성공과 지적인 고상함을 찾게 될 것이다. 그것은 의심할 바 없는 것이고 나는 정말 의심하지 않았다.

하지만 어쩔 수 없이 둘 다 아무 생각 없이 운명적으로 오랜 인연을 맺게 되었다.

아이들을 내가 가르치겠다는 계획이 실패하자 나는 아이들을 좋은 선생에게 맡겨야겠다고 생각하고 파리에 집을 얻기로 했다. 그래서 피갈가에 정원이 있는 서로 연결된 2개의 빌라를 빌렸다. 쇼팽은 트롱셰가에 자리 잡았다. 하지만 그의 집은 춥고 습기 차서 그는 다시 심하게 기침하기 시작했고 나는 어쩔 수 없이 환자 보기를 포기하거나 아니면 다시 또 내 인생을 그 정신없는 삶 속으로 밀어 넣어야 했다. 그로서는 내게 그런 책임을 지우고 싶지 않아 거의 쓰러질 듯한 몸으로 와서는 다 기어들어가는 목소리로 아주 잘 지낸다고 말해주었다. 그는 우리와 저녁 식사를 하겠다고 온 다음 밤에는 덜덜 떨면서 마차를 타고 갔다.

그가 우리 식구들을 방해하는 것을 너무 괴로워하는 것 같아 내가 빌린 두 개의 빌라 중 한 곳을 빌리라고 하니 그는 기쁘게 그 제안을 받아들였다. 그는 그곳에 살면서 친구들을 초대하고 나를 방해하지 않고 피아노 레슨을 했다. 모리스는 그 위쪽 아파트를 사용했고 나는 딸과 함께 다른 빌라를 썼다. 정원은 아름다웠고 즐기며 놀기에 충분히 넓었다. 우리는 남녀 두 명의 선생님을 구했고 그들은 나름 최선을 다해주었다. 나는 가까운 친구들 말고는 사람들도 최소한으로 만났다. 나의 젊고 매력적인 친척 오귀스틴과 언니의 아들이며 나도 함께 돌봐줘야 했던 오스카, 나와 같은 이유로 파리에 와서 살고 있는 도리보 부인의 아름다운 두 아이들, 이렇게 내가 좋아하는 젊은이들이 가끔 우리 아이들과 어울리며 집안을 온통 들었다 놨다 하며 나를 즐겁게 해주었다.

이렇게 우리는 거의 1년을 보내며 이런 식으로 하는 홈스쿨링을 모색해 보았다. 모리스는 대체적으로 만족했다. 그는 우리 아버지가 그랬던 것만큼 그렇게 전통적인 학문을 파고들지는 않았다. 하지만 외젠 펠르탕 씨와 루아종 씨 그리고 지라르디니 씨와 읽고 이해하는 것을 배웠고 얼마 지나지 않아 혼자 지식을 습득하며 자기가 끌리는 분야를 공부할 수 있게 되었다. 또 그는 그동안 그냥 느낌대로 그림을 그렸지만 데생의 개념에 대해서도 배우게 되었다.

하지만 딸아이는 달랐다. 대단한 학식을 지녔으면서도 성품적으로 아주 부드러운 제네바 출신의 수에즈 양이 너무나 탁월하게 가르쳤음에도 불구하고 딸아이의 참을성 없는 성격은 어느 것에도 집중하지 못했고 그것은 정말 안타까운 일이었다. 왜냐하면, 지능과 기억력, 이해력이 정말 대단한 아이였기 때문이다. 그래서 아이에게 좀 더 자극이 되는 공공 교육으로 다시 돌아가야 했고 또 좀 더 규율에 얽매이게 하는 기숙사에 넣어야만 했다. 하지만 처음 넣은 기숙사는 마음에 들어 하지 않았다. 그래서 아이를 다시 꺼내 샤요의 바스캉 부인 학교로 데려갔다. 그곳에서 아이는 적응을 잘 해 집에 있는 것보다 훨씬 좋았다. 아주 멋지고 굉장한 집에 살면서 정말 대단한 바스캉 씨의 다정한 배려 속에 특별한 교육을 받으니 드디어 딸아이는 마침내 지적 교양이라는 것이 결코 아이를 괴롭히기 위한 것이 아니라는 것을 알게 되었다. 딸아이의 지론이 바로 이런 것이었는데 아이는 그동안 지적 학문이란 오로지 어린 소녀들을 괴롭히기 위해 '발명'된 거라는 생각을 하고 있었다.

이렇게 딸아이를 다시 떼어 놓게 되면서(딸아이에게 그런 모습을 보이고 싶지 않았지만 헤어질 때 너무 힘들고 아쉬워하며) 나는 모리스와 떨어지지 않고 여름에는 노앙, 겨울에는 파리에서 번갈아 살았다. 모리스는 어디서나 항상 잘 지냈다. 쇼팽은 매년 노앙에서 3~4개월을 지냈다. 겨울에는 일정을 앞당겨 파리로 가 그가 늘 말하듯 '나의 환자'로 돌아갔는데, 그는 시골 생활을 싫어하며 내가 돌아오길 바랐기 때문이다. 그는 시골에서는 보름 이상 있는 것을 싫어했고 그것도 나 때문에 참고 있을 뿐이었다.

쇼팽이 마음에 들어 하지 않아 우리는 피갈가의 빌라를 떠나 오를레앙 광장 쪽에 자리를 잡았다. 그곳에서 우리는 착하고 활동적인 마를리아니 덕분으로 가족적인 생활을 하며 지냈다. 그녀의 집은 우리 두 사람의 집 사이에 있었다. 그리고 우리는 나무들이 심겨 있고 모래가 있으며 항상 깨끗하고 넓은 정원만 가로지르면 모두 만날 수 있었다. 때로는 그녀의 집에 혹은 우리 집에 또 쇼팽이 우리를 위해 연주할 수 있는 날에는 쇼팽의 집에 모였다. 우리는 각자 비용을 내고 그녀의 집에서 함께 식사했는데 그것은 정말 즐겁고 경제적인 방법이었다. 또 나는 마를리아니 부인 집에 오는 사람들도 볼 수 있었고, 우리 집에서는 더 친한 친구들을 보았고 또 내가 내 일을 하고 싶을 때는 언제든지 자리를 뜰 수 있었다. 쇼팽도 따로 아름다운 살롱을 가지고 있는 것을 좋아했고 그곳에서 작곡도 하고 악상에 잠길 수도 있었다. 하지만 그는 사람들을 더 좋아해서 자기 집에는 레슨을 할 때만 갔다. 그가 작곡을 하고 글을 쓰는 곳은 오직 노앙뿐이었다. 모리스도 나의 집 위에 자기의 아파트와 아틀리에를 가지고 있었다. 솔랑주는 내 방 옆에 작고 예쁜 방을 하나 가지고 있었는데 외출하는 날에는 그곳에서 오귀스틴과 귀부인처럼 치장하는 것을 좋아했다. 그리고 자기 오빠와 오스카는 절대로 들어오지 못하게 했는데 남자들은 상스럽고 담배 냄새가 난다는 이유였다. 하지만 딸아이는 남자들을 화나게 하려고 오빠의 아틀리에로 기어 올라갔는데 그러면 또 남자아이들이 딸아이 방문을 두드리고 딸아이는 욕을 하며 쫓아내고 하면서 온종일 소란을 피우며 지냈다.

처음에는 수줍고 놀림 받았지만 곧 다른 아이들을 놀리는 장난꾸러기가 된 아이가 하나 있었다. 이 아이도 이 장난에 합세하여 온종일 집들을 왔다 갔다 하면서 웃고 떠드는 바람에 온 이웃을 괴롭혔다. 이 아이는 바로 모리스가 들라크루아 화실에서 만난 친구인 외젠 랑베르였다. 이 아이는 아주 똑똑하고 마음도 따뜻하고 많은 가능성을 가지고 있는 아이여서 곧 나는 이 아이를 내 아이처럼 생각하게 되었다. 이 아이는 노앙에도 초대되어 지금까지 12번 노앙에서 여름을 보냈다. 겨울에 몇 번 왔던 것은 제외하더라도 말이다.

얼마 후 나는 오귀스틴을 완전히 우리 집으로 데려왔다. 가정적이고 조용한 칩거 생활이 날이 갈수록 내게 더 소중하고 절실해졌다.[57]

이제 이 8년 동안 내 주변에 있었던 나의 소중한 친구들에 관해 설명하자면 아마도 책 한 권을 더 써도 모자랄 것이다. 하지만 이미 말한 사람들 말고 나는 이 사람들의 이름을 언급하고 싶다. 루이 블랑, 고드프루아 카베냑, 앙리 마르탱 그리고 우리 시대의 가장 천재적인 여성이며 품위 있는 폴린 가르시아. 그녀는 천재적인 예술가의 딸로 라말리브랑의 자매이고 현명하고 겸손하며 재능 있고 무엇보다 마음이 비단결 같은 내 친구 루이 비아르도와 결혼했다.

또 이들보다 덜 가깝기는 했지만 이들만큼이나 존경했던 사람들로 미키에비치, 라블라쉬, 알캉 에네, 솔리바, E. 키네, 페페 장군이

---

57 이 예쁘고 착한 아이는 항상 나를 위로하는 천사였다. 하지만 그렇게 착하고 마음이 따뜻한 아이였음에도 불구하고 이 아이는 너무 큰 슬픔의 이유이기도 했다. 그의 친척들은 이 아이를 두고 나를 괴롭혔다. 나는 그 아이를 전적으로 보호해야 할 정당한 이유가 있었다. 성인이 되어서도 이 아이는 나로부터 떠나가길 원하지 않았다. 이것이 나도 이유를 알 수 없는 싸움과 무례한 행동들의 원인이었는데 그 사람들의 이름을 언급하고 싶지는 않다. 그들은 끔찍한 풍자시로 나를 위협하며 4만 프랑을 내놓으라고 했다. 내가 응하지 않자 그들은 말도 안 되는 거짓말로 점철된 추잡한 풍자시를 퍼뜨렸고 경찰은 곧 그것을 금지했다.

내가 이 품위 있고 순수한 아이 때문에 겪어야 했던 고통스러운 순교는 그게 아니었다. 이번에는 그 아이에 대한 중상모략이 극에 달했고 나는 그 모든 것들로부터 그 아이를 보호하기 위해 여러 번 내 가슴은 부서지고 나의 소중한 애정들도 상처 입어야 했다.

있다! 또 재능과 인기와 상관없이 변함없는 우정을 보여준 대단한 배
우 보카주, 감동적인 우정을 보여준 귀족적 장인 아그리콜 페르디기
에와 강인하고 순수한 정신력의 보유자 페르디낭 프랑수아, 재능 있
는 프롤레타리아 작가 질랑, 너무나 진실하고 매력적인 에티엔 아라
고, 너무나 멜랑콜리하고 진지한 앙셀름 페테텡, 최고의 남성이며 마
를리아니 부인의 친구인 너무나 사랑스러운 본쇼즈 씨, 출판하지는
못했으나 매력적인 시인이며 가슴속에 늘 장미를 품고 있지만 결코
그 마음에 가시는 없었던 섬세하고 유쾌한 노신사 랑코뉴 씨, 우리의
소중한 젊음의 즐겁고 애정 어린 아버지 멘디자발, 뛰어난 예술가이
며 순수하고 품위 있는 드사우어, 마지막으로 늦게 만나기는 했지만
너무나 소중한 헤첼과 아주 오래된 그리고 너무나 그리운 바렌 박사
가 생각난다.

　하지만 죽음 혹은 헤어짐으로 이 중 많은 사람과의 관계는 끝이 났
다. 그래도 나의 추억과 우정은 여전히 따뜻하다. 내가 계속 만날 수
있었던 사람 중에는 너무나 신선한 생각의 소유자이며 누구보다 독창
적이고 누구보다 식견이 넓었던 아르팡티니 대위와 매우 품격 있는
감성을 시적 언어로 표현하는, 들라투슈가 장미꽃처럼 예쁘다고 말
했던 작가 오르탕스 알라르 부인이 있다. 그녀는 정말 독립적이며 용
기 있는 여자였는데 머리도 명석하고 진지한 사람이었다. 그녀는 조
용하고 평온한 은둔 생활을 했기 때문에 그녀의 고상함은 사교계에서
빛이 났다. 또한 그녀는 다정하고 강한 엄마였으며 여자지만 남자처
럼 강인한 사람이었다.

　또 머릿속에 열정이 가득했고 성품이 너그러웠으며 아이 같은 순수

한 상상력과 영웅 같은 면모를 지녔던 이 성스럽고 광적인 순교자 폴린 롤랑도 있다. 또 앞서 언급한 미키에비치는 조국에 대한 불타는 애국심과 성스러움에 대한 도취로 바이런만큼이나 열정적 영혼의 소유자였다. 또 우리 시대 최고의 연극배우이며 가장 완벽한 가수인 라블라쉬, 그는 실제 생활에서는 재기가 번뜩이는 존경받는 한 가정의 아버지였다. 또 서정적 음악을 작곡하는 데 대단한 재능을 지녔으며 대단한 교수이고 고상하고 품위 있는 성격에 유쾌하고 열정적이고 진지한 예술가 솔리바도 있다. 또 알캉을 들고 싶은데 그는 창조적이고 독창적인 생각으로 가득 찬 유명한 피아니스트로 머리도 좋고 마음도 따뜻한 남자다. 모두가 그의 글을 읽어서 알고 있는 에드가 키네로 말할 것 같으면 해박한 지식에 대단한 감성의 소유자인데 그의 친구들에 따르면 그는 순수한 겸손함과 욕심 없는 마음의 소유자이기도 하다. 마지막으로 페페 장군은 순수하고 영웅적인 영혼의 소유자로 《플루타르크 영웅전》에 나오는 영웅 중 한 사람 같은 사람이다. 나는 정치계에서나 사적으로 만나는 마치니나 다른 친구들을 언급하지 않았는데 그들은 다 한참 후에 만난 사람들이다.

이미 이때부터 나는 여러 사람들과의 관계를 통해 사회의 극과 극인 사람들을 만났다. 호화로운 사람과 비참한 사람들, 또 뜨거운 신앙의 소유자들이나 가장 혁신적인 생각을 하는 사람들을. 나는 인류를 움직이고 인류를 이끌어 가는 다양한 사람들에 대해 알고 이해하고 싶었다. 나는 주의 깊게 그들을 살폈고 종종 속은 적도 있었지만 때로는 분명한 깨달음을 얻기도 했다.

절망적이었던 젊은 날을 보낸 후 나는 너무 많은 몽상에 빠지곤 했다. 병적인 회의주의 다음에 온 것은 지나친 포용과 천진난만함이었다. 내 안에서 싸움을 일으키는 서로 다른 생각들을 대천사의 환상 속에 수천 번 녹이며 나 자신을 속인 적도 있었다. 마음이 충만할 때는 정말로 그렇게 단순하게 살 기회도 있었다. 하지만 나는 그 병에서 치유되어야만 했는데 마음이 너무 많은 피를 흘리고 있었기 때문이다.

여기서 말하는 나의 삶은 겉으로 보기에는 너무나 좋아 보인다. 아이들이나 친구들이나 내 일에 있어 좋았던 날들도 있었지만 여기서 얘기하지 않은 비탄스럽고 고통스러운 삶의 이야기도 있다.

하루는 내 삶의 모든 곳에서 갑자기 한꺼번에 몰려드는 뭐라 말할 수 없는 불의에 화가 나서 노앙 정원의 한 작은 나무로 가서 울었던 적이 있다. 그곳은 예전에 엄마가 나를 위해서 또 나와 함께 작고 예쁜 자갈들로 장식했던 곳이었다. 그때 나는 거의 마흔이 다 된 나이였는데 끔찍한 신경통에 시달리긴 했지만 육체적으로 젊은 시절보다 더 힘이 세다고 생각했다. 무슨 이상한 생각을 하다가 왜 그런 생각이 났는지 모르겠는데 갑자기 예전에 나의 튼튼한 엄마가 들어 올리는 것을 봤던 한 큰 바위를 들어 올리고 싶은 생각이 들었다. 나는 그것을 별 힘도 안 들이고 들어 올린 후 절망적으로 다시 내려놓으며 속으로 이렇게 말했다.

"아! 세상에, 아직도 40년을 더 살아야겠구나!"

그때 끔찍하게도 오랫동안 추구했던 삶에 대한 공포와 휴식에 대한 갈망이 몰려왔다. 나는 그 바위 위에 앉아 통곡하며 슬픔을 달랬다. 그런데 그때 내 안에 대단한 혁명이 일어났다. 2시간 동안 꼼짝도 하지 않고 있다가 2~3시간 동안 깊은 생각에 잠겨 있다 다시 마음의 평온을 찾았는데 그 시간이 지금도 눈에 선하다.

체념은 내 천성이 아니었다. 그것은 막연한 희망이 뒤섞인 음울한 슬픔의 상태였는데 나는 그런 것은 알지 못했다. 다른 사람들에게서는 종종 그런 것을 보았지만 내가 그런 것을 느껴본 적은 없었다. 나라는 인간은 그런 것을 거부하고 있었다. 완전히 밑바닥까지 절망한 후에는 용기가 생겼다. "다 잃어버렸어!"라고 말할 때까지 가게 되면 나는 모든 것을 받아들이기로 했다. 심지어는 '체념'이란 단어 자체에도 나는 화가 났다. 맞든 틀리든 내 생각에 그것은 가혹한 운명의 굴레에서 자신은 빠지려는 어리석은 게으름이었다. 그것은 이기적인 안전만을 구하는 영적 게으름이었으며 불의한 공격에 냉혹하게 등을 돌리는 것이며 우리의 불행에 두려운 마음도 없이 무감각해지는 것이며 결과적으로 그 일을 당하는 사람에 대해 동정심도 없는 것이다. 완전히 체념한 사람들은 인간 자체를 향한 혐오와 경멸로 가득 찬 것처럼 보인다. 인류를 짓누르는 바위들을 들어 올리려는 노력도 하지 않은 채 그들은 스스로 모두가 바위이고 자신들만이 하나님의 자녀라고 생각한다. 58

내 앞에는 다른 해결의 방법이 있었다. 증오심이나 원한 없이 신앙으로 모든 것과 싸우며 모든 것을 다 감내하는 거였다. 이 세상에서는

---

58 라마르틴 씨도 같은 감정을 느끼고 있었다. 실비오 펠리코는 그의 눈에는 이런 체념하는 사람으로 보였고 그런 체념이 그를 화나게 하는 것이었다.

어떤 야망이나 어떤 꿈이나 어떤 개인적 행복도 바라지 말고 오로지 저세상을 희망하고 저세상을 위해 노력하면서 말이다.

이것은 정말이지 내 천성과 가장 잘 맞는 결론인 것 같았다. 나는 개인적인 열정 없이, 개인적 행복 없이도 살 수 있었다.

나는 정이 넘쳐서 이런 본능적인 생각을 절대적으로 실행에 옮기고 싶었다. 나는 사랑하거나 혹은 죽어야 했다. 나 자신이 거의 사랑받지 못하면서 사랑한다는 것은 불행한 일이었다. 하지만 사람은 불행하게 살 수도 있다. 우리를 살 수 없게 하는 것은 자신의 삶이 쓸모없게 되는 것 아니면 자신이 생각하는 삶의 원칙과 반대되는 삶을 사는 것이다.

이런 결심을 하고 내게 그럴 힘이 있는지 자문해 보았다. 나는 그런 꿈같은 행동에 오를 만큼 그렇게 나 자신이 충분히 고귀하다는 생각은 들지 않았다. 게다가 여러분들도 알다시피 우리가 살고 있는 이 회의주의의 시대에는 오직 하나의 큰 빛만이 빛나고 있었다. 오직 인간의 도덕적 고결함만이, 인간의 영혼 속에서 환한 빛이었다. 하지만 나는 신앙을 통해 그것만으로 충분치 않으며 우리에게는 하나님의 구원이 필요하다고 생각했다. 그렇지만 하나님의 구원을 받아들이건 받아들이지 않건 간에 우리는 이성적으로 도덕적 고결함은 우리 양심이 느끼는 빛나는 진리의 결과이며 우리 마음과 의지에 명령하는 확신이라고 생각했다.

그래서 나는, 너무나 고풍스럽게 보이는 '도덕적 고결함'이란 오만한 단어를 마음속에서 지워 버리면서 다른 확신으로 가득 찼다. 그리고 현명하게도 다시는 그런 선입견들에 휘둘리지 않아야겠다는 생각을 하게 됐다. 그리고 이런 확신을 밀고 나가려면 매순간 어떤 이기주의가 신념의 불꽃을 꺼뜨리지 않는지 지켜봐야 한다고 생각했다.

이런 어리석은 인간적 생각으로 동요하고 흔들리고 충돌하기도 했지만 이 생각에는 의심의 여지가 없었다. 우리의 영혼은 항상 깨어서 지켜보는 것이 아니라 잠이 들고 꿈을 꾸기도 했으니까. 하지만 현실을 직시하면서도, 그러니까 이기주의로는 행복할 수 없다는 것을 깨달으면서도 나는 내 영혼을 구원하고 깨울 능력이 없었는데 이것 또한 의심의 여지가 없는 일이었다.

이렇게 뜨거운 종교적 열정과 하나님을 향한 진정한 마음의 비상飛翔과 함께 기회를 기다리면서 나는 너무나 평온함을 느꼈고 이런 내적 평강平康을 평생 지니고 있었다. 때로는 흔들리고 포기하고 실패한 적도 있었고 너무나 의지적으로 가혹하게 나를 밀어붙이는 바람에 몸이 무너져 버린 적도 있었다. 하지만 내 생각의 깊숙이에는, 내 삶의 습관 속에는 어떤 의혹이나 저항 없이 그런 평온함이 있었다.

특히 나는 기도를 통해 평온함을 되찾았다. 하늘을 향해 정해 놓은 그런 기도를 말하는 것이 아니라, 이상적인 진리의 빛과 무한한 완전성과 대화하는 그런 기도를 통해 말이다.

내가 겪고 또 싸웠던 모든 고통 중에 나의 '지병'도 적지 않은 고통을 주었다.

쇼팽은 항상 노앙을 그리워했지만 결코 노앙을 견디지는 못했다. 그는 특히나 세상 속의 남자였다. 그것도 너무 공식적이거나 많은 사람이 북적대는 그런 사교계가 아니라 한 20명쯤 되는 아주 친밀한 사람들의 모임을 좋아했다. 그러니까 사람들이 다 떠나가고 친한 사람들끼리 연주자 주위에 둘러앉아 그에게 가장 순수한 영감에서 나오는 즉흥곡을 주문하는 그런 시간 말이다. 이런 때 그는 최고의 천재성과 능력을 발휘했다. 그런데 그는 즉흥적인 연주로 우리들의 영혼을 가혹한 절망 속으로 빠져들게 하면서 청중들을 깊은 몽상과 고통스런 슬픔 속에 밀어 넣은 후에 갑자기 자기 자신과 다른 사람들에게서 자신의 고통에 대한 기억을 없애려는 듯 슬쩍 거울 쪽으로 몸을 돌려 머리카락과 넥타이를 매만지면서 순식간에 냉정한 영국 사람처럼, 무례한 노인처럼, 감상적인 영국 여자처럼 아니면 비정한 유대인처럼 변했다. 이 슬픈 인간 군상들의 모습은 좀 웃기기는 했지만 너무나 진지한 몸짓에 모두들 반하지 않을 수 없었다.

쇼팽의 이 모든 숭고함, 매력 혹은 이상한 행동들은 그를 그가 속한 사교계의 영혼 그 자체가 되게 했다. 그의 귀족적인 성품, 공평함, 자신감을 넘어서는 교만함, 또 천박한 취향이나 무례함에 대한 그의 적개심, 거래에 있어서의 확실함 그리고 너무나 섬세한 그의 처세술은 사람들로 하여금 그를 좋은 친구를 넘어 진정한 친구로 여기게 해서 사람들은 문자 그대로 그를 서로 뺏어가느라 난리를 쳤다.

공주들의 무릎에서 애지중지하며 자라난 쇼팽에게 단순하고 따분하고 열심히 뭔가를 해야만 하는 삶을 살게 하는 것은 그를 살아가게 하는 원동력을 빼앗는 것이다. 그러니까 진실을 말하자면 어떤 꾸며진 삶을 말이다. 그러니까 그는 분을 바른 여자처럼 뒤로 모든 열정과 힘을 다 쏟아붓고는 저녁에 집에 들어와 밤이 되면 고열과 불면증에 시달리는 것이다. 하지만 그것은 한 가정의 정해진 틀 안에서 칩거하며 사는 삶보다 더 짧지만 더 살아 있는 삶일 것이다.

그는 파리에서 매일 여러 가정을 돌아다니거나 혹은 매일 저녁 적어도 다른 가정들을 선택했다. 그래서 그는 스무 개나 서른 개의 살롱을 다니며 사람들이 자신에게 취하고 매혹되게 했다.

쇼팽은 전적으로 자기의 감정대로만 살도록 태어난 사람이 아니었다. 그는 상대에 따라 달라졌다. 모든 아름다움과 고상함과 미소에 감동하는 그의 영혼은 너무 쉽고 즉각적으로 사람들에게 열릴 수 있었다. 또 마찬가지로 잘못된 말 한마디나 애매한 미소 등에는 너무 지나치게 상처받았다. 그는 같은 파티에서 세 명의 여자들을 열정적으로 좋아하다가는 그 여자들 중 누구도 생각하지 않으며 혼자 떠나 버리면서 남겨진 세 명의 여자들에게 모두가 자기가 쇼팽을 매혹시켰다고 믿게 했다. 우정에 있어서도 그랬다. 처음에 열광했다가 싫어하며 끊임없이 어떤 대상에게 열중했다가는 또 은밀히 불만을 품었는데 이는 그의 가장 소중한 감정들을 죽이는 것이었다. 그가 얘기한 것 중 한 일화가 그가 얼마나 다른 사람에게는 자기 생각을 강요하면서 자기는 다른 사람들 입장에서 생각하지 않는지 증명해준다.

그는 어떤 유명한 대가의 딸에게 깊이 빠져 있었다. 그는 그녀에게 청혼할 생각이었는데 당시 그는 폴란드의 다른 여자와도 결혼할 생각을 하고 있었다. 그는 둘 중 선택하지 못하고 그의 뜨거운 마음은 계속 흔들리고 있었다. 파리의 여자는 그를 친절하게 대해주었고 모든 것이 순조롭게 진행되었다. 그런데 어느 날 그가 파리에서 자신보다 더 유명한 다른 연주가와 함께 그녀 집에 갔는데 그녀는 쇼팽보다 그에게 먼저 앉으라며 의자를 권했다. 쇼팽은 다시는 그녀를 보지 않았고 즉시 그녀를 떠나 버렸다.

이것은 그의 영혼이 차갑고 메마르다는 것을 말하는 것이 아니다. 그 반대로 그의 영혼은 뜨겁고 헌신적이지만 전적으로 또 계속적으로 어떤 한 사람에게만 그렇지 못하다는 것이다. 그는 대여섯 명에게 차례로 마음을 주고 돌아가면서 한 사람에게 열정을 바친다.

아마도 그는 이 세상에 오래 살도록 만들어지지 않은 것 같다. 너무나 예술가 그 자체였던 사람으로 말이다. 그는 어떤 철학적 관용이나 이 세상의 어떤 긍휼도 흉내 낼 수 없는 이상적인 꿈에 빠져 있었다. 그것은 인간의 본성과 결코 타협하고 싶어 하지 않았다. 그는 현실을 받아들이지 않았다. 여기에 그의 악덕과 미덕, 위대함과 비참함이 있었다. 부담스러운 것은 조금이라도 책임을 지려 하지 않으면서 그는 아주 작은 빛에도 뜨겁게 열광하며 그의 상상력은 그 태양을 보기 위해 어떤 것이라도 지불하며 솟아올랐다.

그래서 그는 자기가 좋아하는 대상에게 따뜻했으며 동시에 잔인했다. 왜냐하면, 조금이라도 그 빛이 퇴색하는 것 같으면 그는 아주 작은 그늘에도 당신에 대한 환멸로 가득 찰 것이니까.

사람들은 내가 내 소설 중 하나에서 그의 성격을 너무나 똑같이 묘사했다고 하지만 그것은 틀린 말이다. 왜냐하면, 사람들은 그의 특징 몇 개를 알아봤다고 믿는데, 좀 장황하지만 매우 아름다운 문장들로 가득 찬 《쇼팽의 삶》을 쓴 리스트조차도 사람들이 쇼팽이라고 착각하기 쉽게 그의 특징들을 그렸지만 여전히 자기 의도와 다르게 제대로 그를 그리지 못했으니 말이다.

나는 소설 《루크레치아 플로리아니》에서 단호한 성격에, 자기감정이 뚜렷하고 고집 센 남자를 그려냈다. 하지만 쇼팽은 그런 사람이 아니다. 소설 속 인물이 아무리 그럴듯해도 실제 사람의 성격은 소설 속 인물과는 다르다. 실제로 사람들의 성격은 너무나 변화무쌍하고 일관성이 없어서 아마도 현실적이기보다는 거의 미스터리하다고 할 수 있다. 소설에서는 이런 일관성 없는 성격을 교정할 수밖에 없다. 그것들을 다 담아내기에는 한계가 있기 때문이다.

　쇼팽의 성격은 정말 기막히게 일관성이 없었는데 이것은 오직 신만이 알 수 있는 것이고, 오직 그 자신만의 법칙을 가지고 있었다. 그는 원래 겸손하고 보통 따뜻한 사람이었다. 하지만 원초적인 감각에 있어 양보를 모르고 자기 자신도 모르는 교만함으로 가득 찼다. 그것은 천재인 그에게는 너무나 정당한 것이었다. 거기에서 그도 뭐라 말할 수 없는 그런 고통이 일어났고 그 대상이 무엇인지도 분명치 않았다.

　게다가 '카롤 왕자'는 예술가도 아니었다. 그는 몽상가夢想家 그 이상도 아니었다. 천재성도 없어서 천재라고 할 수도 없는 인물이었다. 그러니까 그는 사랑스럽기보다는 진실한 사람이었는데 쇼팽은 내 책상 위에 있던 원고를 매일 읽으면서, 조금만치도 그를 자신과 동일시하지 않았다. 그렇게도 의심이 많은 사람이 말이다!

　하지만 사람들이 말하길 얼마 후부터 그는 그런 상상을 했다고 했다. 적들이(나는 그 곁에 친구라고 하는 작자들을 아는데 그들은 가슴을 아프게 하는 것이 살인인 것을 모르는 자들이다) 그에게 그 소설이 그의 성격을 폭로한 거라고 한 것이다. 의심할 여지없이 당시에 그의 기억은 희미해져서 그는 그 책의 내용을 다 잊어버리고 있었을 것이다. 그리고 그는 다시 읽어 보지도 않았다!

소설 속 이야기는 결코 우리 이야기가 아니다! 아니 완전히 반대라고 할 수 있다. 우리 둘 사이는 그렇게 뜨겁지도 않았고 그렇게 고통스럽지도 않았다. 우리 이야기는 소설하고는 전혀 달랐다. 우리 관계는 그렇게 서로가 싸우기에는 너무나 밋밋하고 너무나 진지했다. 나는 내 삶과 동떨어진 쇼팽의 삶을 있는 그대로 인정했다. 그와 취향, 예술관, 정치 성향, 좋아하는 것도 다른 나는 그의 어떤 것도 바꾸려고 하지 않았다. 나는 나와 다른 길을 가는 들라크루아나 다른 친구들을 개성을 존중하듯 쇼팽의 개성도 존중했다.

또 쇼팽도 이런 점에서 나와 생각이 같았고 그의 삶에서 정말 예외적인 우정으로 나를 존중해주었다. 그도 항상 내게 내가 그에게 한 것처럼 해주었다. 그는 내게 어떤 환상도 갖지 않았고 결코 나를 평가절하하지도 않았다. 이렇게 해서 우리는 오랜 시간 동안 조화로운 관계를 유지할 수 있었다.

나와는 공부한 것도 연구한 것도 그래서 신념도 달라 가톨릭적인 교리에 얽매였던 그는 종종 앨리시아[59] 수녀님이 돌아가시기 전에 내게 말했던 것처럼 이렇게 말하곤 했다.

"그럼! 그럼! 그녀도 하나님을 사랑하는 게 분명해!"

그러니까 우리는 처음이자 마지막으로 오직 한 번 서로를 비난한 것을 제외하고는 결코 서로를 욕해 본 적도 없다! 너무 숭고한 사랑은

---

[59] 사랑하는 수녀님은 1855년 1월 20일 하나님께로 갔다.

부질없는 싸움을 하기보다는 부러지기 마련이니까.

하지만 쇼팽은 내게는 헌신적이고 너무나 배려심 있고 고상하고 순종적이고 또 인간적인 존경심을 가지고 있었다고 해도 내 주위 사람들에게는 그 까칠함을 숨기지 않았다. 그들에게는 관대했다가도 곧 극단적이 되면서 열광하기도 하고 또 극단적으로 싫어하기도 했다. 너무나 신비하고 몽상적인 그의 천재적인 예술 작품들 말고 그의 내면을 보여주는 것은 어디에도 없었다. 그의 입술은 결코 자신의 고통을 내보인 적이 없었으니까. 적어도 7년간은 그랬다. 그것은 오직 나만이 짐작할 수 있는 것이었고 나만이 진정시키며 그 폭발을 늦출 수 있었다.

어떻게 우리 밖에서 일어나는 사건들이 8년째가 되기 전까지 우리를 서로 멀어지게 하지 않았을까!

하나님이 그를 건강하게 해주지 않았더라면 그를 어느 정도 진정시키고 행복하게 하는 그 기적 같은 일은 나의 애정만으로는 불가능했을 것이다. 하지만 그는 눈에 띄게 무너져 내렸고 그의 점점 심해져 가는 신경증적 발작을 위해 어떤 치료를 해야 하는지 알 수 없었다. 그의 친구인 마투신스키 의사의 죽음과 그의 아버지의 죽음은 그에게 엄청난 충격을 주었다. 가톨릭 교리들은 죽음에 끔찍한 두려움을 주었다. 쇼팽은 이 순수한 영혼들이 더 좋은 세상으로 갔다고 생각하는 대신 두려운 장면들만 상상하였기 때문에 나는 그의 방 옆에서 며칠 밤을 새우며 그가 자면서, 아니면 잠이 깨서도 보는 그 악령들을 쫓기 위해 글을 쓰다 백 번도 더 일어나야 했다.

자기의 죽음에 대한 공포가 슬라브 민요에 나오는 미신적인 환영幻影들과 함께 그를 괴롭혔다. 폴란드 사람들처럼 그는 전설 속에 나오는 악몽들 속에 살고 있었다. 환영들이 그를 부르고 그를 묶고 그의 아버지와 친구가 믿음의 환한 빛 속에서 웃고 있다고 생각하는 대신 그는 그들의 메마른 얼굴을 밀쳐내고 그들의 차가운 손을 벗어나려 발버둥질했다.

이제 그는 노앙도 싫어했다. 봄에 다시 왔을 때 잠깐 좋아하기는 했지만 다시 작업을 시작하자마자 주변의 모든 것이 그를 암울하게 했다. 그는 즉흥적으로 기적 같은 곡들을 만들어 냈다. 그는 힘들이지 않고 많이 생각하지도 않고 곡들을 만들어 냈다. 곡들은 피아노 위에서 갑자기 완벽하고 고귀하게 연주되거나 아니면 산책 중에 그의 머릿속에서 노래되었다. 그러면 그는 서둘러 피아노를 찾아 그것을 연주했다.

그런데 그 과정은 정말이지 고역苦役이었다. 그는 자기가 들은 음절을 정확히 찾지 못해 너무 힘들어하고 망설이면서 애를 태웠다. 머릿속에 떠오른 곡을 악보로 옮길 때는 너무 깊이 이것저것 생각을 많이 하면서 생각났던 곡을 정확히 다시 옮길 수 없다는 것에 절망했다. 그는 자기 방에 며칠씩 들어앉아 울다가 걷다가 펜을 부러뜨리며 한 곡을 노래하고 또 노래하면서 썼다가 지우기를 수없이 반복하다가 다음 날이면 또다시 인내심을 갖고 그 일을 반복하고 절망하는 것이었다. 그는 6주 동안 악보 한 장에 매달리다가 결국, 처음에 썼던 곡으로 돌아오기도 했다.

나는 오랫동안 그가 자신의 영감에서 나온 첫 번째 곡에 만족하고 선택하도록 했었다. 하지만 그가 더는 나를 믿지 않게 되자 그는 내가 자기에게 좀 더 엄격하지 못했다며 적이 나무랐다. 나는 그의 긴장을 풀고 그를 산책시키기 위해 노력했다. 어떤 때는 온 가족을 시골 마차에 태워가기도 하면서 그를 그 죽음의 고통에서 끄집어내기도 했다. 나는 그를 라크뢰즈강 가로 데려가기도 하고 또 2, 3일 동안 뜨거운 태양 아래 혹은 빗속에서 힘들게 가다 보면 너무나 멋진 곳에 당도해 즐거워하기도 했지만 배도 고파 죽을 지경일 때도 있었다. 그런데 그런 곳에서 그는 다시 살아났다. 첫날 너무 힘들어 쓰러졌지만 그는 잘 수 있었다! 마지막 날이 되면 그는 되살아나고 다시 젊어져서 노앙에 돌아와서는 힘들어하지 않고 자신이 찾는 답을 찾아낼 수 있었다.

하지만 그를 피아노에서 떠나도록 하는 것은 결코 쉬운 일이 아니었다. 피아노는 그에게 기쁨이기보다는 고통이었다. 점점 더 그는 내가 방해하면 신경질을 부렸다. 그래서 더는 강제로 어떻게 해 볼 도리가 없었다. 쇼팽은 화가 나면 아주 무서웠다. 나와 있을 때는 자제했지만 그는 곧 숨이 막히거나 죽을 것 같았다.

내 삶은 겉으로 보기에는 너무나 활기차고 웃음이 넘치는 것 같았지만 속으로는 전보다 더 고통스러웠다. 나는 내가 포기한 행복을 다른 사람에게 줄 수도 없다는 것에 절망했다. 왜냐하면, 내가 힘들게 해결해야 할 고민거리가 한두 개가 아니었기 때문이다. 이 슬픔 가운데 쇼팽과의 우정은 결코 어떤 위안처가 되지 못했다. 그에게는 그가 짊어지고 가야 할 고통이 있었으니까. 그는 잘 알지도 또 거의 이해하지도 못했지만 나의 고민거리들은 그를 무너뜨렸을 것이다.

그는 나와 다른 관점에서 모든 것을 바라보았다. 나의 모든 힘은 아들에게서 왔다. 아들은 이제 나와 진지하게 서로의 관심사를 나눌 수 있는 그런 나이가 되었고, 아들의 공명정대한 영혼, 성숙한 생각 그리고 늘 한결같은 쾌활함은 나를 지탱해주었다. 그 애와 나는 모든 것에 항상 같은 생각을 가지고 있진 않았지만 너무 비슷했고 취향이 같았고 욕구도 같았다. 게다가 우리 관계는 너무 친밀해서 싸움도 하루를 넘기지 못했고 머리를 맞대고 설명할 필요도 없었다. 우리의 사상과 감정은 같지 않다고 해도 적어도 우리에게는 벽 가운데 큰 문이 있었는데 그것은 어마어마한 사랑과 절대적인 신뢰라는 문이었다.

다시 건강이 악화된 후 쇼팽의 정신도 극단적으로 암울해졌다. 그때까지 쇼팽을 사랑했던 모리스는 아무것도 아닌 일로 갑자기 화를 내는 그에게 큰 상처를 입었다. 곧 둘은 화해했지만 이미 고요한 호수에는 돌이 던져졌고 점점 더 큰 돌들이 하나둘씩 던져지기 시작했다. 쇼팽은 아무것도 아닌 것에 자주 화를 냈다. 때로는 잘 하려고 하는 것에도 부당하게 화를 냈다. 나는 그의 그런 성질이 점점 더 심해져서 다른 아이들에게도 피해를 주는 것을 보았다.

오직 쇼팽이 좋아하는 솔랑주만이 예외였다. 단지 그 아이만 쇼팽의 어리광을 들어주지 않았기 때문이다. 하지만 오귀스틴에게는 끔찍스럽게 화를 냈다. 또 랑베르에게도 아무 이유 없이 그랬다. 너무나 착하고 단연코 우리 중에 가장 순한 오귀스틴은 경악을 금치 못했다. 처음에 그는 그 애에게 얼마나 다정했었는지! 이런 것들을 다 참고 있었는데 마침내 그가 찔러대는 바늘에 지친 모리스는 아주 나라를 떠나겠다고 했다. 그것은 있을 수도 없고 있어도 안 되는 일이었다. 쇼팽은 내가 해야만 하고 할 자격이 있는 간섭도 못 견뎌 했다. 그는 고개를 숙이고 내가 자기를 사랑하지 않는다고 했다.

엄마처럼 8년을 보살 핀 후에 이 무슨 말도 안 되는 소리인지! 하지만 구겨진 마음은 좋았던 것은 기억하지 못했다. 나는 몇 달쯤 조용히 떨어져 있으면 이 상처를 치료하고 다시 평화로운 우정을, 제대로 된 기억을 되찾을 거라고 생각했다. 하지만 파리에서 2월 혁명이 일어났고 이것은 사회를 뒤흔드는 어떤 것도 받아들일 수 없는 쇼팽에게는 순간적으로 끔찍한 사건이 되었다. 폴란드로 돌아갈 수도 있고 그곳에서 참고 견딜 수도 있었겠지만, 그는 자신의 조국이 변형되고 왜곡되는 모습을 보니 차라리 자신이 너무나 사랑하는 가족들과 멀리 떨어져 힘들게 10년을 살았다. 그는 폭정을 피해 왔는데 이제는 자유를 피하고 있는 것이다!

나는 1848년 3월 쇼팽을 잠깐 보았다. 나는 그의 차갑고 떨리는 손을 잡았다. 나는 뭔가를 말하고 싶었지만 그는 나를 피했다. 이것은 이제 그가 나를 더 이상 사랑하지 않는다는 것을 말하는 것 같았다. 나는 그의 그 고통까지 면하게 해주고 싶었다. 나는 모든 것을 신의 섭리에 맡기기로 했다.

나는 그를 더는 볼 수 없었다. 우리 사이를 이간질하는 나쁜 사람들이 있었다. 좋은 사람들도 있었지만 그들은 어떻게 할 바를 모르고 있었다. 또 별로 친하지 않은 사람들은 그런 일에 엮이지 않으려고 했다. 구트만은 없었다. **60**

---

60 쇼팽의 가장 완벽한 제자이며 오늘날에는 진정한 대가로 여겨지는 늘 품위 있었던 사람이다. 그는 쇼팽이 마지막으로 아팠을 때 함께 있을 수 없었으며 임종의 순간에야 돌아왔다.

사람들은 그가 나를 찾았고 그리워했고 마지막까지 진정으로 사랑했다고 말해주었다. 사람들은 그때까지 내게 그것을 숨겨야 한다고 생각했고 그에게도 내가 그에게 달려갈 준비가 되어 있다는 것을 숨겨야 한다고 생각했다. 만약 나를 다시 본다는 벅찬 감정 때문에 그의 삶을 하루나 혹은 한 시간이라도 더 단축했을 가능성이 있다면 사람들이 만나지 못하게 한 것은 잘한 일이다. 나는 이 세상에 해답이 있다고 생각하는 사람이 아니다. 아마도 문제들은 다시 시작되었을 것이고 분명코 끝나지 않았을 것이다. 우리의 삶에는 하나의 베일이 쳐져서 고통이나 병은 어떤 사람에게 그것을 더 두껍게 만드는데 그것은 강한 영혼의 소유자들에게 잠깐씩 들어 올려질 뿐이고 죽음만이 그것을 모두 찢어주는 것이다.

평생 환자 돌보는 일을 많이 해왔던 나로서는 병으로 열에 들뜬 아픈 영혼의 짜증과 괴롭힘을 그저 자연스럽게, 상처도 받지 말고 받아들여야만 했다. 환자들 곁에서 나는 무엇이 그들의 진정한 마음인가를 알게 되었고 그들이 어쩔 수 없이 토해내는 짜증과 헛소리들을 용서해야 한다는 것을 알게 되었다.

그래서 수년 간 밤새워 돌보는 일, 그 고통, 그 정신없던 시간은 몇 년간의 따뜻한 마음과 신뢰와 감사로 보상받았다. 부당하거나 방황했던 시간은 단 1시간이라도 하나님은 모두 기억하고 계셨다. 하나님은 벌하지 않았다. 단지 하나님은 다시 생각하고 싶지도 않은 그 고통의 순간들이 내게 힘들었던 시간인 것을 몰랐을 뿐이다. 나는 그것을 어떤 냉정하고 강인한 정신력으로 버틴 것이 아니라 고통과 열정의 눈물을 흘리며 남모르는 기도 속에 견뎌냈다. 이것이 내가 살아 있건 죽었건 지금은 곁에 없는 그들에게 "신의 축복을!"이라고 말할 수 있는 이유이다. 그리고 나의 마지막 순간 눈을 감겨줄 사람도 내게 같은 마음을 갖길 원한다.

쇼팽을 잃은 해에 나는 오빠를 잃고 똑같은 슬픔을 느꼈다. 이미 오빠의 정신은 얼마 전부터 꺼져 가고 있었다. 술이 이 좋은 사람을 파괴해서 치매와 광기 사이를 오가게 했다. 마지막 시간 동안 오빠는 계속 나와 내 아이들과 자기 가족과 자기 친구들 모두와 싸웠다가는 화해하고 또 싸웠다가는 화해하기를 반복했다. 나를 보러 오는 동안은 나는 오빠의 건강을 위해 오빠가 모르게 포도주에 물을 타서 주기도 했다. 오빠는 미각도 무뎌져서 그것을 알아채지 못했다. 만약 오빠가 양보다는 맛을 즐겼다면 술은 오빠에게 덜 심각하고 덜 괴롭혔을 것이다. 하지만 나는 오빠의 목숨을 잠시 조금 연장해줬을 뿐이고 오빠는 더는 숙명을 거스르지 못하고 술에 취하지 않았을 때조차 정신을 되찾을 수 없었다.

오빠는 마지막 몇 달 동안은 내게 화가 나서 말도 안 되는 편지들을 보내기도 했다. 이런저런 정치적 신념을 가졌던 오빠에게 더는 이해할 수 없었던 2월 혁명은 가뜩이나 불안정한 오빠의 정신에 마지막 치명타를 가하였다. 먼저 열성적인 공화주의자로서 오빠는 정신착란 증상이 없는 것처럼 행동했다. 오빠는 혁명을 두려워했고 민중들이 오빠를 비난할 거라고 혼자 상상했다. 민중들이라니! 나처럼 엄마로 인해 오빠의 출신 성분이 평민계급이어서 굳이 그들과 형제애를 과시하기 위해 그렇게나 많이 갈 필요도 없었던 카바레에서 그렇게 죽치고 살았었는데, 그 평민계급이란 것을 오빠는 떠벌리고 다녔다. 오빠는 내게 "네 정치적 친구들이 나를 암살할 몇 가지 이유를 알고 있다."라고 썼다. 가엾은 오빠!

이런 과거에 대한 망상은 끊이지 않고 계속되다가는 제풀에 다 사라져 버리고 마지막에는 아무런 의식조차 없는 상태로 임종을 맞이했다. 오빠의 사위도 몇 년 후 저세상 사람이 되었고 세 아이의 엄마였던 오빠의 딸은 여전히 젊고 예뻤는데 라샤트르에 가까이 살았다. 그 아이는 이미 너무나 많은 고통을 겪었지만 다정하고 자기 할 일을 끝까지 해냈던 용기 있는 아이였다. 또 다른 친척인 에밀리도 역시 나와 가까운 시골에 살았는데 사랑했던 어떤 사람의 오랜 희생물이 되어 힘든 한 세상을 살다 편한 곳으로 갔다. 그녀는 정말 단호하고 완벽한 친구였고 좋은 책을 많이 읽어 올곧고 성숙한 정신의 소유자였다.

나의 하녀 위르쉴은 내가 항상 따뜻하고 변함없이 사랑하는 이 작은 마을에 늘 살고 있었다. 하지만 세상에나! 우리 주변에서는 얼마나 많은 죽음과 헤어짐이 있었는지! 뒤테이유, 플라네 그리고 네로도 더는 이 세상 사람들이 아니다. 플뢰리는 비록 현실적으로 정부에 대항해서 행동할 그런 상황에 있지도 않았지만 사상 때문에 다른 많은 사람들처럼 축출되었다. 나는 파리의 모든 친구와 프랑스 밖에 있는 모든 친구를 다 말한 것은 아니다. 내 주위 사람들은 어느 정도 모두 은둔 생활을 하고 있었다. 시골 사람들의 개인적인 원한이나 사나운 공격으로부터 우연한 이유로 아님 기적적으로 살아나 추방을 피한 사람들은 나처럼 회한과 어떤 소망을 갖고 살았다.

이제 이야기를 끝내며 내가 이야기했던 어릴 적 친구에 대해 살펴보자면 먼저 뒤베르네 가족은 내가 어릴 적부터 보았던 그 매혹적인 시골에서 여전히 살고 있다. 데세르는 아이들이 추방당한 것을 슬퍼하며 역시 라샤트르에 살고 있다. 롤리나는 지금도 여전히 샤토루에 살면서 쉬는 날만 되면 우리 집으로 달려온다.

반평생을 살고 보니 온 마음을 나누고 살았던 사람들을 어느 정도 잃어버리게 되는 것은 당연한 일이다. 하지만 우리는 모든 것에 정신적으로 엄청나게 혼란스러운 시간을 겪으면서 모든 가족을 슬픔에 빠뜨리게 된다. 특히 몇 년 전부터 끔찍한 내전을 불러온 혁명들은 모두를 자기 나름의 생각에 따라 열정으로 불타오르게 하면서 분노와 고통 후의 만성적 질환을 숙명적으로 불러왔고 어떤 이들은 추방당하고 어떤 사람들은 슬프고 또 어떤 이들은 두려운 시간을 보내게 했다. 절박한 전쟁을 치를 수밖에 없었던 혁명들은 결과적으로 한쪽 사람들의 영혼을 파괴하고 또 다른 쪽 사람들의 삶도 몰살해 버리면서 프랑스의 반을 장례의 애도 속으로 몰아넣었다.

지난 몇 년간 내가 가슴 아프게 잃어버린 사람들은 수십 명이 아니라 수백 명이다. 내 가슴은 묘지가 되었다. 내 삶의 반을 삼켜 버린 묘지 속으로 어떤 현기증에 전염되어 끌려 들어가지 않은 것은 나의 또 다른 삶이 사랑하는 많은 사람들로 채워져서 현재의 삶을 무슨 꿈을 꾸듯 살아왔기 때문이다. 이 꿈은 매혹적이었다. 그리고 나는 생각 속에서 살아 있는 사람들과 똑같이 이미 죽은 사람들과도 자주 이야기를 나누었다.

다시 만날 하늘에 대한 신성한 약속, 그것은 헛된 꿈이 아니다! 만약 망자亡者들의 나라에서 살고 있는 순수한 영혼의 충만한 기쁨을 갈망할 수 없었다면, 만약 이 삶이 끝난 후까지도 일과 의무와 시련과 무한 앞에서의 무력감만 있다면 우리의 이성은 우리가 원하는 대로 살 것을 허락하고 또 우리의 마음은 그것을 명령했을 것이다. 모든 종교의 성자들은 고대로부터 우리에게 정신의 최고 천상의 단계까지 고양되기 위해 물질에서 벗어나라고 말했다. 우리 시대에도 맞는 말이다.

오늘날 우리는 만약 우리가 영생의 삶을 살게 된다면 끊임없이 우리의 존재를 완성하기 위해 새 몸을 갖게 될 것으로 생각한다. 아마도 우리는 순수한 영이 될 수는 없을 테니까. 하지만 우리는 이 땅을 그저 스쳐 지나가는 곳으로 생각하고 우리를 기다리는 다른 곳에서 깨어나는 달콤한 꿈을 꾸고 있다. 이 세상에서 저세상으로 가면서 우리는 이 땅에서 우리의 영성과 투쟁했던 그 동물성에서 벗어나 점점 더 순수한 몸으로 거듭나고 영적인 요구에 더 적합해지며 이곳에서 견뎌내야 했던 그런 인간적 삶의 장애에서 해방될 것이다. 그래서 분명 고양된 우리는 제일 먼저 이전 삶에서 우리가 갖고 있었던 능력을 어느 정도 다시 상기할 수 있기를 갈망하게 될 것이다. 아주 자세히 모든 것, 모든 권태, 모든 고통을 기억해 내는 것은 그리 기분 좋은 일은 아닐 것이다. 이때부터 기억은 종종 악몽이 될 것이다. 하지만 우리가 이겨냈던 시련의 그 빛나고 숭고한 승리는 하나의 보상이 될 것이고 천상의 면류관冕旒冠은 우리가 다시 찾은 친구들과 함께 나누는 감사의 입맞춤일 것이다.

오! 엄마가 자기 자식을 찾았을 때처럼, 친구들이 그들이 사랑했던 사람들을 만나는 것처럼 그 잊을 수 없는 큰 기쁨의 시간이여! 이 땅에서 서로 사랑합시다, 아직 이 땅에 있는 우리는 서로 사랑합시다. 영원의 모든 강가에서 오랜 순례길 후에 다시 가족을 만난 희열에 취해 다시 만나도록 우리 정말로 성스럽게 서로 사랑합시다.

조금 전 내가 중요하게 느낀 것을 글로 썼던 그 시간 동안 나는 내 가슴에 못을 박은 고통을 그저 깊이 숨겨 두었다. 그것은 말할 수도 있겠지만 이 책에서 어떤 도움도 되지 못하는 것이다. 그 일은 내 삶에서 너무나 생소한 그런 불행이었다. 왜냐하면, 내 편에서 어떤 것으로도 그것을 돌이킬 수 없었고 그 불행은 나의 개인적 성향으로 인해 운명적으로 겪어야 하는 것도 아니었기 때문이다. 우리는 어떤 점에서 우리만의 삶을 살고 있다. 달리 말하자면 우리는 다른 사람들이 우리에게 가하는 것을 견디며 살아간다. 나는 단지 나의 의지로 살아왔던 나의 삶 혹은 나의 본능으로 인해 야기된 것들만을 이야기하고 썼다. 내가 나의 됨됨이로 인해 야기된 그 많은 운명적 상황들을 어떻게 지나오고 견뎌 냈는지를 말했다. 그것만이 내가 말하길 원했고 또 말해야 한다고 생각한 것이었다. 다른 사람이 운명적으로 내게 가한 죽을 것 같았던 슬픔은 우리 모두가 공적인 삶에서나 혹은 개인적 삶에서 견뎌내는 숨겨진 순교殉敎의 이야기이며 우리가 침묵 속에 견뎌내야만 하는 이야기인 것이다.

그러니까 내가 말하지 못한 것은 여전히 내가 용서할 수 없는 것들이다. 나 자신에게조차 그것을 어떻게 설명해야 할지 모르기 때문이다. 애정의 관계에서 나는 아무리 작은 것이라 해도 내 잘못이 조금이라도 있으면 내게 잘못한 사람들을 이해하고 용서할 수 있었다. 하지만 나의 끝없는 헌신과 자발적 노력을 배은망덕背恩忘德과 혐오스러움으로 갚을 때, 또 나의 가장 따뜻한 배려가 끔찍한 운명 앞에서 힘없이 산산조각 날 때, 나는 삶의 이 두려운 사건들을 이해하지도 못하고 또 하나님을 원망하지도 못하면서 오직 무릎 꿇고 하나님의 율법에 순종할 따름이다. 모든 것이 이 방황하는 세기와 이 사회에 만연한 회의주의 탓이라 생각하면서. 그것이 없다면 우리는 그를 이해하지도 못하고 저주할 수밖에 없으니까.

이럴 때마다 늘 끔찍한 질문이 떠오른다. 하나님은 완전해질 수 있고, 아름다움과 선을 이해할 수 있는 인간을 만들면서 왜 그렇게 인간을 늦게 완전하게 하며 왜 그렇게 힘들게 아름다움과 선을 알게 하는 것일까?

지혜로운 영靈은 모든 철학자의 입을 통해서 우리에게 이렇게 대답한다.

"당신이 느리다고 불평하는 것은 거대하고 총체적인 규칙 앞에서는 느낄 수도 없이 미비한 것이지요. 영원 속에 존재하는 것은 시간의 흐름을 모르지요. 그리고 영원이란 것을 알지 못하는 당신은 시간의 고통스러운 느낌으로 짓밟힐 수밖에 없지요."

정말 그렇다, 여러 가지 일로 가슴 아픈 날들은 우리를 짓누르고 우리도 모르게 우리의 정신을 영원을 향한 고요한 명상으로부터 돌아서게 한다. 그렇게 약한 것을 부끄러워하지 말기를. 그것은 우리의 감수성으로부터 기인하는 것이니까. 우리의 불안한 사회와 열심히 발전하고 있는 문명사회를 생각하면 이 감수성, 이 약점이 우리의 가장 강력한 힘이 되는 것 같다. 그것은 우리 가슴을 찢지만 우리 삶의 도덕이다. 삶의 상처들을 힘들어하지도 않고 완전히 고요하고 힘차게 받아들이는 사람은 진정한 지혜를 가진 사람은 아닐 것이다. 왜냐하면, 같은 인간을 비명 지르게 하고 피 흘리게 하는 그런 상처들을 그렇게 야만적이고 잔인한 강인함을 가지고 지혜롭게 바라보지는 못할 테니까.

그러니까 우리의 불평이 유용할 수만 있다면 우리 괴로워하고 불평하자. 하지만 만약 유용하지 못하다면 입을 다물고 아무도 모르게 눈물 흘리자. 우리도 모르게 우리의 눈물을 보시면서 그런 것은 상관도 하지 않는 듯 영원한 고요 속에 계시는 하나님은 손수 우리 안에 다른 사람들을 고통스럽게 하고 싶어 하지 않도록 가르치며 괴로워하는 능력을 주었으니까.

우리가 사는 물질적인 세계가 화산과 비의 영향으로 만들어지고 비옥해져서 육체적인 인간에게 맞춰지는 것처럼, 우리가 괴로워하는 정신세계도 타오르는 갈망과 성스러운 눈물의 영향으로 더 단단해지고 비옥해져서 정신적 인간에게 맞춰질 것이다. 우리의 나날들은 이런 고민 속에 사라져 갈 것이다. 희망도 신념도 없다면 그날들은 끔찍하고 메마를 테지만 하나님 안에서의 믿음에 눈뜨고 인류애로 뜨거워지면 그것은 그래도 견딜 만한, 그러니까 달콤한 고통이 된다.

젊은 날의 내면적인 감수성이 너무 지나쳐 내 안의 정의를 향한 노력을 더 암울하게 했지만 나는 신앙을 통해 너무나 단순하고 너무나 느리게 이런 개념들을 얻게 되었다. 그리고 이제 이 개념들에 힘입어 이제 나는 나의 개인사를 제물로 바치며 이 이야기의 마지막을 마치려고 한다. 내가 여전히 마음속으로 불평하고, 작은 일로 걱정하고 너무나 간절히 휴식을 원하고 있다 해도 적어도 나는 그것을 희생하는 것이 유용한 경우에는 내면의 힘을 모두 힘들이지 않고 사용할 거라는 것을 안다. 만약 내가 도덕적이지 못했다 해도 적어도 나는 그 길 위에 서 있기를 원했었고 지금도 서 있기를 원한다.

다이아몬드처럼 강인한 성품이 못 되는 나는 지금 이 글을 성자들을 위해 쓰는 것이 아니다. 나처럼 약하고 꿈같은 이상을 추구해서 삶의 가시덤불 속을 털끝 하나 남기지 않고 지나가길 원하는 사람들은 나의 이 소박한 경험을 알아줄 것이다. 또 그들의 고통을 또 다른 사람들도 느끼고, 명확히 설명해주고 이야기해주면서 '우리 서로 절망하지 않게 도웁시다.'라고 소리치는 사람이 있다는 것에 위로를 받을 것이다.

그런데 우리가 사는 이 슬프고 위대한 세기는 마치 되는대로 가고 있는 것 같다. 이 세기는 심연으로 미끄러지는 비탈을 미끄러지고 있다. 그리고 나는 내게 이렇게 말하는 소리를 듣는다.

'우리는 어디로 가나요? 가끔 지평선을 바라보던 당신은 무엇을 발견했나요? 우리는 파도의 위에 있나요, 아니면 아래 있나요? 우리는 약속의 땅에서 도달하게 될까요? 아니면 혼돈의 암흑 속일까요?'

나는 이런 답답한 외침에 대답할 수 없다. 나는 계시의 빛을 받은 것도 아니다. 제일 머리 좋은 사람들, 수학적으로 정치적이고 경제적이고 사업적인 계산에 기대고 있는 사람들도 여전히 우연에 놀아나고 있다. 우연이란 인류의 구원자이면서도 파괴자일 수 있는 것이, 그것은 때로 위대한 정신을 위해 물질적 이익을 포기하기도 하고 또 때로는 물질적 이익을 위해 위대한 정신을 희생시키기도 한다.

물질적 이득을 향한 질투로 불안한 마음이 현재의 상황을 지배하는 것은 사실이다. 엄청난 위기 후에 이런 고정관념은 자연스러운 것이 되었다. 그리고 위협받는 개인들의 이와 같은 '할 수 있을 때 하자!'는 태도는 명예로운 것은 아닐지라도 적어도 합법적인 것이 되어 버렸다. 이것에 너무 흥분하지 말자. 왜냐하면, 운명 공동체를 목적으로 하지 않는 모든 것은 자신도 모르게 이런 섭리를 따라 삶을 계획하기 마련이니까.

"무조건, 무슨 일이 있어도 일거리를 달라!"고 외치는 노동자는 현재의 필요만을 구하고 오직 그가 사는 순간만을 바라보고 있는 것이 분명하다. 하지만 그것은 오로지 인간 존엄과 노동자의 자율성의 개념을 생각할 때 보이는 노동의 격렬함 때문이다. 사회의 모든 계층에 있는 노동자들이 모두 다 이러하다. 자본주의는 모든 종류의 굴종에서 벗어나려고 하고 능동적인 힘을 가지려 한다. 이후 형제애적 연합에 대한 윤리의식으로 합법적 힘이 구성되지 않는다면 말이다.

이제 이 순간 우리는 그것을 예감하고 자신에게 묻는다. 마지막 왕좌가 부질없이 광채를 발한 후에 유럽 문명은 귀족 공화국을 세울 것인가 아니면 민주 공화국을 세울 것인가…. 거기에 절망적 심연이 있다…. 그것은 모든 점에 있어 전반적인 동란動亂인가 부분적인 투쟁인가의 차이일 뿐이다.

로마 같은 곳에서 한 시간 정도 머물 때, 고대의 그 거대한 건물들 주춧돌을 보면 너무나 금방이라도 무너져 내릴 것 같아 우리는 화산의 땅, 인간의 땅이 흔들리는 것 같은 느낌이 들게 된다!

하지만 출구는 어디인가? 어떤 뜨거운 용암이나 더러운 진흙 속을 우리는 지나가야 할 것인가? 당신은 거기서 무엇을 괴로워하고 있나? 인류는 평등을 실현해 보려고 하고, 원하고, 그래야만 하고 그렇게 할 것이다. 하나님은 보이지 않는 손으로 항상 그것을 돕고 있고 앞으로도 도울 것이다. 인간적인 힘과 그만이 알 수 있는 신성한 이상의 주관자로서 말이다. 어떤 끔찍한 사고들이 이 노력을 방해한다고 해도, 아! 그것들은 모두 미리 예견된 것이고 이미 용인된 것이다. 왜 우리 사회 전체의 삶을 개인의 삶처럼 대하지 않는 걸까? 너무나 피로하고 너무나 고통스럽고 아주 적은 희망과 선함…. 한 세대의 삶은 한 인간의 삶을 요약하는 것이 아닐까? 우리 중 누가 자신의 좋고 나쁜 욕망을 단 한 번 만에 실현했던 적이 있었던가?

그러니 맞지도 않는 점을 치듯 인류의 운명을 해결해줄 열쇠를 사건의 차원에서 찾지 말자. 이 불안은 헛된 것이고 우리의 충고도 필요 없는 것들이다. 나는 성화聖化되는 것만이 우리 시대의 지혜로운 사람들의 목적이라고 생각하지 않는다. 찾아야 할 것은 이성을 밝히고 사회문제를 연구하고 이런 공부를 통해 우리 사회가 어떤 경건하고 숭고한 감정에 지배되도록 해야 한다.

오! 루이 블랑이여, 우리가 때때로 주시해야 할 것은 당신이 삶 속에서 한 일들입니다! 당신을 추방하고 당신을 순교자로 만든 그 위기의 날들 중에 당신은 우리 인류의 역사에서 하나님의 섭리와 의지를 찾으려 했지요. 혁명의 원인을 누구보다 잘 설명할 수 있는 당신은 누구보다 그 기회를 붙잡고 그 길을 인도할 수 있었지요. 당신의 웅변의 비밀은 여기에 있었고, 당신이 보여주는 그 신성한 불꽃도 거기서 나왔지요. 당신의 글을 통해 사람들은 사실을 알게 되고 그 글들은 당신에게 정의에 대한 영감과 영원한 진리를 향한 갈망으로 현실을 지배하게 했지요.

그리고 앙리 마르탱과 에드가 키네와 미슐레 당신들도, 당신들이 역사적 사실들을 우리 눈앞에 펼쳐 보이는 순간 우리의 가슴은 고양되었지요. 당신들은 오직 미래를 향해 가기 위해서만 과거를 이야기했지요.

그리고 라마르틴 당신도, 비록 우리 사이에서 당신은 이 시대의 문명에 너무 집착했다고 여겨지지만, 당신도 당신의 매력적이고 풍부한 천재성으로 우리의 미래에 문명의 꽃을 뿌려주었지요.

그러니까 우리는 각자가 미래를 준비해야 하고, 현재라는 시간은 우리에게 이 작업을 함께 준비하지 못하도록 하지요. 의심할 바 없이 미래를 향한 이와 같은 전초 작업은 자유로운 체제하에서는 훨씬 더 빠르고 활발하겠지요. 클럽의 뜨겁고 평화로운 토론들과 광장에서의 공격적이거나 혹은 공격적이지 않은 의견 교환은 대중들을 빠르게 계몽시킬 거예요. 때로 대중들을 혼란에 빠뜨릴 때도 있겠지만 국민이 서로서로 깊이 고민하고 생각하는 한 국가는 죽지 않을 거예요. 그리고 사회의 교육도 그때그때의 정책에 따라 어떤 형태로든 계속될 겁니다.

한마디로 이 세기는 병들었지만 위대한 세기입니다. 오늘날 사람들은 지난 세기의 마지막에 했던 위대한 것들을 하지는 못했지만 이상을 품고, 꿈꾸면서 더 위대한 것을 준비할 수 있습니다. 이미 그들은 깊이 그것을 각성하고 있어요.

그리고 우리는 마치 세상이 로마의 타락한 신에 대한 숭배로 미친 듯이 나아가는 것 같아 투쟁도 하고 절망도 했었지요. 하지만 다시 가만히 우리 마음을 들여다보면 우리의 가슴은 여전히 우리의 어린 시절처럼 순수함과 따뜻함으로 가득합니다. 그러니 다시 우리 자신으로 돌아갑시다. 그리고 우리 서로에게 이야기합시다. 우리가 할 일은 시대의 달력에서 하늘의 비밀을 깨닫는 것이 아니라 우리의 영혼이 말라 죽어가지 않도록 하는 것이라는 것을.

마치며 …

내 삶의 이런 순간들 속에서 나는 행복하지 않았던 것 같다. 누구도 행복한 사람은 없었다. 이런 세계에서는 지속적인 만족이란 없는 것 같았다. 61

나는 행복을, 그러니까 기쁨을 아이들에 대한 사랑 속에서, 우정 속에서, 명상과 몽상 속에서 느꼈다. 그것만으로도 나는 하늘에 감사하기에 충분하다. 그것만이 내가 갈구할 수 있었던 유일한 즐거움이고 나는 그것을 맛보았으니까.

내가 지금 쓰고 있는 이 이야기를 시작할 때 나는 내가 말할 수 있는 것보다 훨씬 더 깊은 고통 속에서 허우적대고 있었다. 그래도 나는 평온하게 강한 의지로 나를 붙잡고 있었기 때문에 나의 기억들이 내 앞에서 내가 생각했던 것과는 다르게 수천 번 거짓된 모습으로 나를 짓누른다고 해도 나의 양심은 여전히 건강하고 나의 신앙도 내 안에서 여전히 굳건했다. 그래서 나에게 그날들의 진정한 모습을 보게 했고 과거는 나 자신의 시선으로 밝혀질 수 있었다.

이제 나의 이야기를 끝내려고 하는 마당에, 그러니까 이 글을 시작한 지 7년이 지난 후에 나는 여전히 개인적으로 엄청난 충격 속에 괴로워하고 있다.

---

61 〔역주〕 여기에서 상드가 말하는 이런 세계란 당시 혼란스러웠던 정치사회계를 말하는 것 같다.

1847년과 1855년에[62] 너무나 깊이 상처받고 괴로웠던 나는 그래도 죽음의 유혹을 견뎌내고 살아남았다. 두 번이나 무너지고 백 번이나 슬픔에 잠겼던 내 마음은 공포스러운 의심에서 자신을 지켜내고 있다.

이런 믿음의 승리를 나 자신의 이성과 나 자신의 의지 덕분이라고 감사해야 할까? 아니! 내 마음속에서 강하게 나를 사로잡고 있는 것은 오로지 사랑해야겠다는 생각뿐이다.

하지만 구원의 손길도 있었다. 나는 그것을 지나치지 않았고 거부하지 않았다.

이 구원은 하나님에게서 온 것이다. 하지만 하나님은 그것을 무슨 기적 같은 일로 보여주신 것은 아니다. 가엾은 인간들, 우리는 그럴 자격도 없고 그것을 견딜 능력도 없고 우리의 허약한 이성은 천사의 얼굴이 하나님의 불타는 후광 속에 나타나는 것만 보아도 숨 막혀 할 것이다. 하지만 모든 사람에게 그러하고, 그럴 수 있고, 또 그래야만 하듯, 신의 은총이 이런저런 진실들과 함께 내게 임했다.

제일 처음은 라이프니츠였고, 그다음은 라므네였고, 그다음은 레싱, 그리고 키네가 설명해준 헤르더 그리고 피에르 르루 또 장 레이노, 그다음은 또다시 라이프니츠를 통해서였다. 이런 사람들이 나에게 현대 철학으로 이리저리 휘둘릴 나의 삶의 지표를 분명하게 제시해주었다. 이 큰 빛들로 나는 내 안에 침잠해 버리지 않았고 마찬가지로 순간순간 내가 빠져들었던 것들을 다 끌어안고 있지도 않았다. 내면적으로

---

62 〔역주〕1847년에는 쇼팽과의 결별과 딸 솔랑주와의 불화가 있었고, 1855년에는 둘째 손녀 잔 클레쟁제가 사망했다.

너무나 다사다난했던 그 삶의 순간들과 멀찌감치 거리를 두고 내 안에서 그런 거대한 진리의 근원을 간직할 수 있었다는 것이 그 증거이다. 나는 끊임없이 찾았고 그것들을 연합할 수 있는 연결고리를 발견했다고 생각한 적도 있었다. 때로는 그 사이를 벌려 놓는 균열들도 있었지만. 최고의 이상적 교리, 우리 마음의 교리, 그러니까 예수의 교리가 본질적으로 모든 세기의 심연을 극복하게 해주는 하나의 결론이었다. 천재의 대단한 계시들을 살펴보면 볼수록, 정신 속에서 마음으로 느껴지는 하늘의 소리가 더 커질수록 성경 속 교리에 관한 생각이 더 깊어질 뿐이다.

이것은 우리 시대에 있어 그리 미래지향적인 생각은 아닐 것이다. 우리 시대는 지금 그런 방향으로 나아가지 않으니까. 하지만 아무 상관없다. 그런 날은 언제고 올 테니까.

피에르 르루의 대지와 장 레이노의 하늘, 라이프니츠의 우주와 라므네의 연민, 당신들은 하나 되어 예수의 신께 올라간다. 그리고 복잡한 형이상학적 생각에 너무 집착하지 않고 논쟁의 갑옷을 입지 않고도 당신들은 더욱 분명하고, 더 따뜻하고 더 사랑스럽고 더 지혜로운 빛 속에 거할 것이다. 모든 위대한 사람의 해결책이란 것도 이제는 절대적이지도 결정적이지도 않은 시점에 왔다.

젊은 날 내가 신비의 무거운 천장을 흔들어 댈 때 라므네가 와서 신전의 신성한 곳을 붙잡고 있었다. 9월의 법률 제정에 분노해서 마지막으로 지키던 성소마저 뒤집어엎으려고 하자, 르루가 와서 웅변적으로, 너무나 기발하지만 숭고한 생각으로 우리에게 우리가 저주하는 이 땅에 하늘나라가 임할 것을 약속해주었다. 그래서 지금 우리 시대에 아직도 우리는 절망하지만 이미 위대한 레이노는 학문과 신앙의 이름으로, 또 라이프니츠가 예수의 이름으로 우리가 찾아 헤매는 나라 같은 무한의 세상을 우리 앞에 열어 보이기 위해 더 위대하게 일어섰다.

이렇게 하나님은 천재들의 가르침을 통해 나를 지탱케 하고 구원해주셨다. 하지만 이제 글을 맺으며 하나님은 내 마음을 충만한 사랑으로 채우시며 나를 구원하셨다는 말도 하고 싶다.

효성스럽고 친구 같은 나의 아들에게 축복을, 너는 사랑과 염려로 흔들리던 어미의 가녀린 마음에 항상 사랑으로 화답해주었단다! 같은 고통 속에 힘들어했던 그 마음 마음들에 축복을! 그 마음들로 당신들을 위해 당신들과 함께 살아야 하는 그 임무를 매일매일 더 소중하게 했던 그 마음들!

내 마음을 갈가리 찢고 죽음으로 나의 사랑을 더욱더 무한하게 한 나의 가엾은 천사에게 축복을! 사랑하는 내 아가[63] 사랑의 하늘나라에서 마리 도르발이 사랑했던 조르주를 만났겠구나. 마리 도르발은 그 고통으로 죽었는데 나는 여기 이렇게 살아 있구나, 세상에!

아! 하나님 감사합니다! 고통의 심연 속에서 사랑은 더 순수해지고 진정으로 누군가로부터 사랑받으며 나는 여전히 이 길을 묵묵히 갑니다. 모든 사람에 대한 사랑이 우리에게 가라고 명령하는 그 길을.

1855년 6월 14일

---

63 잔 클레젱제, 나의 손녀.

부록

루이 윌바흐에게[64] 쓴 편지

1869년 11월 26일 노앙에서[65]

1월이나 2월 겨울 중에 파리에 가려고 합니다. 저를 기다리실 수 없으면 《내 생애 이야기》의 처음 40년 동안을 참조하세요. 레비 씨가 부탁하시면 바로 책을 가져다드릴 것입니다. 이 이야기는 진실입니다. 많은 부분은 생략했지만 한 장 한 장 넘기시며 제 삶의 모든 부분을 정확히 보시게 될 거예요.

지난 25년 동안은 흥미로운 것이 아무것도 없습니다. 그저 너무 행

---

64 〔역주〕 Louis Ulbach(1822~1889). 소설가이며 언론인이다. 잡지 〈종〉("La Cloche")의 편집인으로 《우리 시대의 남성과 여성들》이란 타이틀로 자서전을 출판했는데 조르주 상드의 자서전은 1870년 5월 4일 자로 나오게 된다. 이 편지는 상드의 자서전과 관련해서 상드의 마지막 생각들을 보여주는 귀한 자료이기에 함께 첨부한다.

65 〔역주〕 이 자서전은 1847년 상드가 43살 되던 해부터 쓰기 시작해서 1854년부터 20권의 책으로 출판되기 시작했다. 그러므로 이 편지를 쓴 1869년은 이후 15년 정도가 지난 후 쓴 것이다. 이 편지를 쓰고 7년 뒤인 1876년 그녀는 생을 마감한다.

복하고 평안한 노년 생활이었지요. 가족들과 여전히 개인적인 슬픔 속에서 죽음과 헤어짐, 또 당신이나 나나 우리가 모두 겪는 그런 일들을 겪으며 지냈습니다. 우리가 함께 마주 보고 이야기할 수 있을 때 당신이 하고 싶은 질문에 모두 답해드리는 것이 더 좋을 것 같습니다. 저는 두 명의 사랑하는 손주를 잃었습니다. 제 딸의 딸과 모리스의 아들이지요. 하지만 행복한 결혼을 한 아들이 낳은66 두 명의 사랑하는 손녀가 남아 있습니다. 며느리도 내게 아들만큼 소중한 존재죠. 나는 그 애들에게 모든 것의 처리를 일임했습니다. 그리고 저는 아이들과 즐겁게 놀고 여름에는 식물들을 키우고, 오래 산책하고(저는 여전히 아주 잘 걷습니다), 만약 낮에 2시간 밤에 2시간 정도 글을 쓸 수 있을 때는 소설도 씁니다. 저는 쉽고 즐겁게 글을 쓰지요. 이것은 제게 오락거리입니다. 왜냐하면, 어마어마한 편지들은 제게 노동 그 자체니까요. 당신도 아시리라 생각합니다. 친구들에게 편지 쓰는 일만 하면 얼마나 좋을까요? 하지만 얼마나 기막히고 가슴 절절한 부탁들이 많은지! 뭔가를 해줄 수 있는 사람에게는 답장을 쓰지만, 내가 아무것도 해줄 수 없는 사람에게는 답장하지 않지요. 어떤 사람들에게는 비록 성공할 희망은 거의 없지만 노력해 볼 가치가 있지요. 그럼 노력해 보겠다고 답장해야 합니다. 처리해야 할 일들과 함께 하루에 이런 편지들을 12통은 써야 합니다. 정말이지 고역입니다. 하지만 누구나 겪는 일이겠지요.

---

66 〔역주〕상드는 모리스의 아내 리나를 무척 사랑했는데 그녀는 상드의 자서전을 위해 수많은 문서들과, 편지들을 너무나 열심히 손으로 쓰고 정리해주었다. 이런 노고에 상드 전문가들은 크게 감사해야 할 것이다.

나는 죽은 후에는 읽지도 쓰지도 않는 행성으로 가고 싶습니다. 그런 것이 필요 없으려면 아주 완벽한 존재가 되어야겠지요. 그런 삶을 기대하며 이곳에서는 다르게 살아야만 하겠지요.

저의 경제적 상황에 대해 알고 싶으시다면 그건 어려운 일이 아니에요. 제 생활은 그리 복잡하지 않습니다. 글 쓰는 일로 100만 프랑쯤 벌었지요. 따로 1수도 챙기지 않고 다 나누어주었습니다. 단지 내가 아프게 될 경우 아이들에게 너무 큰 부담이 되지 않기 위해 2년 전부터 2만 프랑을 모아 두고 있지요. 또 언제나 돈을 달라는 사람들이 있으니 이 액수를 다 보존할 수 있을지도 의문이고요. 만약 다시 재계약할 수 있게 된다면 좀 덜 절약해도 되겠지요. 제가 이 비밀을 가능한 한 잘 지킬 수 있도록 다른 사람에게는 이야기하지 말아주세요.

저의 수입원에 대해 말씀하신다면 당신은 거리낌 없이 제가 하루하루 글을 써서 받는 수입으로 살고 있다고 말씀하셔도 됩니다. 그리고 이런 식의 삶이 저는 제일 행복합니다. 물질적 걱정이 없으니 도둑 들 걱정도 없습니다. 매년, 지금은 아이들이 관리하고 있지만, 저는 프랑스 구석구석을 여행할 시간을 갖습니다. 멀리 찾아가는 곳보다 너무나 알려지지 않은 좋은 곳이 많지요. 그곳에서 저는 제 소설들의 배경을 찾아요. 저는 미리 본 것들을 묘사하길 좋아하지요. 그러면 굳이 찾아보거나 연구할 필요가 없지요. 어떤 장소에 관해 설명할 필요가 있으면 저는 제 머릿속 추억들을 들여다보고 할 수 있는 한 그대로 묘사하려고 하지요.

이러한 모든 것이 다 대수롭지 않은 일들이에요. 사람들은 자서전을 부탁받으면 마치 피라미드처럼 대단한 존재가 되려 하지요. 그것을 차지할 만큼 명예로운 사람이 되려는 듯 말이에요. 하지만 나는 나 자신을 그렇게 높일 수 없어요. 저는 그저 평범한 한 여자로, 완전히 자기 환상에 깊이 빠진 사람에 불과하지요. 사람들은 또 내가 뜨겁게 사랑할 줄 모른다고 욕하지요. 제 생각에 저는 따뜻한 마음으로 살았고 사람들도 그것에 만족할 수 있었던 것 같아요. 지금은 하나님께 감사하게도 내게 더 사랑을 달라는 사람도 없고, 별로 유명하지도 똑똑하지도 않은 이 사람을 사랑하려는 사람들은 제게 불평하지 않네요.

저는 다른 사람들을 즐겁게 하려고 애쓰지 않고 유쾌하게 지냈어요. 하지만 그들이 즐거울 수 있도록 도울 줄은 알았지요. 아마 큰 실수도 있었을 것입니다. 하지만 다른 모두가 그러는 것처럼 이제 실수 같은 것은 생각지 않습니다. 또 제가 무슨 장점이나 좋은 품성을 가졌는지도 생각지 않지요. 저는 진실이 무엇인가만을 골몰히 생각하고 이런 상념 속에서 나 자신의 감정 같은 것은 매일매일 점점 더 사라지지요. 당신도 분명 이런 기분을 아시리라 생각합니다.

옳은 일을 했다고 자신을 대단히 추켜세우지 않지요. 그저 자기가 이론적으로 옳다고 생각한 것을 했다고 생각할 뿐이고 그게 다지요. 만약 나쁜 짓을 했다면 그것은 단지 그것이 나쁜 짓인 줄을 몰랐기 때문이에요. 더 많이 깨닫게 되면 결코 다시는 그런 일을 하지 않게 되지요. 그러니 모두에게 따뜻해야 합니다. 저는 악을 믿지 않아요. 단지 모르기 때문이지요 ….

따뜻한 사랑의 마음으로
조르주 상드 드림

조르주 상드 연보

1804년

7월 1일 조르주 상드, 본명 아망틴 오로르 뤼실 뒤팽(Amantine Aurore Lucile Dupin)은 파리 15구 멜레가 15번지에서 모리스 뒤팽 드프랑쾨이유와 소피 빅투아르 들라보르드 사이에서 태어났다. 아버지는 폴란드 왕족의 피를 이어받은 귀족 출신이었고 엄마는 가난한 새 장수의 딸이었다. 양쪽 집안의 이 엄청난 계급 차이는 상드 인생 전반에 큰 영향을 미쳤으며 상드가 평생을 사회주의 운동에 헌신하게 되는 계기가 된다.

1808년

할머니 집이 있는 노앙에서 상드의 가족은 9월 16일, 아버지 모리스 뒤팽의 갑작스러운 죽음을 맞이한다. 집으로 돌아오는 도중 말에서 떨어져 목뼈가 부러지는 사고를 당한 것이다. 시어머니와 사이가 좋지 않았던 상드의 엄마는 딸의 미래를 위해 딸을 노앙에 남겨 놓은 채 파리로 돌아가고 이때부터 상드는 할머니의 엄격한 교육 아래 엄마를 사무치게 그리워하며 살게 된다.

1818년

1818년 1월 12일부터 1820년 4월 12일까지 상드는 수녀원 기숙사에서 생활했다. 할머니의 훌륭한 교육으로 루소, 볼테르 등이 집필한 많은 철학 서적과 문학 서적을 읽고 음악, 미술 방면에서도 상당한 일가견을 갖게 된 오로르는 어느 날 저녁, 늘 그리워하던 엄마의 천한 출신성분에 대한 할머니의 모욕적인 말을 듣고 점점 더 반항적으로 행동한다. 이에 할머니는 상드를 파리의 앙글레즈 수녀원 기숙사에 집어넣었다. 이곳에서 상드는 하나님을 만나는 신비한 체험을 하게 되고 신앙적 열망이 갈수록 뜨거워져 수녀가 되고 싶어 하자 할머니는 그녀를 결혼시키기 위해 노앙으로 데려온다.

1821년

12월 26일 상드의 할머니가 지병으로 세상을 떠났다. 할머니가 생전에 아버지 쪽 집안인 빌뇌브 가족에게 미성년인 상드의 교육을 맡겼지만 상드의 어머니는 오로르를 파리로 데려간다. 이 일로 오로르 엄마와의 접촉을 꺼리던 아버지 쪽 친척들과는 완전히 결별하게 된다.

1822년

18살 되던 해 9월 17일, 알고 지내던 집안의 소개로 카지미르 뒤드방(Casimir Dudevant)과 결혼해서 몇 년 후 아들 모리스(Maurice)와 딸 솔랑주(Solange)를 낳는다. 하지만 독서를 좋아하고 철학적 몽상에 빠지기 좋아하는 상드와 사냥만 좋아하고 책 같은 것은 쳐다보지도 않는 남편과의 결혼생활은 매우 불행했다.

1831년

상드가 살았던 베리 지역 출신으로 파리에서 활동하던 쥘 상도라는 작가를 알게 되고 남편과 합의하에 석 달은 노앙, 석 달은 파리에서 지내기로 하면서 파리 생미셸가 31번지에 집을 얻는다. 노앙의 집을 포함해 할머니로부터 유산으로 물려받은 모든 것은 결혼 후에 남편의 소유가 되어 상드는 파리 체류 시 남편이 주는 적은 돈으로 아이들과 궁핍하게 생활하게 된다.

1832년
5월 19일 상드는 쥘 상도의 이름을 딴 조르주 상드라는 필명으로 첫 작품 《앙디아나》(Indiana)를 출판하고 석 달 뒤에는 《발랑틴》(Valentine)을 발표하는데 이 두 작품으로 상드는 하루아침에 유명해진다. 재정상태가 좋아진 상드는 말라케강 변으로 이사한다. 이즈음 당시 유명한 배우 마리 도르발과 알게 된다.

1833년
6월 17일 〈양세계 평론〉 잡지사 편집장인 뷜로즈가 초대한 식사 자리에서 뮈세를 만나 연인이 된다. 둘은 함께 이탈리아 여행을 가는데 뮈세는 가는 동안 병에 걸린 상드를 내버려 두고 거리의 여자를 찾는 등 무책임한 행동을 한 데다 파리로 돌아온 뒤 질투로 폭력적이 되어 상드는 거의 도망치다시피 노앙으로 떠나며 이 연애사건을 끝낸다. 하지만 이 둘이 주고받은 편지는 한 권의 서간집으로 출판되어 젊은 연인들의 심금을 울린다. 헤어진 후 뮈세는 두 사람의 이야기가 담긴 《세기아의 고백》을 발표해서 상드에게 묵언의 용서를 구한다. 이 해에 상드는 《마테아》, 《한 여행자의 편지》를 출판한다.

중편 《라비니아》가 출간되고 얼마 후인 8월 10일, 《렐리아》 출판으로 엄청난 스캔들의 주인공이 된다. 이 작품에서 상드는 여자의 성적 욕망에 대한 의문을 스스럼없이 표출하고 있는데 이것은 당시로서는 상상도 할 수 없는 물음이었다.

1834년

뮈세를 통해 알게 된 천재 피아니스트 리스트로부터 라므네를 소개받아 그의 기독교적 사회주의 사상에 매료되었다. 상드는 사회주의에 입문하게 되고, 그에게 받은 영감으로 소설 《스피리디옹》을 쓰기 시작하고 《개인 비서》, 《레오네 레오니》를 발표한다.

1835년

문학적 조언자이며 친구였던 평론가 생트뵈브를 통해 또 한 명의 사회주의 사상가 피에르 르루를 만나 그의 기독교적 사회주의 이론에 크게 감명받는다. 상드는 자신의 사회주의 사상의 근본은 신앙심이라고 자서전에서 밝히고 있다.

1836년

2월 16일 남편이 관리하는 노앙의 재정상태가 점점 더 악화되자, 상드는 재판을 통해 남편과 별거한 후 어린 시절 추억이 가득한 노앙 집을 되찾고 아이들의 양육권을 갖는다. 그리고 이 재판에서 변호를 맡은 공화주의자 미셸 드부르주의 영향으로 사회주의 운동에 더 깊이 빠져든다.
리스트와 그의 연인 마리 다구를 통해 쇼팽을 처음 만나고 《시몽》을 발표한다.

1837년

말년에는 상드와 많은 갈등을 겪었던 상드의 엄마가 병으로 숨을 거두게 된다. 《모프라》와 《마지막 알디니》를 발표한다.

1838년

쇼팽과 연인관계가 된다. 상드는 쇼팽과 아이들을 데리고 스페인 마요르카 섬의 발데모사 수도원에 머무는데 백 년 만에 온 한파와 폭우 등으로 쇼팽의 건강이 악화되어 여행은 악몽이 된다. 또 기술 장인이 주인공인 《모자이크 마스터》를 발표한다. 신앙적 고뇌를 담은 《스피리디옹》(*Spiridion*)이 발표된다.

1840년

《프랑스 일주 노동연맹원》(*Le Compagnon du tour de France*, 이 책은 우리말로 《프랑스 일주의 동반자》로 번역되는 경우가 있는데, 책 내용을 보면 제목의 '*Compagnon*'은 단순한 동반자라는 뜻이 아니라 당시 프랑스 전역을 다녔던 노동연맹의 일원을 말한다)을 발표한다.

1841년

파리의 한 대학생이 주인공인 소설 《오라스》를 통해, 사회주의 혁명을 바라보며 상드 자신이 가지고 있던 고뇌와 갈등을 이야기한다. 같은 해에 《마요르카에서 보낸 겨울》이 발표된다.

1842년

버려진 고아 소녀가 그 어떤 귀부인보다 아름답게 성장하는 소설 《콩수엘로》(*Consuelo*)를 발표해서 귀족 집안이 아닌 누구라도 고귀한 품성을 지닐 수 있다는 사회주의 사상을 사람들 뇌리에 각인시킨다.

1844년

사회주의 운동에 깊게 참여하고 있던 상드는 9월 14일, 〈앵드르의 빛〉이란 잡지를 창간해서 그녀 자신도 많은 정치적인 글들을 싣는다.

1845년

《앙지보의 방앗간 주인》을 발표한다. 시골 방앗간 주인의 순박함을 통해 계급 타파에 대한 사람들의 생각을 깨운다. 또 《테베리노》와 《앙투안 씨의 과오》를 발표한다.

1846년

쇼팽과 함께 파리와 노앙을 오가며 그를 어머니와 같은 모성애로 돌보던 상드는 《루크레치아 플로리아니》(*Lucrezia Floriani*) 를 출판했는데 여기에서 사람들은 이미 둘 사이에 사랑이 식었음을 알게 된다. 또 상드의 대표작 중 하나인 《악마의 늪》(*La Mare au Diable*) 을 발표했는데 이때부터 발표되기 시작하는 상드의 전원소설은 너무나 풍요롭고 다채로운 어휘력과 아름다운 문장으로 훗날 초등학교 교과서에도 실리게 된다.

1847년

약혼 중이었던 딸 솔랑주가 갑자기 파혼을 선언하고 성격파탄자인 조각가 오귀스트 클레젱제(Auguste Clésinger) 와 결혼하게 되는데, 막무가내로 돈을 요구하는 사위와 몸싸움까지 벌인 상드는 결국 딸 부부와 의절하게 되고 이때 솔랑주 편을 드는 쇼팽과도 사이가 틀어져 몇 년 후 결별하게 된다.

1848년

2월 혁명이 성공하고 제2공화국이 세워지자 사회주의 사상가였던 상드는 파리에서 활발한 활동을 펼치며 여러 잡지에 관여하고 많은 정치적 글을 발표한다. 하지만 이해 3월 상드가 너무나 사랑하던 손녀, 솔랑주의 딸 잔이 6살 나이로 죽는데, 상드는 이 사건을 일생 중 가장 슬픈 사건 중 하나로 꼽는다. 전원소설 《사생아 프랑수아》를 발표해 아무 계급도 없는 시골 사람들의 아름답고 순수하고 희생적인 영혼을 그리고 있다. 이런 소설을 통해 상드는 계급타파뿐 아니라 기독교적 신앙도 설파한다.

1849년

5월 20일 마리 도르발이 죽고 10월 17일에는 쇼팽도 세상을 떠난다. 이때 상드는 "내 마음은 묘지가 되었다"라고 자서전에서 고백한다. 이때 아들 모리스가 조각가이며 극작가인 알렉상드르 망소를 소개한다. 당시 그의 나이는 32살이고 상드는 45살이었는데 망소는 상드의 마지막 연인이 되고 죽을 때까지 매우 충실한 비서 역할을 하게 된다.

1851년

나폴레옹 2세가 쿠데타로 황제의 자리에 오르며 제 2공화국이 무너지자 상드는 고향 노앙으로 칩거해 버린다. 전원소설 《사랑의 요정》이 발표된다.

1853년

18세기, 상드가 살았던 베리 지역에 있었던 백파이프 장인들의 삶을 그린 역사 소설 《백파이프의 장인들》을 발표한다.

1855년

상드의 자서전 《내 생애 이야기》가 발표된다.

1857년

4월 30일 당대의 주요 작가들이 모이던 그 유명한 '마니가의 모임'에 여자로서 유일하게 초대된 상드는 이곳에서 플로베르를 알게 되어 이후 죽을 때까지 편지로 긴 우정을 나눈다. 이 둘 사이의 편지는 한 권의 서간집으로 나와 있다.

1859년

상드는 뮈세가 죽은 후 그와의 관계를 그린 《그녀와 그》를 발표하는데 그 내용을 보고 격분한 뮈세의 형 폴은 자기 동생을 옹호하고 상드를 비난하는 《그와 그녀》라는 소설로 응수한다.

1865년

8월 21일, 상드의 연인이었으며 충실한 비서로 그녀의 마지막 행적들을 자세히 기록해 5권의 비망록을 남긴 망소는 결핵으로 상드보다 일찍 숨을 거둔다.

1873년

레지옹 도뇌르 훈장을 거절하며 장관에게 이런 편지를 쓴다. "그러지 마세요. 친구여, 제발 그러지 마세요! 저를 우습게 만들지 마세요. 정말로 내가 식당 아줌마처럼 가슴에 붉은 리본을 달고 있는 모습을 봐야겠어요?" 손녀딸들을 위해 《어느 할머니의 옛날 이야기》 1편을 발표한다.

1876년

《어느 할머니의 옛날 이야기》 2편을 발표한다. 6월 8일 오전 10시경 장폐색으로 몇 달간 고통받던 상드는 숨을 거두고 노앙의 자기 집 뒷마당에 묻힌다.

찾아보기

지은이 · 옮긴이 소개

지은이_조르주 상드 (George Sand, 1804~1876)

본명은 아망틴 오로르 뤼실 뒤팽 드프랑쾨이유이며 결혼 후 뒤드방 남작 부인이 된다. 1804년 파리에서 태어나 1876년 노앙에서 삶을 마쳤다. 19세기 프랑스 낭만주의 소설가이자 문학 비평가, 언론인이었으며 70여 편의 소설과 50여 편의 중단편과 희곡 그리고 많은 정치적 기사들을 남겼다. 귀족인 아버지와 평민인 어머니 사이에 태어나 계급적 갈등을 겪으며 사회주의 운동에도 깊이 관여했다. 여성의 권리를 위해 많은 글을 써서 페미니즘의 어머니로도 알려져 있다. 뮈세, 쇼팽과의 사랑으로 많은 스캔들의 주인공이기도 하다. 이혼제도가 확립되지 않은 시절 재판을 통해 이혼하고 파리와 노앙을 오가며 독립적인 생활을 했다. 리스트, 쇼팽, 들라크루아, 발자크, 플로베르, 라므네, 르루, 부르주, 루이 블랑 등 정치 문학 예술계의 영향력 있는 사람들과 교류하고 자신도 큰 영향력을 미쳤으며 공화주의자로 잡지를 창간하는 등 적극적인 정치활동을 펼치기도 했다. 말년에는 노앙에 칩거하며 아름다운 문장으로 유명한 전원소설을 쓰고 손주들을 위한 동화책을 쓰기도 했다. 러시아 혁명에 가장 큰 영향력을 끼친 사람으로 평가되며 유럽인들을 싫어했던 도스토예프스키는 상드만을 유일하게 존경할 만한 유럽인으로 꼽는다. 그녀는 말년에 문단의 여자 후배에게 후세 사람들에게 자신을 "여자로서의 삶이 아닌 예술가로서의 삶을 살았던 사람"으로 얘기해 달라고 고백한다.

옮긴이_박혜숙

연세대 불어불문학과를 졸업하고 동 대학원에서 〈조르주 상드의 몽상세계〉로 석사 학위를 받았다. 이후 미국의 오하이오대에서 두 번째 석사 학위를 받고 2001년에는 파리 소르본에서 〈조르주 상드 소설에 나타난 여주인공 유형〉으로 박사 학위를 받았다. 이후 모교인 연세대에서 학생들을 가르쳤고 현재 연세대 인문학 연구원 전임 연구원이며 프랑스의 상드협회(Les Amis de George Sand) 회원이기도 하다. 저서로는 《프랑스 문학 입문》(연세대학교 출판부), 《소설의 등장인물》(연세대학교 출판부), 《프랑스 문화와 예술》(연세대학교 출판부), 《프랑스 문학에서 만난 여성들》(중앙대학교 출판부), 《그녀들은 자유로운 영혼을 사랑했다》(한길사), 《프랑스 작가 그리고 그들의 편지》(한울) 등이 있으며 역서로는 《지난 파티에서 만난 사람》(빌리에 드릴아당 지음, 바다출판사) 외 다수가 있다. 현재 '영화로 보는 유럽문화'라는 유튜브 채널을 운영하며 주기적으로 영상 강의를 올리고 있으며 인문학 강사로도 활동하고 있다.